»Das Problem dabei, jemandem sein Herz zu schenken, ist, dass man es nie wieder ganz zurückbekommt. Auch wenn die Liebe längst erloschen ist, besitzt derjenige immer noch ein kleines Stück davon. Insofern ist die erste Liebe auch die innigste, denn: Nur dieses eine Mal liebt man mit ganzem Herzen. Im wahrsten Sinne des Wortes.«

Mit jeder neuen Liebe verschenkst du ein Stück deines Herzens.
Aber was passiert, wenn die Liebe zerbricht?
Bekommst du dieses Stück zurück?
Das fragt sich Bridget, während sie auf den großen Durchbruch als Schriftstellerin wartet. Und so sucht sie nach den Männern, denen sie einst ihr Herz geschenkt hat, und auch nach Antworten. Und ganz nebenbei entdeckt Bridget, dass für die große Liebe immer ein Platz im Herzen reserviert ist.

Als Tochter eines australischen Rennfahrers wuchs *Paige Toon* in Australien, England und Amerika auf. Nach ihrem Studium arbeitete sie zuerst bei verschiedenen Zeitschriften und anschließend sieben Jahre lang als Redakteurin beim Magazin »Heat«. Paige Toon schreibt inzwischen hauptberuflich und lebt mit ihrer Familie – sie ist verheiratet und hat zwei Kinder – in Cambridgeshire.

Weitere Informationen finden Sie auf www.fischerverlage.de

Paige Toon

Dein Platz in meinem Herzen

Roman

Aus dem Englischen
von Heidi Lichtblau

FISCHER Taschenbuch

Aus Verantwortung für die Umwelt hat sich der S. Fischer Verlag
zu einer nachhaltigen Buchproduktion verpflichtet.
Der bewusste Umgang mit unseren Ressourcen, der Schutz unseres Klimas
und der Natur gehören zu unseren obersten Unternehmenszielen.
Gemeinsam mit unseren Partnern und Lieferanten setzen wir uns für eine
klimaneutrale Buchproduktion ein, die den Erwerb von Klimazertifikaten
zur Kompensation des CO_2-Ausstoßes einschließt.

Weitere Informationen finden Sie unter:
www.klimaneutralerverlag.de

Erschienen bei FISCHER Taschenbuch
Frankfurt am Main, Juli 2021

Die Originalausgabe erschien 2017
unter dem Titel »The Last Piece Of My Heart«
im Verlag Simon & Schuster UK Ltd, London.
© Paige Toon, 2017

Dieses Werk wurde vermittelt durch die
Literarische Agentur Thomas Schlück GmbH, 30161 Hannover.

Für die deutschsprachige Ausgabe:
© 2020 S. Fischer Verlag GmbH,
Hedderichstr. 114, D-60596 Frankfurt am Main

Satz: Fotosatz Amann GmbH & Co. KG
Druck und Bindung: GGP Media GmbH, Pößneck
Printed in Germany
ISBN 978-3-596-00059-3

Für I und I.

*Dieses Buch musste euch
einfach gewidmet werden.*

Prolog

Das Problem daran, jemandem sein Herz zu schenken, ist, dass man es nie ganz zurückbekommt. Selbst wenn die Liebe längst erloschen ist, besitzt derjenige immer noch ein kleines Stück davon. Insofern ist die erste Liebe auch die innigste, denn nur dieses eine Mal liebt man von ganzem Herzen. Im wahrsten Sinne des Wortes.

Zu dieser Erkenntnis gelangte ich, als ich vor ein paar Jahren darüber nachdachte, warum in aller Welt ich damals eigentlich David abserviert hatte, meinen Freund zu Unizeiten. Eigentlich fand ich ihn toll, doch irgendetwas fehlte, also machte ich Schluss und begab mich wieder auf die Suche nach dem Komplettpaket. Doch über ein Jahrzehnt später bin ich noch immer nicht fündig geworden.

Dabei habe ich keineswegs allein zu Hause herumgehockt. Nein, ich bin um die Häuser gezogen und außerdem um Wohnwagen, Wohnblöcke und Wolkenkratzer. Letztlich läuft es darauf hinaus, dass Elliot Green an allem schuld ist. Er war meine erste Liebe, raubte ein Stück meines Herzens und meine Jungfräulichkeit obendrein. Mit sechzehn wanderte er leider zusammen mit seinen Eltern nach Australien aus, und sobald sich seine anfängliche Schreibwut gelegt hatte, ward er nie mehr gesehen oder gehört. Vermutlich hatte er sich inzwischen eine Aussie-Trulla geangelt und mich darüber völlig vergessen, weshalb ich versuchte, ihn mir ebenfalls aus dem Kopf zu schlagen. Ehrlich gesagt tue ich das bis heute.

Die Tatsache, dass ich mich gerade in Sydney aufhalte, wohin er seinerzeit gezogen ist, macht es nicht besser. In meiner Phantasie habe ich mir vorgestellt, wie ich ihm hier zufällig über den Weg laufe und melodramatisch erkläre: »Du hast noch etwas, das mir gehört«, ehe ich ihn auffordere, mir sein Stück meines Herzens zurückzugeben. Selbst in meinen kühnsten Träumen hätte ich nicht erwartet, dass ich ihn tatsächlich wiedersehe.

Doch genau das ist eingetreten. Er merkt überhaupt nicht, dass ich ihn angaffe, während er mit ein paar Kumpeln in einer Bar am Hafen ein Bierchen kippt. Trotz seines veränderten Aussehens habe ich ihn sofort erkannt. Sein großer schlanker Körper ist inzwischen kräftiger geworden, die Arme sind gebräunt und muskulös. Das widerspenstige braune Haar trägt er immer noch in derselben Länge wie damals, allerdings hat er mittlerweile einen sexy Dreitagebart. Soweit ich das von meinem Platz aus beurteilen kann, sieht Elliot Green besser aus denn je. Und nun endlich schaut er mich an.

Er schaut mich an!

Und jetzt schaut er mich nicht mehr an.

Bevor sich in mir Enttäuschung breitmacht, reißt er den Kopf slapstickartig wieder herum, und seine blauen Augen weiten sich. Dann kommt er mit breitem Grinsen auf mich zu, und mein Herz schlägt so laut, dass mein Trommelfell zu platzen droht.

»Bridget?«, fragt er ungläubig und breitet die Arme aus.

»Hallo, Elliot«, erwidere ich, und da drückt er mich auch schon an seinen festen Brustkorb. Sein Duft ist umwerfend! Was hatte ich ihm doch gleich wieder sagen wollen?

»Du hast dich kaum verändert!« Er hält mich auf Armeslänge von sich und mustert mich von Kopf bis Fuß.

Auch ich bin noch so groß und schlank wie damals, und

meine Augen sind natürlich nach wie vor blau – allerdings etwas dunkler im Vergleich zu seinem helleren Swimmingpool-Ton.

Er spielt mit einer Locke meines Haars. »Selbst deine Frisur ist noch dieselbe.«

Mein Haar reicht mir genau bis zwischen Kinn und Schulter, so ähnlich habe ich sie auch als Teenager schon getragen.

»Eigentlich lasse ich sie gerade wachsen«, erkläre ich. Stumpf geschnittene Bobs finde ich inzwischen einfach zu pflegeaufwendig. »Aber sag mal, höre ich da einen Aussie-Akzent heraus?«

»Mag sein.« Er grinst.

»Ja, wirklich. Ist ja abgefahren!«

Lachend schüttelt er den Kopf. »Was machst du überhaupt hier?«

»Ich bin auf dem Heimweg.« Ich deute zu den Fähren, die am Circular Quay rein- und raustuckern.

»Du wohnst in Sydney?«, fragt er verblüfft.

»Kann man so sagen. Zumindest für ein Jahr.«

»Ernsthaft?« Sein Blick huscht forschend zwischen meinen Augen hin und her. »Und du musst gleich wieder weiter? Oder darf ich dich auf einen Drink einladen?«

»Nein, ich muss nicht sofort los. Ein Drink wäre nett!«

Er lächelt mich an, und auf einmal fallen mir die Worte *Du hast noch etwas, das mir gehört* wieder ein.

Mir ist natürlich klar, wie megabescheuert es rüberkäme, wenn ich sie laut aussprächte, und so folge ich ihm schweigend an seinen Tisch.

Die nächsten Stunden verbringe ich in lustiger Runde bei Elliot und seinen Kumpeln und stelle hocherfreut fest, dass er Single ist. Seine Freunde verkrümeln sich schließlich, doch wir bleiben noch, und als draußen die weißen Segel des nahe gelegenen Sydney Opera House golden in der untergehenden Sonne schimmern und aus dem Botanischen Garten die Fledermäuse ausschwärmen, gebe ich mir einen Ruck.

»Ich habe da nämlich eine Theorie«, sage ich und lasse die Eiswürfel in meinem Wodka-Tonic-Glas kreisen.

Mit hochgezogener Augenbraue lauscht Elliot amüsiert meinen Ausführungen.

»Und das ist der Grund, warum ich den Einen noch nicht gefunden habe«, ende ich.

Er schaut verwirrt. »Aber du hast dich doch sicher wieder verliebt, seitdem wir zusammen waren, oder?«

»Ja klar«, entgegne ich spöttisch. »Zig Male.«

»Na, wenn das so ist, dann müsstest du doch eigentlich auch den anderen Typen hinterherjagen und deren Herzstücke zurückfordern.« Er trinkt einen Schluck und knallt sein Glas mit einem etwas zu selbstzufriedenen Gesichtsausdruck auf den Tisch.

Hat er recht? Besteht mein Herz etwa nur noch aus einem so kleinen Stück, dass ich mich nie mehr rettungslos in jemanden verlieben kann? Verflixt.

»Deine Theorie hinkt allerdings«, legt er nach.

Entschieden schüttele ich den Kopf. »Nein, du warst meine erste Liebe. Du besitzt das größte Stück. Das bedeutendste. Und jetzt her damit!«

»Was, wenn ich es dir nicht zurückgeben möchte?«

Insgeheim finde ich es ja süß, dass er sich auf das Spielchen einlässt, zwinge mich aber, die Stirn zu runzeln. »Was willst du denn noch damit?«

»Keine Ahnung.« Er zuckt die Achseln. »Vielleicht habe ich's ja gern in meiner Nähe. Und überhaupt, wenn du dein Stück zurückhaben willst, dann ist es nur fair, dass du mir meins auch wiedergibst.«

»Ich habe ein Stück deines Herzens?«, frage ich verdutzt und hoffe, dass niemand unsere bekloppte Unterhaltung belauscht.

»Was denkst du denn? Natürlich!«

Mit alkoholvernebeltem Hirn denke ich darüber nach. »Dann tauschen wir die beiden einfach aus, oder?«, nuschele ich schließlich.

Über den Tisch hinweg sieht er mich mit seinen ungemein blauen Augen an und verzieht die Mundwinkel leicht nach oben. Einen Moment lang befinde ich mich wieder in der Vergangenheit, und in meinem Bauch spielen die Schmetterlinge verrückt.

»Sollen wir die Diskussion bei einem Dinner fortsetzen ...?« Er schiebt seine Hand zu mir herüber und berührt meine Fingerspitzen. Mir läuft ein Schauer über den Rücken, und ich kann förmlich spüren, wie frische Perforierungen in mein wichtigstes Organ gestanzt werden.

Ich lächele. »Na gut, wenn du darauf bestehst?«

Falls er sich ein weiteres Stückchen abbrechen möchte, werde ich ihn wohl nicht davon abhalten.

Kapitel 1

»Da bist du ja!«, ruft meine Literaturagentin Sara zur Begrüßung, und ihr Lächeln strahlt um hundert Watt stärker als bei unserer letzten Begegnung im Februar. »Danke, dass du gekommen bist.« Sie dirigiert mich zu einem Platz. »Wie läuft's so? Wie ich sehe, hast du bei Twitter jetzt die Zehntausend-Follower-Marke geknackt!«

»Ja, seit letzter Woche. Und die Kommentare zum letzten Posting toppen alles.«

»Ging's um das Wiedersehen mit Gabriel?«

»Ganz genau.«

»Oh, davon war ich auch hin und weg!«

»Gut so.« Ich grinse. »Der Trip nach Brasilien hat mich schließlich eine ganze Stange Geld gekostet.«

Sie lacht. »Es klang ja so, als hättest du bei ihm gerade noch mal die Kurve gekriegt. Was für ein chauvinistisches Schwein! Wie viele Kinder hat er gleich wieder?«

»Neun. Seine arme Frau tut mir echt leid.«

»Die hat jedenfalls alle Hände voll zu tun. Haben sich die Kinder wirklich so unmöglich benommen, wie es klang?«

»Bestimmt haben sie auch ihre guten Tage«, erkläre ich huldvoll und frage mich, wieso ich eigentlich hier bin.

Drei Monate sind seit unserem letzten Treffen vergangen, bei dem ich Sara eine Buchidee vorstellte, die allerdings längst nicht so gut ankam, wie ich gehofft hatte.

Ich weiß noch genau, wie sie mich aufmerksam ansah und

dann sagte: »Sorry, Bridget, aber als du mich um ein Treffen gebeten hast, dachte ich, du würdest mir ein Buchkonzept über deine Reisen um die Welt präsentieren und nicht eine Geschichte über deine Erfahrungen mit der Männerwelt.«

Das war durchaus nachvollziehbar. Schließlich bin ich eine renommierte Reiseschriftstellerin.

»Ich hab ja auch vor, die Leser auf eine Reise mitzunehmen«, sagte ich mit einem, wie ich hoffte, gewinnenden Lächeln. »Wir werden gemeinsam um den ganzen Erdball reisen. Allerdings wird uns diese Reise, nun ja, zu all den Männern führen, in die ich jemals verliebt war, wobei die Reiseschriftstellerei natürlich im Vordergrund stehen wird. Letzten Endes wird dieses Buch allerdings von der Liebe handeln.«

»Reden wir hier wirklich von Liebe?« Sie grinste süffisant. »Du bist vierunddreißig und behauptest, bis über beide Ohren in zwölf Männer verliebt gewesen zu sein? Waren manche davon nicht einfach nur Urlaubsromanzen oder One-Night-Stands?«

Ich winkte ab. »Klar, die gab's natürlich auch. Sollte mir der Stoff ausgehen, könnte ich mich über ein paar davon genauer auslassen«, setzte ich grinsend hinzu.

Es war Elliot, der mich auf diese Buchidee gebracht hatte, als wir uns im Dezember vor einem Jahr zufällig in Sydney wiederbegegnet waren. An jenem Abend hatte zwischen uns etwas Neues und Schönes begonnen, und ich kann zu meiner Freude verkünden, dass wir immer noch zusammen sind. Allerdings leben wir nicht am selben Ort, denn ich bin ohne Visum ins Vereinigte Königreich zurückgekehrt, während er sich auf der anderen Seite der Erde in Australien befindet. Wenn ich ihn heiraten würde, könnte ich mir vorstellen, dort hinzuziehen. Doch dafür müsste einer von uns erst mal die Frage aller Fragen stellen.

Ich habe leichten Bammel davor, dass er es tut.

Ich liebe Elliot wirklich sehr, aber als wir sechzehn waren, da liebte ich ihn bedingungslos. Er war mein Ein und Alles.

So intensiv sind meine Gefühle diesmal nicht, und ich fürchte, es könnte daran liegen, dass ich im Laufe der Jahre abgestumpft bin. Hatte ich zu viele Beziehungen, um noch an ein glückliches Happy End zu glauben?

Vielleicht bin ich auch einfach erwachsen geworden. Möglicherweise lässt sich die Liebe eines Teenagers nicht mit der eines Erwachsenen vergleichen.

Oder vielleicht fehlt tatsächlich etwas. Und es könnte ja sein, dass ich dieses Etwas zurückbekomme ...

Am Abend unseres überraschenden Wiedersehens hatte Elliot jedenfalls augenzwinkernd vorgeschlagen, ich solle doch sämtliche Männer, die ich je geliebt habe, aufsuchen und bitten, mir ihre Stücke meines Herzens zurückzugeben. Vor meiner Abreise aus Australien brachte er diese Idee erneut auf, wobei es ihm diesmal ernst damit war. Er weiß, dass ich Probleme habe, mich voll und ganz auf ihn einzulassen, und denkt, es könnte mir leichter fallen, wenn ich die Zeit ohne ihn dazu nutzen würde, noch einmal in die Vergangenheit zu reisen. Also schlug er mir vor, doch über all meine bisherigen Begegnungen mit Männern zu schreiben, und präsentierte mir dann eine weitere geniale Idee: Wenn ich vorher einen Verlagsvertrag an Land zöge, würden sich der Zeitaufwand und die Reisekosten durch den Vorschuss finanzieren lassen.

An dieser Stelle sollte ich darauf hinweisen, dass mein Freund nicht zur Eifersucht neigt. Das war auch eine der ersten Fragen, die Sara mir stellte, als ich ihr die Idee im Februar unterbreitete.

Sie erklärte mir, ehe sie sich mit dem Projekt an irgendwelche Verlage wenden könne, müsse ich erst mal über meine

Wiedersehenstreffen bloggen und mein Social-Media-Profil auf Vordermann bringen. Und genau das habe ich in den letzten drei Monaten getan.

Meine Leser haben mich auf Reisen nach Südafrika (David), Island (Olli), Spanien (Jorge) und Brasilien (Gabriel) begleitet, und natürlich habe ich auch geschildert, wie Elliot und ich unsere Beziehung in Australien wiederaufleben ließen. Nun stehen noch die Treffen mit Dillon in Irland, Freddie in Norwegen, Seth in Kanada und Beau, Felix, Liam und Vince hier in Großbritannien aus.

Meine Journalistenkontakte haben mir dabei geholfen, meinen Blog bekannter zu machen, und ich würde sagen, sofern man die Trolle einfach ignoriert, läuft alles wie geschmiert.

Unterdessen hängt Elliot weiter an seinem Stück meines Herzens. Noch immer ist es das größte Stück, und sobald ich die anderen Teile wiederhabe, führt mich mein Weg zu ihm zurück. Es gäbe kein glücklicheres Happy End, als dann mit ihm vor den Traualtar zu treten.

Gestern Nachmittag rief mich Saras Assistentin an und bat um ein schnellstmögliches Treffen. Es gebe Neuigkeiten, die mir meine Agentin persönlich überbringen wolle.

Klar, dass mein Herz gleich ein bisschen höher schlug!

Ich weiß, dass Sara den Verlagen inzwischen meinen Blog anpreist, das Feedback ist auch durchaus positiv – mein Stil gefällt ihnen, sie mögen meinen Humor –, doch bislang wollte sich bei der gegenwärtigen Marktlage keiner auf einen Beziehungsblog in Buchform einlassen. Sara behauptet, wenn meine Leserschaft weiter wächst, werden die Verlage an den beeindruckenden Zahlen einfach nicht mehr vorbeikommen, weshalb ich vorhabe, am Ball zu bleiben.

»Du willst bestimmt wissen, warum du hier bist«, sagt Sara zu mir, als würde sie meine Gedanken lesen.

»Ein bisschen neugierig bin ich schon, ja«, räume ich ein.
»Gestern war ich mit Fay Sanderson beim Mittagessen.«
Der Name sagt mir nichts, aber Sara erklärt, dass es sich dabei um die Cheflektorin eines Topverlags handele.

»Sie hat deinen Blog regelrecht verschlungen und mir vorgeschwärmt, wie gut du den Mittelweg zwischen herzlich, liebenswert, quirlig, lustig und frisch findest. Sie findet deinen Stil großartig!«, betont Sara, und etwas an ihrem Ton bringt mich dazu, mich aufrechter hinzusetzen. Bietet sie mir etwa gleich einen Verlagsvertrag an?

»Sie hat einen Vorschlag«, fährt sie fort. »Ist dir Nicole Dupré ein Begriff?«

»Der Name kommt mir irgendwie bekannt vor.«

Sara schwingt auf ihrem Stuhl herum und zieht ein Buch aus dem Regal hinter sich. »Nicole hat mit dem Buch *Unser geheimes Leben*, das letzten Herbst herauskam, einen Riesenbestseller gelandet. Was uns, ehrlich gesagt, alle ein bisschen überrascht hat.«

»Ich glaube, ich habe davon gehört.« Ich greife nach dem Roman, den sie vor mir auf den Tisch gelegt hat. Auf dem Cover ist eine junge Frau zu sehen, die ganz allein an einem Strand in Thailand steht. Ich drehe das Buch um und überfliege den Text auf der Umschlagrückseite. Das Buch handelt von einer Reiseschriftstellerin, die sich auf zwei verschiedenen Kontinenten in zwei verschiedene Männer verliebt.

Alles gut und schön, aber worauf will Sara eigentlich hinaus?

»Nicole ist kurz nach der Veröffentlichung gestorben«, erklärt Sara mit trauriger Stimme.

»Stimmt ja, das kam in den Nachrichten. War sie eine deiner Autorinnen?«

Sie nickt.

»Oh, das tut mir leid. Ich wusste gar nicht, dass du sie vertreten hast.«

»Schon okay. Es kam sehr unerwartet. Sie hatte ein Gehirnaneurysma. Mit gerade mal einunddreißig.«

Entsetzt schüttele ich den Kopf. Sie war drei Jahre jünger als ich. »Das ist wirklich tragisch«, murmele ich teilnahmsvoll.

»Nicole hat an einer Fortsetzung geschrieben«, lenkt Sara meine Aufmerksamkeit wieder auf sich. »*Unser geheimes Leben* endet mit einem Cliffhanger. Die Leser schreien förmlich nach mehr. Und, Bridget ...?«

Bis zu diesem Augenblick bin ich mir unsicher, was das alles mit mir zu tun haben soll, doch ihrem aufgekratzten Ton nach zu urteilen werde ich es gleich herausfinden.

»Fay findet deinen Stil perfekt!«, endet sie triumphierend.

Einen langen Moment schweigen wir beide.

»Perfekt, um eine Fortsetzung zu schreiben.«

Sie glaubt, damit Klarheit zu schaffen, aber ich bin bloß noch verwirrter.

»Ich versteh nur Bahnhof.« Ich schüttele den Kopf. »Fay mag meinen Blog?«

»Ja, sie findet ihn großartig!«, wiederholt Sara. »Und sie findet, deine Stimme ist goldrichtig!«

»Ich dachte, sie würde mir vielleicht einen Verlagsvertrag anbieten.«

Sara räuspert sich. »Tut sie ja auch. Für die Fortsetzung von *Unser geheimes Leben*.« Sie deutet auf das Buch in meiner Hand.

Was?

»Nicole hat ungefähr ein Viertel davon schon geschrieben«, erklärt sie. »Und einen Haufen Notizen hinterlassen. Fay ist auf der Suche nach jemandem, der die Story fertigschreibt.«

»Sie möchte mich als Ghostwriterin?«, stottere ich. »Aber was ist mit *meinem* Buch?«

»Das kommt schon noch«, meint Sara leichthin. »Sieh das Ganze doch als Übergangslösung. Das ist deine Chance, den Fuß in die Tür eines bedeutenden Verlags reinzukriegen. Dein eigenes Buch kannst du parallel dazu schreiben und dabei dein Social-Media-Profil weiter optimieren. Na, und mit der Vorauszahlung finanzierst du dir deine Reisen. Es ist die perfekte Lösung.«

»Aber ...« Ich blicke noch immer nicht ganz durch. »Wie kommt ihr darauf, dass ich für diesen Job die Richtige bin? Es gibt doch bestimmt eine Million Autorinnen, die geeigneter wären?«

»Oh, davon bin ich auch überzeugt«, entgegnet sie trocken. »Aber Fay will dich. Sie hat sogar das Romanmanuskript gelesen, das du vor ein paar Jahren geschrieben hast. Der Plot war nicht ganz stimmig«, fügt sie hastig hinzu und nimmt mir damit jegliche Hoffnung, dass der Liebesroman jemals publiziert werden könnte, »aber Fay weiß dadurch, dass du das Zeug zum Romanschreiben hast, das ist der Punkt. Und deinen Stil findet sie umwerfend.«

»Tatsächlich?« Ich fühle mich ein wenig geschmeichelt und zugleich unglaublich entmutigt.

»Hast du *Unser geheimes Leben* denn gelesen?«, fragt Sara.

»Nein.« Ich mustere das Buch in meinen Händen.

»Dann nimm dir das Exemplar gleich mit«, sagt sie. »Du wirst es nicht mehr aus der Hand legen können. Die Protagonistin ist Reiseschriftstellerin genau wie du, insofern solltest du dich super in sie reindenken können. Das ist doch ein Riesenkompliment, wenn Fay der Meinung ist, du könntest den von Nicole weitergereichten Stab über die Ziellinie tragen.«

»Es ist nur ... Ich bin mir nicht sicher ...« Mir schwirrt

immer noch der Kopf. Eine junge Frau, die so abrupt stirbt ... Eine Bestsellerautorin, die eine unvollendete Fortsetzung hinterlässt ... Und ausgerechnet ich soll diejenige sein, die ihr Werk vollendet ...

»Lies das Buch«, drängt mich Sara, und ich spüre, dass sie unser Meeting zum Abschluss bringen möchte. »Und vergiss nicht, Bridget, das ist eine Riesenchance! Ruf mich an, sobald du mit dem Buch durch bist, damit wir die Einzelheiten besprechen können. Ich bin morgen den ganzen Tag hier.«

Sie scheint äußerst zuversichtlich zu sein, dass ich mich auf dieses behämmerte Projekt einlasse.

Und tatsächlich rufe ich sie zurück, kaum dass ich das Buch ausgelesen habe.

Kapitel 2

An einem sonnigen Tag Anfang Juni steige ich in Padstow, einer kleinen Hafenstadt in Cornwall, aus dem Bus. Ich gehe den Hügel hinauf und genieße dabei die Aussicht auf das Mündungsgebiet des Flusses Camel, in dessen klarem, blaugrünem Wasser bei Ebbe eine Reihe von langen, glatten Sandbänken erscheint. Der Geruch von Fish and Chips liegt in der Luft, und mein Magen knurrt. Doch dagegen lässt sich erst mal nichts machen, denn es ist schon halb vier, und Charlie Laurence erwartet mich.

Als Sara erklärte, dass der Ehemann der verstorbenen Nicole die Fertigstellung des Buchs beaufsichtigen wolle, wurde mir mulmig. Der Job an sich war schon Herausforderung genug – würde durch ihn nicht alles noch schwieriger werden?

Vor einem bescheidenen Backsteinreihenhaus bleibe ich stehen. An der Vorderseite befindet sich eine schmale Veranda mit schiefergedecktem Dach. Abgesehen von einer Lavendelhecke an der Mauer zur Straße hin gibt es hier keinerlei Pflanzen.

Am Fenster nehme ich eine Bewegung wahr, also gehe ich rasch den Gartenweg entlang und klopfe an die Tür. Mir bleibt nicht einmal die Zeit, im Glas mein Spiegelbild zu überprüfen, da öffnet sie sich schon, und ein großer, schlanker Mann steht vor mir, Charlie Laurence vermutlich.

Er sieht aus wie Anfang dreißig und dürfte etwas über einen Meter achtzig sein. Seine Augen sind grün, und die wirren dunkelblonden Haare werden durch ein senfgelbes Bandana aus der Stirn gehalten. Er trägt ein verblichenes orangefarbenes T-Shirt und graue Shorts. Das Gesicht, die Arme und Beine sind sonnengebräunt, und zwar ganz runter bis zu seinen nackten Füßen.

Wow!

»Charlie Laurence?«, erkundige ich mich hoffnungsvoll.

»Hallo«, erwidert er mit einem kleinen, reservierten Lächeln und hält die Tür auf. »Kommen Sie rein. Ach, duzen wir uns doch. Also, komm rein!«

Weiß der Himmel, was ich erwartet habe, einen Typen wie ihn jedenfalls nicht.

»Tee?«, erkundigt er sich.

»Danke, das wäre toll.« Als die Tür geräuschvoll ins Schloss fällt, fahre ich zusammen. Ich bin nervös.

Charlie deutet in den Flur und lässt mich vorausgehen. Wir kommen an einem Raum vorbei, wo der Fernseher läuft, vermutlich das Wohnzimmer. Die Küche ist im Kombüsenstil eingerichtet und geht in einen Anbau über, wo sich ein Zweiersofa und ein Tisch mit Stühlen befinden.

Er füllt den Wasserkocher und holt zwei Becher aus dem Schrank. »Wie war deine Reise? Bist du mit dem Auto da?«

»Nein. Mit der U-Bahn von Wembley nach Paddington, dann per Zug nach Bodmin und das letzte Stück mit dem Bus.«

»Klingt stressig.«

Er ist höflich, hat jedoch noch kein einziges Mal Blickkontakt zu mir aufgenommen, seitdem ich über seine Schwelle getreten bin.

Aus dem Wohnzimmer dringt ein Geräusch.

»Moment bitte«, sagt er und verlässt die Küche.

Ich hole tief Luft, zwinge mich, langsam wieder auszuatmen, und sehe mich dabei um.

Die Ziegelwände sind mit weißer Mauerfarbe angestrichen,

die Arbeitsflächen bestehen aus alten Eisenbahnschwellen, die abgeschliffen und matt lasiert wurden. Durch zwei Terrassentüren gelangt man in den rückwärtigen Garten. Hier drinnen ist es sauber und ordentlich, aber da draußen herrscht ein unglaublicher Verhau. Mein Blick fällt auf den Küchentisch und die Holzstühle darum herum.

Zwei Stühle.

Und ein Hochstuhl.

Noch so eine Sache, die Sara bei unserem Treffen letzte Woche mit keinem Wort erwähnt hat.

Als Nicole starb, ließ sie nicht nur ein unvollendetes Manuskript *und* einen untröstlichen Ehemann zurück, sondern auch ein zu dem Zeitpunkt fünf Wochen altes Töchterchen.

Das Leben ist so ungerecht.

Ich höre Charlie, der im Wohnzimmer mit gesenkter Stimme redet. Wieder bekomme ich Nervenflattern.

Babys machen mir Angst. Irgendwie mögen sie mich nicht, und ich mag sie auch nicht sonderlich. Was, wenn ich die Kleine zum Weinen bringe? Wenn ich es mir mit dem Kind verscherze, bläst Charlie die ganze Sache vermutlich ab.

Bevor ich hergefahren bin, habe ich mich mit Nicoles Lektorin Fay Sanderson getroffen, einer bezaubernden, warmherzigen Frau Ende vierzig. Sie verriet mir, dass Charlie grünes Licht für die Fortsetzung gegeben hatte. Sicher war er sich zwar nicht, wenn ich das richtig verstanden habe, doch fühlte er sich gegenüber Nicoles Lesern verpflichtet und stimmte der Idee schließlich zu, vorausgesetzt, es würde sich eine geeignete Person für den Job finden. Ich frage mich zwar noch immer, ob ich die Richtige bin, doch nach der Lektüre von Nicoles Buch bin ich genauso scharf darauf herauszufinden, wie die Story ausgeht, wie alle anderen Leser auch. Selbst wenn ich mir das Ende selbst aus den Fingern saugen muss.

Davor graut mir ja, ehrlich gesagt, doch ich habe beschlossen, mir keine Sorgen über ungelegte Eier zu machen. Wenn diese Begegnung mit Charlie nicht gut läuft, wird ja ohnehin nichts aus der Sache.

Das Wasser kocht, und ich vertreibe mir die Zeit damit, den Tee aufzugießen. Wenig später kehrt Charlie zurück.

»Kindersender wie CBeebies interessieren meine Tochter auch nur begrenzte Zeit.« Er weiß, dass er auf seine Lebenssituation nicht genauer eingehen muss, da man sie mir schon ausführlich geschildert hat. »Milch?«

»Ja, bitte.« Ich mache ihm an der Arbeitsfläche Platz. »Wie alt ist deine Tochter denn jetzt?«

»Achteinhalb Monate. Zucker?« Ganz kurz treffen sich unsere Blicke.

»Nein, danke.«

»Eigentlich wollte meine Mum herkommen, aber an ihrem Arbeitsplatz hat es einen Notfall gegeben.« Er rührt sich zwei Teelöffel Zucker in die eigene Tasse.

»Was macht sie denn?«

»Sie und Dad führen einen Campingplatz. Dort hat es einen Wasserrohrbruch gegeben oder so was in der Art.«

»Ist es der Campingplatz auf dem Hügel?«

»Nein, der von meinen Eltern liegt ungefähr eine Stunde von hier entfernt. Den auf dem Hügel betreiben Kumpels von mir. Kennst du ihn?« Charlie nimmt seine Tasse und sieht mich nun endlich richtig an. Ich dachte, seine Augen wären grün, aber in Wirklichkeit geht die Farbe mehr in Richtung Haselnussbraun.

»Mein Dad hat ihn erwähnt. Er ist mit seinem Wohnmobil ein paarmal dort gewesen.«

Charlies Tochter plärrt wieder los.

»Gehen wir zu ihr«, sagt Charlie leise und deutet Richtung Tür. Ich lasse ihm den Vortritt und folge ihm.

Als Erstes sehe ich ihre Beine, nackt und pummelig, die wild herumstrampeln. Dann kommt der Rest von ihr in mein Blickfeld – ihr pastellfarbener und mit Häschen bedruckter Strampelanzug und das leicht gewellte hellblonde Haar. Sie sitzt vor dem Fernseher in einer Babywippe, die Charlie nun über den Dielenboden zu sich heranzieht. Dann nimmt er auf dem Sofa Platz. Er bringt die Wippe leicht zum Schwingen, und die Kleine gluckst.

»Das ist April.« Er streckt seiner Tochter die Zunge heraus und deutet auf mich. »Und das ist Bridget.«

»Hallo, April!« Sofort merke ich, dass meine Stimme viel zu laut und übereifrig klingt.

Mit ausdrucksloser Miene sieht April über die Schulter zu mir. Dann verzieht sie den Mund zu einem breiten Grinsen und brabbelt etwas Unverständliches. Wieder bringt Charlie ihre Wippe zum Schaukeln, und sie schaut ihn glücklich an.

Nervös setze ich mich auf das zweite Sofa und hoffe, dass April mich ab jetzt gar nicht mehr beachtet.

»Wo hast du dich denn einquartiert?«, nimmt Charlie den höflichen Smalltalk wieder auf. Er greift nach der Fernbedienung und stellt den Fernseher gerade so viel leiser, dass der haarsträubend übermotivierte und exzentrisch gekleidete Mann, der irgendetwas Durchgeknalltes mit einer Eierschachtel anstellt, nicht völlig verstummt.

»In einem Bed & Breakfast in Padstow. Günstig und freundlich. Morgen früh geht's dann mit dem Bus zurück.«

»Du bist nur für einen Tag hier?« Er wirkt erstaunt.

»Schon, aber … Ich kann natürlich wiederkommen, wenn ich …«

Mit erwartungsvollem Blick wartet er darauf, dass ich den Satz vervollständige.

»Wenn ich den Job bekomme«, erkläre ich.

»Oh.« Er nippt an seinem Tee. »Fay sagte, du seist Reiseschriftstellerin.«

»Stimmt auch.« Ich lächle erleichtert. Darüber kann ich mich stundenlang auslassen. »Meine Mum arbeitet auf einem Kreuzfahrtschiff, deshalb habe ich in den Schulferien die Welt kennengelernt.«

»Ich wette, das war eine interessante Kindheit.«

»Schon, ja. Die restliche Zeit habe ich bei meinem Dad verbracht, allerdings haben wir meine Mum relativ regelmäßig besucht.« Er lauscht, nickt. Fragen stellt er keine mehr, und so fahre ich fort, die Werbetrommel für mich zu rühren. »Ich habe über die Orte geschrieben, die ich kennengelernt habe, und irgendwann habe ich mir eine Website eingerichtet und schließlich bei Zeitschriften- und Zeitungsredakteuren nach Aufträgen gefragt. Inzwischen läuft es richtig gut.«

»Das wäre Nickis Traumjob gewesen«, meint Charlie mit einem liebevollen Lächeln. Nicki, nicht Nicole, fällt mir auf. »Bevor ihr ein Verlagsvertrag angeboten wurde«, fügt er hinzu.

Und bevor ihr das Leben so grausam gestohlen wurde.

Er unterbricht die lange, unbehagliche Stille. »Ihr Roman hat dir also gefallen?«

»Ich *liebe* ihn!«

Nun lächelt er richtig, ein Lächeln voller Stolz, doch seine Augen erreicht es nur kurz.

Wie ungeschickt von mir. Natürlich hätte ich schon beim Betreten des Hauses vom Buch seiner großartigen Frau schwärmen müssen, ohne dass er mich darauf stößt.

»Ich finde das Buch wirklich toll«, bemühe ich mich, die Scharte auszuwetzen, und in den nächsten Minuten rede ich über nichts anderes als über den Roman.

Die Heldin Kit ist Reiseschriftstellerin und verliebt sich in zwei Männer auf einmal. Der eine heißt Morris und stammt aus Cornwall, war früher ein cooler Surfer und ist inzwischen Unternehmer. Der andere lebt in Thailand und ist ein attraktiver finnischer Kletterer. Am Ende des Romans reist Kit nach Thailand, um sich von Timo zu trennen, da Morris – ihre erste Liebe – ihr einen Heiratsantrag gemacht hat. Doch bevor sie ihm reinen Wein einschenken kann, hält Timo ebenfalls um ihre Hand an. Und sie sagt Ja.

Krass, ich weiß.

»Ich mag es ja gar nicht, wenn Leute fremdgehen, weshalb mir dieses Buch eigentlich gar nicht hätte gefallen dürfen«, erkläre ich Charlie, vielleicht ein wenig zu ehrlich. »Aber irgendwie hat Nicole es so geschrieben, dass ... Na ja, es ist total glaubwürdig. Sie schreibt so herzzerreißend, dass mich das Buch echt mitgerissen hat. Mir kam es so vor, als würde ich in Kit drinstecken und könnte ihre Gefühle nachempfinden und ihre Entscheidungen irgendwie verstehen. Es war ...« Nun bin ich doch um Worte verlegen, doch seiner Miene nach zu urteilen habe ich das Richtige gesagt.

»Weißt du denn, was in der Fortsetzung passieren soll?«, frage ich. »Und mit wem Kit am Ende zusammenkommt?«

Er schüttelt den Kopf. »Ehrlich gesagt bin ich mir nicht mal sicher, ob Nicki das wusste.«

Enttäuschung steigt in mir auf. Charlie lehnt sich zurück und stellt seinen leeren Becher auf dem Fensterbrett hinter sich ab. »Aber falls doch, dann findest du die Antwort in ihren Aufzeichnungen. Sie hat sich eine Menge Notizen gemacht. Komm, ich zeig dir ihr Arbeitszimmer.«

April macht in ihrer Babywippe gerade einen ganz zufriedenen Eindruck, also stellt Charlie den Fernseher wieder lauter und führt mich die Treppe hinauf und einen Flur entlang. Er öffnet eine Tür, hinter der sich ein kleiner Raum mit Blick auf den chaotischen Garten befindet. Vor dem Fenster steht ein großer Schreibtisch, die Wände sind von Bücherregalen und Aktenschränken bedeckt. Ein schicker Apple-Computer nimmt den Ehrenplatz auf der Schreibtischmitte ein. Das Zimmer ist aufgeräumt, doch kann ich selbst von hier aus sehen, dass der Bildschirm inzwischen ganz verstaubt ist.

Charlie zieht die Schublade links oben auf, die mit Notizbüchern vollgestopft ist.

»Nicki hat ständig darin geschrieben«, erklärt er.

Dann schiebt er die Schublade wieder zu und öffnet die nächste, in der sich weitere Notizbücher befinden.

»Ich habe sie mir nicht durchgelesen.« Seine angespannte Stimme sagt mir, dass er das einfach nicht über sich gebracht hat. »Aber die Ergebnisse ihrer ganzen Recherchen stehen darin.« Er zieht eine weitere Schublade auf. »Früher hat sie auch Tagebuch geschrieben. Ihr Dad ist wegen eines Jobs nach Thailand gezogen, und sie hat ihn besucht, wann immer sie konnte. Viele ihrer Ergüsse von damals haben Eingang in *Unser geheimes Leben* gefunden. Insofern müssten sich eigentlich Hinweise finden lassen, wie es im nächsten Buch weitergehen sollte.«

Ich betrachte die vollgestopften Regale und bemerke, dass einige Bücher mit Post-it-Notizen versehen sind. Welche Seiten sie wohl markiert hat? Und warum?

Als *Unser geheimes Leben* im vergangenen Oktober herauskam, gab Nicole ein paar Interviews, daher weiß ich schon, dass ihr Vater ein französischer Chefkoch namens Alain Dupré ist und sie unter ihrem Mädchennamen geschrieben hat. Doch da sie zwei Wochen nach der Veröffentlichung starb, also noch bevor das Buch zum Kassenschlager wurde, wissen die Leser und ich nicht sehr viel mehr über sie – und es ist ein ziemlich surreales Gefühl, nun in ihrem Arbeitszimmer zu stehen.

»Hat sie sich auch in ihrem Computer Notizen gemacht?« In meinem Kopf rattert es. Wo soll ich nur anfangen?

Nach kurzem Zögern langt Charlie um den Bildschirm herum und tastet nach dem Anschaltknopf. Mit dem charakteristischen lauten Startton fährt der Computer hoch.

»Davon gehe ich aus«, sagt er.

In angespannter Haltung steht er mit dem Rücken zu mir. Bei seinem Anblick muss ich aus heiterem Himmel an Elliot denken. Es ist fast ein halbes Jahr her, seit wir uns zuletzt gesehen haben, und im Großen und Ganzen komme ich damit klar. Doch plötzlich vermisse ich ihn ganz furchtbar.

Unten stößt April einen Schrei aus, und Charlie fährt zusammen. »Setz dich doch und sieh dir's mal an«, murmelt er und lässt mich allein.

Und das macht ihm auch bestimmt nichts aus? Unsicher ziehe ich den Stuhl heraus und nehme Platz. Der Bildschirm leuchtet auf, ein kleines Foto von Nicole erscheint und darunter das Feld, wo das Passwort eingegeben werden muss.

Sie lacht, und ihr schmales Gesicht mit den himmelblauen Augen wird von warmem Sonnenlicht beschienen. Sie hat schulterlanges dunkles Haar und trägt das mir schon vertraute senfgelbe Bandana als Stirnband, unter dem ein paar Ponysträhnen hervorblitzen. Ein paar Sommersprossen bestäuben ihre Nase. Sie sieht glücklich aus. Ich ertappe mich bei dem Wunsch, sie gekannt zu haben. Die gestellte Schwarz-Weiß-Aufnahme in der Innenklappe des Buches wird ihr nämlich nicht gerecht.

»Thailand.«

Beim Klang von Charlies Stimme hinter mir erschrecke ich mich beinahe zu Tode.

»Das Passwort lautet Thailand«, fährt er fort. »Mit großem T.«

»Oh!« Ich tippe es ein, drücke auf Enter, und Nicoles Desktop erscheint.

Ich höre, wie Charlie scharf einatmet, und hüte mich, meinen Kopf zu ihm zu drehen.

Ein Bild von ihm mit einem Neugeborenen in den Armen füllt den Bildschirm aus. Seine Haare sind darauf kürzer, und er blickt mit Liebe auf das kleine Bündel.

»Ich bin kaum hier drinnen gewesen, seitdem wir sie verloren haben«, sagt er leise.

»Wir müssen das gar nicht jetzt tun«, murmele ich. Vor gerade mal sieben Monaten ist seine Frau gestorben, und ich bin mir überhaupt nicht sicher, ob er schon bereit ist. Ich weiß ja nicht mal, ob ich es bin.

»Schon in Ordnung.« Er beugt sich vor und übernimmt die Maus. Ich rutsche mit meinem Stuhl nach links und beobachte den Cursor, der über einem Ordner namens *Geheimnisse* schwebt. Dann bewegt Charlie die Maus nach rechts und klickt einen anderen Ordner an, der den Namen *Bekenntnisse* trägt.

»Sollte die Fortsetzung so heißen?«, erkundige ich mich.

»*Unsere Bekenntnisse* lautete Nickis Arbeitstitel«, erwidert Charlie. »Sara war offenbar nicht ganz davon überzeugt.«

Richtig, Sara war ja auch Nicoles Agentin.

»Mir gefällt er!« Ich schaue mir die einzelnen Dateien des Ordners genauer an: *Charaktere, Bekenntnisse, Recherchen, Exposé, Zeitstrahl* ...

»Du müsstest auch noch mal in ihren *Geheimnisse*-Ordner schauen. Ich weiß nicht, ob sie wirklich alles rüberkopiert hat.«

Ich nicke. »Okay.«

»Das heißt, wenn du den Job überhaupt willst.« Er lässt die Maus los und richtet sich auf.

»Triffst du denn nicht diese Entscheidung?«, frage ich vorsichtig.

Er sieht mich an. »Ich habe ein paar deiner Blogeinträge

gelesen«, sagt er, anstatt mir zu antworten. »Fay hatte recht. Dein Stil ist dem von Nicki ziemlich ähnlich.« Charlie lehnt sich gegen einen der Aktenschränke und verschränkt die Arme vor der Brust. »Bist du dir denn sicher, dass du auch die Zeit hast, den Job zu übernehmen?«

»Definitiv! Meine andere Arbeit muss eben zurückstehen. Bloggen kann ich auch in meiner Freizeit – eine Deadline habe ich da nicht, und ansonsten gibt's nichts Dringliches.« Ich hole tief Luft und verkünde: »Ich glaube, ich würde meinen Job gut machen.«

Er beäugt mich nachdenklich, während die Sekunden weiterticken, und nickt schließlich, wie ich hoffe, zustimmend. »Gut. Dann spreche ich mit Fay.«

Kapitel 3

»Danke, Dad, aber ich werde ganz sicher nicht campen!«
»Bridget, in einem Wohnmobil zu schlafen ist doch kein Camping. Es gibt ein ausziehbares Bett, Herrgott noch mal! Weißt du noch, wie wahnsinnig gern du als Kind in deinem Spielhäuschen warst? So viel anders ist das doch auch gar nicht.«

»Na ja, aber damals habe ich auch noch Matschekuchen gebacken.«

»Ich würde dir nicht raten, in Hermie Matschekuchen zu backen.« Nach einer kurzen Pause setzt er mit Nachdruck hinzu: »Auf gar keinen Fall!«

Hermie, so nennt er sein Wohnmobil, einen siebzehn Jahre alten Mercedes Vito. Das ist eine liebevolle Abkürzung des ursprünglichen Namens Herman the German – so hatte ihn seine jetzige Exfreundin getauft, als mein Dad ihn vor ein paar Jahren aus Deutschland mitbrachte. Und Hermie ist wirklich ein tolles Gefährt. Ich will nur nicht zwei Monate darin wohnen.

»Charlie fand dich wirklich sympathisch«, berichtete Sara nach meinem Cornwall-Trip. »Er möchte dich definitiv mit ins Boot holen.«

»Ernsthaft?«

»Jepp! Das Ganze hat nur einen kleinen Haken …«

Anscheinend war Charlie in Panik geraten, als Sara ihn bat, Nickis Sachen in einen Karton zu packen, damit ein Kurier sie abholen könne. Sie ging davon aus, alles würde zu mir nach London gebracht, doch Charlie wollte Nickis Tage- und Notizbücher nicht außer Haus geben. Die Lösung? Ich fahre nach Padstow und arbeite in Nickis Arbeitszimmer.

Nur gut, dass in meinem Leben derzeit nicht viel los ist. Ich wohne bei Dad in Wembley, da meine Wohnung in Chalk Farm noch immer an die Leute vermietet ist, die sie für die Zeit meines Australienaufenthalts übernommen hatten. Ich sage »meine« Wohnung, dabei gehört sie Dad – er hat sie als Kapitalanlage gekauft, akzeptiert von mir aber nur so viel Miete, dass seine monatliche Belastung gedeckt ist. Die gegenwärtigen Mieter dagegen zahlen wesentlich mehr, und als sie anfragten, ob sie noch bis Oktober bleiben könnten, schlug Dad vor, ich solle doch solange bei ihm einziehen, um Geld zu sparen. Er weiß, dass ich in Australien ziemlich knapsen musste, aber im Grunde freut er sich einfach über meine Gesellschaft. Wir stehen uns sehr, sehr nahe. Seit meinem sechsten Lebensjahr hat er mich praktisch allein aufgezogen.

Ich bin ja auch wirklich gern bei ihm, andererseits ist es schon etwas grenzwertig, in meinem Alter noch zu Hause zu wohnen. Deshalb habe ich mich auch ziemlich schnell mit dem Gedanken an Cornwall angefreundet. Denn wer würde seinen Sommer nicht gern am Meer verbringen? In Stress geriet ich erst heute Morgen, nachdem ich herumtelefoniert und festgestellt hatte, dass sämtliche B&Bs und Hotels in Padstow zwar nicht für den gesamten, aber doch für den Großteil des Sommers ausgebucht sind.

Ich gab mich geschlagen und machte mich auf den Weg zum Pub. Allerdings nicht, um meine Sorgen zu ertränken. Nein, das Lokal gehört nämlich meinem Dad. Es ist nicht besonders groß und liegt auf der Strecke zwischen dem Wembley-Stadion und seinem Haus. An Tagen, wo Spiele oder Konzerte stattfinden, geht es wirklich rund im Pub, doch aktuell sind nur ein paar Stammgäste da, und es herrscht Ruhe.

»Ganz ehrlich, Bridget, der Campingplatz auf dem Hügel ist wirklich hübsch«, schwärmt Dad, als er wieder zu mir kommt, nachdem er eine Bestellung – zwei Portionen Scampi und Chips und eine Lasagne – aufgenommen hat.

»Ich sehe förmlich vor mir, wie du den Hang raufstapfst und bei einem Drink den Sonnenuntergang genießt.« Er legt den Kopf schräg. Noch immer hat er dichtes, buschiges Haar, doch da er es inzwischen mit Just-For-Men-Haarfarbe koloriert, ist es dunkler als früher. »Du könntest ein paar solarbetriebene Lichterketten anbringen und den Kühlschrank mit Prosecco-Piccolos füllen.«

Das klingt doch schon viel besser!

»Und du könntest sogar das Vorzelt und das mobile Klo mitnehmen«, fügt er hinzu.

»Das mobile Klo?«

»Na, damit du nachts nicht zu den Campingplatz-Toiletten gehen musst.«

»Soll das ein Witz sein? Für mich ist es ja schon unvorstellbar, zwei Monate in einem Wohnmobil zu schlafen, und dann soll ich auch noch mein eigenes Klo ausleeren?«

Lachend schüttelt er den Kopf über mich.

Ich bin nicht die Sorte Reiseschriftstellerin, die auf einfaches Leben steht. Als ich Anfang zwanzig war, kam ich damit noch irgendwie klar, doch inzwischen schreibe ich lieber über erstklassige Flitterwochen-Reiseziele und Fünf-Sterne-Hotels. Es ist ein harter Job, aber irgendjemand muss ihn ja tun.

»Bridget, ich beneide dich, wenn ich ehrlich bin.« Er stützt sich an der Bar ab. »Ich würde alles geben, um den Job hier den Sommer über hinschmeißen und mit dir ans Meer fahren zu können.«

»Jetzt mal langsam, Dad. Ich liebe dich, das weißt du, aber selbst dein Haus ist gerade groß genug für uns beide. Komm ja nicht auf die Idee, dich mit mir zusammen in Hermie reinquetschen zu wollen.«

Er zerzaust mir gutmütig das Haar, doch ich schiebe seine Hand weg und stütze die Ellbogen auf den Tresen, nehme sie aber hastig wieder herunter, weil er klebrig ist. Was ich in meinem Alter eigentlich wissen sollte.

»Das wird ein Abenteuer«, sagt er. »Und wenn irgendjemand ein Abenteuer liebt, dann ja wohl du!«

Ich hoffe, er behält recht.

Kapitel 4

Bis mein Vertrag unter Dach und Fach ist und ich mich wieder nach Cornwall aufmachen kann, ist es Anfang August. In den nächsten acht Wochen möchte ich alles Nötige für die Szenen rund um Padstow recherchieren und außerdem jedes Buch in Nickis Bücherregalen, jede Notiz und jedes Tagebuch in ihren Schubladen und jedes einzelne Dokument auf ihrem Rechner durchgehen. Dann dürfte ich genügend Material beisammenhaben, um den Großteil des Buchs im Oktober zu schreiben, wenn ich wieder in meiner Wohnung sein kann.

Um schneller voranzukommen, bin ich an einem Sonntag in aller Herrgottsfrühe in London aufgebrochen, doch mit Pausen brauche ich trotzdem sechs Stunden. Mit Hermie zu fahren macht wirklich keinen Spaß – die Kupplung ist schwerfällig, er lässt sich schwer steuern, und noch dazu befindet sich das Steuer auf der linken Seite – entsprechend abgekämpft komme ich auf dem Campingplatz in Padstow an.

Charlies Freunde, zwei herzliche und unheimlich engagierte Hippies namens Julia und Justin, heißen mich mit offenen Armen willkommen.

Ich versuche, mir ihre ganzen Informationen über die Anlage zu merken, setze meine grauen Zellen dann aber hauptsächlich dafür ein, mir die Wegbeschreibung zu meinem Stellplatz einzuprägen.

Der Campingplatz verteilt sich über drei Geländestufen.

Zwei terrassenartig angelegte Grünflächen bilden die unteren beiden Ebenen, die durch eine Hecke voneinander getrennt sind, und oberhalb davon liegt eine riesige abschüssige Wiese. Mein Stellplatz befindet sich auf der untersten Ebene. Zwar hat man von dort aus keinen bombastischen Ausblick, dafür liegt sie ganz in der Nähe der Sanitäranlagen. Trotz Dads Warnung, dass ich es noch bereuen werde, habe ich die mobile Toilette nicht mitgenommen. Wie auch, wo ich selbst mein Gepäck nur mit Müh und Not habe unterbringen können?

Ich fahre auf den Stellplatz 9, schalte den Motor ab, greife nach meinem Handy und schreibe Dad eine kurze Nachricht. Er macht sich sonst Sorgen um mich.

Endlich angekommen, und zwar heil – sowohl Hermie als auch ich. Ruf dich später an. Hab dich lieb! XXX

Ich drücke auf Senden und merke erst jetzt, dass es hier keinen Handyempfang gibt.

Was bedeutet, dass es hier auch kein Internet gibt ...

Eine Katastrophe!

Ich steige aus dem Wohnmobil und schaue zu dem oberen Campingplatzgelände, setze meine ganze Hoffnung auf die höhere Lage. Gleich auf der anderen Seite der Campingplatzstraße entdecke ich eine Treppe, die nach oben führt. Also sperre ich Hermie ab und mache mich auf die verzweifelte Suche nach einer Verbindung zur Außenwelt.

Etliche Zelte stehen auf der großen Wiese, und mir tun die armen Schweine leid, die auf dem abschüssigen Boden schlafen müssen. Nachdem ich die Hälfte des Wegs durch das hohe Gras gestapft bin, bleibe ich atemlos stehen. Zeit für die große Offenbarung – denn bislang habe ich dem Wunsch widerstanden, über meine Schulter zurückzublicken.

Jetzt wirble ich herum.

Was für eine Aussicht!

Von hier aus blickt man direkt aufs offene Meer hinaus. Nicht allzu weit entfernt befindet sich die Camel-Mündung. Auf der einen Seite davon liegt Padstow und auf der anderen der Ort Rock. Momentan herrscht Flut, und das Wasser glitzert im morgendlichen Sonnenschein. Boote, die bei meinem letzten Besuch im Juni auf dem Sand festsaßen, dümpeln nun auf dem grünblauen Wasser, und am klaren Sommerhimmel kreist ein riesiger Schwarm weißer Vögel. Ich schaue auf mein Handydisplay und seufze erleichtert auf.

4G. Gott sei Dank!

Es gelingt mir, die Nachricht an Dad zu verschicken. Dann lasse ich mich ins Gras plumpsen. Durch den Zeitunterschied zu Australien sind Telefonate mit Elliot so eine Sache, aber gerade passt es. Ich rufe ihn über FaceTime an.

»Zieh dir mal meine Aussicht rein«, sage ich, als er sich meldet, und drehe das Handydisplay zur Camel-Mündung.

»Nett!«

Ich drehe ihn wieder zu mir. »Nicht schlecht, hm?«

»Die jetzige Aussicht gefällt mir noch besser.«

»Du Schmeichler!«, necke ich ihn.

Er lümmelt zu Hause auf seinem braunen Ledersofa herum und hat einen Arm hinter den Kopf gelegt.

»Siehst du gerade fern?«

»Nö, da gibt's nur Schrott.« Er wirft einen Blick nach rechts zum Fernseher, dann wendet er sich wieder mir zu.

Seine Wohnungseinrichtung kenne ich in- und auswendig. Schließlich habe ich die halbe Zeit meines Aufenthalts in Sydney quasi bei ihm verbracht. Insgesamt war ich ein Jahr dort.

»Trägst du den Pulli, den ich dir gekauft habe?« Unterhalb des Halses ist ein Stückchen dunkelgraue Wolle zu sehen.

Er hält sein Handy höher, damit ich mir sein Outfit besser anschauen kann. »Ja, inzwischen ist es richtig kalt hier.«

Große Neuigkeiten gibt es selten zu berichten, dafür reden wir einfach zu oft miteinander, doch seltsamerweise macht gerade der langweilige Alltagskram die Trennung erträglicher.

»Ich wünschte, ich wäre bei dir und könnte dich aufwärmen.« In der südlichen Hemisphäre ist gerade Winter.

»Das würde ich mir auch wünschen«, sagt er mit schläfriger, tiefer Stimme. »Hab dich heute vermisst!«

»Echt?«

»Ja! Ich war bei Bron und Lachie zum Essen eingeladen. Der alte Angeber hat Krustenbraten vom Grill aufgetischt. Aber ohne dich ist es einfach nicht dasselbe.«

Bei der Erwähnung unserer Freunde verspüre ich einen Anflug von Sehnsucht. Auch sie vermisse ich.

»Was hast du gerade an?«

Ich halte mir das Handy über den Kopf, damit er es sehen kann.

»O Mann, diese Shorts ...« Seine Stimme verklingt sehnsuchtsvoll.

Er findet meine Beine sexy, deshalb bin ich in Sydney auch hauptsächlich in abgeschnittenen Jeansshorts herumgelaufen. Dieses Jahr habe ich sie allerdings zum ersten Mal an. Bei meinem Aufbruch heute Morgen war es kalt und dunkel, aber ich bin Optimistin – dem Wetterbericht zufolge sollte in Padstow sonniges Wetter bei zweiundzwanzig Grad herrschen. In Anbetracht der sabbernden Blicke, die mir manche Lkw-Fahrer in den Tankstellen auf dem Weg hierher zugeworfen haben, hätte ich mich besser gleich nach meiner Ankunft hier umziehen sollen.

»Du bist noch genauso braun gebrannt wie vor deiner Abreise aus Australien«, bemerkt er.

»Och, und du bist total blass und käsig!«

»Das stimmt nicht, oder?« Er späht in seinen Pulli.

»Zeig mir deine Bauchmuskeln!«, fordere ich ihn auf.

»Darauf kannst du lange warten!«

Wir grinsen einander an, bis sein Lächeln erlischt. »Wie lange dauert es noch, bis du wiederkommst?«

Ich seufze und wünschte mir, er würde mir richtig in die Augen sehen. Es nervt mich, dass wir keinen echten Augenkontakt herstellen können, weil wir einander auf dem Display ansehen und nicht in die kleinen Kameralinsen starren.

»Weiß nicht, Elliot. Es könnte mitsamt der Überarbeitung März oder April werden, bis der Roman fertig ist.« Der Abgabetermin für mein Manuskript ist Ende Januar, aber danach steht garantiert auch noch ein Haufen Arbeit an. »Wolltest du nicht diesen Sommer herkommen?«

Nun gibt er ein tiefes Seufzen von sich. »Bei mir stehen gerade so viele Projekte an.« Könnte ich doch nur durch das Display greifen und ihm über die Wange mit den dunklen Bartstoppeln streicheln. »Sosehr ich es mir auch wünsche, ich glaub einfach nicht, dass ich mir die Zeit freischaufeln kann. Du weißt, was für ein Sklaventreiber Darren ist.«

Darren ist sein Boss und ein kleines Arschloch obendrein. Elliot ist leitender Hochbauingenieur in einer großen Firma, die ihn sehr hart rannimmt, doch der Job ist einfach zu gut, um das Handtuch zu werfen.

»Und überhaupt, du klingst viel zu beschäftigt, als dass du mich in absehbarer Zeit bespaßen könntest«, meint er. »Inzwischen musst du ja schon zwei Bücher schreiben.«

»Stimmt. Aber so beschäftigt könnte ich gar nicht sein, dass ich dich nicht noch bespaßen würde.« Ich lächele verheißungsvoll. Im Gegenzug grinst er breiter.

»Vielleicht möchtest du das ja gleich mal unter Beweis stellen?«, meint er vielsagend.

Ich werfe einen Blick über meine Schulter. »Na ja, ich stehe auf einer Wiese und in Sichtweite von mehreren Zelten, insofern käme das vielleicht nicht so gut.«

»Dann geh doch zu deinem Wohnmobil zurück!«

Ich ziehe ein langes Gesicht. »Da unten habe ich leider keinen Empfang.«

»Soll das etwa heißen, wir können kein sexy Zeug miteinander anstellen, während du in Cornwall bist?«, fragt er enttäuscht.

»Wo ein Wille ist, ist auch ein Weg!«, versichere ich ihm großspurig, doch ich bin genauso geknickt wie er.

Nachdem Elliot und ich uns voneinander verabschiedet haben, gehe ich zu meinem Stellplatz zurück, um mich dort einzurichten. Schiebt man die breite Seitentür des Wohnmobils auf, fällt der Blick auf eine graugelbe Inneneinrichtung von Westfalia – Dads ganzer Stolz. Vor mir befindet sich ein kleiner freier Bereich von ungefähr einem Quadratmeter. Nennen wir es mal das Wohnzimmer. Links von mir steht eine graue Sitzbank, die in heruntergeklapptem Zustand einen Teil des Betts ausmacht – quasi das Schlafzimmer. Richte ich den Blick geradeaus, sieht man das, was ich locker-flockig als die Küche bezeichnen würde: zwei mit Leckereien vollgestopfte Schränke, ein kleiner von oben befüllbarer Kühlschrank, ein zweiflammiger Gaskocher und eine kleine Spüle. Der Grundriss hebt die Bedeutung des Begriffs Wohnküche auf eine völlig neue Ebene.

Fahrer- und Beifahrersitz lassen sich um hundertachtzig Grad zur Sitzbank drehen, und genau das nehme ich als Erstes in Angriff. Nach einigem Herumgefrickel schaffe ich es, richte mich wieder auf und stoße mir den Kopf an der Decke. Autsch! Das Dach fährt hoch, doch nach einer weiteren Kraftanstrengung kann ich in einem gewissen Bereich immerhin aufrecht stehen. Nun muss ich nur noch den Tisch hochklappen, und alles ist in Butter. Er ist in der Seitentür untergebracht, und ich brauche ein Weilchen, bevor ich kapiere, wie er einrastet – dabei hat Dad das eigentlich alles mit mir durchgesprochen.

Jetzt bin ich noch fertiger als ohnehin schon. Ist halb elf am Vormittag zu früh für ein Glas Prosecco?

Bedauerlicherweise komme ich zu dem Schluss, dass es wirklich noch zu früh ist, also mache ich mich stattdessen an die Zubereitung einer Tasse Tee, fülle den Kessel mit Wasser aus der Flasche unter der Sitzbank, zünde den Gaskocher mit Streichhölzern an, die ich in einem der Schränke entdeckt habe, und begebe mich dann auf die Suche, um Teebeutel und einen Becher zu finden.

Bestimmt gewöhne ich mich früher oder später an das Ganze.

Um auch keine einzige Minute wertvollen Sonnenscheins zu vergeuden, beschließe ich, mich ins Freie zu setzen. Allerdings muss ich den halben Kofferraum ausräumen, um einen der beiden Campingstühle herauszubefördern, die unter meinen Reisetaschen vergraben sind. Bis es so weit ist, pfeift der Kessel wie eine demente Amsel, und ich verbrenne mir beim Versuch, das Gas abzustellen, beinahe die Hand.

Herrje, wie kriegen andere Leute das nur hin?

Oder, anders formuliert: Warum machen Leute überhaupt so etwas?

Endlich kann ich mich mit dem hart erkämpften Becher Tee in den Händen hinsetzen und die Beine ausstrecken.

Ich höre, wie Kinder auf der oberen Grünfläche hinter der hohen Hecke Federball spielen. Ein Paar mittleren Alters in dem Wohnmobil ein paar Stellplätze weiter unterhält sich freundlich mit dem jungen Pärchen von gegenüber. Eine vierköpfige Familie radelt schnaufend, japsend und zankend die Campingplatzstraße neben mir hinauf. Auf der Wiese ganz oben versuchen ein Mann und ein kleiner Junge, einen Drachen steigen zu lassen. In der Hecke neben Hermie zwitschern und tschilpen Vögel, und ich sitze einfach nur da und entspanne mich.

Während ich meinen Tee schlürfe, scheint mir die Sonne auf den Kopf, und ich muss sagen, es ist die beste Tasse Tee, die ich je hatte.

Kapitel 5

Wisst ihr was? So übel ist das alles gar nicht. Tatsächlich war es in Hermie mit zugezogenen Vorhängen sogar irgendwie gemütlich. Ich habe die Kerzen in der Laterne angezündet und im Bett gelesen, und als ich mich zu meinem letzten Klogang aufmachte, entdeckte ich bei meiner Rückkehr, dass die solarbetriebene Lichterkette, die ich draußen am Wohnmobil aufgehängt hatte, funkelnd zum Leben erwacht war.

Geschlafen habe ich den Umständen entsprechend gut, und heute Morgen habe ich mich in der angenehm sauberen Sanitäranlage frischgemacht und an meinem kleinen gelben Tisch eine Schüssel Müsli gegessen. Die Sitzbank in ein Bett zu verwandeln war schon knifflig gewesen, der Rückbau erst recht, aber im Großen und Ganzen liegt mir diese Campingsache mehr, als ich gedacht hätte.

Natürlich gibt es immer ein Morgen.

Und den darauffolgenden Tag.

Und die sechzig danach.

Hmm.

Da Charlie ja wohl über eine Internetverbindung verfügen wird, schenke ich es mir, zum Checken der E-Mails auf die Wiese hochzusteigen. Auf dem Camel-Trail, der auf einer ehemaligen Bahntrasse entlang der Camel-Mündung verläuft, gelangt man zu Fuß im Nu nach Padstow. Lächelnd und mit geschultertem Rucksack wandere ich auf dem malerischen

Weg und gehe ab und an zur Seite, um Radfahrer vorbeizulassen. Die Sonne scheint, und es ist ein weiterer schöner Tag. Ich kann es kaum erwarten loszulegen.

Leider geht von nun an alles schief.

Hinter Charlies Haustür schreit sich April die Lunge aus dem Leib. Ich schwanke, ob ich mich aus dem Staub machen soll, doch leider hat mich Charlie vom Wohnzimmerfenster aus gesehen, wo er mit einem Telefon am Ohr hin und her tigert.

Im nächsten Moment wird die Tür aufgerissen, und das Geschrei wird noch ein bisschen lauter.

»Hallo, ich brauch noch eine Minute«, erklärt er und hält dabei die Hand über die Sprechmuschel. »Komm doch rein.«

Er tritt zur Seite, um mich einzulassen. Was ich nur widerstrebend tue.

»Ich weiß nicht, Mum.« Er hebt die Stimme, um gegen den Lärm anzukommen. Mit dem Kopf deutet er in Richtung Küche, und mit Entsetzen wird mir bewusst, dass wir uns auf das Geplärre zubewegen. »Ja. Paracetamol und Nurofen«, höre ich ihn sagen.

April sitzt in einem viereckigen Laufstall, der bei meinem letzten Besuch noch nicht da war, und schreit nach wie vor wie am Spieß. Das Gesicht ist rot und verquollen, ihr läuft die Nase. Sie blickt auf und entdeckt mich.

Ich weiche von dem Laufstall zurück.

»Ich hab keine zu Hause. Ich habe wirklich keine da!«, erklärt Charlie am Telefon, während er nach dem Wasserkocher greift und ihn auffüllt. Er wirkt unglaublich gestresst. »Tee?«, fragt er mit stummen Lippenbewegungen.

»Ich mach das schon«, antworte ich ebenso lautlos, und er reicht mir den Wasserkocher.

Ich versuche, mir mein Unbehagen nicht anmerken zu lassen. In der Küche herrscht Chaos. In der Spüle und drumherum türmt sich schmutziges Geschirr, überall auf den Arbeitsflächen und sogar auf dem Boden sind Essensreste und Getränkepfützen. Das Sofa gegenüber vom Laufstall ist mit Spielsachen, Klamotten, Feuchttüchern und anderem Babyzubehör zugemüllt. Überhaupt kein Vergleich zum Zustand bei meinem letzten Besuch.

»Das bringt doch nichts«, schnaubt Charlie und hört dann angespannt seiner Mutter zu. »Na gut. Ich werde es versuchen.« Pause. »Ich hab gesagt, na gut, ich werde es versuchen!« Er lauscht erneut. »Vielen Dank«, erwidert er genervt. Dann beendet er das Gespräch und murmelt etwas in sich hinein, würdigt mich dabei aber kaum eines Blickes.

Ich hole zwei Becher aus dem Küchenschrank. »Auch einen Tee?«

»Ich glaube, ich brauche einen Tequila-Shot.«

»Kann böse enden, so was ...«, witzel ich, doch das findet er gar nicht lustig.

Er geht zum Laufstall, und aus dem Augenwinkel sehe ich, dass April ihm schreiend die Arme entgegenstreckt. Er hebt sie heraus und verlässt mit ihr den Raum.

Mag sein, dass ich den Tee etwas länger ziehen lasse als nötig, jedenfalls hat sich das Geschrei in schluckaufartiges Atmen verwandelt, als ich zögerlich das Wohnzimmer betrete. Charlie trägt April herum und schaukelt sie sanft. Als sie mich bemerkt, dreht sie das Gesicht weg und vergräbt es am Hals ihres Dads. Ich stelle den Tee auf den Couchtisch.

»Alles okay mit ihr?«, flüstere ich.

Resigniert schließt Charlie kurz die Augen und nickt.

»Soll ich hochgehen und anfangen?«

Wieder nickt er.

Seit meinem letzten Besuch hat jemand den Bildschirm von Nickis Computer abgestaubt und den Schreibtisch abgewischt.

Falls Charlie tatsächlich eine Zugehfrau haben sollte, hat sie sich heute jedenfalls noch nicht blicken lassen.

Ich schalte den Computer an und hole, während er hochfährt, einen Notizblock und einen Stift aus meinem Rucksack. Zunächst mal möchte ich den Anfang der Fortsetzung lesen, da ich mir dadurch Hinweise auf den geplanten Fortgang der Story erhoffe.

Zehn Minuten später klopft es an der Tür.

»Ja, bitte?« Ich schwenke meinen Stuhl herum. Charlie kommt herein.

»Hast du alles, was du brauchst?« Er sieht völlig fertig aus.

»Alles gut. Ich lese gerade die *Bekenntnisse*. Die ersten Seiten sind großartig.«

Er nickt, aber es ist ihm anzumerken, dass er nicht in der Stimmung ist, sich über Nickis Buch auszulassen.

»Wie geht's April?«

Seufzend lehnt er sich an den Türrahmen. »Ich hab's geschafft, sie in ihrem Kinderwagen zum Schlafen zu bringen. Sie war die halbe Nacht wach.« Seine Augen sind blutunterlaufen.

»Du musst fix und fertig sein.«

»Mmm. April wohl auch. Normalerweise würde sie nie bis zehn Uhr schlafen.«

Er reibt sich mit den Handrücken die Augen. Zum Rasieren ist er offenbar noch nicht gekommen.

»Normalerweise kann man nach ihren Einschlafzeiten die Uhr stellen. Mum schätzt, dass sie mal wieder zahnt.«

»Ein Baby, das sich an Uhrzeiten hält? Ich wusste gar nicht, dass es so was gibt«, bemerke ich grinsend.

»Ich auch nicht«, erwidert er trocken. »Nickis Schwester Kate hat ihr das vor ein paar Monaten antrainiert. Sie hat mir einen Zeitplan aufgeschrieben und mir eingeschärft, mich unbedingt daran zu halten. Mum hält das für Unsinn, aber es funktioniert tatsächlich.« Er verdreht die Augen und wendet den Blick ab. »Na ja, normalerweise jedenfalls.«

»Wo wohnt Nickis Schwester denn?«

»In Essex. Genau wie ihre Mutter.«

»Ganz schön weit weg also«, bemerke ich unnötigerweise.

»Witzigerweise fand Nicki es nicht weit genug, als wir herzogen.« Kummer überschattet sein Gesicht. »Hast du alles, was du brauchst?«, erkundigt er sich brüsk, und ich passe meine Miene entsprechend an. Er möchte mein Mitleid nicht.

»Ja, danke.«

»Na, solange April schläft, mache ich mich mal besser wieder an die Arbeit. Falls was sein sollte: Ich bin im Garten.«

»Okay, danke.«

Wenig später ertönt von draußen ein schabendes Geräusch. Neugierig schaue ich hinaus und entdecke Charlie, der in Unterhemd und ausgefransten khakifarbenen Shorts im Garten steht und einen großen Ast abschleift. Was er wohl damit vorhat? Ich beobachte ihn einen Augenblick, und mir fallen die strammen Muskeln an seinen gebräunten Armen auf.

Und ich hatte mich über die Aussicht von dieser Seite des Hauses beklagt!

Nach meinem ersten Besuch bei Charlie hatte mich Elliot abends im Bed & Breakfast angerufen, als ich mich gerade bettfertig machte. Er wollte alles über Charlie wissen, und mir war klar, dass er damit nicht nur Charlies Art meinte, sondern auch sein Aussehen. Mit einem dümmlichen Grinsen im Gesicht lieferte ich ihm einen ehrlichen Bericht, woraufhin Elliot in sich hineingluckste und mich aufforderte, kalt zu duschen.

Ich finde es toll, dass er nicht eifersüchtig wird. Er vertraut mir, ich vertraue ihm, und keiner von uns hat Probleme damit, wenn der andere ein bisschen fremdguckt, falls sich ein schöner Anblick bietet.

Schaudernd denke ich an meinen Exfreund Vince, der wahnsinnig eifersüchtig werden konnte. Auf das Treffen mit ihm könnte ich gut verzichten. Ich versuche, den Gedanken an ihn beiseitezuschieben.

Nachdem ich ein paar Seiten gelesen habe, nimmt mich Kits Welt wieder völlig gefangen. Ich weiß, dass der Text abrupt enden wird, doch als es so weit ist, bin ich trotzdem schockiert.

Unser geheimes Leben schloss mit einem Cliffhanger, die *Bekenntnisse* dagegen hören mitten in der Geschichte auf, noch dazu mitten in einem Dialog.

Was für ein schrecklicher Gedanke, dass Nicki an diesem Punkt des Buches gestorben ist. Ob sie womöglich gerade arbeitete und an eben diesem Schreibtisch saß? Bei dem Gedanken läuft es mir eiskalt über den Rücken.

Wie sind Charlie und April damit fertiggeworden, sie so jäh zu verlieren? April war gerade mal fünf Wochen alt, ein winziges Baby, das seine Mutter brauchte. Nicht einmal ansatzweise kann ich mir vorstellen, wie Charlie es trotz seines quälenden Kummers schaffte, sich zusammenzureißen, um für April da zu sein.

Ich atme tief durch. Eigentlich wäre jetzt ein Kaffee fällig. Ich blicke auf meine Uhr. Nee, oder? Schon zwanzig nach eins? Der Vormittag ist wie im Flug vergangen. Vielleicht mache ich einen Streifzug durch Padstow und esse irgendwo zu Mittag.

Ich stehe auf, strecke mich und sehe aus dem Fenster. Ich war so in die Geschichte vertieft, dass ich gar nicht gemerkt habe, dass Charlie mit dem Abschmirgeln aufgehört hat.

Als ich nach unten gehe, herrscht überall Stille. Ich strecke meinen Kopf zur Wohnzimmertür hinein, doch dort ist niemand. Auch in der Küche nicht.

»Charlie?«, rufe ich für den Fall, dass er doch irgendwo steckt. Keine Antwort.

Komisch, ich habe gar nicht gehört, dass er nach oben gekommen ist, allerdings habe ich auch nicht darauf geachtet. Ich schaue mich um, er scheint aber nirgends eine Nachricht mit der Information hinterlassen zu haben, wohin er gegangen ist. Einen Schlüssel hat er mir nicht gegeben, ich würde also nicht mehr ins Haus gelangen, wenn er den ganzen Tag unterwegs wäre.

Ich sehe besser mal oben nach.

»Charlie?«, rufe ich leise beim Hochgehen. Ich möchte April nicht wecken, falls sie noch immer schläft. Wie lange machen Babys Mittagsschlaf? Inzwischen müsste sie doch längst aufgewacht sein.

Abgesehen von der Tür zu Nickis Arbeitszimmer gibt es im ersten Stock noch drei weitere Türen, und sie stehen alle offen. Die erste führt ins Badezimmer – leer.

Ich gehe zur zweiten und klopfe an. »Charlie?« Keine Antwort. Ich spähe hinein, es muss Aprils Zimmer sein. Das Kinderbett und die anderen Möbelstücke sind weiß gestrichen, die Vorhänge und die Decke sind zartrosa gehalten. An der Wand hängt ein großes Seepferdchen aus Holz, und der kleine Tisch neben dem Kinderbett ist mit weißen Fotorahmen vollgestellt. Auf manchen der Bilder erkenne ich Nicki, und ich würde sie mir nur zu gern anschauen, habe aber jetzt schon das Gefühl, als würde ich herumschnüffeln. Nachdem ich ein weiteres Mal nach Charlie gerufen habe, klopfe ich an die letzte offene Tür im Gang. Als niemand antwortet, luge ich vorsichtig hinein. Es ist Charlies Schlafzimmer. Ich registriere lediglich, dass das große Doppelbett nicht gemacht ist und dass auf dem Nachttisch weitere Bilderrahmen stehen, bevor ich mich zurückziehe.

Das Haus ist leer. Ich bin allein. Und habe einen Bärenhunger.

Wann Charlie wohl zurückkommt? Wann kann ich zum Essen gehen? Ich möchte auf gar keinen Fall ausgesperrt werden.

Also begnüge ich mich erst mal mit einer Tasse Tee und setze mich dann wieder an die Arbeit. Mein Plan ist, die anderen Dateien in Nickis Computer zu lesen und mir Notizen zu machen.

Ich fange mit dem Exposé für *Bekenntnisse* an, aber das ist enttäuschend kurz. Kit plant weiterhin zwei Hochzeiten, doch die letzte Seite endet mit der Frage: Wird sie das durchziehen? Noch habe ich keinerlei Hinweis darauf, ob Nicki wollte, dass ihre Heldin sich für einen der beiden Männern entscheidet, von beiden sitzengelassen wird oder beide heiratet. Ich knöpfe mir die nächste Datei im Ordner vor.

Während der Vormittag nur so dahingeflogen ist, ziehen sich die nächsten anderthalb Stunden wie in Zeitlupe dahin. Schließlich halte ich es nicht länger aus und gehe auf der Suche nach etwas Essbarem nach unten. Im Brotkasten entdecke ich einen Brotlaib, von dem ich mir mit schlechtem Gewissen ein paar Scheiben abschneide. Ich stecke sie in den Toaster, bevor ich im Kühlschrank und in den Küchenschränken nach irgendwelchen Zutaten suche.

Während ich darauf warte, dass meine Toasts fertig sind, räume ich ein bisschen auf. Es gibt eine Spülmaschine, die allerdings, wie sich herausstellt, ausgeräumt werden muss, weshalb ich erst mal nur die schmutzigen Teller vom Tisch räume und sie auf den Stapel in der Spüle stelle. Nachdem ich gegessen habe, wische ich die Arbeitsflächen und wasche das schmutzige Geschirr mit der Hand ab. Hoffentlich reicht das als Bezahlung für mein gemopstes Mittagessen.

Es ist fast fünf, als Charlie mit April nach Hause kommt – ich habe die Tür zum Arbeitszimmer offen stehen lassen, damit ich ihre Rückkehr nicht verpasse. Es verwirrt mich ein wenig, dass Charlie weggegangen ist, ohne mir einen Schlüssel dazulassen –

oder mir zumindest Bescheid zu geben, dass sie weg sind. Vielleicht möchte er auch nicht, dass ich ein und aus gehe, wie ich will. Es muss ja schon merkwürdig sein, überhaupt eine Fremde im Haus zu haben, andererseits hat er es sich ja selbst so ausgesucht. Morgen nehme ich mir mein Mittagessen einfach mit.

Ich klaube meine Sachen zusammen und schalte Nickis Computer aus. Immerhin hatte ich einen produktiven Tag.

Auf dem Weg nach unten höre ich, wie sich Charlie im Wohnzimmer mit April unterhält. Ich strecke meinen Kopf zur Tür hinein und sehe, dass er sie gerade wickelt. Sie liegt auf dem Sofa und sieht zu ihm auf.

»Hallo!«

Er fährt zusammen und sieht über die Schulter zu mir. Er trägt wieder Nickis gelbes Bandana als Stirnband.

»Ich mach mich dann mal auf den Weg.«

»Okay.«

»Sorry, ich hab mir zum Mittagessen etwas von deinem Brot stibitzt. Ich werde es ersetzen.«

»Nicht nötig«, erwidert er mit einem Stirnrunzeln, zieht Aprils rotes Kleidchen glatt und setzt sie auf.

»Dann sehen wir uns morgen früh? Neun Uhr?«

»Klar.« Er nimmt seine Tochter und richtet sich auf. Sie lächelt ihn an.

»Sie scheint wieder besser drauf zu sein.« Ich verweile in der Tür.

»Ich glaube, das Zahnungsgel hat geholfen.«

»War das die Idee deiner Mum?«

»Genau. Alles gut gelaufen heute?« Er klingt angespannt.

»Ja. Ich gehe gerade den *Bekenntnisse*-Ordner durch.«

Er nickt kurz und begleitet mich zur Tür. »Dann bis morgen.«

»Ja, bis morgen.«

Hinter mir fällt die Tür krachend ins Schloss.

Kapitel 6

Am nächsten Tag läuft es genauso, allerdings bin ich diesmal darauf vorbereitet. Ich gehe in die leere Küche hinunter und räume das Frühstücksgeschirr weg, bevor ich am Tisch mein Sandwich esse und in den Garten schaue. Immerhin verpasse ich keinen Sonnenschein. Der Himmel ist total bewölkt.

Mir dämmert, dass das, was ich zuvor für eine Art Müllkippe gehalten habe, eine Werkstatt im Freien ist. Ein Teppich aus Sägemehl und Holzspänen bedeckt den zertrampelten Rasen. Ein paar Werkbänke stehen herum, auf denen Holzbretter und Werkzeug liegen. Heute Morgen hat Charlie wieder einen großen Ast abgeschmirgelt, und unter der Veranda liegen schon etliche bereits fertig bearbeitete Exemplare. Was er wohl damit vorhat?

Als er am Nachmittag zu einem etwas früheren Zeitpunkt, sprich: schon um Viertel vor vier zurückkommt, gehe ich hinunter, um mir einen Kaffee zu machen und ihn danach zu fragen.

»Das wird ein Spielgerät für eine Grundschule hier in Padstow«, erklärt er und setzt April in ihren Laufstall. Umgehend beginnt sie zu quäken, hievt sich auf die Füße und klammert sich dabei mit ihren Patschhändchen ans Laufstallgeländer. »Komm, April, spiel ein bisschen mit deinem Spielzeug«, fordert Charlie sie auf.

Sie protestiert schreiend, er ignoriert sie jedoch und öffnet die Geschirrspülmaschine.

»Du hast sie eingeräumt und angeschaltet!«, sagt er verblüfft.

»Ja, wieso?«

»Du musst doch nicht hinter uns herräumen.«

»Ach, nicht der Rede wert. Nach der ganzen Computerarbeit habe ich sowieso eine Pause gebraucht.«

Meinen kleinen Wink kriegt er gar nicht mit.

Stattdessen beginnt er, die Geschirrspülmaschine auszuräumen. Ich mache mir einen Kaffee und probiere ebenfalls, Aprils hartnäckiges Geschrei einfach zu ignorieren. Schließlich gibt Charlie auf und hebt sie aus ihrem Laufstall, setzt sie mit ihrem windelbepackten Popo auf den Boden und gibt ihr zum Spielen einen Kochtopf und einen Kochlöffel, mit dem sie gegen den Topf haut. Autsch, meine Ohren!

Während ich darauf warte, dass das Wasser kocht, gehe ich zu den Terrassentüren und sehe hinaus.

»Verdienst du dir damit deinen Lebensunterhalt?«, rufe ich über meine Schulter. »Du baust Sachen aus Holz?«

»Ganz genau.«

»Was denn zum Beispiel?«

»Spielküchen, Spielhäuser, Baumhäuser, so was in der Art.« Er muss seine Stimme heben, um Aprils Radau zu übertönen.

Leute, die mit ihren Händen Dinge erschaffen, beeindrucken mich grundsätzlich. Ich wende mich von den Terrassentüren ab. »Arbeitest du immer, wenn April schläft?«

»Ja. Wie viel Zeit mir dann zur Verfügung steht, ist allerdings ganz unterschiedlich.« Er wirft einen gequälten Blick auf seine Tochter, die zu ihm hochschaut.

»Das Wasser kocht«, bemerkt er.

Ich bereite mir meinen Kaffee zu und verziehe mich lieber wieder.

»Der soll dir gefälligst einen Schlüssel geben, sag ihm das«, motzt meine Freundin Marty am folgenden Abend, als ich sie von der Anhöhe aus anrufe. Eigentlich wollte ich hier oben ja meine E-Mails abrufen und die Kommentare auf meinem Blog checken, aber das wurde mir schnell langweilig, und ich rief stattdessen meine beste Freundin an.

Als wir Anfang zwanzig waren, haben Marty und ich uns über eine Kollegin kennengelernt, die beim selben Reisemagazin arbeitete wie ich – Marty selbst ist Reiseberaterin.

Ich hatte gerade mit meinem Freund Vince Schluss gemacht, und Marty und ich verstanden uns auf Anhieb. Drei Jahre lang teilten wir uns eine Wohnung, wobei ich ziemlich viel unterwegs war, nachdem ich mich selbständig gemacht hatte. Auf jeden Fall sind wir seitdem dicke Freundinnen.

»Ich kann ihn nicht um einen Schlüssel bitten«, erwidere ich. »Bislang kennt er mich doch kaum. Da möchte ich nicht gleich mit einer Liste von Forderungen anrücken.«

»Na, wenn du schon bei ihm zu Hause arbeiten musst, dann sollte ein Schlüssel ja wohl das Mindeste sein.«

»Ich werde ihn ja auch danach fragen, nächste Woche vielleicht.« Ich lächle einer Frau zu, die mit ihrer kleinen Tochter den steilen Hang zum Toilettenhaus runterzockelt, dann schaue ich wieder zur Camel-Mündung hinüber. Inzwischen steigt das Wasser wieder. »Heute hab ich mich ein Weilchen vorn auf die Mauer gesetzt. Es war echt heiß.«

»Und warum nicht einfach hinten in den Garten?«, will Marty wissen, also erkläre ich es ihr. Auch heute hat Charlie dort wieder herumgehämmert und abgeschliffen. Anscheinend arbeitet er gerade am Grundgerüst für eine Spielküche. Was er wohl mit den Ästen vorhat?

»Wäre er denn flachlegenswert?«, fragt sie unvermittelt.

»Aber hallo!« Ich grinse anzüglich, doch sofort bekomme

ich ein schlechtes Gewissen, weil ich an die Umstände denken muss, die mich hergeführt haben.

»Hat er eine gewisse Ähnlichkeit mit Ross Poldark?«, fragt Marty gespannt und ist sich meiner veränderten Stimmungslage zum Glück gar nicht bewusst.

»Nein«, erwidere ich nachdrücklich. »Mensch, du bist ja besessen von dieser Serie!«

Poldark spielt in Cornwall, insofern ist ihre Frage naheliegend.

»Stimmt, und ich stehe auch dazu. Aidan Turner sieht doch einfach zum Abschlecken aus!«

»Zum Abschlecken?«, pruste ich. Unsere Unterhaltung führt in eine bizarre Richtung. Das kommt in Gesprächen mit Marty häufiger vor.

»Würdest du denn nicht am liebsten durch den Fernsehbildschirm klettern und ihm das Gesicht abschlecken?«

»Nö, eigentlich nicht.« Ich gehe mal davon aus, dass sie über den Typen spricht, der die Hauptrolle spielt. »Wie sind wir überhaupt darauf gekommen?«

»Du hast gerade erzählt, Charlie sei rattenscharf, und ich habe gefragt …«

»Stop!«, unterbreche ich sie. »Das habe ich gar nicht gesagt! Jetzt fühle ich mich erst richtig mies. Der arme Kerl hat letzten Oktober seine Frau verloren.«

»Das ist echt beschissen.«

»Und das ist noch milde ausgedrückt, würde ich sagen.« Ich seufze tief auf.

»Alles okay mit dir? Du klingst gar nicht so fröhlich wie sonst. Es ist sicher deprimierend, dort zu sein, oder?«

»Nicht so deprimierend, wie du es dir vielleicht vorstellst, aber ich komme mir schon ein bisschen wie ein Eindringling vor«, räume ich ein. »Dabei wollte er unbedingt, dass ich herkomme. Er unterhält sich mit mir nur über seine Tochter. Ich hab schon versucht, mit ihm über seine Arbeit zu reden, aber er ist nicht besonders gesprächig. Andererseits bin ich ja gerade erst hergekommen. Wird schon werden. Ich lass mich nicht unterkriegen. Wart mal kurz.« Ich lege das Handy ins Gras, köpfe ein Fläschchen Prosecco und halte mir das Gerät wieder ans Ohr. »Cheers!« Ich trinke einen kräftigen Schluck. Die Kohlensäure steigt mir in die Nase, und ich muss husten.

»Trinkst du etwa allein?«, fragt Marty alarmiert.

»Nein, ich unterhalte mich ja mit dir. Bist du etwa keine Gesellschaft?«

»Als du sagtest, du lässt dich nicht unterkriegen, war mir nicht klar, dass du damit meinst, du würdest dir während unseres Telefonats die Kante geben.«

Ich lache. »Ach, Marty, musst du mit Ted wirklich zwei Wochen nach Griechenland fliegen? Kannst du nicht stattdessen herkommen und mich besuchen?«

»Sobald mein Süßer und ich wieder zurück sind, mach ich mich auf den Weg zu dir, versprochen.«

»Du liebst ihn wirklich, stimmt's?«, frage ich versonnen.

»Ja, ich liebe ihn wirklich, und wie!«

»Wenn ich dich so höre, wird mir ja ganz schlecht!«, entgegne ich lachend.

Als wir das Gespräch beenden, kichern wir noch immer.

Tief atme ich die feuchte, salzige Luft ein, inhaliere den Duft von Meerwasser und grünem Gras. Die Sonne geht unter, und der Himmel gleicht einer Leinwand mit Pinselstrichen in Malve, Orange, Rosa und Blau. Ich bleibe oben auf der Wiese, bis der erste Stern erscheint. Erst dann kehre ich zu Hermie zurück und lege mich ins Bett, ohne mir die Mühe zu machen, mich abzuschminken.

Kapitel 7

Mir geht's gerade nicht so doll.
Und, ja, das verheißt nichts Gutes für die kommenden Wochen.

Dank meines alten Kumpels Prosecco musste ich einen mitternächtlichen Boxenstopp einlegen, und meine Bauchmuskeln waren die ganze Nacht im Einsatz, weil ich immer wieder auf die eine Seite gerollt bin. Offenbar ist der Stellplatz längst nicht so eben wie gedacht. Heute früh bin ich vollkommen gerädert aufgewacht, noch dazu mit verkrusteten Augen und verklebten Wimpern.

Ich sehe grässlich aus. Und es macht mir nicht mal was aus. Ob ich mich überhaupt aufraffen soll, duschen zu gehen?

Ich liege bis zwanzig vor neun im Bett, ehe ich mir einen Ruck gebe.

Krieg dich ein, Bridget!, ermahne ich mich. Charlie erwartet dich.

Ich schnappe mir meinen Waschbeutel und klettere aus dem Wohnmobil. Ich muss mir heute wirklich die Haare waschen. Stichwort: Fett.

Die Duschen funktionieren mit Münzen – gute fünf Minuten kosten 50 Pence. Bei meiner Ankunft habe ich mir gleich mal einen Schwung davon besorgt, aber finde ich die kleinen Goldteilchen in meinem Waschbeutel, als sich die Dusche mitten beim Ausspülen der Haare ausschaltet? Nein, natürlich nicht!

Ich hülle mich in mein Handtuch und öffne die Duschkabine

in der Hoffnung, dass jemand mir aus der Klemme helfen kann. Glücklicherweise entdecke ich Justin und rufe nach ihm.

Mit einem idiotischen Grinsen kommt er her. Heute hat er seine Dreadlocks unter einem fröhlich-bunten Hut aufgetürmt.

»Na, keine Münzen mehr, was?«

»Richtig. Kann ich mir eine von dir leihen?«

»Na klar«, erwidert er augenzwinkernd. »Bin gleich wieder da.«

Der Himmel ist mal wieder wolkenverhangen, und bei meiner Rückkehr zum Stellplatz fängt es zu schütten an.

»He, Bridget?«, höre ich jemanden rufen und bleibe stehen.

»Ach, guten Morgen, Roy!« Ich versuche begeistert zu klingen, als mein Parzellennachbar aus seinem Wohnmobil steigt. Er und seine Frau Shirley haben sich mir gleich am ersten Tag vorgestellt. Sie machen einen netten Eindruck, sind für meinen Geschmack aber ein wenig zu mitteilsam und übereifrig.

»Äh, Bridget.« Er schlurft in seinen Slippern bis an die Kante seiner Markise. »Ich stehe ja nur ungern als Spielverderber da, aber ...«

O je, was habe ich angestellt?

»Wegen Ihrer Musik konnte Shirley letzte Nacht nicht schlafen, dabei erholt sie sich gerade von einer OP, verstehen Sie?«

»Oh, das tut mir leid! Wie geht's ihr denn jetzt?« Die Musik hatte lediglich meine Stimmung aufhellen sollen.

»Gut. Noch etwas wacklig auf den Beinen, aber es geht bergauf.«

»Schön zu hören.«

Er tritt von einem Fuß auf den anderen. »Wissen Sie, dass Musikhören laut Campingplatzregeln verboten ist?«

»Sorry, ich werde sie nicht wieder so laut aufdrehen, versprochen.«

Er lacht verhalten. »Sie sollten überhaupt keine Musik hören.« Er tippt sich mit dem Finger seitlich auf die Nase. »Aber ich verrate es niemandem, solange sie wirklich ganz leise ist.«

»Danke, Roy.«

Er nickt mir gnädig und ein bisschen gönnerhaft zu. »Überhaupt kein Problem, Bridget.« Er späht zum Himmel. »Sieht aus, als würde es heute regnen.«

»Es hat schon angefangen. Ich geh mal besser wieder in Deckung.«

»Gute Idee! Einen schönen Tag!«

»Ihnen auch!«, rufe ich ihm zu und laufe zu Hermie hinüber.

So, und wo habe ich gleich wieder meinen Regenmantel hingepackt?

Nur gut, dass ich ihn finde, denn auf dem Weg zu Charlie gießt es wie aus Kübeln.

Bei meiner Ankunft ist meine Jeans klatschnass, und zu spät bin ich obendrein.

Das scheint Charlie nicht weiter zu beeindrucken, als er mir die Tür aufmacht.

»Sorry, dass ich so spät dran bin.« Ich ziehe mir meinen tropfenden Regenmantel aus und fühle mich wie eine ungezogene Schülerin.

»Im Badezimmer sind Handtücher.«

Ich schlüpfe aus meinen Vans. »Darf ich die hier auf die Heizung stellen?« Ich deute auf den Heizkörper unter der Garderobe.

»Mach nur. Sorry, ich hänge gerade am Telefon.« Er eilt den Flur entlang.

Telefon? Ich habe gar nicht gesehen, dass er ein Telefon in der Hand gehalten hätte.

Ich folge ihm in Richtung Küche. Aus der Freisprecheinrichtung tönt die Stimme einer jungen Frau, die laut und affektiert mit April spricht. Die Kleine steht in ihrem Laufstall, wippt auf ihren Füßen auf und ab und fixiert dabei das Telefon auf dem Sofa gegenüber.

»Ich bin wieder da«, sagt Charlie laut.

»Ist die Ghostwriterin gekommen?«, erkundigt sich die Stimme am anderen Ende.

»Bridget, genau. Sie ist jetzt hier.« Er wirft mir einen Blick zu und deutet auf das Telefon. »Ich spreche mit Kate, Nickis Schwester«, erklärt er leise.

»Oh«, flüstere ich. Der Essex-Akzent war mir schon aufgefallen.

»Möchtest du dir solange einen Tee machen?«, fragt er.
Ich nicke und setze Wasser auf.

»Charlie?«, fragt Kate, während er den Tisch sauber wischt.

»Ich bin hier. Was hattest du gerade gesagt?«

»Leg sie heute zum Schlafen bloß nicht in den Kinderwagen, okay?«

»Ich habe aber nicht die Zeit dafür, es anders zu machen.« Er klingt gereizt. »Ich bin mit diesem Auftrag so wahnsinnig hinterher!«

»Wann soll er denn fertig sein?«

»Nächste Woche.«

»Nächste Woche?«, spottet sie. »Der Unterricht geht doch erst im September wieder los!«

»Der Hausmeister verlässt die Schule und will, dass davor alles aufgebaut ist.«

»Oh. Verständlich. Aber hör mal, in ihrem Kinderbett schläft sie besser, und wenn du von deiner Routine abweichst, rächt sich das bitter. Ich kenne mich da aus, glaub mir.«

»Ja, ich weiß.« Er spült den Schwamm in der Spüle aus. »Wie geht's den Kids?«

»Die treiben mich in den Wahnsinn«, erwidert sie. »Schulferien halt ...« Sie hält inne. »Möchtest du, dass ich nächste

Woche komme und dir unter die Arme greife?«, fragt sie zögernd. »Mum könnte die Kids nehmen.«

»Nein, das kriege ich auch so hin. Meine Mutter hat schon gesagt, dass sie sich ein bisschen Zeit freischaufeln kann.«

»Lass bloß nicht zu, dass sie April im Kinderwagen schlafen lässt!«

»Hast du schon mal versucht, sie davon abzuhalten?«, fragt er trocken, nimmt das Telefon und lässt sich aufs Sofa fallen. Er schaltet die Freisprechfunktion aus, hält sich den Hörer ans Ohr und verdreht über irgendeine Äußerung von Kate die Augen.

»Genau«, erklärt er.

Ich gehe mit meiner Teetasse nach oben. Aus dem Bad hole ich mir ein Handtuch, auf das ich mich setze, bis meine Jeans wieder trocken sind.

Bislang habe ich diese Woche still vor mich hingearbeitet, heute jedoch brauche ich einen Stimmungsbooster, und in meinem Fall geht da nichts über Musik. Ich schalte meinen geliebten Bluetooth-Lautsprecher von Bang & Olufsen an, den ich vom Campingplatz mit hergenommen habe, und stöbere auf meinem iPod Touch nach dem perfekten Lied. Dann drücke ich auf Play und drehe die Lautstärke auf. Wenn ich schon im Wohnmobil Kopfhörer tragen muss, dann kann ja wenigstens hier mein Lautsprecher zum Einsatz kommen.

Charlies Klopfen habe ich offenbar nicht mitgekriegt, denn plötzlich steht er mit April in meinem Arbeitszimmer. In Nickis Arbeitszimmer. Unserem Arbeitszimmer.

Ich drehe die Lautstärke herunter und drehe mich zu ihm um. »Ist es zu laut?«

»Nein. Ich lege April jetzt schlafen. Vielleicht hörst du sie weinen.« Er wirft einen Blick auf den Lautsprecher. »Oder auch nicht.«

»Möchtest du nicht, dass ich die Musik runterdrehe? Das macht mir nichts aus!«

»Bei geschlossener Tür ist das kein Problem, ehrlich.«

»Okay, cool.« Ich lächele ihn an. Ich bin *viel* glücklicher. Genau das bewirken nämlich »Tainted Love« von Marilyn Manson, »U Can't Touch This« von MC Hammer und »The Sun Always Shines on TV« von A-ha bei mir.

»Gehst du heute weg?«, frage ich.

»Wie bitte?« Er stutzt. Mir fällt auf, dass er heute ein hellblaues Bandana trägt – vermutlich auch von Nicki.

»Gehst du heute weg?«, wiederhole ich meine Frage.

»Äh, ja, wahrscheinlich.«

»Weißt du schon, wann ungefähr?«

Er runzelt die Stirn. »Wenn April aufwacht. So gegen elf, halb zwölf. Normalerweise gehe ich mit ihr zum Mittagessen in den Ort.«

Ist bestimmt nett, mal rauszukommen …

»Warum fragst du?«

Ich zucke die Achseln. »Ich hab selbst auch dran gedacht, im Ort Lunch zu essen«, sage ich leichthin. Seine Augen weiten sich. »Ich meine nicht, mit dir!«, setze ich hastig hinzu, denn ich spüre seine Panik angesichts der Vorstellung, ich würde mich ihm einfach anschließen. »Ich wollte es mit einem Schaufensterbummel verbinden. Aber heute regnet's ja, da lasse ich das wohl besser.«

»Okay.« Er wirkt verlegen. April fängt an zu quengeln, und er schaukelt sie sanft. »Ich lege sie mal hin«, sagt er und küsst sie auf die Stirn. Sie schmiegt den Kopf an seine Brust und sieht mich mit ihren blauen Augen schläfrig an.

»Klar. Bis später.«

Das lief doch prima. Ich habe ihn nicht mal gefragt, wann er zurückkommt.

Mittags nehme ich meinen Lautsprecher mit in die verlassene Küche und tanze zu Billy Joels »It's Still Rock and Roll to Me«, während ich ein bisschen aufräume, vor mich hin swinge und auf einem unsichtbaren Drumset die große Trommel schlage. Irgendwann kommt Vanilla Ice, und ich gehe voll in der Musik auf. Ein Sandwich zu essen, während man »Ice Ice Baby« hört, kann man ohnehin vergessen. Mit vollem Mund zu rappen ist einfach nicht drin.

Seit ich hier bin, kaufe ich mir abends auf dem Rückweg zum Campingplatz immer Fish and Chips, Scampi and Chips oder irgendetwas anderes Frittiertes und Fischiges. Damit setze ich mich auf eine Bank mit Blick aufs Wasser, beobachte, wie die Flut einsetzt, und mampfe das Beste, was Padstow zu bieten hat.

Doch an diesem Abend treffe ich eine Entscheidung: Ich kann mich nicht ewig ausschließlich von Produkten des Fischgurus Rick Stein ernähren. Und das meine ich wörtlich, denn auf Dauer würde mich das Cholesterin umbringen.

Deshalb werde ich mir ganz sicher demnächst was kochen, allerdings nicht heute. Schließlich ist donnerstags Pizza Night am Campingplatz.

Zu diesem Zweck rücken um sechs Uhr zwei Typen mit einem grün angestrichenen umgebauten Pferdeanhänger an, auf dem ein Holzofen steht. Ich gebe meine Bestellung für eine Schinkenpizza auf und wandere im Regen zurück zum Bombenkrater, der die nächsten siebeneinhalb Wochen mein Zuhause sein wird. Ich zähle die Tage ...

Auf der Suche nach meinem Regenmantel habe ich heute Morgen im Wohnmobil das Oberste zuunterst gekehrt, und nun liegen überall Klamotten verstreut. Ich sammle alles wieder ein und stopfe sie unter den Beifahrersitz. Damit befasse ich mich später. Für den Moment brauche ich einfach nur einen Tisch zum Essen.

Am Morgen hatte ich nicht die Zeit, das Bett wieder in eine Sitzbank umzuwandeln, und jetzt bringt das eigentlich auch nichts mehr, ich schlafe ja sowieso in ein paar Stunden. Ob sich der Tisch wohl auch bei ausgezogenem Bett hochklappen lässt? Ich wage einen Versuch, und tatsächlich, es funktioniert. Und so sieht das Ganze dann aus: Meine Beine baumeln über die Bettkante, ich stopfe die Pizza an Hermies knallgelbem Tisch in mich hinein, und über meinem Kopf prasselt der Regen aufs Dach.

Es könnte schlimmer sein.

Kapitel 8

Ehrlich, mit dem Wetter geht es hier auf und ab wie bei einem Jo-Jo. Am Freitag scheint wieder die Sonne. Nicht, dass ich etwas dagegen hätte.

Dieses Mal schaffe ich es, Charlie um Viertel vor zwölf abzupassen, als er gerade mit April im Kinderwagen aus dem Haus verschwinden will.

»Wann kommst du wieder?«, frage ich ihn und schenke April, die zu mir hochstarrt, ein zerstreutes Lächeln. Sie ist zu sehr damit beschäftigt, das klebrige, runde Teil in ihren Händen aufzuessen, um zurückzulächeln.

»Ich weiß noch nicht so genau.« Er zieht die Brauen zusammen. »Warum?«

»Könnte sein, dass ich im Ort ein paar Lebensmittel einfen gehe. Ich würde aber nicht so gern ausgesperrt werden.«

»Oh!« Er schaut überrascht. Offenbar ist ihm noch gar nicht in den Sinn gekommen, dass ich das Haus nicht verlassen und wieder betreten kann, wenn er weg ist. »Heute wollte ich versuchen, April um zwei Uhr schlafen zu legen.«

»Okay, super. Dann lege ich meinen Bummel entsprechend.«

»Alles klar.«

»Bis dann.«

Er geht hinaus und zieht die Tür hinter sich zu.

Ich beschließe, meinen Instant-Nudelsnack gleich zu essen. Während ich darauf warte, dass das Wasser kocht, drehe ich meine Musik voll auf und singe zu »Unbelievable« von EMF mit. Es ist noch nicht mal zwölf, doch ich werde das Haus nicht vor ein Uhr verlassen, wenn ich eine Stunde Mittagspause mache. Ich stehe bei den Terrassentüren und boxe im Rhythmus in die Luft, als ich plötzlich Charlie nach mir rufen höre.

»Hey, du hast mich ja voll erschreckt!«, keuche ich und wirble zu ihm herum.

»Sorry«, erwidert er grinsend. Er steht in der Küchentür. »Hab vergessen, Windeln mitzunehmen.«

Während er im Küchenschrank herumwühlt, sieht er – wage ich mal zu behaupten – belustigt aus. »Bis später!«, ruft er schließlich über die Schulter zurück. Dabei hat er ein umwerfendes Grinsen im Gesicht.

Ich traue meinen Augen nicht. Es ist das erste Mal, dass ich ihn lächeln sehe, ohne dass das Lächeln seiner Tochter gilt.

Oder seiner verstorbenen Frau.

»Freedom« von dem wunderbaren, leider verstorbenen George Michael läuft in voller Lautstärke in meinen Ohrhörern, als ich schließlich das Haus verlasse. Die Sonne scheint, der Himmel ist blau, und in Padstow wimmelt es von Menschen, Einheimischen wie Touristen. Auf den Gehwegen komme ich kaum voran, weshalb ich auf die Straße wechsle und hoffe, nicht überfahren zu werden. Segelboote bilden kleine weiße Tupfer im Hafenbecken, und ein Möwenschwarm macht sich kreischend über das her, was ein kleiner, vergnügter Junge ihnen zuwirft. Von meinem Platz aus entdecke ich gleich zwei Eiswagen, und auf dem Herweg bin ich auch an einer Crêperie vorbeigekommen. Auf der gegenüberliegenden Hafenseite erhebt sich ein Hügel und bildet einen hübschen grünen Kontrast zu den Läden, Restaurants und Cafés des Orts, die grau, hellblau und beige angestrichen sind.

Der süße Duft von Karamellbonbons strömt aus einer Konditorei, an der ich vorbeikomme, und vermischt sich mit dem Aroma aus der Padstow Pasty, einem Pastetenladen ein Stück weiter vorn. Wenn ich mich richtig erinnere, ist ein Coop gleich um die Ecke. Erfahrungsgemäß dürfte es in einem schicken Seebad wie diesem auch Shops wie White Stuff, Joules, Fat Face oder Seasalt geben.

Nach einer Weile habe ich tatsächlich alle vier entdeckt. Wenn Marty hier wäre, könnten wir zusammen shoppen gehen.

Ich vermisse sie. Genau genommen vermisse ich sie schon seit Langem. Es freut mich, dass sie glücklich ist, doch als ich für ein Jahr nach Australien ging, hätte ich im Traum nicht daran gedacht, dass sie bei meiner Rückkehr mit einem Kerl zusammenleben könnte, den ich noch nicht mal kannte. Ich mag Ted – er ist eine Seele von Mensch –, aber wenn ich mitbekomme, wie meine Freundinnen so viel Liebe erfahren und ein Kind nach dem anderen in die Welt setzen, wird meine Sehnsucht nach Elliot nur umso größer.

Wobei ich ganz sicher kein Kind möchte.

Nachdem ich in einem Supermarkt was zu essen eingekauft habe, schaue ich kurz bei Joules hinein und probiere ein paar Sachen an. Ich kriege einen kleinen Schock, als ich entdecke, dass Größe vierzig schon ein bisschen stramm sitzt – zur Hölle mit meiner Sucht nach Rick-Stein-Gerichten! –, daher mache ich auf dem Weg zurück zu Charlie einen Abstecher zu einem Fahrradverleih. Der Camel-Trail scheint sich prima zum Radfahren zu eignen, und so nehme ich mir vor, dieses Wochenende mit Radtouren ein paar zusätzliche Kalorien zu verbrennen.

Bei meiner Rückkehr ist Charlie noch nicht da, und so setze ich mich auf die Mauer vor dem Haus, fahre mit den Fingern durch die Lavendelzweige und schnuppere geistesabwesend daran.

Auf dem Gehweg kommt eine junge Frau in einem roten T-Shirt und passendem Bandana entlang, die einen Kinderwagen schiebt.

Bandanas scheinen hier echt hip zu sein.

»Ach, bist du die Autorin?«, fragt sie und bleibt mit einem strahlenden Lächeln vor mir stehen. Sie hat warme, braune Augen in einem rundlichen Gesicht und dazu erstaunlicherweise spindeldürre Beine. Mit ihrem roten T-Shirt erinnert sie mich ein bisschen an ein freundliches Rotkehlchen.

»Ja, ich bin Bridget«, stelle ich mich vor, wobei ich finde, dass sich Autorin deutlich besser anhört als Ghostwriterin.

»Ich bin Jocelyn«, erwidert sie. »Und das ist Thomas.« Sie deutet auf ihren Sohn. »Wir wohnen gleich gegenüber.«

»Hallo!« Ich lächele ihr Baby an. Es scheint ungefähr im selben Alter zu sein wie April.

»Ist Charlie unterwegs?«, erkundigt sie sich.

»Ja, er ist in den Ort gegangen. Ich warte hier auf ihn.«

»Hast du denn keinen Schlüssel?«

»Nein.«

»Oh.«

Peinlich.

»Wie kommt er mit seinem Auftrag für die Schule voran?«, fragt sie.

Es ist mir ein bisschen unangenehm, dass ich das nicht weiß, deshalb schwindele ich einfach drauflos. »Ganz gut, glaube ich, auch wenn das ohne Kinderbetreuung nicht ganz einfach ist.«

Sie macht ein bestürztes Gesicht. »Aber ich kann April doch nehmen! Ich biete es ihm immer wieder an, doch er ist noch nie darauf eingegangen! Erinnerst du ihn noch mal dran? Heute Nachmittag hätten Thomas und ich ein paar Stunden Zeit.«

»Ich glaube, er möchte sie um zwei schlafen legen, aber vielleicht meldet er sich danach bei dir.« Wieder tue ich komischerweise so, als wüsste ich, was Sache ist. Was ist nur in mich gefahren?

»Red ihm gut zu. Ich bin Lehrerin an der Schule, für die er das Spielgerät baut«, flüstert sie in verschwörerischem Ton, »und habe ihm den Auftrag zugeschanzt.«

Oh, oh, hoffentlich habe ich ihn nicht gerade in Schwierigkeiten gebracht.

»Also, bis jetzt sieht es jedenfalls phantastisch aus«, schwärme ich. »Die Kids werden begeistert sein!«

Sie lächelt. »Das ist mir klar. Charlies Sachen sind echte Kunstwerke.«

Als Charlie schließlich erscheint, sind Jocelyn und Thomas bereits in ihrem Haus verschwunden.

Ich hüpfe von dem Mäuerchen hinunter. »Ich hab gerade Jacqueline kennengelernt, oder nein, Evelyn ... äh, nein ...«

»Jocelyn«, hilft er mir auf die Sprünge, während er den Kinderwagen zum Haus schiebt.

»Genau. Die wirkt total nett. Sie hat angeboten, auf April aufzupassen, wenn Not am Mann ist.«

»Wie nett von ihr!« Er beugt sich über April, um die Tür aufzuschließen.

»Sie hat ihr Angebot ernst gemeint, eindeutig.« Ich schiebe mein Rad, an dessen Lenker meine Einkäufe hängen, hinter ihm her. »Heute Nachmittag ist sie zu Hause«, setze ich hinzu und sehe mich nach etwas um, woran ich mein Fahrrad sperren kann.

»Okay, danke.« Er schiebt den Kinderwagen über die Schwelle.

Ich höre ihm an, dass er ihr Angebot nicht annehmen wird, die Frage ist nur, warum nicht?

»Was ist *das* denn?« Er bleibt so abrupt stehen, dass ich fast gegen ihn pralle. Er dreht sich zu mir um.

»Äh, ein Fahrrad?«

Überraschenderweise verzieht er das Gesicht zu einem breiten Grinsen. »Und wo hast du es her?«

»Na, vom Fahrradverleih.«

Er lacht, und eigentlich sollte ich mich wohl ärgern, dass er die Vorstellung von mir auf einem Fahrrad so lustig findet, aber der Anblick und Klang eines lachenden Charlies ist so schön, dass ich unwillkürlich kichern muss.

»Was denn?«, frage ich, gespielt beleidigt. »Findest du es so komisch, dass ich mich etwas bewegen möchte?«

»Gar nicht.« Er schüttelt den Kopf und bemüht sich, ernst dreinzuschauen, während seine grünen – oder haselnussbraunen, da schwanke ich immer noch – Augen funkeln. »Aber auf dem Ding da wirst du echt bescheuert aussehen. Nimm's mit rein«, drängt er. »Draußen kannst du es ja nirgends anschließen.«

Nachdem er den Kinderwagen beiseitegeräumt hat, hält er mir die Tür auf, und ich schiebe das Rad in die Diele.

»Weißt du was? Bring's zum Verleih zurück«, meint er unvermittelt. »Für die Zeit, die du hier bist, kannst du Nickis Fahrrad nehmen.«

Mein Lächeln gefriert mir im Gesicht, und meine Augen weiten sich. Auch seine Miene wird plötzlich ernst.

Ich schüttele den Kopf. »Nein, das kann ich nicht.«

»Doch, das kannst du«, murmelt er leise und schließt die Tür hinter mir. »Es steht im Schuppen. Ich richte es dieses Wochenende für dich her.«

»Ehrlich, ich ...«

»Es ist ein gutes Rad«, unterbricht er mich. »Neu quasi. Sie hat es sich von dem Geld für ihr Buch gekauft.«

Ich protestiere weiter.

»Ich möchte, dass es benutzt wird«, schneidet er mir erneut das Wort ab, und ich weiß, es reicht ihm jetzt mit meinen Protesten.

»Okay, danke«, sage ich gereizt.

Er schiebt seine Hand tief in die Tasche seiner Shorts und zieht einen Schlüsselbund heraus.

»Die hätte ich dir schon früher geben sollen.« Er lässt die Schlüssel in meine Handfläche fallen. »Du kannst kommen und gehen, wann du willst. Ich zeig dir auch gleich noch, wie die Alarmanlage funktioniert. Normalerweise spare ich es mir, sie anzuschalten. Dabei sollte ich das besser tun.«

Während er mir das Bedienfeld an der Wand erklärt, wandert mein Blick über den Holzstaub, der die hellblonden Härchen auf seinen schlanken Unterarmen bedeckt. Er merkt, dass ich ihn beobachte.

»Keine Zeit zum Duschen«, erklärt er und streift mit den Händen über die Arme. Vor Verlegenheit bin ich komplett unentspannt und versuche, mich stattdessen auf seine Instruktionen zu konzentrieren.

Kapitel 9

So, mir reicht's. War ja schön und gut, gestern auf dem Radweg auf meinem zugegebenermaßen klobigen Leihfahrrad vor mich hin zu strampeln, heute aber habe ich Lust auf eine Spritztour mit dem Wagen. Und das hat nichts mit dem Muskelkater in Beinen und Bauch zu tun.

In Nickis Dokument mit dem Titel »Recherche« wurde eine Morris-und-Kit-Szene in den Lost Gardens of Haligan erwähnt, deshalb möchte ich dort hin.

Ich stehe vor der breiten Schiebetür des Wohnmobils und starre in das Chaos. Ich mache mal besser das Bett und klappe zumindest den Tisch ein. Das Geschirr abzuspülen wäre vermutlich auch nicht verkehrt, damit ich es wegräumen kann. Außerdem muss ich den Fahrersitz wieder in die richtige Position drehen, was bedeutet, dass ich die Klamotten aus dem Fußraum räumen muss. Herrje, die ganzen Lichterketten muss ich auch runternehmen.

Was für eine Zeitverschwendung!

Ich fange mit dem Tisch und dem Bett an und will dann den Fußraum in Angriff nehmen. Als ich jedoch zur Fahrerseite gehe, entdecke ich zu meinem Entsetzen hinten links einen platten Reifen.

Aha. Deshalb bin ich in den letzten Nächten immer auf die eine Seite gerollt!

Mist. Noch nie in meinem Leben habe ich einen Reifen gewechselt.

Auf der Suche nach Hilfe gehe ich zum Büro. Julia sitzt an der Rezeption.

»Hey«, sage ich.

»Hey, Bridget!«, erwidert sie wesentlich munterer.

»Ich geh mal nicht davon aus, dass einer von euch weiß, wie man einen Reifen wechselt, oder?«

Ihr Gesicht verdüstert sich. »Hast du einen Platten?«

Ich verdrehe die Augen. »Ja.«

»Ich fürchte nicht. Wir haben kein Auto. Nehmen immer das Fahrrad. Um ehrlich zu sein, haben wir beide nicht mal einen Führerschein.«

Verdammte Hippies!

»Ruf doch Charlie an!« Ihr Gesicht erhellt sich wieder. »Er ist sehr geschickt.«

»Oh, nein. Damit möchte ich ihn nicht behelligen.«

»Jetzt sei nicht albern.« Sie greift zum Telefon und wählt eine Nummer.

»Nein, ich möchte ihn damit wirklich nicht behelligen!«, wiederhole ich und halte abwehrend die Hände hoch.

»Hi, Charlie?«, sagt Julia in den Hörer und ignoriert mich eiskalt. »Ich bin's, Julia.« Pause. »Hallo! Du, hör mal, Bridget steht gerade hier bei mir, und sie hat einen Platten an ihrem Wohnmobil.« Pause. »Du bist ein Schatz. Danke, Charlie.« Sie legt auf. »Er kommt gleich vorbei.«

»Das wäre nicht nötig gewesen.«

»Ach, ist doch kein Problem!« Sie lächelt sonnig.

Ich schaffe es gerade noch, zu duschen und mein schmutziges Geschirr abzuspülen, da fährt Charlie auch schon in einem silbernen Mitsubishi-Pickup an meinem Stellplatz vor.

»Tut mir leid«, sage ich, als er aussteigt.

»Kein Problem.« Nachdem er eine Werkzeugtasche und einen Wagenheber aus seinem Kofferraum geholt hat, kümmert er sich um April. Sie sitzt in ihrem Autositz und verputzt ein weiteres dieser pappigen runden Dinger. Reiswaffeln sind das, glaube ich.

Er befreit sie aus den Gurten, setzt sie ins Gras und streift klebrige weiße Puffreis-Kügelchen von ihrem gelben Baumwollkleidchen. Er trägt ausgewaschene graue Cargoshorts und ein weißes T-Shirt. April streckt die Arme nach ihm aus, also stellt er sie auf die Füße, und sie grapscht nach seiner Hand.

»Nein, Daddy muss hierbleiben«, erklärt er entschieden, als sie ihn davonzerren will. Er hebt sie hoch, trägt sie zu meinem Campingstuhl und stellt sie so, dass sie sich daran anlehnen kann. Sie klammert sich an die Armlehne, beugt sich vor und kaut wie ein kleines Hündchen auf dem grünen Bezugstoff herum. Schließlich lässt sie von dem Stuhl ab und grinst mich an. Obwohl sie meinen Stuhl vollgesabbert hat, kann ich mir ein Kichern nicht verkneifen.

»Kannst du sie kurz im Auge behalten?«, bittet mich Charlie und geht auf die andere Seite des Wohnmobils.

April streckt mir die Hand entgegen, runzelt die Stirn und stößt dann einen Schrei aus. Ich nehme sie an der Hand, und April zieht los, tapst auf wackligen Beinen übers Gras.

»Wohin möchtest du denn, hm?«

»Urgs«, erwidert sie und führt mich zu einem Blumenbeet. Dort lehnt sie sich vor und köpft vergnügt eine rote Geranie.

»Oh, nein, das lassen wir besser«, erkläre ich. »Sollen wir mal gucken gehen, was Daddy gerade macht?«

Sie sieht zu mir auf und nickt entschieden. Eigentlich ist sie schon ganz niedlich.

Wie Babys eben so sind.

»Wo ist Daddy?«, frage ich und lasse sie vorgehen. »Kannst du ihn hören?«

Als wir Hermies andere Seite erreichen, bockt Charlie gerade die rechte hintere Wagenseite auf. Heute trägt er kein Bandana, und als er an der Kurbel des Wagenhebers dreht, fällt ihm das dunkelblonde Haar in die Augen.

»Wenn du zu lange mit ihr rumgehst, kriegst du irgendwann Kreuzschmerzen«, warnt er mich und deutet auf seine Tochter, die noch immer meine Hand hält.

»Das macht mir nichts aus.«

»Ist das Reserverad im Kofferraum?«

»Japp.«

Ich marschiere in Aprils Tempo zur Wagenrückseite, und Charlie folgt uns gemächlich. Als ich die Klappe öffne, purzelt die Hälfte meiner Garderobe heraus.

»Ups, meine Klamotten!«

Charlie zieht April aus dem Weg, und sie lässt mich los. »Sekunde mal eben«, sage ich, wische mir meine etwas pappigen Finger an den Jeans ab und sammele einen Teil der Kleidung auf. Als ich damit zu Hermies Seitentür gehe, stelle ich fest, dass sie zugeschoben ist.

»Äh, Charlie?«, rufe ich. »Kannst du mir vielleicht kurz die Tür öffnen?« Ich sehe mich um und merke, dass ich drei Slips habe fallen lassen. Na, immerhin saubere.

Er taucht hinter dem Wohnmobil auf, sein Blick huscht zu meiner Unterwäsche, und sein Mund zuckt, als er mir die Schiebetür öffnet.

Ich trete vor und werfe die Sachen in den Wohnbereich – auf das ganze andere Zeug.

»Oha!« Er betrachtet das Chaos. »Wie hältst du das nur aus?«

»Du musst gerade reden«, kontere ich. »Wie sah denn deine Küche heute Morgen aus?«

Er schaut erstaunt, und ich bin mir nicht sicher, ob ihm klar ist, dass das ein Witz war. »Ich mach's so gut ich kann«, erklärt er.

»Ich fass es nicht, dass du mir gegenüber die Witwerkarte ausspielst!«

Er erstarrt.

»Huch, habe ich das etwa gerade laut ausgesprochen?«, frage ich panisch.

Seine Augenbrauen schnellen förmlich bis zum Haaransatz nach oben, und er stößt ein ungläubiges Lachen aus. »Allerdings!«

»Oh, Shit! Sorry. Bitte feuere mich nicht!«

Er schüttelt den Kopf und lacht wieder, diesmal allerdings von ganzem Herzen. Obwohl mir der Schreck noch in den Gliedern sitzt, wird mir ganz warm.

»Keine Ahnung, wie ich bisher durchs Leben gekommen bin, obwohl ich meistens zuerst rede und dann denke«, murmele ich. »Ich hol nur schnell die restlichen Klamotten.«

Während Charlie den Reifen wechselt, spaziere ich weiter mit April herum. Allmählich tut mir der Rücken von der Bückerei tatsächlich weh, aber glücklicherweise wird es ihr nach einer Weile langweilig, und sie möchte sich lieber im Wohnmobil umsehen. Zum gefühlt fünfzigsten Mal sammele ich meine Kleidungsstücke zusammen und lagere sie auf den Rasen um. Während sie an der Sitzbank entlangtapst und mit dem frisch abgewaschenen Plastikgeschirr spielt, stehe ich gleich daneben und sortiere meine Wäsche. Die sauberen Sachen falte ich zusammen und stapele sie ordentlich auf dem Campingstuhl. Was den Rest betrifft, wäre heute eine große Waschmaschine fällig. Wenn das so weitergeht, werden die Lost Gardens of Heligan bis zum nächsten Wochenende warten müssen.

»Möchtest du eine Tasse Tee?«, erkundige ich mich bei Charlie.

»Das wäre super. Ich hab's gleich.«

Ich stelle die Gasflamme an, doch schon im nächsten Moment wird mir klar, dass ich damit ein Gesundheits- und Sicherheitsrisiko erzeuge. Ganz schön stressig, denke ich bei mir, als ich April wieder ins Freie befördere.

»Ganz gerade steht deine Karre immer noch nicht«, bemerkt Charlie, als er wenig später an seinem Tee nippt und ins Wohnmobil späht.

»Wirklich?«

»Ja, siehst du das denn nicht? Das hintere Ende fällt schräg ab.«

»Verglichen mit den armen Schweinen in den Zelten auf dem Hügel ist das ein Klacks.«

Er blickt hinauf und lächelt. »Da haben Nicki und ich vor ein paar Jahren während des Umbaus auch gezeltet. Als wir das Haus kauften, war es nämlich eine Bruchbude.«

»Jetzt sieht es toll aus.«

»Danke. Wir dachten uns, Camping sei irgendwie witziger, als in einem Drecksloch zu wohnen«, meint er grinsend und setzt dann mit einem Seitenblick zu mir hinzu: »War es aber gar nicht.« Er nickt in Hermies Richtung. »Gehört der deinem Dad?«

»Woher weißt du das?«, frage ich verdutzt.

»Bei unserer ersten Begegnung hast du erwähnt, dass er hier mal gecampt hat.«

»Ach ja, stimmt. Dad liebt Camping. Allerdings hat er das Wohnmobil nicht mehr viel benutzt, seitdem er mit seiner letzten Freundin Schluss gemacht hat. Die beiden sind durch ganz Europa getourt.«

»Wann haben sich deine Eltern getrennt?«

»Sie haben sich scheiden lassen, als ich zehn war. Einvernehmlich.«

Allerdings nicht so einvernehmlich, dass Dad weiterhin jede Ferien mit seiner Exfrau und mir auf einem Kreuzfahrtschiff hätte verbringen wollen. Diesen Job hat meine Tante Wendy – Mums Schwester – übernommen. Das lief ein paar Jahre ganz gut, bis Mum alles vergeigte, indem sie eine Affäre mit einem verheirateten Kapitän begann. Wendy war so aufgebracht, dass sie sich im Sommer darauf aus Prinzip weigerte, sie mit mir zusammen zu besuchen.

Doch auf Regen folgt Sonnenschein: In jenem Jahr lernte ich Elliot kennen.

»Deine Mutter hat also auf einem Kreuzfahrtschiff gearbeitet.«

»Ja, und sie tut es noch immer. So haben sich meine Eltern auch kennengelernt. Mum war Tänzerin, Dad Barkeeper.«

Sie verliebten sich, und es folgte eine stürmische Romanze, doch als Mum mit mir schwanger wurde, kündigte man ihr prompt den Vertrag. Auch Dad beendete seinen Job an Bord. Sie liefen fröhlich in den Hafen der Ehe ein und zogen in den Londoner Norden, wo Dad in einem Pub arbeitete und Mum sich im Salon ihrer Schwester zur Kosmetikerin umschulen ließ.

Doch im Laufe der Zeit verspürte Mum immer heftigeres Fernweh, dagegen halfen auch die besten Pflegecremes nichts.

Dad unterstützte ihren Entschluss, wieder auf einem Kreuzfahrtschiff anzuheuern, diesmal als Kosmetikerin in dem an Bord befindlichen Spa-Bereich.

Für mich war das weniger schön.

Schließlich war ich erst sechs, als sich meine Mum mehr oder weniger aus meinem Leben ausklinkte. Ich sah sie nur noch, wenn Dad und ich sie auf einem Schiff besuchten oder wenn sie zwischen zwei Jobs für einige Zeit nach Hause kam. Während dieser Wochen – manchmal Monate – langweilte sie sich nach einer Weile grundsätzlich so sehr, dass sie unausstehlich wurde.

Doch sobald sie wieder arbeitete, wirkte sie glücklich.

In den Sommerferien und meistens auch in den Oster- und Weihnachtsferien besuchten Dad und ich sie auf dem Schiff, wo sie sich gerade verdingt hatte.

Ich gewöhnte mich an ihre langen Abwesenheiten, und Dad schließlich auch. Er war es, der um die Scheidung bat.

»Inzwischen hat sie sich zur Kreuzfahrtdirektorin hochgearbeitet«, erzähle ich. Von der Tänzerin zur Kosmetikerin, dann zur Concierge und zur Assistentin des Kreuzfahrtdirektors bis dorthin, wo sie heute ist.

»Klingt nach einem abwechslungsreichen Job«, meint er.

»Ihr gefällt's.«

»Kriegst du sie nun öfter zu Gesicht?«

»Nein, eigentlich nicht.« Ich betrachte meine Klamotten. »Ich schätze, die sollte ich mal wegräumen.«

Er trinkt seinen Tee aus und stellt die leere Tasse auf Hermies Tisch, stutzt dann und schaut ins Innere des Wohnmobils. »Hast du keine Auffahrkeile?«

»Weißt du was? Ich habe sogar welche«, erinnere ich mich. »Dad hat mir davon erzählt. Die sind im Kofferraum.«

»Komm, ich helfe dir.«

»Wirklich?« Ich folge ihm nach hinten. »Ich habe deine Zeit doch schon genug beansprucht!«

»Das ist okay. Wir hatten sowieso nicht groß was vor. Übrigens, wolltest du das nicht zurückbringen?« Er tritt sanft gegen das Leihfahrrad, das ich an das Stellplatzschild gesperrt habe.

»Ich fühle mich nicht ganz wohl dabei, Nickis Fahrrad zu benutzen«, gestehe ich.

»Jetzt sei nicht so albern. Ich stelle es dir morgen früh in die Diele.«

»Wo bist du denn da?«

»Ich bringe April zu meinen Eltern. Meine Mum wird ein paar Stunden auf sie aufpassen, damit ich an meinem Auftrag weiterarbeiten kann.«

Ich öffne den Kofferraum und krame ein wenig darin herum, bevor ich eine dunkelblaue Tasche hervorziehe. »Das sind sie, glaube ich.«

»Sieht so aus.« Er nimmt mir die Tasche ab. »Fährst du das Wohnmobil rauf?«

»Ja, ich muss bloß noch den Sitz umdrehen. Äh, und den Fußraum freiräumen ...«

Als ich die Fahrertür aufmache, schnappt Charlie ungläubig nach Luft. »Und du bist ernsthaft Reiseschriftstellerin? Ich hätte gedacht, da hätte man nur das Nötigste dabei, und alles wäre an seinem Platz.«

»Ich habe nur das Nötigste dabei«, versetze ich. »Du solltest mich mal erleben, wenn ich ins Ausland reise.«

»Wie schaffst du das überhaupt?«

»Normalerweise hab ich's nicht eilig. Lieber warte ich ein bisschen länger am Gepäckband, als dass ich versuchen würde, ohne die Sachen auszukommen, die für mich lebensnotwendig sind.« Ich marschiere ums Wohnmobil herum zurück zu meinem Kleiderhaufen.

»Für das ganze Zeug könntest du gut ein Zelt gebrauchen«, ruft er mir nach.

»Dad wollte mir ja eins bringen«, seufze ich. »Aber ich dachte, ich käme ohne aus.«

»Ich hab eins, das ich dir leihen könnte.« Er hält nachdenklich inne. »Irgendwo ...«

Ich sammle die restlichen Kleidungsstücke zusammen. »Schon okay. Ich stopfe einfach alles wieder in den Kofferraum.«

»Aber sind die Sachen denn nicht im Weg, wenn du das Bett ausziehst?«

»Klar, dann muss ich alles wieder umschichten. Das ist ganz schön nervig, um ehrlich zu sein«, rufe ich ihm über die Schulter zu. »Das Lustige ist, dass ich am Freitag shoppen war und um ein Haar noch mehr Zeug gekauft hätte.«

»Du bist verrückt«, sagt er mit einem Grinsen, als ich wieder auftauche.

Ich zucke die Achseln. »Besser, du weißt es gleich.« Ich klettere in den Wagen, schalte die Zündung ein, schließe die Tür und lasse das Fenster runter. »Was soll ich jetzt tun?«

Er geht zum Wagenende und platziert dort einen der Auffahrkeile. »Fahr ungefähr zwanzig Zentimeter rückwärts.«

Einfacher gesagt als getan. Ich muss etliche Minuten vor- und zurückrangieren, dazu ein bisschen nach links lenken und ein bisschen nach rechts, ehe Charlie zufrieden feststellt, dass das Wohnmobil geradesteht.

»Muss ich das wirklich jedes Mal machen, nachdem ich mit diesem verdammten Ding weggefahren bin?«

»Wenn du nachts gut schlafen möchtest, schon.«

Allmählich geht mir auf, warum sich Julia und Justin aufs Fahrradfahren beschränken.

Kapitel 10

In dieser Nacht schlafe ich wirklich besser – so gut sogar, dass ich jetzt zu spät komme, wenn ich mich nicht ranhalte. Ich wasche mir die Haare und lasse sie an der Luft trocknen.

Es kommt mir so vor, als seien Charlie und ich uns gestern ein wenig nähergekommen, und ich freue mich tatsächlich schon darauf, ihn heute Morgen zu sehen. Erst als mir auf mein Klingeln hin keiner die Tür öffnet, erinnere ich mich daran, dass er April zu seinen Eltern bringen wollte. Zum Glück habe ich inzwischen einen Schlüssel.

In der Diele steht ein violettes Fahrrad. Ein hübsches violettes Fahrrad.

Es war ihm also ernst damit.

Nachdem Charlie und April gestern gegangen waren, brachte ich das Leihfahrrad zurück, da ich mir gedacht habe, ich könnte mir jederzeit wieder eins ausleihen, falls er es sich anders überlegen sollte.

Ich fahre mit der Hand über den Rahmen des Fahrrads und stelle fest, dass es staubfrei ist und glänzt. Am Lenker hängt sogar ein Helm.

Ich setze mich auf die unterste Treppenstufe und starre das Rad an. Keine Ahnung, warum ich mich plötzlich so traurig fühle.

Ob Charlie alles aufgehoben hat, was Nicki gehörte? Ist ihr Kleiderschrank immer noch voll mit ihren Sachen? Befinden sich im Fernsehschrank immer noch ihre ganzen DVDs? Stehen im Kühlschrank Chutneys, die er nur deshalb nicht wegwirft, weil sie sie gemacht hat, selbst wenn sie ihm nicht schmecken? Ihr Arbeitszimmer wirkt seit ihrem Tod unberührt. Wie lange wartet jemand, bevor er die geliebte Person gehen lässt?

Charlie hat Nicki offenbar sehr geliebt, und sie ihn auch. Niemand kann so schön über die Liebe schreiben – so glaubhaft –, ohne sie selbst erfahren zu haben.

Panik steigt in mir auf. Nicht zum ersten Mal mache ich mir Sorgen, Nickis Verlag könnte einen Fehler begangen haben, indem er mich unter Vertrag genommen hat.

Wie soll ich diesen Roman zustande bringen? Wie soll ich so über Liebe schreiben können, wie Nicki es tat?

Die Protagonistin ist Reiseschriftstellerin genau wie du, insofern solltest du dich super in sie reindenken können, hatte Sara gesagt.

Dazu muss ich zu Nickis Heldin Kit eine viel intensivere Verbindung herstellen, und ich habe keinen Schimmer, wie ich das anstellen soll.

Laut seufzend stehe ich auf, nehme meinen Rucksack und gehe in die Küche. Dort hole ich meinen Lautsprecher und mein iPod heraus und suche nach einem passenden Song. Wenig später tanze ich headbangenderweise zu Def Leppards »Pour Some Sugar on Me« durch die Gegend.

Meine Haare sind im Handumdrehen trocken.

Von Charlies Rückkehr bekomme ich gar nichts mit, weil ich mit laut aufgedrehter Musik im Arbeitszimmer sitze, und so erfahre ich davon erst, als ich ihn im Garten sehe.

Ich bin ein bisschen überrascht – pikiert sogar –, dass er nach gestern nicht zu mir kommt, um mir Hallo zu sagen, aber das ist schon in Ordnung, schließlich will er mit seiner Arbeit weiterkommen. Ich beobachte, wie er unter der Veranda einen der abgeschliffenen Äste hervorholt und über zwei Werkbänke legt, bevor er zum Fenster des Arbeitszimmers hinauflugt. Instinktiv weiche ich zurück und würde mir gleich darauf am liebsten in den Hintern beißen. Warum habe ich nicht einfach gewinkt? Offensichtlich wollte ich nicht, dass er denkt, ich würde ihm nachspionieren, andererseits ist es ja wohl kaum ein Verbrechen zu bemerken, dass er zurück ist.

Ich gehe zum Fenster und öffne es, als wäre nichts gewesen.

»Ein bisschen warm hier drin heute«, behaupte ich und stelle meine Musik auf Pause.

Die Art, wie er zum Hochschauen die Augen beschattet, lässt darauf schließen, dass er mich zuvor gar nicht gesehen hat.

»Ach, und danke für das Fahrrad!«

»Kein Ding.«

»Wie war dein restliches Wochenende?«

»Ziemlich ruhig. Und deins?«

»Genauso.«

Er nickt.

»Na, dann lass ich dich mal weitermachen.«

»Danke!«

Genervt setze ich mich wieder. Vielleicht sind wir uns doch nicht so viel nähergekommen. Seufzend schalte ich meine Musik wieder an und versuche, mich zu konzentrieren.

Wo war ich doch gleich? Ach, ja. Bei den Tagebüchern.

In Nickis Ordnern mit den Titeln *Bekenntnisse* und *Geheimnisse* habe ich nicht sonderlich viel darüber erfahren, wie es vom Plot her weitergehen soll, doch irgendwann ist mir klargeworden, dass ich mich in Nicki selbst hineinversetzen muss, wenn ich einen Zugang zu ihren Figuren bekommen will.

Nachdem ich ihre Tagebücher und Notizen alle mal durchgegangen bin, weiß ich nun, dass sie im Alter von fünfzehn Jahren mit dem Tagebuchschreiben anfing.

Im Laufe der Zeit nahm der Beichtcharakter der Tagebücher ab, und es wurden eher Mehrzweck-Notizbücher mit zufälligen Gedanken und allgemeinen Grübeleien daraus. Bei ihrem Tod war Nicki gerade mal einunddreißig.

Ich lehne mich auf meinem Stuhl zurück, lege die Füße auf den Schreibtisch und fange an zu lesen. Es wird Zeit, die Person hinter den Geschichten kennenzulernen …

Als Charlies Name zum ersten Mal auftaucht, setze ich mich kerzengerade auf und stelle die Füße flach auf den Boden. Mein Puls rast. Ich hatte ja keine Ahnung, dass Nicki und Charlie zusammen zur Schule gegangen sind!

Genau wie Morris und Kit übrigens, und damit hören die Ähnlichkeiten noch nicht auf. Charlie und Morris stammen beide aus Cornwall, sie sind blond und sehen gut aus, und beide haben eine eigene Firma.

Morris ist ein relaxter Surfer mit Ehrgeiz. Ob Charlie wohl surft? Ich weiß nicht mal, ob er relaxt ist – das lässt sich irgendwie schwer sagen. Ich frage mich, ob er ehrgeizig ist.

Ich blicke aus dem Fenster und schaue einen Moment zu, wie Charlie einen langen Nagel durch die Holzstruktur treibt, zwei weitere Nägel hat er griffbereit zwischen den Lippen.

Erst als er auch den dritten Nagel hineinhämmert, geht mir auf, dass ich ihn angaffe. Gerade will ich den Blick abwenden, da hebt er den unteren Rand seines T-Shirts an und wischt sich damit über die Stirn. Dabei enthüllt er einen wahnsinnig sexy Bauch, gebräunt und straff, mit einem dunklen Dreieck, das in seinem Hosenbund verschwindet. Mir wird ganz heiß.

Es ist gar nicht lustig, dass mein Freund zehntausend Meilen von mir entfernt wohnt. Diese ganze Pracht vor Augen ohne eine Chance auf Action – das macht mich fertig!

Da ich eine Pause von Nickis handschriftlichen Notizen brauche, stehe ich auf und drehe meine Musik leiser. Just in diesem Moment sieht Charlie hoch, und unsere Blicke treffen sich. Meine Kopfhaut kribbelt, als ich mich auf den Weg nach unten mache und genau in dem Moment die Küche betrete, als er durch die Terrassentüren hereinkommt.

»Du hast wirklich einen vielseitigen Musikgeschmack!«, bemerkt er trocken.

Deshalb hat er also hochgesehen: Er konnte meine Musik hören! »Ja, das haben mir andere auch schon gesagt«, erwidere ich mit einem Grinsen.

»Der vorletzte Song, von wem war der?«

»Von den Avalanches.«

»Ach, ehrlich?« Er klingt überrascht.

»Na klar. ›Frankie Sinatra‹ heißt der Song.«

»Total gaga.«

»Eingängig meinst du wohl.«

Er schüttelt den Kopf. »Vielleicht muss ich ihn mir ja noch mal anhören.«

»Ich kann ihn dir noch mal vorspielen, wenn du möchtest.«

Er zuckt mit den Schultern und erwidert meinen fragenden Blick. »Dann mal los.«

Ich kehre mit meinem Lautsprecher und meinem iPod zurück.

Charlie lehnt sich mit verschränkten Armen an die Arbeitsfläche und sieht mich direkt an, während sich ein Calypsosänger aus den 1940ern darüber auslässt, dass Frank Sinatra nicht die Stimme habe, Calypso zu singen.

Irgendetwas an Charlies Augen ist ungewöhnlich. Das ist mir schon früher mal aufgefallen, doch jetzt weiß ich, was es ist: Um das Äußere seiner Iris verläuft keine dunklere Linie.

Die grünlich-haselnussbraune Farbe ist klar wie Flaschenglas und grenzt direkt an das Weiß des Augapfels.

Seine Mundwinkel wandern nach oben, und ich fahre zusammen und konzentriere mich wieder auf das Lied. Mit Mühe verkneife ich es mir, angesichts seiner Miene zu kichern, und dann setzt der Rap ein, und ich singe unwillkürlich mit. Er wirft den Kopf in den Nacken und lacht über mich.

Es gefällt mir wirklich sehr, *sehr*, ihn zum Lachen zu bringen.

»Eingängig, hm?« Ich nicke ihm zu, als der Refrain wieder einsetzt.

»Das schon«, räumt er ein. »Aber total gaga.«

»Oh, ja, total gaga!«, pflichte ich ihm bei.

Er nimmt meinen iPod Touch. »Speicherst du deine Musik nicht auf dem Handy?«

»Einen Teil schon, aber fünfzigtausend Songs passen nun mal nicht drauf.«

Er starrt mich an. »Du hast fünfzigtausend Songs?«

Ich zucke die Achseln. »Ja.«

»Wahnsinn! Und ich wusste nicht mal, dass die Avalanches ein neues Album rausgebracht haben.«

»Letztes Jahr. Sechzehn Jahre nach dem ersten.«

»Die haben sich wirklich Zeit gelassen.«

»Du hörst während der Arbeit nie Musik?«

Er schüttelt den Kopf. »Das hat Nicki immer abgelenkt.«

»Sie hat sich auch nie welche angehört?«, frage ich, während er meinen iPod zurück auf die hölzerne Arbeitsfläche legt.

»Nein, dann hätte sie sich nicht konzentrieren können«, sagt er leise, und es tut mir weh zu hören, wie die Freude aus seiner Stimme weicht.

Nun wirkt der fröhliche Song fehl am Platz, und ich greife nach dem Lautsprecher und drehe die Lautstärke herunter, bis nichts mehr zu hören ist. Einen Track unvermittelt zu beenden bringe ich grundsätzlich nicht über mich.

Charlie holt sich an der Spüle ein Glas Wasser.

»Möchtest du einen Tee?«, frage ich, da ich mich gerade wieder erinnert habe, warum ich heruntergekommen bin.

»Nein, danke. Ich mach besser mal weiter.« Und mit diesen Worten marschiert er in den Garten zurück.

Kapitel 11

Wenn Charlie Morris ist, wer ist dann dieser Timo?
Im nächsten Tagebuch finde ich es heraus.

Als sich ihre Eltern scheiden ließen und ihr Vater – ein französischer Küchenchef – einen Job in einem Fünf-Sterne-Resort in Thailand annahm, war Nicki sechzehn. Das Ganze wühlte sie und Kate, ihre drei Jahre ältere Schwester, ziemlich auf. Während sich Kates Kummer in Wut verwandelte, sehnte sich Nicki schrecklich nach ihrem Dad. Als er seine Töchter zu Weihnachten nach Thailand einlud, schlug Kate das Angebot aus und blieb stattdessen bei der Mutter. Und so reiste Nicki allein zu ihm.

Zu diesem Zeitpunkt waren Nicki und Charlie einfach nur gute Freunde, auch wenn Nicki sich schon ein bisschen in ihn verguckt hatte. Sie hatte kürzlich mit ihrem Freund Schluss gemacht – einem Idioten namens Samuel, der ihr die Unschuld geraubt hatte und dann so mies mit ihr umgesprungen war, dass sie ihn schon Wochen zuvor in die Wüste hätte schicken müssen, wenn es nach mir gegangen wäre.

Die Tagebücher sind total fesselnd – und ich steigere mich regelrecht hinein.

Als Nicki nach Thailand fliegt, ist sie also Single. Unterdessen datet Charlie ein Mädel, das Nicki nur »Trisha, die Überperfekte« nennt. Der Spitzname passt zu ihr.

An Thailand erinnere ich mich noch von meiner letzten Reise mit Tante Wendy auf dem Kreuzfahrtschiff, wo meine

Mutter damals arbeitete. Als ich sie später allein besuchen konnte, kreuzte sie schon nicht mehr in Asien umher: Der verheiratete Kapitän hatte sie nämlich fallengelassen, und sie wollte so weit weg von ihm wie nur möglich.

So, wie Nicki Thailand schildert, möchte ich auf der Stelle hinfliegen. Und vielleicht muss ich das ja wirklich. Gerade lasse ich die Atmosphäre Cornwalls auf mich wirken, was für den Morris-Abschnitt der Story ideal ist, doch über ein mir unbekanntes Land kann ich nicht schreiben, das weiß ich.

Aber zurück zu Nickis Tagebuch und ihrem Besuch in Thailand. Ihr Dad hat zu dem Zeitpunkt viel zu tun, weshalb er für seine Tochter einen Kletterkurs bucht, um sie zu beschäftigen. Und hier kommt Timo – alias Isak – ins Spiel.

Der Kursleiter Isak kommt aus Schweden – nicht aus Finnland wie in *Unser geheimes Leben* –, aber man muss wohl kaum Sherlock Holmes sein, um zwei und zwei zusammenzuzählen.

Er ist einundzwanzig und ein Traumtyp, mit grauen Augen und kurzem, dunklem Haar, und die siebzehnjährige Nicki verknallt sich sofort in ihn. Selbst ich bin von ihm angetan, während ich, gemeinsam mit ihr, die Zeichen zu deuten versuche, ob auch er sie mag.

Mit quälender Ausführlichkeit beschreibt sie jede ihrer zufälligen Berührungen, jeden ausgetauschten Blick, jede ihrer Unterhaltungen. Nachdem der Kurs vorbei ist, erklärt sie, dass sie auch weiterhin klettern gehen will. Doch dann blättere ich eine Seite weiter und entdecke einen Eintrag, der um zwei Uhr morgens verfasst wurde. Etwas Bedeutendes muss vorgefallen sein, ganz klar.

Noch völlig berauscht von ihren Erlebnissen erzählt sie, was am Vorabend passiert ist. Nach dem Kletterkurs kam sie mit Isak ins Gespräch, und er lud sie spontan zu sich nach Hause zum Essen ein. Dann nahm er sie mit in das einfache Dorf, in dem er lebte – es lag eine Viertelstunde Fußmarsch entfernt auf derselben Insel. Nicki hatte Bedenken, das Resort zu verlassen, ohne ihrem Dad Bescheid zu geben, doch aus Wut darüber, dass er so wenig Zeit für sie hatte, tat sie es trotzdem.

Isak zeigte ihr eine Seite von Thailand, die sich von dem Fünf-Sterne-Luxus des Resorts grundlegend unterschied – und trotz ihrer anfänglichen Beführchtungen machte ihr der Ausflug einen Riesenspaß. Als sie später unter dem Sternenhimmel barfuß den Sandstrand entlangliefen, blieb Isak unvermittelt stehen und gab ihr den atemberaubendsten Kuss ihres Lebens.

Hach, und für den nächsten Abend ist sie schon wieder mit ihm verabredet. Ich kann es kaum erwarten.

In der Pause zwischen zwei Songs höre ich, wie unten die Tür zuknallt. Ich hebe den Kopf und schaue aus dem Fenster. Kein Charlie. Wie spät mag es sein? Drei Uhr! Ich habe die Mittagszeit einfach durchgelesen! Vielleicht ist er losgezogen, um April abzuholen?

Ich gehe nach unten und mache mir ein Toastbrot, bevor ich ins Arbeitszimmer zurückkehre und weiterlese.

Um fünf muss ich mich regelrecht von den Seiten losreißen. Inzwischen hat Nicki ein weiteres Tagebuch vollgeschrieben und ist bei ihrem dritten angelangt. Noch immer befindet sie sich in Thailand und hat eine heimliche Affäre mit Isak. Der Gedanke, dass sie ihn in zwei Tagen verlassen muss, macht sie völlig fertig.

Die Küche ist leer, aber auf der Herdplatte steht ein Topf mit Deckel. Der Inhalt blubbert munter vor sich hin. Ich stelle meinen leeren Becher in die Spülmaschine und fahre dann erschrocken zusammen, als ich merke, dass April in ihrem Laufställchen steht und traurig zu mir hochsieht. Sie federt ein bisschen auf ihren Füßen auf und ab und hält sich dabei mit den Händchen am Laufstall fest.

»Ja, hallo!« Wo Charlie wohl steckt?

Sie streckt die Arme nach mir aus. Einen Sekundenbruchteil darauf plumpst sie auf ihren Po und fängt zu weinen an.

»Na komm, nicht weinen!« Ich sehe mich nach Charlie um und greife dann wider besseres Wissen in den Laufstall und hebe seine Tochter heraus.

Ihre Tränen versiegen umgehend, und auf ihrem Gesicht erscheint ein strahlendes Lächeln.

»Alles gut?«, frage ich und grinse zurück.

Sie greift in meine Haare und zieht daran.

»Aua!«

Sie kichert, also darf sie noch mal daran ziehen.

Diesmal beginnt sie auf mein Kreischen hin wie verrückt zu lachen.

Hm. Ich will ja keine vorschnellen Schlüsse ziehen, aber ich glaube, sie mag mich.

»Okay, das reicht jetzt, du Frechdachs!« Ich versuche, ihre Finger aus meinen Locken zu lösen, bevor sie mich noch skalpiert. Sie grinst mich an, wobei sie mich mit ihren Pausbäckchen an ein Streifen-Backenhörnchen erinnert. Ihre Augen wirken blauer als sonst, was vielleicht an ihrem blauen Kleid liegt.

Der Topfdeckel beginnt zu klappern. April und ich drehen uns gleichzeitig zum Herd um. Ich setze sie mir auf die Hüfte und nehme den Deckel behutsam ab, schnappe mir einen hölzernen Kochlöffel und rühre die rote Soße darin um. Aus der Toilette ist die Spülung zu hören.

»Danke«, sagt Charlie, als er in der Küche erscheint. Ich strecke ihm meine Hüfte entgegen, da ich erwarte, dass er mir April abnimmt, doch er geht zum Küchenschrank und kramt darin herum.

»Was kochst du denn Feines?«

»Spaghetti Bolognese.«

»Für dich oder für April?«

»Für uns beide.« Er öffnet ein Glas mit getrockneten Kräutern und schüttet etwas davon in den Topf, so dass die rote Soße nun grün gesprenkelt ist. »Ihre Portion muss ich allerdings zuvor im Mixer zerkleinern.«

»Bäh!« Ich verziehe das Gesicht.

Er grinst mich an, während er das Glas wieder zudreht.

»Kommst du denn mit deiner Arbeit voran?«, erkundige ich mich und schaue in den Garten hinaus.

»Ja, schon.«

»Ist das eigentlich Treibholz?« Ich betrachte die verdrehte Struktur, die sich um das Rohgerüst der Spielküche zu bilden beginnt.

»Zum Teil schon. Allerdings bricht es schnell, weshalb ich für das Grundgerüst in der Regel Kiefernholz verwende und oben dann Äste und Treibholz anbringe, um dem Ganzen Charakter zu geben.«

»Und das holst du selbst vom Strand?«

»Genau.« Er stellt sich neben mich. »Und wenn Freunde oder Verwandte ein passendes Stück Treibholz entdecken, bringen sie es mir mit.«

»Es erinnert mich an die Küste. Die Farbe gefällt mir.«

»Ja, es wurde von der Sonne gebleicht. Mir gefällt die Form. Es ist so lange im Wasser herumgetrieben, dass die Wellen alle rauen Kanten abgeschliffen haben. Und ich mag die Vorstellung, dass ich nicht weiß, woher es stammt und wie lange es im Meer unterwegs war.«

Angesichts seines ehrfürchtigen Tons muss ich lächeln, und er seinerseits lächelt seine Tochter an, greift rüber und kneift sie sanft in die Nase. Sie kichert.

»Dann mache ich mich mal auf den Heimweg«, sage ich und biete ihm April diesmal nachdrücklicher an. Noch immer scheint sie mit meiner Hüfte verwachsen zu sein.

»Hättest du Lust, zum Abendessen zu bleiben?«, fragt Charlie. Endlich fällt bei ihm der Groschen, und er nimmt mir April ab. »Es ist genug da.«

»Oh, nein, vielen Dank. Bis morgen dann«, erwidere ich gedankenlos und könnte mich im nächsten Moment ohrfeigen. Schließlich habe ich nichts Besseres zu tun und esse wirklich gern Spaghetti Bolognese, doch leider wiederholt er sein Angebot nicht.

Nickis Fahrrad lehnt noch immer im Gang, und sein Anblick macht mich nervös.

Widerstrebend nehme ich ihren Helm und setze ihn mir noch widerstrebender auf, aber ich tue es. An sich passt er mir, nur die Riemen unter dem Kinn sitzen zu eng, und ich kämpfe damit, sie zu lockern.

Ganz ehrlich, mit einer Leihausrüstung wäre ich wesentlich glücklicher.

»Komm, ich helfe dir.« Charlie setzt April ab und kommt zu mir. Ich hatte gar nicht mitbekommen, dass er mir in den Flur gefolgt ist.

Ich weiß nicht, wo ich hingucken soll, während er an den Riemen herumfummelt, und so konzentriere ich mich auf sein Kinn und versuche, nicht zusammenzuzucken, als seine rauen Fingerspitzen meine Kehle streifen. Er spannt die Kiefermuskeln an, und mein Blick wandert zu seinen Augen hoch. Sein Schmerz ist so offensichtlich, dass mein Atem in den Lungen gefriert.

»Charlie, ich ...«

»Geschafft!« Er tritt einen Schritt zurück und zwingt sich zu einem breiten Lächeln.

»Im Ernst, ich möchte nicht ...«

Er hält sich die Ohren zu. »Bla, bla, bla«, sagt er und öffnet die Tür.

Während ich das Fahrrad an ihm vorbeischiebe, rolle ich mit den Augen, um die Stimmung ein wenig aufzulockern.

»Die Sattelhöhe ist okay?«, erkundigt er sich, als ich mein Bein über den Rahmen schwinge.

»Perfekt«, erwidere ich und frage mich, ob er sie schon angepasst hat. Mit meinen einen Meter siebenundsiebzig bin ich ziemlich groß.

Er nickt. »Fahr vorsichtig!« Er klopft zum Abschied an den Türrahmen, geht ins Haus zurück und schließt die Tür hinter sich. Zum Glück hat er nicht noch gewartet, bis ich losradele. Ich bin so schon nervös genug.

Kapitel 12

Ein paar Tage darauf, an einem Freitag, lerne ich Aprils Großmutter kennen. Selbst wenn ich nichts von ihrem Kommen gewusst hätte, wäre mir sofort klar gewesen, dass sie Aprils Grandma ist. Genau wie ihre Enkelin bekommt sie beim Lächeln riesige Pausbäckchen und erinnert mich an ein Streifen-Backenhörnchen.

»Sie müssen Bridget sein!«, ruft sie, nachdem sie mir die Tür geöffnet hat. Wäre sie nicht so herzlich, hätte ich jetzt, wo ich das Fahrrad ihrer Schwiegertochter ins Haus schiebe, ein ziemlich flaues Gefühl im Magen. »Ich bin Pat«, sagt sie und streckt mir ihre Hand entgegen, sobald meine verfügbar ist.

Aprils Großmutter ist mittelgroß und trägt eine bunte Printbluse und eine goldgelbe Hose. Ihr champagnerblondes Haar reicht ihr ein gutes Stück über die Schultern.

»Es freut mich, Sie kennenzulernen«, erwidere ich und schüttele ihr die Hand.

»Charlie bringt gerade das Spielgerät zur Schule.« Die Holzperlenkette um ihren Hals klimpert geräuschvoll, als sie die Tür schließt.

Er hatte mir erzählt, dass er heute alles aufbauen werde. Die fertigen Elemente mit ihren verdrehten Holzstrukturen und asymmetrischen Linien waren wirklich schön – als wären sie einem Märchen entsprungen.

Abgesehen von einer langen, niedrigen Spielküche mit Spüle und Haken für Utensilien hatte er einen Tisch fürs Sandspiel, verschiedene Holzstühle, eine ganze Reihe von Trittsteinen und ein kleines Spielhaus gebaut – allesamt absolut einzigartig.

»Um die Mittagszeit sollte er zurück sein. Eine Tasse Tee?«

»Gern, danke!«, sage ich und mag sie nun noch lieber als ohnehin schon.

Ich folge ihr in die Küche, und mir schwant, dass ich gerade Charlies »Zugehfrau« kennengelernt habe. Alles darin sieht picobello aus. Sie ist für Charlie wohl eine echte Entlastung.

»Wie kommen Sie voran?« Pat stellt die Frage ganz klar nicht nur aus Höflichkeit, sondern auch aus Sorge.

»Wirklich gut«, erwidere ich, auch wenn ich unsicher bin, ob das stimmt. Noch immer lese ich Nickis Tagebücher und kann nicht sagen, ob mich das irgendwie weiterbringt.

»Kann ich Ihnen irgendwie behilflich sein? Mit was auch immer?«

»Ich glaube nicht. Ehrlich gesagt bin ich noch immer damit beschäftigt, alles durchzugehen. Ich hoffe, dass ich dabei auf irgendwelche Hinweise stoße, was Nicki geplant haben könnte. Das ist wohl eher ein One-Woman-Job.«

»Eigentlich wollte ich ja schon vor heute mal vorbeikommen und Hallo sagen«, gesteht sie, während sie in der Küche herumflitzt. »Charlie ist nicht besonders gesprächig. Und über Nicki zu reden fällt ihm sehr schwer. Wenn es also irgendetwas gibt, was Sie über sie wissen müssen, egal was, dann können Sie mich immer fragen.«

»Äh, danke«, sage ich überrascht. »Momentan nicht, aber ich behalt's im Kopf.«

»Gut.« Pat lächelt mich an. »Ich gebe Ihnen meine Nummer, dann haben Sie sie im Notfall zur Hand.«

Ist das nicht ein bisschen eigenartig?, frage ich mich auf dem Weg zum Arbeitszimmer. Vermutlich möchte sie mir einfach nur helfen, aber angenommen, es wäre mir unangenehm, bei

Charlie nachzufragen, dann würde es mir auch nicht richtig vorkommen, mich an seine Mutter zu wenden. Aber das wird sich noch herausstellen.

Diese Woche habe ich mit Nicki eine ganz schöne Reise zurückgelegt. Als sie Thailand verließ, war sie untröstlich. Sie war davon ausgegangen, dass sie und Isak in Verbindung bleiben würden, doch an ihrem letzten gemeinsamen Abend gestand er ihr, dass er mit Fernbeziehungen nichts am Hut habe. Sie gestand ihm ihre Liebe, und beide wurden sehr emotional, trotzdem blieb er dabei. Wahrscheinlich sei er bei ihrem nächsten Thailandbesuch immer noch da, aber sie solle nicht auf ihn warten.

Zurück in England schlug sich Nicki mit dem Gedanken herum, dass Isak ihr mit seiner Äußerung im Grunde zu verstehen geben wollte, dass auch er nicht auf sie warten werde. Und sie quälte sich mit der Vorstellung, mit wie vielen anderen Frauen er wohl sonst noch Urlaubsaffären hatte.

Unterdessen zeigte ihre Schwester Nicki die kalte Schulter, weil sie nach Thailand gereist war. Sie fand dieses Verhalten illoyal gegenüber der Mutter, und ihre Mum bemühte sich nicht sonderlich, Nicki zu beruhigen. Nicki fühlte sich sehr allein.

Charlie machte mit Tisha der Überperfekten Schluss und flirtete auf einer Party mit Nicki, doch sie hatte den Männern abgeschworen, was sie für ihn natürlich nur umso begehrenswerter machte. In den folgenden Wochen erwähnte Nicki ihn mehrmals in ihrem Tagebuch, behauptete jedoch, über ihre Schwärmerei für ihn hinweg zu sein.

Kate setzte Nicki immer mehr unter Druck, nicht wieder nach Thailand zu fliegen, doch die ließ sich nicht beirren und kehrte in den Osterferien dorthin zurück. Dass sie wieder hinwollte, lag nicht zuletzt an Isak – trotz ihrer Bitterkeit kreisten all ihre Gedanken nur um ihn. Sie hatte keine Ahnung, ob er da sein würde, daher setzte ihr Herz kurz aus, als sie ihn gleich am ersten Tag auf einer der Kalksteinklippen entdeckte, wo er gerade einen Überhang in Angriff nahm.

Sie setzte sich an den Strand und sah ihm eine Stunde lang zu. Sobald er wieder festen Boden unter den Füßen hatte, entdeckte er sie und fiel aus allen Wolken.

Zunächst blieb sie ihm gegenüber kühl und distanziert, und er wirkte in ihrer Nähe nervös, doch als er sie bat, etwas mit ihm trinken zu gehen, willigte sie ein.

An diesem Abend gestand er ihr, dass er die ganze Zeit an sie habe denken müssen, und schwor ihr, mit keiner anderen zusammen gewesen zu sein. Obwohl er sie mit seiner Äußerung beim Abschied so verletzt hatte, nahmen sie den Faden an der Stelle wieder auf, wo sie ihn hatten fallen lassen. Doch auch am Ende dieses Urlaubs behauptete Isak wieder, er halte nichts von Fernbeziehungen.

Als Nicki nach England zurückkehrte, war sie wegen Isak so in Rage, dass sie aus Rache mit Charlie herumknutschte. Beide waren betrunken, daher war sie überrascht und besorgt, als er sie gleich am nächsten Tag anrief und sie für denselben Abend ins Kino einlud.

Isak hatte darauf bestanden, dass sie keine feste Beziehung hätten, doch als Charlie sie an diesem Abend wieder küsste, hatte sie dennoch das Gefühl, Isak zu betrügen. Aus Tagen wurden Wochen, und Nickis Gefühle für Charlie wuchsen ebenso sehr wie ihre Schuldgefühle. Es kam ihr vor, als würde sie beide Männer hintergehen.

Die Sommerferien und damit ein weiterer Trip nach Thailand rückten schnell näher. Eines Abends verfasste Nicki einen emotionalen Eintrag darüber, dass sie Charlie reinen Wein eingeschenkt habe. Er sei sehr aufgebracht darüber gewesen, dass sie ihm die Sache mit Isak verschwiegen hatte, und habe sie gefragt, ob sie immer noch etwas für ihn empfinde. Sie war ehrlich gewesen und hatte ihm ihre Gefühle für Isak gebeichtet. Daraufhin hatte Charlie sie einfach sitzengelassen und sich geweigert, noch mal mit ihr zu sprechen. Mit dem Ergebnis, dass sie gar nicht wusste, ob nun Schluss war oder nicht.

Erst später stellte sich heraus, dass Charlie extrem verletzt war und verständlicherweise in Sorge darüber, dass Nicki die kompletten Sommerferien wieder in Thailand verbringen würde. Sie versprach, ihm treu zu bleiben, und sie machten aus, regelmäßig miteinander zu telefonieren.

Kate hatte immer noch ein Problem mit der engen Bindung zwischen Nicki und ihrem Vater. Deshalb war es Nicki nur recht, dass sie gar nicht zu Hause war, als die ältere Schwester im Sommer von der Uni nach Hause kam, und sich so nicht mit deren Unmut auseinandersetzen musste.

In Thailand kehrte ihre Isak-Verliebtheit mit voller Wucht zurück. Isak war niedergeschmettert, als sie ihm sagte, sie habe inzwischen einen Freund, doch obwohl sie versuchte, einen Bogen um ihn zu machen, liefen sie sich immer wieder in die Arme. Noch immer bot er den Hotelgästen Kletterkurse an und hielt sich daher zum Abholen und Zurückbringen der jeweiligen Gruppen regelmäßig im Resort auf. Eines Abends hielt er Nicki am Arm fest, als sie an ihm vorbeilief, und bat sie, mit ihm essen zu gehen – als gute Freunde. Wider besseres Wissen willigte sie ein.

An diesem Punkt hätte ich das Tagebuch am liebsten an die Wand gepfeffert.

Isak gestand ihr, dass er sie liebe und dass es schrecklich für ihn sei, sie tagtäglich zu sehen, ohne sie berühren zu können. Er bereue es ehrlich, dass er sie habe gehen lassen, und wolle alles tun, um noch mal eine Chance bei ihr zu bekommen. Ja, er versprach sogar, es nach Nickis Zeit in Thailand mit einer Fernbeziehung zu probieren.

Nicki gab Charlie am Telefon den Laufpass. Die Seite mit diesem Tagebucheintrag war tränenverschmiert.

Bei ihrer Rückkehr nach England wollte Charlie nichts mehr von ihr wissen. Bald hatte er eine andere Freundin und sprach die restliche Schulzeit kaum ein Wort mit Nicki. Sie grämte sich noch immer über den Verlust ihrer Freundschaft, als sie sich im Jahr darauf zur Universität in Coventry aufmachte.

Isak und Nicki erlebten während ihrer gemeinsamen Zeit eine Menge Höhen und Tiefen. Schließlich wuchs den beiden die langjährige Fernbeziehung über den Kopf, und sie beendeten sie, als Nicki im zweiten Unisemester war.

Als ich aus dem Arbeitszimmer trete, höre ich April in ihrem Zimmer weinen. Ich lausche genauer, kann Pat aber nicht hören, nur den Fernseher im Wohnzimmer.

»Pat?«, rufe ich nach unten. Keine Antwort. Ich sehe, dass die Wohnzimmertür geschlossen ist.

Ich öffne die Tür zu Aprils Zimmer. Die Kleine steht in ihrem Bettchen, tränenüberströmt. Bei meinem Anblick stößt sie einen panischen Schrei aus, streckt die Arme nach mir aus und bettelt, herausgenommen zu werden. Wie es aussieht, ist sie schon eine ganze Weile wach – da bei mir Musik lief, kann ich schwer sagen, wie lange schon.

Sobald ich sie herausgenommen habe, versiegen ihre Tränen. Sie vergräbt das Gesicht an meinem Hals und umarmt mich fest.

»Och, du …« Ich tätschle ihr den Rücken, während sie sich schniefend an mich drückt. »Ist ja gut, ist ja gut.« Das sagt man doch zu Babys, oder? »Sollen wir uns auf die Suche nach Grandma machen?«

Pat sitzt, die Füße auf einen Polsterhocker gelegt, auf dem größeren der beiden Sofas im Wohnzimmer und schaut fern.

»Oh!« Als sie mich sieht, springt sie auf. »April ist wach?«

»Ich habe sie in ihrem Bett gehört«, erkläre ich und reiche sie ihr.

Als ihre Enkeltochter wieder zu weinen anfängt, wirkt Pat völlig zerknirscht. »Ich habe vergessen, das verdammte Babyphon mit runterzunehmen!« Sie drückt April an sich und wiegt sie sanft. »Hat Nanna dich nicht gehört?«

Nanna, nicht Grandma. Im Geiste mache ich mir eine Notiz.

Pat folgt mir in die Küche und redet auf April ein, während sie ihr eine warme Milch zubereitet. Da Pat hier ist, könnte ich heute eigentlich mal das Haus verlassen und in den Ort gehen. Es nieselt zwar, aber ein bisschen frische Luft würde mir guttun.

»Hatten Sie einen erfolgreichen Morgen?«, fragt Pat und kuschelt mit der inzwischen beruhigten April.

»Ja, alles super.«

Sie nickt mir erwartungsvoll zu, und ich erzähle weiter.

»Ich lese gerade Nickis Tagebücher, um die Person hinter den Figuren kennenzulernen.« Ich lehne mich an die Arbeitsfläche.

»Das klingt ja ziemlich voyeuristisch.«

Lustigerweise hat Sara genau dasselbe gesagt, als sie gestern anrief, um mal wieder von sich hören zu lassen. Auch da war ich schon nicht angetan von der Bemerkung, weshalb ich jetzt einfach ein unverbindliches »Mmm« von mir gebe.

»Könnten Sie sie noch mal ganz kurz halten, während ich mich um die Milch kümmere?«

Ich übernehme April. Inzwischen fühle ich mich mit ihr schon wohler – oder zumindest bin ich nicht mehr so unsicher wie am Anfang. Immerhin hat sie mich bislang noch nicht mit einer Reiswaffel beworfen.

Was nicht ist, kann ja noch werden.

Ich nehme auf dem Sofa Platz und setze sie mit dem Gesicht zu mir auf meinen Schoß. Sanft lasse ich sie auf meinen Knien auf und ab wippen, und das scheint ihr so gut zu gefallen, dass ich es etwas schwungvoller tue. Sie gackert los, als hätte sie noch nie etwas so Komisches erlebt, und ihre Reaktion bringt auch mich zum Lachen.

»Das Herumhüpfen sollte man besser über die Bühne bringen, bevor April ihre Milch hatte«, meint Pat scharfsinnig. Mit einem Lächeln reicht sie mir das Fläschchen.

Huch, soll ich sie ihr etwa geben?

Zu meiner eigenen Überraschung nehme ich Pat die Flasche ab. April grapscht gierig nach der Milch, also lege ich die Kleine in meine Arme und stecke ihr den Sauger in den Mund. Während Pat die Wäsche aus der Waschmaschine zieht und in einen Korb legt, nuckelt April intensiv die Milch in sich hinein.

Eigentlich wollte ich doch in den Ort gehen. Sollte ich mich nicht ein bisschen ärgern? Ich halte Innenschau und stelle fest, dass alles in Ordnung ist.

April starrt mich mit ihren hübschen blauen Augen an. Ich blicke zu ihr hinunter, und mir wird ganz warm ums Herz. Die Augen hat sie eindeutig von ihrer Mutter.

Und die Pausbacken von ihrer Großmutter …

Und doch erinnert mich etwas an ihrem Gesicht an Charlie.

»Ich hänge nur schnell die Wäsche auf.« Pat verlässt mit dem Wäschekorb den Raum.

Gefühlscheck: noch immer nicht verärgert.

Seltsam.

Um drei Uhr kommt Charlie zurück, und ich stelle meine Musik aus, da ich gern hören will, wie er sich mit seiner Mutter unterhält.

»Der Rektor ist reingekommen, und der Hausmeister war auch da.« Klingt so, als würde er ihr von seinem Job erzählen.

»Und waren sie mit allem zufrieden?«, möchte sie wissen.

»Denk schon.«

»Bestimmt waren sie zufrieden! Deine Arbeiten sind ja auch großartig!«

»Danke, Mum«, versetzt er mit leiser, belustigter Stimme.

»Alles okay mit Bridget?« Seine Frage dringt gut hörbar nach oben.

»Ja. Sie macht einen netten Eindruck!«

Ihre Stimme wird leiser, als sie auf die Küche zusteuern – Charlies Antwort höre ich nicht.

Ungefähr eine Stunde später klopft es an meiner Tür.

»Hallo?«, rufe ich.

Mit Pat habe ich nicht gerechnet.

»Vielleicht sind Sie bei meiner Rückkehr ja schon weg«, sagt sie. »Daher wollte ich Ihnen nur schnell das hier geben.« Sie reicht mir ein Post-it mit ihrer Telefonnummer darauf. »Und natürlich wollte ich Ihnen ein schönes Wochenende wünschen.«

»Danke, Ihnen auch.«

»Haben Sie denn schon Pläne?« Sie verweilt in der Tür.

Ich zucke die Achseln. »Vielleicht schaue ich mir die Lost Gardens of Heligan an und recherchiere ein wenig.«

»Oh, wunderbar.«

»Und Sie?«

»Mein anderer Sohn, Adam heißt er, kommt heute Abend aus Indien zurück. Ich dachte, ich koche den beiden Jungs was. Jetzt muss ich nur schnell zum Supermarkt, um noch etwas zu besorgen.«

»Wie lange war er denn weg?«

»Vier Monate. Er hat indische Kinder in Englisch unterrichtet. Ich kann es kaum erwarten, ihn zu sehen!«

Es würde mich nicht wundern, wenn sie anfinge zu klatschen und auf und ab zu hüpfen.

»Na, dann wünsche ich Ihnen viel Spaß«, sage ich. »Wir sehen uns ja bestimmt bald wieder.«

»Ja, bestimmt. Aber bis dahin haben Sie auf jeden Fall meine Nummer.«

Sie deutet auf die gelbe Haftnotiz in meiner Hand.

»Danke.« Noch immer halte ich es für unwahrscheinlich, dass ich ihre Nummer brauchen werde.

Als sie weg ist, gehe ich hinunter, um mir etwas zu trinken zu holen.

»Willst du denn jetzt ein Zelt?«, fragt mich Charlie. Er fläzt auf dem Sofa herum. April liegt neben ihm.

»Wie?« Wir haben uns noch nicht mal begrüßt.

»Willst du ein Zelt für deine Sachen? Ich weiß jetzt wieder, wo meins ist«, erklärt er, während April das bunte Stoffbuch in ihren Händen schüttelt, das laut rasselt.

»Äh … ja, vielleicht, keine Ahnung.« Mit seiner Frage hat er mich überrumpelt, aber genau genommen … »Na ja, eigentlich wäre das schon toll. Ginge das wirklich?«

»Klar. Ich muss es bloß erst noch von meinem Bruder zurückbekommen.«

»Ah, du hast es ihm für Indien ausgeliehen, stimmt's?« Ich lehne mich mit verschränkten Armen an die Arbeitsfläche.

»Nein, das hatte er nicht dabei.« Es scheint ihn gar nicht zu überraschen, dass ich von Adam weiß. Na, ihm ist wohl klar, dass seine Mutter eine alte Plaudertasche ist. »Der hat mein Zelt schon seit Ewigkeiten. Wenn ich ihn morgen nach Hause fahre, schnapp ich es mir und bring's dir mit.«

»Cool! Endlich etwas Bewegungsfreiheit, was für ein Luxus! Ist dein Bruder älter oder jünger als du?«

»Drei Jahre jünger.« Er nimmt April das Buch ab und drückt auf eine der Stoffseiten. Es quietscht, und sie macht große Augen.

»Hast du weitere Geschwister?«

»Nein, nur ihn.« Er lächelt liebevoll und sieht mich an. »Hast du denn welche?«

»Nein, ich bin ein Einzelkind.«

Seine Miene sagt mir, dass er mich bemitleidet, und das sagt mir wiederum, dass er seinen kleinen Bruder sehr liebt. Den würde ich gern kennenlernen.

Kapitel 13

Leider werde ich mich schon auf den Rückweg zum Campingplatz machen müssen, bevor Charlie mit seinem Bruder vom Bahnhof in Bodmin zurückkehrt. Adam kommt um halb sechs aus London an, aber ich bin bisher fast jeden Tag schon um fünf verschwunden und möchte mich nicht noch im Haus herumdrücken, um ihn kennenzulernen.

Nach dem Abendessen trabe ich den Hang hinauf, um mich in meinen sozialen Netzwerken auf den neuesten Stand zu bringen. Hinter mir campt eine Gruppe junger Leute. Der Grillgeruch wabert zu mir herüber, während ich dasitze und arbeite, und auf einmal fühle ich mich ausgesprochen allein. Schließlich kehre ich zu Hermie zurück und schreibe an einem Blogeintrag weiter, den ich früher am Tag begonnen habe. Er handelt von Beau, dem Kerl, der mir das elfte Stück meines Herzens raubte und der früher auch hier in Cornwall gewohnt hat, doch bald gebe ich auf und gehe früh in die Falle.

Eigentlich habe ich fest vor, am nächsten Tag meinen Hintern hochzukriegen und nach Heligan zu fahren, aber als ich aufwache, stelle ich fest, dass ich nicht besonders gut drauf bin.

Denn ich bin ein geselliger Mensch. Und seit zwei Wochen bin ich mehr oder minder auf mich gestellt. Ich hoffe wirklich, Marty kommt mich bald besuchen. Am Freitag kehrt sie erst aus Griechenland zurück, das nächste Wochenende kommt also nicht in Frage. Ich werde versuchen, sie auf das darauffolgende festzunageln.

Ich trotte den Hügel hinauf, um Elliot anzurufen, doch als er nicht drangeht, beschließe ich, mir im Ort ein ausgiebiges Frühstück zu gönnen. Die Gärten liegen nur eine Stunde entfernt, insofern bleibt mir auch so noch genügend Zeit dafür.

Es ist kühl und teilweise bewölkt, als ich auf dem Camel-Trail nach Padstow marschiere. Im Ort ist zwar einiges los, doch zumindest sind die Straßen nicht so überfüllt, dass ich mich mit den Touristen um einen Platz auf dem Gehweg raufen muss. Ich gehe schnurstracks zu einem Café, wo ich schon mal zum Lunch war, bei dem mir aber auch die Frühstückskarte sehr gut gefiel.

Es ist ein kleines, gemütliches Lokal mit Blick auf den Hafen, dessen Theke gleich hinter der Tür mit Eis, Kuchen und anderem Gebäck gefüllt ist. Erst als eine Bedienung mir einen Tisch zeigen will, entdecke ich Charlie. Er sitzt mit April – und Adam, schätze ich mal – ganz hinten, aber bevor ich mich wieder davonmachen kann, hat er mich schon entdeckt und begrüßt mich mit einer Handbewegung.

»Hier entlang, bitte«, sagt die Bedienung und macht sich mit einer einzelnen kleinen Speisekarte auf den Weg. Mir bleibt nichts anderes übrig, als ihr zu folgen.

Als Charlie mich zu sich winkt, dreht sich Adam auf seinem Stuhl zu mir um. Trotz seines Dreitagebarts und des blondgebleichten Haares ist die Familienähnlichkeit verblüffend.

»Hättest du Lust, dich zu uns zu gesellen?«, fragt Charlie höflich und legt eine Hand auf den Stuhl, der zum freien Tisch neben ihm gehört.

»Ich möchte nicht stören«, sage ich verlegen.

»Tust du doch nicht.« Charlie schiebt den Stuhl zwischen seinen und den seines Bruders.

April sitzt gegenüber in einem Hochstühlchen. Als ich Platz nehme und sie unsicher anlächele, versucht sie in Babysprache mit mir zu kommunizieren.

»Kann ich Ihnen etwas zu trinken bringen?«, erkundigt sich die Kellnerin.

»Einen Latte macchiato, bitte.« Der Kaffee in den beiden Bechern auf dem Tisch dampft. Lange sind sie noch nicht hier, denke ich.

»Hallo, ich bin Adam.« Er streckt mir eine große, raue Hand entgegen und grinst mich an. Seine Augen sind braun, nicht grün, fällt mir auf. Seine Nase und die Wangen sind mit Sommersprossen gesprenkelt.

»Ich bin Bridget«, erwidere ich. »Freut mich, dich kennenzulernen. Habt ihr denn schon bestellt?«

»Gerade eben erst«, erwidert Charlie.

»Ich nehm die Pancakes«, sage ich laut, ohne mir die Mühe zu machen, in die Speisekarte zu schauen.

»Wie gefällt dir Cornwall?«, fragt mich Adam, während Charlie der Bedienung ein Zeichen macht. Ich bin ziemlich gerührt, dass er für mich bestellt.

»Ich find's toll, hab allerdings noch nicht viel davon gesehen. Letzte Woche hatte ich einen Platten an meinem Wohnmobil.«

»Oh, über dein Wohnmobil weiß ich bestens Bescheid«, erwidert Adam vielsagend.

»Was hast du denn darüber gehört?«, frage ich unschuldig.

»Dass du unbedingt mein Zelt brauchst!«

»Das ist nicht dein Zelt!«, wirft Charlie ein.

»Egal«, meint Adam achselzuckend. »Nur gut, dass du keinen Freund hast. Da hättet ihr ein ziemliches Platzproblem, so wie das klingt.«

Ich reiße die Augen auf.

»Ich hab nie behauptet, dass sie keinen Freund hat«, sagt Charlie. »Allerdings wohnt er in Australien.«

Verblüfft drehe ich mich zu ihm. »Woher weißt du das?«

Er zuckt die Achseln. »Na, von deinem Blog.«

Ach ja, stimmt ... Bei meinem ersten Besuch in Padstow hat er mir erzählt, er habe sich ein paar meiner Einträge durchgelesen. Aber warum haben die zwei sich darüber unterhalten, ob ich einen Freund habe oder nicht?

Charlie scheint sich schon zu denken, welche Frage mir auf der Zunge liegt.

»Adam hat mich angepflaumt, weil ich dich den Sommer über zu mir nach Cornwall bestellt habe«, erklärt er.

»Ich habe mich bloß gefragt, ob es einen Kerl gibt, den du dafür zurücklassen musstest«, stellt Adam klar.

»Nein.« Ich schüttele den Kopf. »Dreihundert Meilen machen bei zehntausend insgesamt eigentlich keinen Unterschied.«

»Aber du musst doch Freunde in London haben, oder?«, beharrt Adam.

»Klar, wieso?«

»Fühlst du dich dann nicht einsam?«

»Na, da klopft ja einer ordentlich auf den Busch, was?«, scherze ich.

Charlie lacht. »Gib's ihm, Bridget!«

Adam grinst, aber er errötet. Dass man ihn so leicht verlegen machen kann, hätte ich nicht erwartet.

»Doch ja, ich vermisse meine Freunde«, lenke ich ein. »Acht Wochen sind schon eine lange Zeit.«

Charlie rührt seinen Kaffee mit dem Kaffeelöffel um und schaut dabei in seinen Becher.

»Hab ich dir doch gesagt, Charlie«, bemerkt Adam.

Charlie schaut kurz zu ihm auf, und ich sehe zu meiner

Überraschung, dass seine Lippen zu einem schmalen Strich zusammengepresst sind.

»Ich wollte dir kein schlechtes Gewissen machen«, versichere ich. »Mir geht's prima! Ich hab Spaß!« Die Bedienung bringt mir den Latte macchiato, und ich bedanke mich. »Wenn das so weitergeht, setze ich mich besser rüber, oder?«

Charlie grinst mich an, und die Anspannung verfliegt.

»Wie geht's dir heute, April?« Ich lächele zu ihr hinüber. Sie zieht die Brauen zusammen und streckt mit einem unwilligen Laut die Arme nach mir aus. Ups, was habe ich getan?

»Nein, du musst in deinem Hochstuhl bleiben«, erklärt ihr Charlie. »Deine Pancakes kommen gleich.«

»Du nimmst auch Pancakes?«, frage ich sie fröhlich.

Ein weiterer unwilliger Laut. Sie möchte wirklich raus.

»Da kommen sie ja schon!«, ruft Charlie erleichtert, als die Bedienung mit zwei vollen Tellern kommt. »Ich schneide sie dir nur noch schnell klein.«

Während sich Charlie um April kümmert, plaudert Adam mit mir.

»Na, schon was vor heute?«

»Ich hab überlegt, nach Heligan zu fahren.«

»Ach, ja?« Er lässt sich seine Bauernpfanne schmecken. »Hattest du einfach mal Lust auf einen Tagesausflug?«

»Ja, aber ich mach's auch für das Buch.«

»Nickis Buch?«

Da ich mit vollem Mund nicht antworten kann, nicke ich. Ob Charlie ihm wohl erzählt hat, dass ich auch an einem eigenen Buch schreibe? »Ich muss zu Recherchezwecken ein paar Orte besuchen«, setze ich hinzu.

»Und zwar?«

Grübelnd sehe ich zur Decke. »Tintagel ...«

»Das liegt gar nicht weit von mir«, unterbricht mich Adam.

»Wo wohnst du denn?«

»In Bude.«

»Ich hatte mal einen Freund, der aus Bude stammte«, sage ich, gerade als Charlie seine Aufmerksamkeit wieder auf uns richtet. Beau, der Typ, über den ich zufällig gerade gestern einen Blogeintrag angefangen habe.

»Ein Surfer?«, will Adam wissen.

»Ja, er hat tatsächlich gesurft.« Bude hat ein paar großartige Surfstrände. »Surfst du auch?« Von seinem Aussehen her könnte das zutreffen.

»Klar.«

Ich sehe zu Charlie. »Und wie sieht's bei dir aus?«

»Kaum noch.«

Aha, früher aber schon! Eine weitere Ähnlichkeit mit Morris.

»Jetzt ist er ein langweiliger Dad«, bemerkt Adam trocken.

Charlie funkelt ihn an. »Ich kann nicht glauben, dass ich dich vermisst habe, als du in Indien warst.«

Adam lacht glucksend und isst weiter.

Ich frage mich, ob April der einzige Grund ist, dass Charlie mit dem Surfen aufgehört hat. Ich könnte mir vorstellen, dass ihm nach Nickis Tod der Spaß an solchen Dingen vergangen ist. Zumindest für eine gewisse Zeit.

»Dann geht's heute also nach Heligan?«, fragt Charlie, als wir nach dem Frühstück das Café verlassen. Er hat sich eine große, schwarze Kindertrage über die Schulter geworfen, und Adam geht mit April auf dem Arm voran. Er ist eine Spur größer und schlaksiger als Charlie. »Erst muss ich meinen Bruder heimbringen und das Zelt holen, aber auf dem Rückweg könnten wir nach Tintagel fahren. Ich hätte nichts dagegen, den Strand dort zu besuchen.«

»Wegen Treibholz?«, frage ich, als wir auf den belebten Bürgersteig treten.

»Genau, und April könnte auch ein bisschen frische Luft gebrauchen. Sie ist gestern den ganzen Tag nicht rausgekommen.«

Während Charlie seinem Bruder April wieder abnimmt und sich mit ihr ein ruhigeres Plätzchen sucht, denke ich über sein Angebot nach. Er setzt sie in die Kindertrage und schnallt sie darin an, und als er in Erwartung einer Antwort zu mir aufsieht, fallen ihm ein paar Haarsträhnen in die Augen. »Na, was meinst du?« Er richtet sich wieder auf, schwingt sich die Kindertrage mitsamt April auf den Rücken und schlüpft mit den Armen in die Schultergurte. Sein Bizeps wölbt sich, als er die Last auf seinen breiten Schultern ausgleicht. »Dann müsstest du dein Wohnmobil nicht unnötig bewegen.«

»Worum geht's?«, unterbricht uns Adam.

»Wir haben nur gerade überlegt, ob Bridget heute nicht vielleicht lieber nach Tintagel als nach Heligan fahren sollte. Dort könnte ich sie nämlich hinbringen, nachdem ich dich zu Hause abgesetzt habe.«

»Schuldtrip«, murmelt Adam in sich hinein.

»Ernsthaft, ich kann nicht fassen, dass ich dich vermisst habe«, erwidert Charlie, ohne die Miene zu verziehen.

Ich beschließe, sein Angebot anzunehmen, und so marschieren wir gemeinsam zu Charlies Haus zurück. Während er hineingeht, um April zu wickeln, trägt Adam seine Reisetaschen aus dem Haus und verfrachtet sie in Charlies silbernem Pick-up.

»Du setzt dich nach vorn, Bridget. Und ich gehe mit meiner Nichte nach hinten.« Adam öffnet mir die Beifahrertür. »Ich sehe sie eh viel zu selten.«

Bis Charlie wieder auftaucht, plaudern wir über Indien.

»Halt sie bitte nicht wach, ja?«, warnt Charlie seinen Bruder, als er April in ihrem Autositz anschnallt.

»Ich doch nicht!«, erwidert Adam vergnügt und kitzelt April, bis sie kichert.

Seufzend klettert Charlie auf den Fahrersitz, und ich genieße das Geflachse der beiden und lächele still in mich hinein.

»Würde es dir was ausmachen, noch schnell beim Campingplatz vorbeizufahren, damit ich meine Kamera holen kann?« Ich fotografiere möglichst alles, worauf ich später vielleicht verweisen muss.

»Kein Problem«, erwidert Charlie.

»Dann erzähl doch mal von deinem Freund aus Bude«, meint Adam frech, als wir schon ein gutes Stück vorangekommen sind und gerade die A39 entlangdüsen, und beugt sich zu mir vor. April schläft tief und fest.

»Kannst du dich bitte wieder anschnallen?«, fährt Charlie ihn an.

»Schon gut, Daddy«, murmelt Adam und befestigt wieder den Sicherheitsgurt.

Ich drehe mich zu ihm nach hinten. »Was möchtest du denn wissen?«

»Wie heißt er, wie alt ist er, wann habt ihr euch kennengelernt?«

»Meine Güte, bin ich hier gerade in einer Folge von *Blind Date*?«

»Das waren noch Zeiten«, schwärmt er.

»Er heißt Beau und war fünfundzwanzig, als wir zusammen waren, was jetzt sechs Jahre her ist. Ich war achtundzwanzig.«

Adam grinst breit. »Du stehst auf jüngere Männer?«

»Bridget hat einen Freund!«, wirft Charlie müde ein.

Adam beugt sich vor und versetzt seinem Bruder einen spielerischen Schlag auf den Kopf. Der schiebt seine Hand grinsend weg. Adam blickt aus dem Seitenfenster und trommelt dabei mit den Fingern auf den Türrahmen. Ich vermute, er ist jemand, der vor lauter Energie nicht stillsitzen kann.

»Ich hatte mal eine Freundin, die wegen eines Kerls namens Beau mit mir Schluss gemacht hat«, erklärt Adam nachdenklich.

»Wen meinst du?« Charlie wirft ihm im Rückspiegel einen Blick zu.

»Michelle.«

»Aha.«

»Wirklich?«, frage ich.

Er nickt. »Ja.«

»Es ist nämlich so, dass ich Beau ausfindig machen muss. Über meine sozialen Netzwerke habe ich ihn bislang nicht gefunden. Zugegeben, sonderlich bemüht hab ich mich noch nicht, aber es wäre super, wenn ich schon mal einen Anhaltspunkt hätte.« So viele Beaus kann es in Bude schließlich nicht geben.

»Warum musst du ihn ausfindig machen?«, fragt Adam.

»Für meinen Blog.«

Seiner ausdruckslosen Miene entnehme ich, dass er nichts darüber weiß, doch während er meiner Erklärung lauscht, wechseln seine Züge von irritiert zu verwirrt.

»Weiß dein Freund davon?«

»Natürlich!« Ich gebe meinen üblichen Spruch zum Besten, dass er es war, der mich auf die Idee gebracht hat, und er nicht eifersüchtig sei. Allmählich langweilen mich Leute, die mir diese Frage stellen.

»Wie lange seid ihr denn schon zusammen?«

»Erst anderthalb Jahre. Aber seit Ende letzten Jahres lebe ich wieder in England.«

»Wirst du auf Dauer zu ihm ziehen, oder er zu dir?«

»Mal gucken.«

»Und wie klappt das so mit dieser Fernbeziehung?«

»Er ist wirklich verdammt neugierig«, wende ich mich an Charlie, der lachend nickt.

Wir verfallen in ein unbeschwertes Schweigen, das ganze fünfzehn Sekunden anhält.

»Hey, lasst uns nächstes Wochenende doch zusammen ausgehen«, schlägt Adam vor und lehnt sich nach vorn. »Mum kann babysitten.«

»Mmm«, macht Charlie.

»Jetzt komm schon!« Adam umklammert die Schultern seines Bruders und schüttelt ihn leicht.

»Kannst du mich bitte in Ruhe fahren lassen?«

»Ich mein's ernst.« Adam lässt ihn los. »Du musst auch mal wieder unter Leute.«

»Muss ich?« Charlie wirkt skeptisch.

»Allerdings«, sagt Adam in ernstem Ton. »Du bist doch schon ewig nicht mehr um die Häuser gezogen. Du kannst auch gern mitkommen, Bridget«, setzt er hinzu, und sein Ton wird flapsig. »Nicht, dass du vor Einsamkeit eingehst.«

Ich lache. »Gern!«

»Ist die Sache damit ausgemacht?«, will er von uns beiden wissen.

»Hängt von meinem Arbeitspensum ab«, erwidere ich, als Charlie nicht antwortet. Ich fühle mich geschmeichelt, dass Adam mich gefragt hat, bin mir aber nicht sicher, wie zuverlässig er ist, wenn es darum geht, Dinge durchzuziehen.

»Kein Wunder, dass ihr zwei so gut miteinander klarkommt«, murmelt Adam.

Tun wir das?

»Endlich, wir sind da!« Charlie fährt auf einen kleinen Parkplatz vor einem großen Wohnblock mit hellem Mauerwerk.

»Kommt ihr noch mit rein?«, fragt Adam.

»Nur, um mein Zelt zu holen«, erwidert Charlie und dreht sich zu mir. »Macht es dir was aus, mit April hier zu warten? Sie könnte noch eine Mütze Schlaf gebrauchen.«

»Kein Problem.«

Sie schläft immer noch wie ein Murmeltier.

Adam kommt zur Beifahrertür, und ich lasse das Fenster herunter.

»Wenn mir Michelle über den Weg läuft, erkundige ich mich bei ihr nach Beau.«

»Das wäre super.«

»Wie heißt er mit Nachnamen?«

»Riley.« Nachnamen nenne ich in meinem Blog nicht, und in den meisten Fällen verändere ich auch die Vornamen. Darauf bestehen meine Exfreunde normalerweise.

»Dann bis zum nächsten Wochenende!« Er bedenkt mich mit einem bedeutsamen Blick und geht rückwärts zum Eingang.

Kapitel 14

Sobald das Zelt ordentlich hinten im Pick-up verstaut ist, lässt Charlie den Motor an. »Auf nach Tintagel.«

»Danke, dass du das für mich tust«, sage ich, als wir uns wieder in die entgegengesetzte Richtung aufmachen. »Hermie zu fahren ist nämlich kein Spaß.«

»Hermie?«

»Herman the German. Das Wohnmobil meines Dads.«

»Aha«, sagt er bedächtig.

»Stört es dich, wenn ich das Radio anmache?«, frage ich nach einer Weile.

»Nur zu.«

»Und das weckt April auch nicht auf?«

»Das bezweifle ich. Sie muss sowieso demnächst aufwachen.«

Bei der Erinnerung an ihr tränenüberströmtes Gesicht vom Vortag verspüre ich leise Gewissensbisse. Noch immer würde ich mir am liebsten einen Tritt dafür geben, dass ich die Musik so laut anhatte, dass ich ihr Weinen nicht gehört habe. Pat war für sie zuständig, aber deshalb fühle ich mich noch lange nicht gut. Wie lang muss sie schon wach gelegen haben, dass sie derart schrie? Ich habe das Gefühl, ich müsste Charlie von dem Zwischenfall erzählen, aber ich möchte Charlies Mum da nicht reinreiten. Und mich im Übrigen auch nicht.

Tintagel ist ein fröhliches Dorf mit bunten Wimpelketten über vielen Straßen. Hier gibt es zahlreiche Pubs und Cafés, die allesamt gut besucht sind. Nach einem bewölkten Vormittag zeigt sich inzwischen die Sonne, und im Ort herrscht reges Treiben. Wir parken auf dem örtlichen Parkplatz, und nachdem Charlie April in die Kindertrage gesteckt hat, machen wir uns auf den Weg zur Burg.

Mit Blick auf den kalten, grauen Atlantik wandern wir einen staubigen Weg entlang. Die Burg selbst ist eine Ruine: Sie wurde im dreizehnten Jahrhundert von Richard von Cornwall errichtet, verfiel jedoch schon relativ bald.

Geblieben sind alte Gemäuer, von denen viele mit Gras überwuchert sind. Teile der Ruine inspirieren zu wilden Phantasien, was dort einst gestanden haben mag. Eine zerklüftete Mauer voller kleiner Ausgucklöcher zieht sich eine steile Klippenwand hinab und bildet weiter unten einen Torbogen über einem steinernen Weg. Ich kann mir gut vorstellen, wie sich Kit und Morris darunter küssen, und mache ein Foto davon.

Charlie verabschiedet sich und geht die Steinstufen hinunter in Richtung Strand, damit ich mich auf den Grund meines Kommens konzentrieren kann: meine Arbeit. Ich hole meinen Notizblock und einen Stift hervor und beschließe, zum höchsten Punkt zu wandern, um ein paar Fotos vom Ausblick zu machen.

Die Farben ringsum sind von einzigartiger Leuchtkraft. Das tiefe Blau des Meeres schwächt sich zur Bucht hin zu Aquamarinblau ab. Ein Streifen rostroten Seetangs blutet in das ans Ufer schwappende Wasser, und einige der Felsen sind von schwefelgelben Algen überzogen.

Grüne Grashügel gehen in graue, spitz zulaufende Felsklippen über, die Speeren zur Abwehr früherer Feinde gleichen.

Wohin ich mich auch drehe, überall finden sich verfallene Gemäuer.

Unten in der Bucht sehe ich Charlie mit April in der Kindertrage. Hin und wieder hebt er ein Treibholzstückchen auf und steckt es in eine Plastiktüte, die er dabeihat. Der Strand ist winzig, und ich kann mir nicht vorstellen, dass er viele Holzstücke in einer brauchbaren Länge findet.

Ich muss an den Ausdruck »Schuldtrip« denken, den Adam vor sich hinmurmelte, und frage mich, ob er damit richtig liegt. Hat Charlie mir nur deshalb angeboten, mich herzufahren, weil ich ihm leidtue?

Der Gedanke, dass ich seinetwegen den ganzen Sommer in Cornwall verbringen muss, schien ihm wirklich nicht zu behagen. Wie wohl das erste Gespräch mit Sara verlaufen ist? Vielleicht hat sie ihm ja den Vorschlag gemacht, um ihn milde zu stimmen, ohne dass er es gefordert hatte. Wer weiß? Aber diese Grübeleien bringen ja nichts. Jetzt bin ich hier.

»Na, irgendwas Brauchbares gefunden?«, frage ich Charlie auf dem Rückweg nach Padstow.

»Ja, dies und das.«

»Darf ich's mir mal angucken?«

Er wirkt verdutzt. »Wenn du magst?«

Ich lehne mich nach hinten und grapsche mir die Plastiktüte auf dem Platz neben April. Sie beschäftigt sich gerade mit ein paar Spielsachen, die an einer Schnur über ihren Autositz gespannt sind, und würdigt mich kaum eines Blickes.

»Wozu brauchst du die?«, frage ich Charlie, nachdem ich in die Tüte geschaut und haufenweise kleine Zweige und Holzstückchen entdeckt habe.

»Ich möchte daraus etwas für April basteln.«

Ich muss an das Seepferdchen in ihrem Zimmer denken, das aus vielen kleinen, glatten Holzstückchen besteht. »Hast du ihr das Seepferdchen gebaut?«

»Ja.«

»Das ist wirklich hübsch.« Plötzlich fällt mir ein, dass er sich wundern könnte, warum ich in ihrem Zimmer war.

»Ich hab gestern gehört, wie sie von ihrem Mittagsschlaf aufgewacht ist.« Ich bemühe mich um einen unbefangenen Tonfall.

»Oh, okay.«

Seine Augen sind auf die Straße gerichtet, ich blicke also auf sein Profil. Er hat eine auffallend gerade Nase.

»Was machst du diesmal für sie?«

»Ein Herz. Eigentlich war es ...«

»Ja?«, frage ich, als er unvermittelt verstummt.

Sein Adamsapfel hüpft auf und ab. »Eigentlich war es für Nicki gedacht«, sagt er mit starrer Miene.

»Oh.«

Wir verfallen in Schweigen. Ich wünschte, ich wäre in diesen Dingen gewandter. Er wird das Gespräch ja wohl kaum von sich aus weiterführen.

»Hab mir gedacht, ich sollte es fertigstellen«, setzt er leise hinzu. »Vorausgesetzt, ich finde es. Ich hab mich erst vor ein paar Tagen wieder daran erinnert. Wahrscheinlich ist es irgendwo in ihrem Schrank.«

Er hat ihre Sachen also alle aufgehoben ...

»Wie geht es mit dem Schreiben voran?«, erkundigt er sich nach einer Weile.

»Ich bin immer noch am Recherchieren. Es wird noch Ewigkeiten dauern, bis ich mit allem durch bin. Die Inhalte auf Nickis Computer habe ich inzwischen gelesen, nun sind ihre Notizbücher an der Reihe.«

Das Wort Tagebücher kommt mir zu intim vor.

»Schon was Hilfreiches gefunden?«

Ich rutsche auf meinem Sitz hin und her. »Erst mal versuche ich einfach, sie kennenzulernen. Ich möchte sichergehen, dass ich die Geschichte so schreiben kann, wie sie es sich gewünscht hätte. Es hilft, wenn ich … na ja … wenn ich mich in sie hineindenken kann.«

»Das klingt logisch.«

»Ja? Gut.«

»Dann liest du also auch ihre Tagebücher?«

»Äh, ja.«

Er nickt, sein Kiefer zuckt, und er schaut stur nach vorn. »Wenn du noch irgendwas wissen musst, kannst du mich immer fragen.«

»Wirklich?«

»Warum klingst du so überrascht?«

»Äh, weil deine …«

»Meine …?« Er sieht kurz zu mir.

»Deine Mutter hat dasselbe angeboten.«

»Ach ja?« Er wirkt alarmiert, schüttelt dann aber den Kopf. »Im Ernst, frag mich ruhig. Ich bin nicht so zerbrechlich, wie sie glaubt.«

»Ich wollte sie sowieso nicht fragen«, sage ich und muss plötzlich kichern. »Tut mir leid, das klang jetzt wirklich bockig.«

Er grinst. »In mir bringt sie auch den Teenager zum Vorschein.«

»Ich mag deine Mum«, sage ich mit einem Lächeln.

»Ja, sie ist in Ordnung«, erwidert er liebevoll. »Ich kann von Glück reden, sie zu haben.« Kurze Pause. »Auch wenn sie mir manchmal tierisch auf den Sack geht.«

Ich muss lachen, und er grinst ebenfalls.

»Meine Mum geht mir grundsätzlich tierisch auf den Sack«, gestehe ich, fahre dann zusammen und schaue zu April. »Sollten wir in ihrer Gegenwart fluchen?«, flüstere ich.

»Ach, es dauert noch ein Weilchen, bevor wir uns um so was sorgen müssen. Sie kann ja nicht mal sprechen.«

»Puh!«

Charlie parkt vor dem Büro des Campingplatzes und holt April heraus.

»Das Zelt bringe ich gleich. Möchte nur schnell Julia und Justin Hallo sagen.«

»Gib's mir doch einfach.«

»Sicher?«

»Ja.«

Als er mir die hellblaue Zelttasche gibt, frage ich mich, ob das ein Abschied ist.

»Ich komme gleich nach«, sagt er.

Das freut mich. Seine Gesellschaft heute habe ich genossen.

Ich marschiere zu Hermie, öffne den Reißverschluss der Tasche und packe das Zelt aus.

Hmm ... Und was jetzt?

»Du siehst aus, als hättest du Spaß«, sagt Charlie ein paar Minuten später, als er mit April bei mir eintrifft.

»Sehe ich so aus, als wüsste ich, wie man ein Zelt aufbaut?«

»Du siehst so aus, als könntest du alles tun, was du dir in den Kopf setzt«, erklärt er nüchtern und setzt April ins Gras.

Wow, war das ein Kompliment?

»Wo soll es denn stehen?«, will er wissen.

»Ich schwanke noch«, erwidere ich. »Entweder so, dass ich von Hermie aus reingehen kann, oder lieber seitlich.«

»Na ja, wenn du von der Tür des Wohnmobils aus ins Zelt gehen möchtest, bist du bis in alle Ewigkeit in einem Wohnmobilzelt eingesperrt. Es hat nur einen Ein- beziehungsweise Ausgang.«

»O Gott, bin ich doof! Nur gut, dass du da bist und mir hilfst.«

»Ich würde es hier aufbauen.« Er zieht die ausgebreitete Zelthülle – weiter bin ich noch nicht gekommen – an das linke hintere Ende des Wohnmobils. »So bleibt die Tür frei, und das Zelt steht trotzdem nahe genug, dass du bei Regen nicht nass wirst.«

»Was meinst du, darf ich auf diesem Standplatz überhaupt ein Wohnmobil *und* ein Zelt aufstellen?«

»Justin hat nichts dagegen. Schließlich ist das Zelt auch nicht größer als manche Vordächer hier auf dem Platz.«

»Du hast ihn gefragt?«

»Ja.«

Ui.

»Na, was meinst du? Gut so?« Er deutet aufs Zelt.

»Super. Was soll ich tun?«

Er reicht mir eine Tasche. »Du kannst die Stangen zusammenschieben.«

Das Zelt ist im Handumdrehen aufgebaut – sonderlich groß ist es nicht, bedeutet für mich platzmäßig aber einen Riesenunterschied. Ich gerate in Hochstimmung über die Aussicht auf etwas mehr Ordnung. Vielleicht könnte ich mir noch eine Lichterkette besorgen, die ich vors Zelt hänge. Oder ich könnte die von Hermie einfach woanders hinhängen. Wenn ich mit dem verflixten Ding je irgendwo hinfahre, müsste ich sie sowieso abnehmen.

»Möchtest du ein Bier?«, frage ich Charlie hoffnungsvoll. Ich bin noch nicht bereit, wieder einen auf einsam und allein zu machen.

»Ähm ...« Er sieht auf die Uhr und wirft einen Blick auf das

Zelt. Die Türklappen sind zur Seite gebunden, und April krabbelt darin herum. Sie scheint ihren Spaß zu haben. »Okay, eins ist drin. Aber ich bleibe lieber nicht zu lang. April wird allmählich Hunger kriegen.«

»Wenn du möchtest, kann ich ihr was machen. Ich habe Nudeln da.«

Ich bin ganz eindeutig und verzweifelt auf Gesellschaft aus.

Charlie denkt eine Minute darüber nach, und ich bin sicher, dass er ablehnen wird, deshalb freue ich mich umso mehr, als er schließlich nickt.

»Das wäre cool, wenn's dir nichts ausmacht?«

»Überhaupt nicht.« Ich steige ins Wohnmobil und hebe den Banksitz hoch. »Spiralnudeln?« Ich zeige ihm eine Packung Fusilli.

»Bestens.«

»Pesto?« Ich hole ein Glas heraus.

»Nein, besser nicht. Da ist zu viel Salz drin.«

»Was soll ich dann dazu machen? Ich hätte Brokkoli da.«

»Perfekt. Den kann ich mit einem ihrer Veggie-Quetschbeutel vermischen.«

Als ich das Wasser aufsetze, grummelt mein Bauch, und mir geht auf, dass ich seit dem Frühstück nichts mehr zu mir genommen habe.

»Hat April eigentlich was zu Mittag gegessen?«, frage ich besorgt.

»Ja, ich habe sie am Strand gefüttert.«

»Oh, gut. Ich habe nämlich einen Bärenhunger«, gestehe ich. »Daher mache ich für mich Nudeln mit Pesto. Möchtest du auch welche?«

»Gern, warum nicht?«

Lächelnd hole ich zwei Bierflaschen aus dem Kühlschrank und suche eine Weile nach dem Öffner. Als ich ihn schließlich gefunden habe, entferne ich die Kronkorken und reiche Charlie die eine Flasche.

»Setz dich doch!« Ich deute mit dem Kopf auf den Campingstuhl und setze mich selbst in die Türöffnung, die Füße im Gras. »Ich hab zwar noch einen weiteren Campingstuhl im Kofferraum, aber der ist ein bisschen vergraben.« Ich schlage die Beine übereinander, als Charlie seinen Stuhl zu mir herumdreht.

»Ja, vermutlich ist es besser, du machst das Ding hinten nicht wieder auf.« Mit einem dreckigen Grinsen führt er die Flasche an die Lippen und trinkt einen Schluck, bevor er mich mit seinen klaren, ungewöhnlichen Augen direkt ansieht. »Und wieso geht dir deine Mum nun tierisch auf den Sack?«

Ich hebe die Augenbrauen. »Wenn du die Antwort wirklich hören willst, bräuchte ich wohl noch ein paar weitere Bierchen.«

»So schlimm?«

»Sie ist nicht gerade die Mütterlichste aller Menschen.« Ich trinke auch einen Schluck und zucke die Achseln. »Natürlich liebe ich sie, und wir kommen ganz gut miteinander aus. Aber als sie mich bekommen hat, war sie noch sehr jung und ist seitdem auch nicht sonderlich erwachsener geworden. Dad ist die einzige echte Elternfigur in meinem Leben. Er ist wirklich toll.«

Ich blicke über meine Schulter und sehe, dass das Nudelwasser kocht. Bis ich die Nudeln hineingegeben habe und wieder zu meinem Platz an Hermies Kante zurückgekehrt bin, ist April aus dem Zelt aufgetaucht.

Charlie lässt sie auf seinen Knien wippen und wird mit hysterischem Gekicher belohnt.

Im Vergleich zu anderen Vätern ist dieser hier auch schwer in Ordnung, denke ich mit einem Lächeln.

Kapitel 15

Am Sonntag schüttet und stürmt es so stark, dass ich befürchte, mein Zelt könnte weggeweht werden. Schließlich mache ich es mir in Hermie gemütlich, schreibe an meinem Blog und gebe alle Pläne für einen weiteren Ausflug auf. Bis ich dort ankäme, könnten die Lost Gardens of Heligan möglicherweise endgültig verloren sein.

Immer wieder ertappe ich mich bei dem Gedanken, was Charlie und April wohl gerade machen. Vermutlich meint er, vorerst hätte er seine Pflicht und Schuldigkeit getan – ich bezweifle, dass wir so bald wieder etwas zusammen unternehmen. Diese Erkenntnis zieht mich ein bisschen runter, weshalb ich beschließe, zu Aufheiterungszwecken für das folgende Wochenende einen Trip nach Irland zu planen. Es ist an der Zeit, Dillon einen Besuch abzustatten.

Auch am Montag lässt der Regen nicht nach. Noch immer ist es sehr windig, die Fahrt auf dem Fahrradweg hat es in sich. Einmal weht es mich fast ins Wasser.

»Alles in Ordnung mit dir?«, erkundigt sich Charlie besorgt, als ich Nickis Fahrrad völlig durchnässt durch die Haustür schiebe.

»Heute wäre ich besser zu Fuß hergekommen, glaube ich.«

»Das finde ich allerdings auch.«

»Was machst du an einem Tag wie diesem?« Ich ziehe meinen Regenmantel aus. Der Helm hat meine Haare nicht wirklich trocken gehalten, aber ich tröste mich mit dem Gedanken, dass mir der Wind die Kapuze meines Regenmantels sowieso vom Kopf geweht hätte. »Wie arbeitest du da draußen?«

»Manchmal setze ich einen aufklappbaren Pavillon ein, aber normalerweise lasse ich die Arbeit im Freien bei so einem Wetter bleiben. Außerdem muss ich sowieso meine Buchhaltung in Ordnung bringen.«

Im Spiegel in der Diele checke ich mein Aussehen. Mein dunkelbraunes Haar ist ein lustiger Mix aus nassen und trockenen Streifen. »Interessanter Look!«, murmele ich.

»Wie ist dein restliches Wochenende verlaufen?«, fragt Charlie lächelnd auf dem Weg zur Küche.

»Gut. Na ja, eigentlich eher langweilig«, sage ich. »Hallo, April!« Sie hockt unter dem Tisch und mampft auf einem Quietschtier herum. »Hab nur bisschen geschrieben«, setze ich hinzu.

»An was Eigenem?«

Quietsch, quietsch!

»Genau. Nächstes Wochenende reise ich für meinen Blog nach Irland.«

»Wegen wem denn?«

»Er heißt Dillon. Und ist ein irischer Musiker.«

Charlie kneift die Augen zusammen, schüttelt den Kopf und holt Milch aus dem Kühlschrank.

»Was ist?« Ich spüre, dass er eigentlich etwas sagen wollte.

»Nichts.«

»Was ist?«, wiederhole ich.

»Findest du wirklich ... Nein, vergiss es.« Wieder schüttelt er den Kopf.

»Ich hab's dir doch schon gesagt, Elliot wird nicht eifersüchtig. Er vertraut mir, und das zu Recht. Ich würde ihn nie betrügen. Das habe ich noch nie getan und werde es auch nie tun.«

Während er mir lauscht, verziehen sich seine Mundwinkel nach oben.

»Bist du dann mal fertig?«, fragt er, als ich verstumme.

Quietsch, quietsch, quietsch!, macht Aprils Gummitier.

»Bin ich!«

»Um Elliot ging's mir gar nicht.«

Ich runzele die Stirn. »Worum dann? Spucken Sie's aus, Mr. Laurence.«

Er mustert mich eine Weile. »Glaubst du eigentlich an diesen ganzen Quatsch?«

»Welchen Quatsch?«

»In deinem Blog. Diesen Quatsch über die Stücke deines Herzens.«

Ich lache auf. »*Quatsch*?«

»Na ja, das nimmst du aber nicht wirklich ernst, oder?«

»Ich glaube, ich mochte dich am Anfang lieber, als du kaum mit mir gesprochen hast.«

Quietsch, quietsch.

Seine Augen weiten sich, und seine Lippen formen sich zu einem erschrockenen »Oh«.

Ich winke ab. »Scherz!«

»Wann habe ich denn kaum mit dir gesprochen?« Er wirft mir mit seinen Flaschenglas-Augen einen Blick zu.

»Na, ganz am Anfang halt.«

Er macht ein nachdenkliches Gesicht.

»Aber egal, jetzt zu deiner Frage: Nein, ich nehme es nicht so ernst. Ich dachte einfach, es sei eine witzige Idee für ein Buch – sämtlichen Exfreunden rund um den Erdball hinterherzujagen.«

Er nickt, und ich denke, nun ist er zufrieden, doch dann zieht er wieder die Brauen zusammen und legt den Kopf schräg.

»Was ist denn noch?«

»Es ist nur ... dieser Kram mit den Herzstücken, von wegen, du würdest jemanden von ganzem Herzen lieben wollen.«

»Ja?«

»Glaubst du wirklich, du wärst erst dann imstande, jemanden von ganzem Herzen zu lieben, nachdem du dich mit deinen ganzen Exfreunden getroffen und sie gebeten hast, dir das fehlende Stück deines Herzens zurückzugeben?«

»Na ja, natürlich bin ich nicht so blöd zu glauben, dass man diese Stücke zurückfordern und einfach so bekommen kann.«

»Genau, denn wenn du sagst, ihnen gehört noch ein Stück deines Herzens, dann meinst du doch damit, dass ihnen immer noch ein Teil von dir gehört. Und du hast nach wie vor Gefühle für sie. Also, keine romantischen Gefühle«, ergänzt er schnell, als er meinen Gesichtsausdruck sieht, »aber du hast dich noch nicht ... wie soll ich sagen ... vollkommen aus der Beziehung gelöst.«

»Stimmt.« Ich glaube, er hat's kapiert! »Und wenn ich meine Exfreunde noch einmal sehe, kann ich die Beziehung endlich abschließen und die Vergangenheit ad acta legen. Ich schätze, mein Herz fühlt sich nach jedem Treffen ein bisschen leichter an – als würde ihm eine Last genommen.«

Er nickt und scheint meine Erklärung zu akzeptieren. Doch dann macht er auf einmal ein verwirrtes Gesicht. »Noch mal zurück zu diesem Mit-ganzem-Herzen-lieben-wollen-Ding. Du glaubst aber nicht ernsthaft, dass du jemanden nicht wirklich lieben kannst, nur weil du davor schon andere geliebt hast, oder?« Er runzelt die Stirn. »Wenn es zwischen zwei Menschen stimmt, dann ist es doch egal, was davor war.«

Bin ich froh, dass Elliot nicht hier ist und unser Gespräch mithört ...

»Jetzt weiß ich endlich, warum mir niemand einen Buchvertrag geben will. Die Idee ist scheiße«, versetze ich sarkastisch.

»Ach, Unsinn. Vielen wird sie gefallen.«

»Dir aber nicht.«

»Na ja ...« Er sieht mich verlegen an. »Ich gehöre ja auch nicht zu deiner Kernzielgruppe, oder?«

Ich schalte den Wasserkocher wieder an. Das Wasser darin hat schon vor Ewigkeiten gekocht, aber wir haben so viel geredet, dass ich mit der Teezubereitung noch nicht sonderlich weit gekommen bin.

Charlie lehnt sich mit verschränkten Armen an die Arbeitsfläche. Heute ist es so kühl, dass er Jeans und Socken trägt.

Quietsch, quietsch. Aprils Gummitier meldet sich zu Wort.

»Hat Nicki mit dir über ihre Buchideen gesprochen?«, erkundige ich mich behutsam und konzentriere mich dabei auf das heiße Wasser, das ich in zwei Becher gieße.

»Manchmal.« Er seufzt. »Sie hat es immer gehasst, wenn ich meinen Senf dazugegeben habe.«

»Wirklich?« Ich sehe ihn verstohlen an und stelle fest, dass er auf den Boden starrt. »Ich wette aber, sie hat deine Ehrlichkeit geschätzt.«

Er zwinkert heftig. »Das hoffe ich doch.« Er stößt sich von der Arbeitsfläche ab und lässt sich wieder dagegenfallen, ehe er mich ansieht.

»Sorry, dass ich anfangs nicht so nett zu dir war, als du hergekommen bist.«

Seine Bemerkung wundert mich.

»Alles gut. Die ganze Situation war eben etwas schwierig, und ich hab mich unwohl gefühlt, das war alles.«

Er nickt. »Ich hab mich auch unwohl gefühlt.«

»Ich weiß. Äh, das kann ich mir vorstellen«, sage ich.

»Inzwischen hat sich das gegeben.« Er grinst, und mir gefällt es, wie sich sein Gesicht dabei aufhellt. »Du bist in Ordnung. Ehrlich gesagt, genieße ich deine Gesellschaft.«

»Gewöhn dich nicht dran, in sechs Wochen bin ich wieder weg.« Ich fische die Teebeutel heraus und reiche ihm den einen Becher. Den anderen nehme ich mir und halte ihn mit beiden Händen, wobei die Wärme meiner Handflächen nicht mit der Wärme mithalten kann, die ich in meinem Inneren verspüre.

Während ich aus der Küche marschiere, werfe ich ihm ein Lächeln zu. Noch immer blendet er mich mit der Strahlkraft seines Grinsens.

Als Charlie April für ihr Vormittagsschläfchen hinlegt, schalte ich meine Musik aus, damit sich das Szenario vom Freitag nicht wiederholt.

»Keine Musik heute?«, fragt er, als ich zum Mittagessen runterkomme. Er sitzt mit April am Tisch und füttert sie. Ich habe zwar mitbekommen, wie er sie aus dem Bett geholt hat, aber ich habe sie nicht weinen gehört.

»Nein.« Ich werfe ihm einen fragenden Blick zu. Ich weiß, er kann meine Musik durchs Fenster hören, allerdings hat er ja gar nicht draußen gearbeitet.

»Ich habe sie nicht gehört, als ich hochgegangen bin, um April zu holen«, erklärt er.

»Bist du sicher, dass sie dich nicht stört?«, vergewissere ich mich noch einmal.

»Nein, ich hör sie gern. Magst du nicht jetzt was auf deinem iPod vorspielen?«

»Wirklich?«

Er nickt. »Ja!«

Kurze Zeit später kehre ich in die Küche zurück und scrolle durch meine Songs. »Worauf hättest du Lust?«

»Entscheide du.«

Ich drücke auf Play und ziehe beim Anblick des schlechten Wetters draußen ein finsteres Gesicht. Es gießt in Strömen.

»Ich hätte Lust auf ein Käsetoast«, sage ich. »Möchtest du auch eins?«

»O ja, gern!« Er schiebt seiner Tochter einen weiteren Löffel mit einer eklig aussehenden grünen Masse in den Mund und deutet mit dem Kopf auf meinen Lautsprecher. »Was für ein Song ist das?«

»›Hold Tight!‹ von Dave Dee, Dozy, Beaky, Mick & Tich.«

»Von wem?«

»Dave Dee, Dozy, Beaky, Mick & Tich«, wiederhole ich. »Versuch mal, das auszusprechen, wenn du betrunken bist.«

April hopst in ihrem Hochstuhl auf und ab und wackelt dazu mit dem Popo.

»Schau sie dir an, ihr gefällt es!« Charlie lächelt.

»Du solltest ein Radio in die Küche stellen.«

»Ja, wirklich«, pflichtet er mir bei. »Seit Nickis Tod habe ich eigentlich keine Musik mehr gehört«, setzt er leise hinzu.

April bewegt sich noch immer zu der Musik. Sie sieht so niedlich aus, dass ich unwillkürlich lächeln muss, auch wenn ihr ganzer Mund mit grünem Zeug verschmiert ist.

»Kannst du mir mal die Feuchttücher herwerfen«, bittet mich Charlie.

Nur zu gern … Ich hole sie vom Sofa und gebe sie ihm. Einen Moment darauf hebt er seine Tochter aus dem Hochstuhl und setzt sie auf den Boden. Sie stemmt sich neben ihm hoch, legt die Hände auf seine Knie und wippt zur Musik. Dabei grinst sie wie ein Honigkuchenpferd.

»Downtown« von Macklemore & Ryan Lewis folgt. Ich

kann nicht umhin, mitzutanzen und gelegentlich mitzurappen, während ich Käsetoasts zubereite.

Nach einer Weile merke ich, dass Charlie und April mich mit einem identischen Grinsen im Gesicht beobachten. Bei ihrem Anblick muss ich lachen – sie sehen sich so ähnlich! – und dann setzt der Refrain ein und ich *muss* einfach mitsingen.

April streckt die Hand nach mir aus und stößt einen Schrei aus, und ich gehe spontan zu ihr, hebe sie hoch und hüpfe mit ihr in der Küche herum.

Charlie lehnt sich auf seinem Stuhl zurück und lacht in sich hinein.

»Sie mag mich!«, erkläre ich nach einer Weile fröhlich und gebe ihm seine Tochter zurück.

»Sie mag jeden«, erwidert er liebevoll und setzt sie sich auf den Schoß.

Na toll!

»Musst du mir das unbedingt aufs Brot schmieren?«, meine ich gespielt sauer.

Er grinst zu mir hoch.

»Kannst du mich nicht einfach in der Vorstellung schwelgen lassen, dass sie mich vergöttert?«, fahre ich fort. »Normalerweise mögen mich Babys nicht. Es ist also etwas Besonderes.«

»Wie meinst du das, Babys mögen dich normalerweise nicht?«

»Na, so ist es eben. Für gewöhnlich bringe ich sie zum Weinen.«

»Und wie schaffst du das, kneifst du sie?«

Ich lache. »Nö, ich glaube, sie merken einfach, dass ich kein Babyfan bin.«

Er runzelt die Stirn. »Inwiefern bist du kein Babyfan?«

»Hör auf, mich vom Essenmachen abzulenken.«

Duran Durans »A View to a Kill« setzt ein.

»Ich habe mir schon seit Ewigkeiten keinen James-Bond-

Film mehr angeschaut.« Charlie gesellt sich zu mir an den Ofen, während ich unsere Toasts grille. Er trägt abgewetzte Jeans mit einem Riss über dem einen Knie, und sein T-Shirt ist dunkelgrau, auch wenn ich den Verdacht habe, dass es früher mal schwarz war. Der Saum ist ziemlich zerfranst.

»Am letzten Abend, bevor ich herkam, haben Dad und ich uns zum dritten Mal *Skyfall* angesehen«, verrate ich und spähe in den Ofen, um sicherzugehen, dass unser Essen nicht anbrennt. »Ich bin mit Bond groß geworden. Ehrlich gesagt vermisse ich das Fernsehen«, fahre ich fort, während ich mich wieder aufrichte. »Vor allem an Tagen wie diesem.« Ich sehe zum Fenster hinaus.

»Du kannst hier abends fernsehen, wann immer du willst«, bietet er mir an.

»Ich wollte mich jetzt aber nicht bei dir einladen.«

»Ich mein's ernst. Ehrlich gesagt vermisse ich es, in Gesellschaft fernzusehen. Wie oft habe ich mich mit Nicki darüber gestritten, was wir uns anschauen sollen ... Manchmal habe ich sie sogar zum Ausgehen ermuntert, nur damit ich die Fernbedienung mal für mich habe. Inzwischen würde ich alles dafür geben, wenn ich sie wieder hier hätte und sie mich zusammenscheißen würde, nur weil ich mich weigere, mit ihr *The X Factor* anzuschauen.«

Angesichts seiner unvermittelt traurigen Miene zieht sich mein Herz zusammen, doch ehe ich etwas sagen kann, hellt sich sein Gesicht wieder auf. »Du würdest dir doch nicht *The X Factor* anschauen wollen, oder?«

»Nein.« Ich schlucke. »Außerdem läuft das zurzeit sowieso nicht.«

Später an diesem Nachmittag klopft er an die Arbeitszimmertür. »Sag mal, wann hast du dir das letzte Mal *Octopussy* angesehen?«

Ich lehne mich zurück und überlege. »Das ist mindestens sieben Jahre her, schätze ich. Wieso?«

»Das läuft heute Abend. Ich koche ein Curry. Wie wär's?«

Ich lächele ihn an. »Hm ...«

»Jetzt komm schon.«

Weiterer Überredungskünste bedarf es nicht.

Kapitel 16

»Wir kommen wohl nicht drum herum«, sagt Charlie am Donnerstagnachmittag, nachdem er mit Adam telefoniert hat. »Er will unbedingt mit uns ausgehen.«

»Ich kann nicht. Dieses Wochenende bin ich in Irland, schon vergessen?«

»Allerdings fliegst du erst am Samstagmorgen, stimmt's?«

Ich nicke.

»Er spricht von morgen Abend. Samstags kann Mum nämlich nicht babysitten – auf dem Campingplatz ist das der hektischste Tag. Sie kommt um sechs her. Bist du dabei?«

»Wow, ein echter Ausgehabend! Bist du sicher, ich störe eure Zweisamkeit nicht?«

»Unsinn. Sieh dich nur ein bisschen vor, was Adam betrifft. Der macht dich vermutlich noch vor Ende des Abends an.«

»Dann schaller ich ihm eine!«

»Ich würde alles geben, um das zu sehen. Alles!«

Am Freitagabend erscheint Pat schon eine halbe Stunde früher als ausgemacht.

»Na, wenn das mal kein fröhlicher Anblick ist«, ruft sie, als sie in die Küche kommt.

Ich sitze mit April am Tisch und füttere sie mit Hühnchen und Gemüse. Sie würde am liebsten selbst mit dem Löffel essen, aber dann gibt es immer eine Riesensauerei, und Charlie wollte sie schnell bettfertig machen. Als er ging, um seiner Mutter die Tür aufzumachen, habe ich seinen Platz eingenommen.

Pat kommt her, gibt ihrer Enkeltochter einen Kuss auf die Stirn und legt mir dann zur Begrüßung eine Hand auf die Schulter. April wippt zur Musik, die aus dem Lautsprecher von Charlies neuem Radio schallt. Ich habe meinen iPod eingestöpselt, weil wir keine Sendung gefunden haben, die uns gefiel.

»Ist das Johnny Cash?«, fragt Pat, deren Augenbrauen nach oben schnellen, als »One Piece at a Time« ertönt.

»Ja.« Ich schiebe mit dem Löffel fein geschnittenes Hühnerfleisch in Aprils geöffneten Mund. Ganz offensichtlich bin ich inzwischen immun gegenüber Breipampe, da mir beim Anblick nicht mehr schlecht wird.

»Das Lied gefällt mir!« Pat setzt sich auf den leeren Stuhl neben mir.

»Ich glaube nicht, dass ich es schon mal gehört habe«, bemerkt Charlie.

»Achte mal auf den Text«, fordere ich ihn auf. »Er baut einen Cadillac und klaut sich alle Teile dafür aus der Werkstatt, in der er arbeitet. Und jetzt hör mal zu, wie das Endergebnis beschrieben wird.«

Charlie lehnt sich an die Wand, konzentriert sich auf den Songtext und lächelt mich dabei an.

»Einfach genial«, meint er schließlich.

»Schon, oder?« Ich erwidere sein Lächeln.

April greift nach dem Löffel.

»Sorry. Hab mich ablenken lassen.« Ich füttere sie weiter und werfe dabei einen Blick zu Pat, die mit leicht verdutzter Miene zwischen ihrem Sohn und mir hin und her sieht.

»Tauschen wir, Bridget?«, fragt Charlie.

»Klar. Ich geh dann mal und mach mich fertig.« Ich bin

heute Morgen hergekommen und habe mein Ausgeh-Outfit gleich mitgebracht.

»Du kannst auch gehen, mein Lieber«, meint Pat, bevor er sich setzen kann. »Das Füttern übernehme ich.«

»Cool, dann hüpf ich mal kurz unter die Dusche.«

»Mach das, du hast noch Sägemehl in den Haaren.«

Diese Woche hat er an einem Baumhaus gearbeitet, einem Baumhaus allerdings, wie ich bislang noch keines gesehen habe. Es sieht einfach unglaublich aus – die Leiterstufen und Stützpfosten bestehen aus knorrigen Ästen, und dazu gibt es ein Strohdach. Ich dachte, es sei fast fertig, aber Charlie meint, eine Woche Arbeit wird er wohl noch reinstecken müssen. Unvorstellbar, wie produktiv er wäre, wenn er mehr Unterstützung bei der Kinderbetreuung hätte.

Die Sonne steht noch hoch am Himmel, und es ist warm und klar, als wir an diesem Abend in den Ort gehen. Wind und Regen des Wochenbeginns sind nur noch eine ferne Erinnerung.

»Warum gehst du eigentlich nicht darauf ein, wenn dir die Leute anbieten, dir April mal abzunehmen?«, will ich von Charlie wissen.

Seit ich Jocelyn auf der Straße kennengelernt habe, sind wir uns ein paarmal begegnet, und gestern habe ich mitbekommen, wie sie Charlie anbot, jederzeit gern auf April aufzupassen. Er bedankte sich herzlich, erklärte jedoch, er käme prima zurecht.

Auch das Angebot seiner Schwägerin Kate hat er neulich am Telefon abgelehnt. Als Pat und ich uns über sein Baumhaus im Garten unterhielten, nachdem Charlie das Zimmer verlassen hatte, vertraute Pat mir an, dass sie ihm angeboten habe, April montags und dienstags zu sich zu nehmen und auf sie aufzupassen, was Charlie aber abgelehnt habe.

»Ich möchte halt … Es ist einfach nicht nötig. Wenn ich in der Klemme stecken würde, vielleicht, aber ich nehme lieber weniger Arbeit an und bin für April da. Zumindest in diesem ersten Jahr. Nicki hätte es so gewollt, das weiß ich.«

»Aber April liebt deine Mum doch über alles. Kommt sie mit deinem Dad auch so gut zurecht?«

»Oh, sie liebt ihn«, erwidert er. »Zu schade, dass du ihn noch nicht kennengelernt hast, aber einer von ihnen muss immer beim Campingplatz bleiben, falls irgendwas schiefläuft.«

»Es könnte also sein, dass es April gefiele, den Montag und Dienstag mit ihren Großeltern zu verbringen?«

»Mir gefiele es halt nicht«, murmelt er.

»Du würdest sie vermissen.« Ich lächele.

Er zuckt die Achseln. »Ja. Sie ist meine Welt.« Kurze Pause. »O Mann, das klingt echt abgedroschen.«

Ich lächele ihn kurz von der Seite an, doch er starrt auf die Straße. Seine Haare sind noch immer feucht von der Dusche, und ein paar Strähnen fallen ihm in die Augen. In nassem Zustand wirkt es dunkler.

»Wenn es Nickis Buch nicht gäbe, hätte ich, um ehrlich zu sein, gar keine andere Wahl«, vertraut er mir an. »Dann müsste ich mehr Arbeit annehmen, um über die Runden zu kommen. Wahrscheinlich ist es ganz gut, dass es mit der Fortsetzung vorangeht.«

»Hat man dich denn erst dazu überreden müssen?« Diesen Eindruck hatte mir Fay vermittelt.

»Mmm. Ehrlich gesagt war ich ziemlich schockiert, als mich Fay fragte, ob sie nicht einen Ghostwriter ins Spiel bringen solle. Ich glaube, Nicki hätte es überhaupt nicht gefallen, dass jemand anders die Geschichte fertigschreibt, in die sie ihr ganzes Herzblut gesteckt hatte.«

Bei seinen Worten wird mir ein bisschen schlecht.

Er wirft mir einen Seitenblick zu. »Sorry, vielleicht hätte ich das für mich behalten sollen.« Er kann mein Unbehagen spüren.

»Schon okay, erzähl weiter«, sage ich, auch wenn es eigentlich nicht okay ist und ich mir gar nicht sicher bin, ob ich die Fortsetzung hören möchte.

»Kate hat mich letztlich umgestimmt«, fährt er fort. »Sie hat mir die Leserrezensionen gezeigt, und ich konnte gar nicht fassen, wie viele Menschen sich verzweifelt eine Fortsetzung wünschen. Kate fand, ich hätte ihnen gegenüber eine Verantwortung. Und sie hatte das Gefühl, dass Nicki ihr in diesem Punkt zugestimmt hätte.«

»Vielleicht hat sie recht.« Ich bin Nickis Schwester dankbar dafür, dass sie ihn überzeugt hat. Nickis Tagebücher aus der Teenagerzeit haben zwar nicht den besten Eindruck von Kate vermittelt, aber damals waren sie ja beide noch so jung, und offenbar unterstützt sie Charlie inzwischen sehr.

»Ja.« Er seufzt. »Dank der Einkünfte durch die Buchverkäufe muss ich weniger arbeiten und kann mich mehr um April kümmern. Nicki wäre ihre Tochter wichtiger gewesen als das Buch, insofern denke ich, dass sie eher damit einverstanden gewesen wäre, dass jemand anders das Buch fertigstellt, als dass sich jemand anders als ich um April kümmert. Zumindest tröste ich mich mit diesem Gedanken«, sagt er und seufzt tief.

»Klingt logisch«, sage ich. Offenbar musste er sich das mal von der Seele reden.

Ich hoffe, jetzt fühlt er sich besser, selbst wenn meine Gefühle nach seinem Geständnis leicht zwiegespalten sind. Wenn das hier ein Film wäre, würde mir Nickis Geist wahrscheinlich die Hölle heiß machen, bis die Fortsetzung genau nach ihrem Geschmack ist. Herrje, was für ein Gedanke! Nur gut, dass ich nicht an Geister glaube.

»Danke«, sagt Charlie. »Und jetzt sollten wir uns vermutlich über etwas anderes unterhalten, sonst heule ich am Ende noch in mein Bier.«

Ein Themenwechsel kommt mir nur entgegen.

»Übrigens gehe ich heute Abend zum ersten Mal weg, seitdem sie ... seitdem wir sie verloren haben«, fügt er hinzu.

Angesichts dieser Enthüllung reiße ich die Augen auf. Na, großartig, dann gibt es ja keinerlei Druck, dass dieser Abend ein voller Erfolg wird.

Kapitel 17

»Ihr seid da!« Adam springt auf und umarmt seinen Bruder ungestüm, bevor er mich ebenfalls in die Arme nimmt. Er hat vor dem Pub einen Tisch im frühabendlichen Sonnenschein ergattert. »Freu mich total, dass ihr zwei es hergeschafft habt. Was wollt ihr trinken?« Er gräbt in seiner Tasche nach seiner Brieftasche.

»Ich gehe«, sagt Charlie.

»Nix da, setz dich!« Adam erkundigt sich nach unseren Wünschen und geht hinein.

Charlie setzt sich auf eine Bank mit Blick auf den Pubgarten, und ich nehme ihm gegenüber Platz, von wo aus ich auf die idyllischen Häuser in dieser Straße schaue. Ein paar Minuten darauf kommt Adam mit den Getränken zurück, lässt zwei Chipspackungen fallen, die er zwischen seinen Zähnen transportiert hat, und setzt sich neben seinen Bruder.

»Cheers, auf einen schönen Abend!«, sagt er.

Wir stoßen mit den Pintgläsern an, und Adam stellt die geöffneten Chipstüten in die Mitte des Tisches.

»Na, was habt ihr diese Woche so getrieben?«, erkundigt er sich, und während wir erzählen, ist der erste Pint schnell geleert.

Bei Pint Nummer zwei läuft es etwas anders. »Die Frau da drüben kommt mir irgendwie bekannt vor.« Mit gerunzelter Stirn starrt Adam auf jemanden hinter mir.

»Welche denn?«, frage ich neugierig.

»Hellblondes Haar, schwarzes Top, von mir aus gesehen zwei Uhr. Bitte nicht zu auffällig hingucken.«

»Mach ich nicht. Dieses Spielchen beherrsche ich gut.« Ich streiche mir die Haare gewollt beiläufig hinter die Ohren, wende den Kopf und werfe einen kurzen Blick auf die Zwei-Uhr-Tisch-Frau, bevor ich wieder zu Adam sehe.

»Hübsch!«, sage ich.

Mit gerunzelter Stirn versucht er noch immer, die Frau einzuordnen. »Könnte sein, dass wir mal Sex hatten«, sinniert er.

Charlie stellt sein Bierglas ab. »Wie kannst du eine Frau vergessen, mit der du mal Sex hattest?«

»Weil ich nichts anbrennen lasse.« Adam grinst. »Weil du gerade mal mit zwei Frauen zusammen warst, ist das für dich kein Problem, die merkt man sich leicht.«

»Halt den Mund!«, erwidert Charlie ungehalten.

»Ich hatte schon viel zu lange keinen Sex mehr.« Adam bedenkt die Frau auf der anderen Seite des Gartens mit einem wollüstigen Blick.

»Ich gebe dem Ganzen eine Stunde«, erklärt mir Charlie mit hochgezogenen Augenbrauen.

»Bevor er sie angräbt?«, entgegne ich.

Adams süffisanter Gesichtsausdruck ist Antwort genug.

»Na, dann viel Glück«, bemerke ich ironisch. »Es stört sie bestimmt nicht, dass du dich nicht mehr daran erinnern kannst, ob du mit ihr Sex hattest. Na, und dass man das Zusammensein mit dir gern wieder verdrängt, ist ja auch gut möglich.«

Charlie lacht, und Adam wirft mir ein spöttisches Lächeln zu. »Ich bin unvergesslich!«

»Nee, schon klar.« Ich lege die Beine auf die Bank vor mir, überkreuze die Füße und lehne mich an die Wand. Ganz gemütlich hier. Ich könnte die ganze Nacht hier verbringen. Vielleicht mache ich das auch.

»Wie lange ist es her, dass du zuletzt Sex hattest?«, fragt mich Adam.

Ich weiß, auf so eine Frage muss ich wirklich nicht eingehen, aber was soll's. »Na ja, Elliot und ich haben uns zuletzt im Dezember gesehen, also sind es ...« Ich zähle an den Fingern ab. »Acht Monate.«

»Auweia!«

»Ach, es gab schon längere Pausen. Wisst ihr, was ich am meisten vermisse?« Ich sehe beide an, und sie erwidern den Blick erwartungsvoll. »Umarmungen.«

Adam lacht. »Umarmungen?«

»Ganz genau, echte menschliche Nähe. Umarmungen vermisse ich wirklich.«

»Ich geh mal Nachschub holen«, erklärt Adam mit gespielter Abscheu und geht zur Bar.

Charlie und ich lächeln uns an. Dann nickt er und sieht auf den Tisch. »Kann ich nachvollziehen.« Er malt einen Kreis um den feuchten Abdruck, den sein Pintglas hinterlassen hat. »Das vermisse ich auch, dieses Gefühl, einen anderen Menschen in den Armen zu halten.«

»Einen netten, warmherzigen realen Menschen«, schwärme ich wehmütig.

»Weißt du eigentlich, dass man sich mindestens sieben Sekunden lang umarmen sollte, um wirklich davon zu profitieren?«

»Tatsächlich?«

»Ja, das habe ich letztens irgendwo gelesen. Anscheinend wird nach einer Sieben-Sekunden-Umarmung Serotonin ausgeschüttet, das Glückshormon.« Lächelnd sieht er wieder auf den Tisch. »Nicki war eine tolle Umarmerin.«

»Ich wünschte, ich hätte sie kennengelernt«, sage ich leise.

»Das würde ich mir auch wünschen.« Als er zu mir aufsieht, glänzen seine Augen verdächtig.

»Alles okay mit dir?«, flüstere ich, und er tut mir so leid, als er versucht, den Kloß in seinem Hals runterzuschlucken.

»Ja, alles gut.« Wieder senkt er den Blick und zeichnet einen weiteren Kreis. »Keine Bange, ich fang jetzt nicht zu heulen an. Ein paar weitere Pints steck ich locker noch weg. Schätze ich jedenfalls.«

»Okay, ich werde versuchen, dich vor deinem vierten nach Hause zu bringen.«

»Sag doch das nicht«, erwidert er alarmiert. »Ich hab wirklich Spaß!«

»Echt?«

»Ja.« Er schenkt mir ein kleines Lächeln, auch wenn seine Augen dabei ernst bleiben. »Und überhaupt, wenn, dann bin ich es, der *dich* nach Hause bringt!« Er leert sein Glas.

»Sei nicht albern, ich komme auch allein zurecht.«

»Kommt gar nicht in Frage«, erklärt er in einem Keine-Widerrede-Ton, und dann kehrt Adam mit frischem Bier zurück.

»Das war meine Runde!«, erinnere ich mich unvermittelt. In meinem Magen rumort es ein wenig. Habe ich Hunger? Gut möglich.

»Du kannst ja die nächste holen«, meint Adam achselzuckend.

»Ich glaube, wir sollten erst mal was zu essen bestellen«, erwidere ich.

Kapitel 18

Drei Pints und ein Hackfleischgericht später fängt Adam an, mich über die Typen aus meinem Blog zu löchern.

»Charlie will davon nichts hören.« Ich werfe Charlie einen finsteren Blick zu.

»O doch«, erwidert Charlie. »Fang gleich mal mit Elliot an.«

»Na ja, er war mein erster richtiger Freund«, beginne ich und setze mit leicht verträumter Stimme hinzu: »Absolut umwerfend, weshalb ich auch schrecklichen Liebeskummer hatte, als er nach Australien gezogen war.«

»Wie alt warst du da?«, fragt Adam.

»Sechzehn.«

»Genau wie ich«, offenbart Charlie und meint vermutlich, dass er seine erste richtige Freundin auch mit sechzehn hatte.

»Trisha die Überperfekte?« Als er verdutzt schaut, kann ich mir ein Kichern nicht verkneifen. »Du weißt schon, Nickis Tagebücher«, erinnere ich ihn.

Er wird blass. »Hab ganz vergessen, dass du die gelesen hast.« Er wirkt nicht glücklich darüber.

»Wie bitte? Du hast Nickis Tagebücher gelesen?« Ungläubig blickt Adam zwischen uns beiden hin und her.

»Ja.« Ich zucke die Achseln. »Du hast es mir ausdrücklich erlaubt!«, verteidige ich mich und deute auf Charlie.

»Ja, ich weiß, ich weiß.«

»Oh, das ist ja krass«, wirft Adam ein, der immer noch den Kopf schüttelt.

»Halt die Klappe«, sagen Charlie und ich gleichzeitig.

»Sie muss Nicki verstehen, wenn sie ihren Figuren gerecht werden möchte«, erklärt Charlie. »Das wäre Nicki bestimmt recht gewesen. Außerdem stehen Sachen darin, die mit dem zweiten Buch zu tun haben.«

»Und du hast sie wirklich nie gelesen, Charlie?«

Er schüttelt den Kopf. »Nein, aber Nicki war ziemlich offen, was den Inhalt betrifft.«

Ich frage mich, wie offen.

»Soll ich weitererzählen?«, versuche ich das Thema zu wechseln.

»Klar. Wer ist Nummer zwei?«, will Adam wissen.

»Jorge. In den Ferien habe ich ja immer meine Mum besucht, die weltweit auf verschiedenen Kreuzfahrtschiffen gearbeitet hat. Im Sommer, als ich siebzehn war, durfte ich sie das erste Mal ohne Begleitung besuchen. Da war sie nämlich gerade in Europa unterwegs. Davor waren immer mein Dad oder meine Tante dabei gewesen. Jorge hat im Kasino gearbeitet. Er kam aus Barcelona – der einundzwanzigjährige heißblütige Sohn eines Matadors«, füge ich grinsend hinzu.

Diese Kreuzfahrt kam für mich wie gerufen. Ich war noch völlig durch den Wind, da irgendwann gar keine Briefe von Elliot mehr eingetroffen waren, und nahm daher Mums Einladung nur zu gern an. Als Tochter eines Crewmitglieds und zahlender Gast hatte ich dieselben Vergünstigungen wie die reichen Kids, konnte aber darüber hinaus im Personalbereich abhängen. Ich war gefangen zwischen zwei Welten – über und unter Deck –, aber es war keineswegs die Hölle, sondern das Paradies.

Die meisten Mitarbeiter waren jung und durchgeknallt und

kamen aus aller Herren Länder. Mum ging ganz in ihrer Rolle als Concierge auf, und so musste ich mich selbst beschäftigen. Nachdem sie ihrem Boss erzählt hatte, ich sei über achtzehn, konnte ich hingehen, wo immer ich wollte, vom Kasino bis zum Pool, ohne dass jemand auch nur mit der Wimper gezuckt hätte. Es ging ausgesprochen zivilisiert zu.

Unter Deck sah die Sache anders aus.

Die Mitarbeiter trieben es wie die Karnickel. Zügelloser Sex und spätabendliche Trinkspielchen waren an der Tagesordnung – Tante Wendy hatte mich zu Recht davon fernhalten wollen.

Aber Tante Wendy war nicht an Bord, sondern in Wembley.

Zunächst war ich schockiert darüber, was hinter den Kulissen so alles abging – ich war ja gerade mal siebzehn –, allerdings war ich ziemlich furchtlos und durchaus in der Lage, mich allein durchzuschlagen.

Jorge gefiel mir auf Anhieb, aber nachdem es dem Personal verboten war, mit Passagieren rumzumachen, und ich ein Hybrid aus beidem war, hielt er Abstand.

Mein Durchbruch fand dann eines Abends während eines Poolbillard-Turniers statt, in dem wir im Halbfinale unversehens gegeneinander antreten mussten. In dem Pub, in dem mein Dad arbeitete, stand ein Poolbillardtisch, an dem ich bereits mehrere der Küchenjungen weggeputzt hatte.

Den Rest meines Biers teilte ich mit Jorge, und als er später das Turnier gewann, nahm er mich mit der Behauptung, mir einen Drink zu schulden, zur Personalbar mit. Als er mich danach zu meiner Kabine brachte, kam es unter dem Sternenhimmel zum ersten Kuss. Den Rest des Sommers waren wir unzertrennlich.

»Wer war Nummer drei?«, erkundigt sich Charlie.

»Gabriel. Eine weitere Kreuzfahrtromanze. Da war ich

neunzehn«, erzähle ich. »Sein Dad war ein wohlhabender Bauunternehmer in Brasilien, der kürzlich wieder geheiratet hatte. Gabe war angepisst, weil er den ganzen Sommer auf einem Schiff verbringen musste, wo er doch zu Hause bei seiner Mum und seinen Freunden hätte sein können. Ich studierte inzwischen Journalismus an der Uni, doch Mum hatte einen Ferienjob im Koordinationsteam für mich klargemacht. Ich half dabei, in den verschiedenen Häfen diverse Touren für die Passagiere zu organisieren. Weil Liebeleien zwischen Personal und Passagieren untersagt waren, mussten Gabe und ich ziemlich vorsichtig sein. Ich glaube, er war der Meinung, er könne sich bei seinem Dad rächen, indem er sich mit jemandem vom Personal einließ.«

Charlie zieht eine Grimasse.

»Übrigens haben wir uns vor ein paar Monaten wiedergetroffen. Inzwischen ist er noch verzogener als mit einundzwanzig.«

»Und Nummer vier?«, fragt Adam.

»David, mein Freund aus Unizeiten. Hach, war der süß! Am Anfang des Studiums hatte er eine Freundin, aber als sie sich nach dem ersten Jahr trennten, waren wir schon locker befreundet. Wir waren ungefähr anderthalb Jahre zusammen. Irgendwann war meine Verliebtheit plötzlich weg. Mir ist nie wirklich klargeworden, warum eigentlich, denn es sprach so viel für ihn. Inzwischen lebt er mit seiner Frau und den drei Kindern in Südafrika. Ich habe mich letztens mit ihm getroffen, und er wirkte ausgesprochen glücklich und zufrieden.«

»Nummer fünf?«, fragt Adam.

»Ich mach lieber ein bisschen schneller, sonst sitzen wir noch bis Mitternacht hier«, sage ich. »Langweile ich euch schon?«

Beide bestreiten es, und ich fahre fort.

»Nummer fünf war Freddie. Ich hatte beschlossen, ein Weilchen durch Amerika zu reisen. Unterwegs habe ich ihn kennengelernt. Er war ein norwegischer Wildtierfotograf.« So wild und frei wie die Tiere und die Landschaft, die er ablichtete. Er brach sich so mühelos ein Stück meines Herzens ab, wie man einen Finger von einem KitKat-Riegel abbricht. »Freddie hat mich ermutigt, mir eine Kamera zu kaufen, und mir das Fotografieren beigebracht. Damit konnte ich zusammen mit meinen Artikeln auch Fotos einreichen.«

Zudem hatte er einen Haufen Kontakte, die er großzügig an mich weitergab. Ich hatte schon seit Jahren über die Orte geschrieben, die ich besuchte – dafür arbeitete ich in meiner Freizeit vom Internetcafé des Schiffs aus –, hatte aber noch nicht viel veröffentlicht. Durch Freddie änderte sich das.

»Tatsächlich hat er meine Karriere entscheidend vorangetrieben. Er war etwas älter als ich.«

»Wie viel älter?«, fragt Charlie interessiert.

»Ich war einundzwanzig und er achtundzwanzig. Ich war unsterblich in ihn verliebt und untröstlich, als er nach Norwegen zurückkehrte.« Ich lächele traurig und zucke die Achseln.

»Sechs!«, ruft Adam.

Ich stöhne auf. »Vince. Nach meiner Rückkehr aus Amerika beschloss ich, mir einen Job bei einem Reisemagazin zu suchen. Mir war klar, dass man auch ziemlich viel unbezahlten Einsatz von mir erwartete, daher jobbte ich im Pub meines Dads hinter der Bar, um über die Runden zu kommen. Vince war dort Stammgast.«

Oder zumindest wurde er das, während ich dort arbeitete. Er war Landschaftsgärtner und hatte bei einem Haus ganz in der Nähe einen aufwendigen Auftrag übernommen. Jeden Tag kam er nach der Arbeit auf einen Pint vorbei. Es gefiel mir, dass er wegen seines harten Jobs immer ein bisschen dreckig wirkte.

»Er hatte eine gewisse Arroganz an sich, die mich anfänglich antörnte. Freddie und ich hatten uns gerade erst getrennt, ich war also gar nicht auf der Suche. Doch Vince war lustig und selbstbewusst, und auch wenn ich ihm manchmal ins Gesicht sagte, er sei ein Trottel, gab er nie auf.«

Charlie und Adam grinsen. Selbst aus einer Meile Entfernung kann man sehen, dass sie Brüder sind, wenn sie nebeneinander dasitzen und lächeln.

Irgendwann war meine Abneigung gegenüber Vince nur noch geheuchelt, und ich lächelte innerlich, wenn er zur Tür hereinkam, während ich nach außen hin weiter die Augen verdrehte. Als er mich an seinem letzten Arbeitstag in der Gegend um ein Date bat, willigte ich ein. Das war einen Monat, nachdem er sich das erste Mal an die Bar gesetzt hatte.

Er war siebenundzwanzig, bodenständig, häuslich und hatte nicht vor, in ein entlegenes Land zu fliegen und mich zu verlassen.

Rückblickend ist mir bewusst, dass ich mein ganzes Leben zwischen bodenständigen, häuslichen Männern und wilden, freiheitsliebenden und ungezähmten Typen gewechselt habe.

»Während meiner Abwesenheit hatte Dad eine Beziehung mit einer Frau begonnen, und obwohl sie immer nett zu mir war, fand sie es nicht gerade prickelnd, dass ich ihr Liebesnest invadiert hatte. Immer öfter blieb ich bei Vince, und ehe ich mich versah, wohnten wir zusammen. Allerdings entpuppte er sich als echtes Arschloch. Er war total kontrollsüchtig.«

Charlie macht ein besorgtes Gesicht. Adam schaut gelangweilt.

Ich verstehe den Wink und sage: »Gut, und damit ist Schluss für heute. Ich gebe die nächste Runde aus, und wir reden über ein anderes Thema!«

»Nein!«, protestiert Charlie.

»Doch. Sechs sind die Hälfte. Ein guter Schlusspunkt.« Ich stehe auf und gehe zur Bar.

Bei meiner Rückkehr sitzt Charlie allein da.

»Wo ist Adam?«

»Da drüben.« Er deutet mit dem Kopf zum Zwei-Uhr-Tisch. Adam ist von vier Frauen umgeben, darunter die hübsche Blondine. Er scheint ganz in seinem Element zu sein.

»Hut ab!«, sage ich beeindruckt und setze mich wieder auf die Bank gegenüber von Charlie.

»Na, komm, jetzt erzähl schon von den anderen.«

»Nein, nein.« Ich schüttele den Kopf. »Es reicht erst mal.«

»Ich bin so neugierig. Nummer sieben?«

»Bist du dir sicher? Na gut. Olli habe ich auf einem Pressetrip zu einem isländischen Eishotel kennengelernt. Er arbeitete in der Gastronomie.« Und er kümmerte sich sehr gut um mich. »Meine Chefin war gerade aus der Elternzeit zurückgekehrt, und ich hatte das Gefühl, als würde ich megamäßig herabgestuft. Deshalb habe ich gekündigt und mich selbständig gemacht, nachdem ich Olli kennengelernt hatte. Mum war inzwischen Stellvertretende Kreuzfahrtdirektorin und tourte um die britischen Inseln. Weil sie unter anderem auch in Island haltmachten, beschloss ich, mir wieder einen Job im Koordinationsteam zu suchen, da ich auf die Art alle paar Wochen bei Olli vorbeischauen konnte. In meiner Freizeit schrieb ich im Internetcafé des Bordpersonals an meinem Blog und verkaufte meine Artikel an Magazine und Zeitungen.«

»Ich glaube, ich habe deinen Bericht über Olli gelesen«, sagt Charlie.

Richtig, er hatte doch mir gegenüber mal erwähnt, dass Fay ganz richtig gelegen sei, was die Ähnlichkeit von Nickis und meinem Schreibstil betraf. »Olli war der Typ, der sich nicht an mich erinnern konnte«, helfe ich ihm auf die Sprünge.

»Stimmt. Eine echte Pfeife, wenn ich mich recht entsinne.«

Ich lache. »O ja, das kommt hin. Ich glaube, irgendwo muss

der ein ganzes Gefäß mit Herzen haben. Wie in dem Song von Christina Perri.«

Charlie sieht mich verständnislos an.

»›Jar of Hearts‹? Von Christina Perri? Na, egal. Jedenfalls heuerten Mum und ich, nachdem Olli mich abserviert hatte, auf einem Kreuzfahrtschiff in der Karibik an. Während dieser zwölf Monate war ich wirklich kein Kind von Traurigkeit. Alles andere wäre auf diesem Schiff aber auch schwergefallen. Anschließend habe ich mich erst ein Jahr später wieder verliebt.«

»Wie alt warst du da?«

»Fünfundzwanzig. Das war Dillon.« Angst überkommt mich. »Ich kann nicht glauben, dass ich morgen nach Irland reise, um mich wieder mit ihm zu treffen. Puh!« Ich lege die Hand auf meinen Bauch.

»Alles okay?«

»Ja, ja, schon. Bin nur nervös.«

Er schaut überrascht. »Ich dachte, du gehst mit dem Ganzen total locker um?«

»Locker? Von wegen! Die Sache stresst mich unheimlich!«

»Aber warum machst du's dann?«

»Manchmal muss man seine Komfortzone eben verlassen!« Ich trinke einen Schluck Bier. »Na, jedenfalls hatte ich nach so langer Zeit Heimweh, und so kehrte ich nach England zurück, um meinem Dad wieder ein wenig näher zu sein. Zur Unterhaltungscrew des Schiffs gehörte auch Dillon – ein Musiker. Ich verknallte mich so schwer in ihn, dass ich meine Kündigung einreichte und mit ihm und seiner Band auf Tour ging.«

An Bord spielte er zusammen mit ein paar weiteren Iren fröhliche Folkmusik für die Passagiere. Ansonsten ging die Musik der Band eher in Richtung Rock. Dillon spielte Gitarre und Banjo und war einer von drei Sängern.

»Er war unfassbar sexy und hatte was von einem Bad Boy. Die Mädchen waren verrückt nach ihm. Bevor er mich betrügen konnte, und ich war mir sicher, über kurz oder lang würde es so weit sein, machte ich nach ein paar Monaten lieber mit ihm Schluss. Darüber war er alles andere als glücklich.« Ich erinnere mich, wie er einfach nicht akzeptieren wollte, dass es zwischen uns aus war, und behauptete, das werde ich noch bereuen.

Lange hatte ich mir überlegt, ob ich wirklich Kontakt zu ihm aufnehmen sollte, hätte ja gut sein können, dass er sagte, ich könne ihn mal. Doch schließlich hatte ich mir einen Ruck gegeben und eine erstaunlich herzliche Antwort-E-Mail erhalten. Morgen Abend treffen wir uns in einem Pub – er hat später ganz in der Nähe einen Auftritt.

»Hm, wie weit sind wir jetzt? Willst du noch mehr hören?«

Charlie nickt. »Ich glaube, du bist jetzt bei Nummer neun ...«

»Okay, in aller Kürze. Nach der Zeit in Irland fing ich in London bei einem weiteren Reisemagazin an. Dort lernte ich Liam kennen. Er war Bildredakteur. Sehr süß, sehr sexy. Eine Weile versuchten wir, unsere Beziehung geheim zu halten, was auch irgendwie Spaß gemacht hat. Insgesamt waren wir gute achtzehn Monate zusammen.«

»Dieser Verbotene-Liebe-Kram gefällt dir, stimmt's?«, bemerkt Charlie trocken.

Ich grinse. »Schon, ja. Oder früher zumindest. Inzwischen bin ich ein bisschen erwachsener geworden.«

Dafür ernte ich ein spöttisches Grinsen.

»Nach Liam kam Seth. Ich war siebenundzwanzig und wollte eine Weile aus London raus, also habe ich meine Mum auf der Japanroute begleitet. Das war alles nicht so das Gelbe vom Ei. Die Einzelheiten erspare ich dir lieber. Nummer elf war ...«

»Moment mal«, unterbricht mich Charlie. »Inwiefern war das nicht das Gelbe vom Ei?«

»Im Ernst, das erzähle ich dir ein andermal, wenn du es wirklich wissen willst.«

»Okay.« Seine Neugierde scheint geweckt.

»Nummer elf war ... Beau!«, sage ich strahlend. Ich sehe kurz zu Adam hinüber. »Ich frage mich, ob er inzwischen Michelle getroffen und sich nach ihm erkundigt hat.« Ich drehe mich wieder zu Charlie. »Beau sah super aus, ein total lebenslustiger Typ. Das perfekte Gegengift nach Seth, diesem Idioten. Ich würde mich so freuen, wenn ich ihn ausfindig machen könnte, während ich hier bin. Und schließlich gab es da noch Felix. Ich war neunundzwanzig und sollte einen Artikel über ungewöhnliche Sportarten schreiben. Felix war Freerunner. Und Zahnhygieniker.« Ich lache. »Er hat sich immerzu meine Zähne angeschaut, das hat manchmal wirklich genervt. Dreimal haben wir miteinander Schluss gemacht und uns anschließend wieder zusammengerauft. Ich glaube, zu diesem Zeitpunkt wollte ich mich einfach häuslich niederlassen, aber bis ich Elliot fand, hat's dann doch noch ein paar Jahre gedauert.«

Charlie hebt die Augenbrauen. »Das ist also deine Nummer zwölf?«

»Das ist meine Nummer zwölf«, bestätige ich. Es hat noch andere gegeben, aber keinen davon habe ich genug geliebt, um ihm ein Stück meines Herzens zu schenken.

»Wie viele von ihnen hast du schon getroffen?«

»Fünf: David, Olli, Jorge, Gabe und natürlich Elliot. Sieben stehen noch aus, und ein weiterer wird morgen abgehakt. Au!« Wieder lege ich die Hand auf meinen Bauch, greife dann nach meinem Bier und trinke einen kräftigen Schluck.

»Das hätte ich mir sparen können«, ertönt Adams Stimme hinter mir. Dabei legt er mir unvermittelt die Hände auf die

Schultern. Ich zucke zusammen und verschütte mein Getränk. Er gleitet neben mir auf die Bank und greift nach seinem Pintglas.

»Kein Glück?«, erkundigt sich Charlie spöttisch.

»Nein. Aber der Abend ist ja noch jung.« Er rutscht noch ein Stück näher zu mir, doch ich schiebe ihn mit aller Kraft zurück. Sein Gesichtsausdruck ist unbezahlbar.

»Hast du Michelle eigentlich schon wegen Beau gefragt?«, fragt Charlie seinen Bruder, als er aufgehört hat zu lachen.

»Nein, hab sie noch nicht zu Gesicht gekriegt. Allerdings weiß ich, wo sie arbeitet, und schau diese Woche mal dort vorbei. Bei dem wievielten Typen seid ihr inzwischen angelangt?« Er sieht zu mir.

»Ich bin mit allen durch«, sage ich. »Und habe für den Rest des Abends genug geredet.«

»Besser nicht«, erwidert Adam. »Wenn wir ausgetrunken haben, steht noch ein weiterer Pub an, und zwar mit Karaoke.«

»Wirklich?«, frage ich entzückt und beachte Charlies Einwände gar nicht. »Singen ist ja nicht dasselbe wie reden!«

Kapitel 19

Ich hatte ganz vergessen, wie atemberaubend die Panoramastraße Ring of Kerry ist. Fast könnte ich darüber meinen Kater vergessen.

Es ist Samstagnachmittag, und ich bin seit zwei Stunden unterwegs. Ich bin von Bristol losgeflogen und kurz nach zwei in Cork angekommen. Da ich mich erst abends mit Dillon in einem Pub in Killarney treffe, habe ich beschlossen, über Kenmare, Moll's Gab und den Killarney National Park zu fahren. Damit verdoppelt sich meine Fahrzeit zwar auf fast drei Stunden, aber das ist es wert. Nach den Kämpfen mit Hermie ist es wirklich eine Freude, am Steuer eines ganz normalen Mietautos zu sitzen.

Das erste Mal habe ich diese Route mit Dillon absolviert, als er mit seiner Band herumtourte. Die Landschaft haute mich schon damals komplett um. Ich konnte gar nicht fassen, dass ich vorher noch nie von dieser Panoramastraße gehört hatte, und mir kam beinahe der Verdacht, dass die Iren die Informationen darüber listigerweise vom Rest der Welt fernhielten.

Es ist ein wunderbar sonniger Nachmittag, und während ich bei heruntergelassenem Fenster die sanft gewundenen Straßen entlangfahre, atme ich die kühle Sommerluft ein und seufze vor Glück. Rings um mich herum befindet sich eine atemberaubende Felsenlandschaft, durch Sonne und Schäfchenwolken teils in Licht und teils in Schatten getaucht. Das Grau der Felsen geht über in das Grün der Grasflecken, und die Farben wirken gedämpft wie die Palette eines Landschaftsmalers vor mehreren hundert Jahren. Ich schaue durch weiße Birkenstämme zu einem See, der so ruhig daliegt wie Spiegelglas. Der Boden hier ist mit einem Teppich aus Moos und Farn bedeckt, und ich halte spontan am Straßenrand an.

Ich steige aus dem Wagen und klettere vorsichtig den Hügel hinab zu dem steinigen Ufer. Große, glatte Steinplatten ragen ins Wasser, und überall liegen Felsbrocken in verschiedenen Grautönen herum. Auf einen davon setze ich mich und blicke aufs Wasser hinaus, nehme mir eine Minute, um die Schönheit um mich herum zu würdigen.

Trotz meines Brummschädels muss ich jedes Mal lächeln, wenn ich an den vergangenen Abend denke. Ich kann nicht fassen, dass Adam und ich mit vereinten Kräften Charlie dazu gebracht haben, Karaoke zu DJ Kools »Let Me Clear My Throat« zu singen. Es war zum Brüllen.

Ich kichere in mich hinein, obwohl ich hier ganz allein sitze. Autsch. Wenn doch nur mein Kopf nicht so dröhnen würde!

Am Ende brachten Charlie und Adam mich gleich zu zweit nach Hause. So, wie wir hin und her schwankten, wären wir um ein Haar ins Wasser gefallen. Adam zog mich immer wieder mit den drei Männern auf, die versucht hatten, mich aufzureißen. Keine Ahnung, warum mir beim Tanzen die Typen immer nur so zufliegen – ich versuch ja nicht mal, sie anzubaggern, und habe meistens gar kein Interesse an ihnen.

Als wir beim Hügel am Fuße des Campingplatzes ankamen, ächzte Adam laut auf und sank am Straßenrand zu Boden.

»Ich schaff es nicht da rauf!«, meinte er.

»Von hier aus schaff ich's auch allein«, erwiderte ich tapfer.

Doch es ging wirklich steil bergauf, und beinahe wäre ich rückwärts wieder nach unten gepurzelt. Charlie sah, wie ich mich abmühte, und kam mir zu Hilfe, indem er mich von hinten hochschob. Noch nie in meinem Leben habe ich so viel gelacht.

Na ja, wahrscheinlich doch. Aber es war jedenfalls ein sehr lustiger Abend.

Ich kann noch immer nicht glauben, dass Charlie gerappt hat.

Bis ich Killarney erreiche und in meinem Hotel einchecke, ist es halb sechs. Ich muss also noch zweieinhalb Stunden die Zeit totschlagen und beschließe, einen Bummel durch den Ort zu machen.

Sobald ich auf die Straße trete, kommt ein verschlagen aussehender Kerl auf mich zu und bietet mir eine Kutschfahrt zum See an. Er hat schiefe gelbe Zähne, riesige Ohren und einen ungemein buschigen Schnurrbart, und sein Pulli ist mit einem grünen Kleeblatt und dem Schriftzug *Ireland* bestickt.

Auf der anderen Straßenseite stehen einige weitere Pferdekutscher, die jünger sind und nicht so aussehen, als stünden sie am Rande des Todes, doch keiner von ihnen geht so aufdringlich auf Kundenfang. Offen gestanden, bewundere ich seine Einsatzfreude und gehe zu meiner eigenen Überraschung auf sein Angebot ein. Vielleicht gibt so eine Kutschfahrt auch Stoff zum Schreiben.

Während ich ihm folge und dann in sein grün-gelb gestrichenes Gefährt steige, bemerke ich das Grinsen der anderen Kutscher.

»Alles fit, Paddy?«, ruft einer von ihnen.

»Na klar, Jungs«, gibt er zurück und winkt sie beiseite.

Bald kapiere ich den Witz daran. Paddys Pferd ist so alt und lahm, dass ich zu Fuß doppelt so schnell wäre. Immer wieder signalisiert mein Kutscher den Fahrzeugen hinter uns, dass sie ruhig überholen können, obwohl auf der Gegenfahrbahn gerade jemand kommt, und ich zucke zusammen, als ein Bus fast mit einem Auto zusammenstösst. Die ganze Zeit über plaudert Paddy liebenswürdig mit mir. Bisweilen hält er das Pferd an, ein wenig schneller zu trotten, was es genau vier Sekunden tut, bevor es wieder im Schneckentempo dahinschleicht. Auch wenn er nicht so aussieht, ist Paddy blitzgescheit.

Als wir schliesslich den Park erreichen, fragt er mich, ob ich gern eine Bootsfahrt zu dem verfallenen Kloster auf Innisfallen Island machen würde. Das klingt verlockend, und Paddy bietet mir sogar an, seinen Kumpel anzurufen, der mich dort abholen könne, aber da während der Fahrt sieben andere Pferde und Kutschen fröhlich an uns vorbeigezogen sind – allesamt mit dreckig grinsenden Kutschern –, lehne ich doch lieber ab.

Im Hotel bleibt mir dann eigentlich keine Zeit mehr zu duschen, aber um den Pferdemistgeruch loszuwerden, der mich umgibt, brause ich mich doch kurz ab.

Mit einer Viertelstunde Verspätung erreiche ich den Pub. Habe ich vielleicht einen Schiss! Nach einem tiefen Atemzug betrete ich das brechend volle Lokal und suche den Raum nach jedem ab, der Dillon auch nur entfernt ähnelt.

Doch ich kann ihn nirgends entdecken. Lässt er mich etwa sitzen? Oder ist er schon wieder gegangen?

Mit rasendem Puls quetsche ich mich zwischen zwei wuchtige Typen in schwarzen Lederjacken, um an die Bar zu gelangen. So gern ich mir etwas Mut antrinken würde, bestelle ich mir – ganz fit fühle ich mich nämlich immer noch nicht – eine Limo und suche mir dann im Pub eine ruhigere Ecke. Mit einem Auge auf dem Eingang warte ich, und dabei steigt eine Erinnerung in mir hoch ...

Wir hatten Dillons Eltern, die an der Küste südöstlich von

Dublin wohnten, einen Besuch abgestattet. An diesem Wochenende regnete es in ganz Europa, Irland steckte jedoch mitten in einer seltenen Hitzewelle. Dillon wollte mit mir an den Strand, und so parkten wir den Wagen in Killiney Hill Park und schlenderten Hand in Hand den felsigen Weg hinunter. Das Blau des Himmels verschmolz mit dem des Ozeans, und der Küstenstreifen war über und über mit Wildblumen bedeckt. Ein unfassbar schöner Anblick, der mich an die französische Riviera erinnerte.

Der Sand unten am Strand war grau und schmutzig und das Wasser so kalt, dass ich mir beinahe die Zehen abgefroren hätte, doch Dillon brachte es trotzdem irgendwie fertig, baden zu gehen. Ich sah ihm lachend zu, während hinter uns ein Zug entlangzuckelte und seinen Passagieren die unglaublichsten Ausblicke aufs Meer bot. Ich erinnere mich noch an meinen Gedanken, dass ich mich gern dort niedergelassen und die Küstenbahn als Fortbewegungsmittel genommen hätte, falls ich zur Arbeit nach London pendeln müsste.

Als ich sah, wie entspannt Dillon mit seinen Eltern umging, und ihn zu Hause in einer glücklichen, stabilen Umgebung erlebte, verliebte ich mich noch ein bisschen mehr in ihn. Fast glaubte ich, eines Tages könnten wir auch so ein gemeinsames Zuhause haben.

Doch dann waren wir wieder auf Achse, zurück in den Bars, um uns herum wieder Alkohol, Drogen und Rock'n Roll – ganz zu schweigen von den vielen anderen Mädels –, und mir wurde klar, dass ich Luftschlösser baute.

»Du verlässt mich nicht«, sagte er, und der Ausdruck in seinen dunklen Augen verfolgt mich bis heute.

»Schon passiert. Ich habe einen Job in London angenommen.«

»Dann komme ich eben mit.«

»Nein. Du würdest deine Band vermissen. Du bist noch nicht so weit, dich häuslich niederzulassen, das ist noch nichts für dich. Ich bin mir ja nicht mal sicher, ob ich so weit bin. Machen wir lieber Schluss, bevor es ungemütlich wird und wir uns am Ende hassen.«

»Wenn du mich jetzt verlässt, hasse ich dich für den Rest meines Lebens!«

Meine Gedanken kehren in die Gegenwart zurück. Eine halbe Stunde vergeht. Ich weiß nicht, ob Dillon kommt, ob er womöglich schon da war oder ob er es mir schlicht heimzahlt, dass ich ihn damals verlassen habe.

Doch zum Glück hat seine Band heute Abend in einer Bar nicht weit von hier einen Auftritt. Zeit für Plan B!

Sobald ich die Bar betrete, entdecke ich ihn auch schon ganz hinten an einem Tisch, an dem sich hübsche junge Frauen und betrunkene Bandmitglieder drängen.

Wie's aussieht, ist alles noch beim Alten.

Sie johlen herum und unterhalten sich lautstark, und ich beobachte, wie Tezza, der Fiedler, ihnen Whisky einschenkt und dann alle ihren Shot kippen.

Dillon lehnt sich entspannt auf seinem Stuhl zurück und legt dem Mädchen neben ihm beiläufig den Arm um die Schultern. Seine Haare – schokoladenbraun und zerzaust – fallen ihm, wie früher auch schon, halb ins Gesicht.

Und dann begegnen sich unvermittelt unsere Blicke, und sein lässiges Lächeln erlischt.

Die Frau in seinen Armen sieht ihn verwirrt an – vermutlich, weil er erstarrt ist –, dann folgt sie seinem Blick, bis auch sie mich anstarrt.

Lächelnd zucke ich die Achseln. Ta-da! Hier bin ich!

Meine Coolness ist komplett gespielt. Mein Herz schlägt mir bis zum Hals.

Einladend deute ich mit dem Kopf zur Bar und signalisiere ihm, dass ich mir einen Drink hole.

Ich wende mich ab, sehe aber noch, wie er aufsteht.

Er kommt.

Ich fühle mehr, als dass ich es sehe, dass er hinter mich tritt.

»Könnte ich einen Wodka mit Limo und Limette haben?«, erkundige ich mich. So viel zu meinem Plan, heute keinen Alkohol trinken zu wollen. »Du auch einen Drink?«, frage ich Dillon.

Abrupt schüttelt er den Kopf. Noch immer sieht er unglaublich gut aus. Um die Augen hat er inzwischen kleine Fältchen, seine Schläfen sind graumeliert.

»Was machst du hier?«, fragt er mich leise.

»Du hast gemeint, ich könne gern kommen«, erkläre ich scheinbar ruhig. Wie ich seinen melodischen irischen Akzent liebe! Selbst wenn er wütend ist, klingt er sexy.

»Als ich diese E-Mail schrieb, war ich betrunken.« Düster starrt er auf die aufgereihten Flaschen hinter der Bar.

»Tja, aber jetzt bin ich hier. Und ich kann dich wirklich nicht auf einen Drink einladen?« Ich hebe eine Augenbraue.

In meinem Kopf hallt Charlies Frage von gestern Abend wider. *Aber warum machst du's dann?*

»Na, schön.« Innerlich atme ich erleichtert auf, dass er es sich anders überlegt hat. »Mach zwei draus«, erklärt er dem Barkeeper.

Einen langen, schmerzlichen Augenblick lang sieht mir Dillon wieder in die Augen. Es fällt mir schwer, nicht wegzuschauen.

»Ist das da drüben deine Freundin?«, frage ich vorsichtig, als sich die Härte in seinem Blick schließlich mildert.

»Nur irgendein Mädchen.« Er nickt dem Barkeeper zu, als vor uns zwei Wodkas erscheinen. Ich zahle mit einem Zehner und nehme mein Glas.

»Hoch die Tassen!«, sage ich fröhlich.

Er stürzt das halbe Glas auf einmal runter.

Obwohl ich an meinem nur genippt habe, verziehe ich das Gesicht. »Hab einen fiesen Kater«, gestehe ich. »Weiß der Himmel, wieso ich mir einen solchen Drink bestellt habe.«

Er stellt sein Glas auf die Theke zurück und sieht mich an.

»Warum bist du hier?«, fragt er unverblümt und verschränkt die Arme.

»Weißt du das nicht?« Ob er wohl meinen Blog gelesen hat?

»Glaubst du etwa, ich habe mich über dich schlaugemacht?«

Achselzuckend wende ich den Blick ab. »Hätte ja sein können nach meiner E-Mail.«

»Vielleicht hab ich das, vielleicht auch nicht.«

Ich muss grinsen.

»Was ist daran so lustig?«

»Du klingst wie ein kleiner Junge.«

»Hör auf mit dem Scheiß, Bridget, das brauch ich echt nicht!«

»Dillon, jetzt chill mal. Du bist ja immer noch so aggro wie früher!« Mein Ton bleibt entspannt, und schließlich scheint seine Wut in leichte Belustigung umzuschlagen.

»Und du bist immer noch genauso ...« Nachdenklich verzieht er das Gesicht. »Genauso nervig!«

»Stimmt, ich bin wirklich immer noch nervig. Und jetzt komm schon, hast du meinen Blog gelesen? Oder willst du's mir einfach nur möglichst schwer machen?«

»Ich will es dir definitiv schwer machen«, sagt er, aber es ist ihm nicht ganz ernst damit, das merke ich.

»Okay.« Ich atme tief ein. Nachdem ich dieses Spielchen bereits fünf Male hinter mich gebracht habe, sollte ich damit eigentlich vertraut sein. »Ich bin gekommen, weil ich dich darum bitten möchte, mir dein Stück meines Herzens zurückzugeben.«

Er hat meinen Blog gelesen, das weiß ich sofort. Er weiß haargenau, was ich meine und weshalb ich hier bin. Seine Miene zeigt nicht die Spur einer Überraschung.

»Ich fürchte, das ist nicht möglich.« Er kippt den Rest seines Drinks runter. »Ich hab's nämlich gar nicht mehr.«

»Was hast du damit gemacht?« Ich spiele mit. Offensichtlich hat er darüber nachgedacht.

»Ich hab's weggeworfen.«

»Um Himmels willen, Dillon! Wie konntest du?« Ich mache eine wütende Miene.

»Du hast mich verlassen, ich war verletzt und dachte mir: Fuck you, nichts wie weg damit«, erklärt er trocken, und der Anflug eines Lächelns umspielt seine Lippen.

»Wohin hast du es geworfen?«

»Keine Ahnung.« Er zuckt mit den Schultern. »In irgendeinen See. Das Ding sank sofort auf den Grund. War so hart und schwer wie ein Stein.«

Ich bemühe mich sehr, keine Miene zu verziehen.

»Ein schweres, herzloses Herz«, setzt er hinzu, und ich kann nicht anders, ich breche in schallendes Gelächter aus.

Und er auch.

»Oh, Dillon!« Vor Lachen kommen mir die Tränen. »Ich hab dich vermisst.«

Er schüttelt den Kopf und kriegt sich langsam wieder ein. »Ich dich auch«, erwidert er. »Bleibst du denn zum Auftritt?«

»Würd ich gern. Kann ich denn mit rüberkommen und den Burschen Hallo sagen?«

»Na, komm.«

Später suche ich nach ihm, um mich zu verabschieden. Inzwischen hat er deutlich mehr intus, und ich bin etwas unentspannt, als er mich in die Arme nimmt und mir mit tiefer

Stimme ins Ohr raunt: »Wenn du mit mir auf mein Zimmer kommst, verrate ich dir, in welchem See es liegt.«

Ich löse mich etwas von ihm, damit ich ihn ansehen kann. »Ich habe einen Freund, den ich sehr liebe«, sage ich betont locker. »Du weißt, was ich vom Fremdgehen halte. Und überhaupt, das hatten wir doch alles schon, meinst du nicht?«

»Na ja, einen Versuch war's wert«, sagt er mit einem schiefen Grinsen und lässt mich los.

»Ciao, Dillon.« Ich gebe ihm einen Schmatzer auf die Wange und wende mich ab, doch er packt mich am Arm und zieht mich wieder an sich.

»Und du willst auch bestimmt nicht wissen, welcher See es war?«

»War es der an der N71 gleich nach Muckross?«, frage ich hoffnungsvoll und schenke ihm ein gewinnendes Lächeln.

Er sieht mich einen langen Augenblick an, und ich kämpfe schwer damit, nicht der Glut seiner dunklen Augen zu erliegen.

»Falls du es mir sagen willst, dann tu es bitte, ohne Bedingungen zu stellen«, sage ich ernster.

»Na schön«, blafft er mich an. »Genau, das ist der See.«

Ich lege meine Arme um ihn und drücke ihn ganz kurz und fest an mich. Ein letztes Mal spüre ich sein Herz schlagen.

»Pass auf dich auf, ja?«

»Und du auf dich.«

Er wirkt hin- und hergerissen, und ich drehe mich schnell um und verlasse die Bar.

Ich bin mir nicht sicher, ob er sein Teil von meinem Herzen je weggeworfen hat. Und ich bin mir nicht mal ganz sicher, dass ich es mir wünschen würde. Aber wir können ja weiter so tun, als ob.

Am nächsten Morgen nehme ich die schnelle Route zurück nach Cork. Wenn ich dieses Kapitel für meinen Blog schreibe, werde ich so tun, als hätte die Reise in umgekehrter Reihenfolge stattgefunden und ich hätte auf dem Rückweg haltgemacht und wäre zum Ufer des glasklaren Sees hinuntergegangen. Und vielleicht behaupte ich dann auch, ich hätte sein Stück dort zwischen den Steinen entdeckt.

Wie gesagt, man kann ja weiter so tun, als ob.

Kapitel 20

Ehe ich am Montagmorgen meinen Schlüssel ins Schloss stecken kann, schwingt die Tür auf, und Charlie steht lächelnd vor mir.

Beim Anblick seines freundlichen Gesichts wird mir ganz warm zumute.

»Hallo!«, sagen wir beide im Chor.

Er hält die Tür weit auf, damit ich Nickis Fahrrad in den Hausflur schieben kann.

»Wie war dein Wochenende?«, frage ich, während er sich gleichzeitig erkundigt: »Wie ist es gelaufen?«

»Du zuerst«, fordert er.

»Nein, du!« Ich öffne den Verschluss meines Helms.

Er zuckt die Achseln. »Es war schön. Weiter nichts Besonderes. Adam und ich haben den Samstag damit verbracht, unsere Kater zu pflegen. Gestern war ich dann mit April am Strand.«

Ich folge ihm in die Küche. Bei meinem Anblick strahlt April und plappert drauflos. Ich gehe zu ihr und nehme sie auf den Arm. Sie drückt ihre Wange an meinen Hals und umklammert meine Schultern. Im Radio läuft gerade »Manic Monday« von den Bangles, und die Atmosphäre ist so freundlich und fröhlich, dass sich die Wärme in mir weiter ausdehnt.

»Ach, du bist so süß und knuffig!« Ich drücke April an mich.

Charlie schwingt sich auf die Arbeitsfläche und lässt die gebräunten Beine hinunterbaumeln.

Heute Morgen ist er gut drauf, und ich auch. Nach dem turbulenten Wochenende freue ich mich, wieder meiner normalen Routine nachgehen zu können.

»Diese Umarmung dauert länger als sieben Sekunden«, sage ich schmunzelnd zu Charlie.

»Der Abend war wirklich nett«, entgegnet er.

»Ja, und total witzig! Ich hab das ganze Wochenende vor mich hingekichert, sobald ich mich erinnert habe, wie du auf DJ Kool machst.«

»Ich weiß wirklich nicht, wie ihr mich dazu überreden konntet.«

»Ein Deal ist ein Deal!«

Er sieht mich fragend an.

»Erinnerst du dich etwa nicht? Du hast gesagt, du machst es, wenn ich mich dafür an Eminem versuche.«

Sein Gesicht hellt sich auf, und er wirft lachend den Kopf zurück.

»Das war mit das Großartigste, was ich je erlebt habe. Woher hast du den Text nur so gut gekannt?«

»Ach, ›Lose Yourself‹ ist ein altes Lieblingslied von mir«, erwidere ich leichthin.

Dann deutet er mit dem Kinn auf mich. »Wie ist es denn jetzt gelaufen?«

Bis ich ihm von Irland berichtet habe, ist es schon fast zehn Uhr. Dann gehe ich in Nickis Arbeitszimmer. Bald darauf bin ich in das Tagebuch versunken, das sie mit vierundzwanzig schrieb.

Nicki wuchs in Essex auf, zog jedoch in ihrem zweiten Jahr auf der Secondary School nach Cornwall um, wo ihr Dad einen Job in einem Nobelrestaurant angenommen hatte. Als sich ihre Eltern scheiden ließen, wollte Nickis Mum nach Essex zurückkehren, war jedoch bereit, damit bis zu Nickis Schulabschluss zu warten. Daher wurde das Haus ihrer Mutter in Essex der Ort, wo Nicki während des Studiums die Semesterferien verbrachte.

Doch sie vermisste Cornwall, und auch wenn sie nach der Uni mit dem Gedanken spielte, nach Thailand auszuwandern, entschied sie sich letztlich für Cornwall.

In dieser Zeit verloren Nickis Tagebucheinträge den früheren bekenntnishaften Charakter. Nach wie vor liebte sie das Schreiben, doch schien sie nicht mehr das Bedürfnis zu haben, jede einzelne Empfindung einzuordnen. Eigentlich schade, da ich zu gern gewusst hätte, was ihr im Kopf herumging, als sie und Charlie wieder zusammentrafen. Das Wiedersehen schien sie in Hochstimmung zu versetzen: »BIN GERADE CHARLIE IN DIE ARME GELAUFEN!«, steht da in großen Lettern, gefolgt von weiteren Bemerkungen zu diesem Treffen. Ihr Verhalten zu Teenagerzeiten schien er ihr nicht nachzutragen, und ihre Freundschaft entwickelte sich erneut zu mehr.

In den folgenden beiden Jahren kehrte Nicki viermal nach Thailand zurück – während des Sommers und auch zu Weihnachten –, und sie fing auch an, sich Notizen zu einem geplanten Roman zu machen. Isak wird nirgends erwähnt, daher weiß ich nicht, ob Nicki ihm noch mal begegnet ist.

Es ist nicht immer einfach, ihren sprunghaften Gedanken zu folgen, doch ich erstarre, als ich eine Seite weiterblättere und mir das Wort BIGAMISTIN entgegenspringt.

Laut Wörterbuch ist Bigamie eine »gesetzwidrige Doppelehe«.

Oha! Hatte Nicki wirklich geplant, dass Kit Morris *und* Tim heiratet? Hatte sie anfänglich vor, ein Buch über eine Bigamistin zu schreiben?

Ich werfe einen Blick auf die Bücher über Thailand. Dutzende von gelben Post-it-Notizen lugen daraus hervor. Ich stehe auf und nehme mir eins mit besonders vielen Notizzetteln heraus. Als ich wieder zu dem Regal hinaufsehe, entdecke ich, dass sich hinter der ersten Buchreihe eine zweite befindet.

Aus einem Impuls heraus ziehe ich mir meinen Stuhl her und steige darauf, um mir das genauer anzuschauen. Ein Gegenstand ragt hinter der hinteren Buchreihe heraus – vom Boden aus nicht zu sehen. Ich greife dahinter und hole es hervor.

Es handelt sich um ein hölzernes Herz aus kleinen Treibholzfragmenten, durch dünnen Golddraht zusammengehalten. Allerdings fehlt ein ganzer Teil, und einige Holzstücke haben sich gelockert und müssten neu in die Herzform eingearbeitet werden. Es ist von derselben Machart wie das Seepferdchen, allerdings nur halb so groß – keine dreißig Zentimeter im Durchmesser.

Ob dies das Herz ist, das Charlie für April fertigstellen wollte?

Ich puste es an, und ein kleines Staubwölkchen steigt auf, dann klettere ich vorsichtig von meinem Stuhl. Die Bücher in dem Bücherregal sind einstweilen vergessen.

Mir ist unwohl. Und ich bin traurig. Ich sitze da, starre das Herz mit seinem fehlenden Stück an und möchte am liebsten losheulen.

Wie hat Charlie es nur geschafft, den Verlust zu verkraften? Und wie hat er es fertiggebracht, sich um das Baby zu kümmern, wenn sein Herz so gebrochen war, dass ihm selbst das Atmen schwerfiel?

Der Gedanke, dass er etwas derart Schönes erschafft und dann versteckt, damit er es nicht sehen muss ... Ob er sich überhaupt noch daran erinnert, dass er es dort versteckt hat? Sagte er nicht, er sei auf der Suche danach?

Ich blicke aus dem Fenster. Draußen sägt Charlie ein Stück

Holz durch, Nickis senfgelbes Bandana hält ihm das Haar aus den Augen. Meine Musik läuft noch immer – mir war gar nicht klar, dass es Zeit für Aprils Vormittagsschlaf ist. Ich will sie leiser stellen, zögere jedoch und sehe wieder zu Charlie hinaus. Er ist völlig in seine Arbeit vertieft.

Auf leisen Sohlen verlasse ich das Arbeitszimmer, bleibe vor Aprils Raum stehen und prüfe, ob sie wach ist, bevor ich mich weiterzugehen traue.

April liegt ausgestreckt auf dem Rücken und schläft tief und fest. Es ist warm in ihrem Zimmer, und sie hat die Decke weggestrampelt, ihre pummeligen Beinchen ragen aus dem kurzärmeligen Body, den sie anhat. Ihr rosiger Mund steht leicht offen, und ihre blonden Locken sind völlig zerzaust. Sie zuckt, und ich halte inne, aber ihre Atemzüge sind gleichmäßig, ihr kleiner Brustkorb hebt und senkt sich in perfektem Rhythmus.

Ich werfe einen Blick auf ihren Beistelltisch, auf die weißen Bilderrahmen aus Treibholz, die ich inzwischen als Charlies Werk erkenne. Sie enthalten Familienfotos – ich entdecke Adam und Pat, die mit einem Mann zusammenstehen, der vermutlich Charlies Dad ist. Ich schätze mal, bei den anderen Personen handelt es sich um Nickis Mum, ihre Schwester samt Familie und ihren Dad. Die restlichen Bilder zeigen Nicki. Nicki lachend und in Schale geworfen in irgendeinem Restaurant, während hinter ihr die Sonne untergeht, und Nicki völlig ungeschminkt, die auf das Neugeborene in ihren Armen blickt.

In mir zersplittert etwas.

Aprils Babyphon ist eingeschaltet, deshalb lege ich das Treibholzherz möglichst lautlos neben die Bilderrahmen und kehre ins Arbeitszimmer zurück.

Kapitel 21

Wüsste ich es nicht besser, würde ich sagen, ich bekomme demnächst meine Tage. Auf meinem Weg in die Ortsmitte von Padstow versuche ich zu verstehen, warum ich so emotional bin. Als ich ging, schlief April noch immer, doch ich war mir nicht sicher, wie Charlie reagieren würde, wenn er das Herz in ihrem Zimmer findet, weshalb ich mich lieber aus dem Staub gemacht habe.

Nun sitze ich im Café, mein Sandwich liegt fast unberührt vor mir, und mir wird immer mulmiger zumute. Warum habe ich das getan? Tja, wenn ich das bloß wüsste! Es kam mir einfach richtig vor. Es war, als würde ich auf Autopilot laufen oder so.

Aber wie bin ich nur auf die Idee gekommen, er könnte es okay finden, dass ich mich ins Zimmer seiner Tochter schleiche und etwas zurücklasse, was seiner Frau gehört hat und aus irgendeinem Grund gut versteckt worden ist?

So schnell ich kann, laufe ich zu Charlie zurück. Dabei habe ich lauter Entschuldigungen im Kopf. Draußen an der Tür lausche ich erwartungsvoll. Als ich nichts höre, stecke ich meinen Schlüssel ins Schloss und trete über die Schwelle.

Vom Eingang aus kann man bis zum anderen Ende des Hauses schauen. Beim Anblick von Charlie, der mit dem Rücken zu mir am Küchentisch sitzt, dreht sich mir der Magen um. Es sieht aus, als würde er den Kopf in die Hände stützen.

Leise schließe ich die Haustür hinter mir und gehe in die Küche. Von April ist nirgends etwas zu sehen.

»Charlie?« Ich fühle mich immer schlechter.

Beim Klang meiner Stimme fährt er herum, doch er antwortet nicht.

»Alles okay mit dir?«

In diesem Moment höre ich ihn schniefen. Oh nein, ich habe ihn zum Weinen gebracht!

»Es tut mir so leid.« Entsetzt trete ich näher zu ihm. Er starrt das unvollständige Treibholzherz an, das vor ihm auf dem Tisch liegt, sein Gesicht ist von Tränen überströmt, obwohl er sie immer wieder wegwischt.

»Wo ist April?«, frage ich leise und lege eine Hand auf seinen Rücken.

»Im Wohnzimmer«, erwidert er mit erstickter Stimme. »Kannst du mal nach ihr sehen?«

»Klar«, sage ich hastig und verlasse den Raum.

Bridget, was bist du für ein verdammtes Arschloch! Was zur Hölle hast du dir dabei gedacht? Vorhin war er doch noch bester Laune!

Beim Verlassen der Küche bin ich stinksauer auf mich, doch sobald ich April zu Gesicht bekomme, verraucht meine Wut.

»Ja hallo, meine Süße!«, murmele ich.

Sie sitzt in ihrem Jumperoo – einem farbenfrohen Babyhopser, der ihr gestattet, auf und ab zu hüpfen und sich zu drehen, während sie mit verschiedenen Spielsachen, Rasseln und Lämpchen spielt, die daran befestigt sind.

Sie grinst zu mir hoch und wippt auf ihren Füßen, greift nach einer der weichen Blumen, die von dem oberen Rahmen herabbaumeln, steckt sie sich in den Mund und kaut darauf herum. Dann nimmt sie sie wieder heraus, starrt sie an und sieht dann mit einem anklagenden Schrei zu mir hoch.

»Hast du Hunger? Ich mach dir gleich was. Geben wir Daddy bloß noch eine Minute, hm?«

Ich knie mich neben sie auf den Boden, drücke auf einen der Musikknöpfe und singe, als das Licht aufleuchtet, mit alberner Stimme mit. Eine Weile lenkt sie das ab, doch dann kommt Charlie plötzlich herein, und wir fahren beide zusammen. Sie streckt die Arme nach ihm aus, möchte herausgehoben werden.

»Na, dann komm«, murmelt er und nimmt sie auf den Arm.

Er trägt sie in die Küche, und ich bleibe auf dem Boden hocken und fühle mich einfach nur hundeelend.

Nach einer Weile gehe ich wieder ins Arbeitszimmer hoch und vermeide es, dabei in Richtung Küche zu sehen. Dort blättere ich eines von Nickis Thailand-Tagebüchern durch, nehme aber nichts davon auf.

Also beschließe ich, mir dann eben alles über meine Begegnung mit Dillon zu notieren, merke jedoch bald, dass ich mit dem Herzen nicht dabei bin. Die Ironie dieses Satzes entgeht mir keineswegs.

Als Charlie an die Tür klopft, liegen meine Nerven blank.

»Herein!«

Er kommt herein, doch ich habe Probleme, seinem Blick zu begegnen.

»April hält jetzt ihr Schläfchen«, sagt er mit schwerer Stimme.

»Schon wieder?«

Er nickt.

»Es tut mir so leid!«, flüstere ich, und meine Augen fangen zu brennen an.

»Stop«, sagt er leise und lehnt sich mit verschränkten Armen an einen der Aktenschränke. »Das ist schon okay.«

»Ich weiß nicht, was ich mir dabei gedacht habe.«

»Ich hatte ja gesagt, dass ich es noch fertigbauen will.«

»Ist das denn das besagte Herz?«

Er nickt und sieht zu den Regalen hoch. »Ich hatte ganz vergessen, dass sie es dort hingeschleudert hatte.«

»Sie hat es dort oben hingelegt?«, frage ich überrascht.

»Na ja ...« Ein kleines ironisches Lächeln erscheint auf seinem Gesicht, und er tritt von einem Fuß auf den anderen. »Eher hingeschleudert. Wir hatten gerade Streit.«

Oh.

»Das war eine Woche vor ihrem Tod«, enthüllt er.

Es ist wahrscheinlich ein weiterer dieser Augenblicke, wo ich, verdammt nochmal, die Klappe halten sollte, doch stattdessen frage ich: »Worüber habt ihr euch gestritten?« und bereite mich darauf vor, dass er mir sagt, ich solle, verdammt nochmal, die Klappe halten.

Er rutscht an dem Aktenschrank hinab, bis er auf dem Boden sitzt und die Ellbogen auf die angewinkelten Knie stützt.

»Es war einfach nur ein dummer Streit.« Benommen starrt er geradeaus. »Wir waren beide völlig erledigt. Ich hatte einen großen Auftrag, den ich fertigkriegen musste, April hatte Koliken und heulte immerzu, Nicki wollte ihre Ruhe, um ein wenig schreiben zu können, tja, und dann habe ich ihr erklärt, sie müsse damit warten, bis April schläft, weil ich weitermachen müsse. Sie war so wütend auf mich, dass sie nach dem Herz griff und es an die Wand schleuderte. Da oben ist es gelandet.« Er deutet auf das Bücherregal. »Woraufhin ich gesagt habe, meinetwegen könne es da oben bleiben, das sei mir doch egal, denn ich würde es sowieso nicht fertig machen, wenn sie weiter so rumzickt. Dann bin ich rausgegangen und habe die Tür hinter mir zugeknallt. Anschließend musste ich mir den ganzen Nachmittag anhören, wie April sich die Seele aus dem Leib gebrüllt hat.« Er schüttelt den Kopf, und eine Träne rollt ihm über die Wange. Er wischt sie weg.

»Klingt wirklich nach einem dummen Streit.«

»So lief das bei uns. Ich habe sie bis zur Hölle und zurück geliebt, aber wir haben uns ständig gestritten.«

Keine Ahnung, warum, aber das überrascht mich.

»Wie ...« Ich räuspere mich. »Wie ist sie denn gestorben?«, frage ich behutsam. »Ich meine, hat es denn warnende Vorzeichen gegeben?«

»Vielleicht, aber ich war nicht dabei.« Er schluckt, fährt über den Teppich und starrt unverwandt auf seine Hand. »Ich habe ein Spielhaus weggebracht. Der Arzt meinte, sie könnte Kopfschmerzen gehabt haben. Später habe ich herausgefunden, dass es in dem Fall unerträgliche Schmerzen gewesen sein müssen. Ich habe sie in Aprils Zimmer entdeckt, zusammengebrochen neben ihrem Bettchen.« Wieder schluckt er, und ihm steigen Tränen in die Augen. »April schlief tief und fest. Und Nicki lebte schon nicht mehr.« Tränen laufen ihm übers Gesicht, und er wischt sie weg. »Tut mir leid.«

»Muss dir nicht leidtun«, flüstere ich und kämpfe selbst mit den Tränen.

Ich stehe auf und setze mich neben ihn auf den Teppich. Ich tue es, ohne nachzudenken. Er bleibt sehr ruhig, sehr still, doch die Tränen fließen unaufhaltsam weiter.

»Ich hab nicht glauben können, was da geschieht. Sie hatte uns verlassen. Einfach so. Ich kann mich nicht mal mehr daran erinnern, den Notarzt gerufen zu haben. Ich stand wohl unter Schock. Gott sei Dank kam Jocelyn rüber, als sie den Notarztwagen sah, und hat sich um April gekümmert, bis ich meine Eltern anrufen konnte. Auch an diese Unterhaltungen erinnere ich mich nicht mehr.« Er wirkt vollkommen perplex. »Sorry, ich weiß nicht mal, warum ich dir das alles erzähle.«

»Kein Problem. Ich kann ziemlich gut zuhören.«

»Ja, aber deshalb bist du nicht hier.«

Er rappelt sich auf, doch ich bleibe, wo ich bin, benommen und verletzt.

Natürlich bin ich nicht seine Freundin, sondern die Ghostwriterin seiner Frau. Ich bin hier, um meinen Auftrag zu erfüllen. Und täte vermutlich gut daran, mich daran zu erinnern.

Kapitel 22

Zwei Tage darauf macht Charlie sich daran, Nickis Holzherz zu reparieren. Er leimt die beim Aufprall auseinandergebrochenen Teile zusammen und malt weitere Treibholzstücke hellrosa an, bevor er alles mit Silberdraht verbindet.

»Ist schön geworden«, sage ich, als er fertig ist. Ich sitze auf dem Sofa mit einer kichernden April auf dem Schoß, höre aber auf, mit ihr herumzualbern, als er herüberkommt, um mir das fertige Herz zu zeigen. »Wirst du es an die Wand neben das Seepferdchen hängen?«

»Ich weiß nicht. Was meinst du?« Anscheinend ist er ernsthaft an meiner Meinung interessiert.

»Nebeneinander würden die beiden Sachen sich bestimmt toll machen.«

Er hält noch immer das Herz in den Händen und macht Anstalten, die Küche zu verlassen, stutzt dann aber und sieht zu mir zurück. »Macht es dir was aus, dich noch kurz um April zu kümmern?«

Wenig später ist über unseren Köpfen Hämmern zu hören. April starrt interessiert zur Decke.

»Bridget?«, ruft Charlie.

»Ja?« Ich stehe auf und gehe unten an die Treppe.

Er streckt den Kopf übers Geländer. »Bringst du April nach oben, bitte?«

Als ich ihm beim Betreten des Zimmers April übergeben will, deutet er stattdessen an die Wand.

»Oh, wie hübsch!«, schwärme ich beim Anblick des Kunstwerks.

April streckt die Hand aus und versucht, das Herz zu berühren. Ich trete ein Stück näher, damit sie es erreicht.

»Vorsichtig«, warne ich sie sanft.

Überraschend behutsam fährt sie mit den Fingern über das Holz.

»Ich finde es wunderschön!«, sage ich und wünschte mir, ich hätte selber so ein Herz. »Die solltest du verkaufen. In den Giftshops hier würden die bestimmt reißenden Absatz finden.«

Er schüttelt den Kopf. »Das würde nicht genug einbringen.«

Er macht es aus Liebe und nur aus Liebe.

»Wie kommst du voran?«, fragt er mich und deutet mit dem Kopf zum Arbeitszimmer, während er mir April abnimmt. Dabei streifen seine warmen Arme meine.

»Gut.« Mir ist ein bisschen schwummerig, und ich trete einen Schritt zurück.

»Hättest du Lust, morgen mal rauszukommen?«

»Um was zu tun?« Sofort bin ich wieder hellwach.

»Ich weiß ja, dass du die Lost Gardens of Heligans besuchen möchtest ...«

Ich lächele ihn an. Diesen Plan habe ich ja oft genug in die Welt geplärrt.

»Aber es gibt noch einen weiteren Ort, der dir bestimmt gefallen würde. Die beiden Ziele liegen nicht weit voneinander entfernt. Vermutlich wäre beides an einem Tag machbar.«

»Und du hast auch bestimmt die Zeit dafür?«

»Notfalls arbeite ich halt am Wochenende.« Nach einem Kuss auf Aprils Wange richtet er den Blick wieder auf mich. Er wirkt besorgt. »Alles in Ordnung mit dir? In den letzten Tagen hast du ein bisschen müde gewirkt.«

»Alles okay.« Ich zucke die Achseln. »Und bei dir?«

»Wieder besser. Allerdings könnte ich einen freien Tag gebrauchen.« Er hält inne. »Was meinst du?«
Ich nicke. »Das klingt gut.«

Am folgenden Morgen holt er mich vom Campingplatz ab.
»Wohin geht's denn nun?«, frage ich, als ich angeschnallt neben ihm sitze.
»An den Lansallos Beach. Er gehört dem National Trust.«
»Gibt's da Treibgut?«
»Eher nicht. Die Bucht ist einfach nur sehr schön, und es ist ein netter Spaziergang dorthin.« Er wirft einen Blick auf meine Flipflops. »Sorry, aber du wirst festere Schuhe brauchen.«
»Kein Problem.« Ich steige noch mal aus, um meine Vans zu holen.
»War Lansallos eigentlich ein Schauplatz in *Unser geheimes Leben*?«, frage ich, als ich wieder im Auto sitze. Ich habe mir den Kopf darüber zermartert, doch ohne Ergebnis.
»Das nicht, aber für die Fortsetzung hatte Nicki damit wohl was vor.«
»Oh!«, sage ich überrascht. »Das ist ja super. Danke, dass du mit mir hinfährst.«
»Kein Ding. Hab mich erst gestern wieder daran erinnert, dass sie das mal erwähnt hat.«
Ich frage mich, was genau ihn an diese Unterhaltung erinnert hat, hake aber lieber nicht nach.
Lansallos ist eine kleine nach Süden ausgerichtete Bucht ein paar Meilen westlich von Polperro. Wir brauchen rund eine Stunde, um zum Parkplatz im Ort Lansallos zu gelangen, der von der Bucht eine halbe Meile entfernt liegt. Der Weg dorthin ist steil und für Kinderwagen ungeeignet, daher setzt Charlie seine Tochter in die Kindertrage, und nach einem kurzen Streit

darüber, wer denn nun die Strandmuschel tragen soll (er gewinnt), gehen wir los.

Bäume am Wegesrand spenden uns Schatten, nur ab und an dringt durch das grüne Laubdach die Sonne, während die Felder zu unserer Linken in goldenes Morgenlicht getaucht werden. Rechts vom Weg, jenseits einer dicht mit Moos und Farnen bewachsenen Steinmauer, verläuft ein Bach, der unsere kleine Wanderung mit plätschernder Wassermusik begleitet. Ab und an kommen wir an hölzernen Spielgeräten wie Trittsteinen, Wippen, Klettergerüsten und Balancierstangen vorbei. Ich hüpfe auf den Trittsteinen entlang, bis es mir April offenbar gleichtun will. Jedenfalls quengelt sie und möchte nicht mehr in der Trage sitzen. Also lasse ich es lieber bleiben. Charlie sagt, auf dem Rückweg dürfe sie spielen – dann wird er eine Pause von der Schlepperei gut brauchen können.

Schließlich endet der Waldweg, und wir gelangen über einen Zauntritt auf einen Grashang, der zur Bucht hinunterführt. Gegen die vom Himmel brennende Sonne hole ich Aprils weißen Sonnenhut aus dem Rucksack (das war die Bedingung, unter der Charlie die Strandmuschel tragen durfte, nämlich dass ich den Babykram nehme) und setze ihn ihr auf. Charlie sagt, dass er sie schon vor unserer Abfahrt eingecremt habe.

Schließlich befinden wir uns auf einem rutschigen felsigen Pfad, der beiderseits von Felswänden eingerahmt wird. Der Strand unten ist klein, aber schön und umgeben von interessanten Felsformationen. Das Wasser ist in Ufernähe von einem hellen Blaugrün, weiter draußen eher dunkelblau.

»Wow!« Beeindruckt sehe ich zu Charlie.

»Nett, hm?«

»Wirklich!«

Während wir durch den Sand marschieren, sehe ich mich ehrfürchtig um. Die Felsen, die die Bucht umgeben, sind von einer ungewöhnlichen Farbe – irgendwie metallisch. Charlie baut die blauweiße Strandmuschel auf, während ich mit April herumspaziere. Er will dafür sorgen, dass sie darin ein Schläfchen hält, damit sie nicht vor Erschöpfung knatschig wird.

»Bald macht sie ihre ersten Schritte«, sage ich zu Charlie, als er aus der Muschel hervorkommt, in der er ein gestreiftes Strandtuch ausgebreitet hat. »Das Stehen beherrscht sie ja schon gut.«

Er lächelt seine Tochter an. »Kannst du laufen, ohne dich an Bridgets Hand festzuhalten?« Er nimmt sie mir ab, geht ein paar Schritte zurück und stellt sie dann auf ihre Füße. »Lauf zu Bridget!« Vorsichtig lässt er sie los. Nach kurzem Taumeln klammert sie sich an seinen Händen fest. Er sieht mich an, seine Mundwinkel wandern nach oben, und mir ist plötzlich etwas seltsam zumute.

»Na komm, April.« Ich knie mich hin und versuche, das komische Gefühl in meiner Magengrube zu ignorieren.

Wieder lässt er sie los. »Geh zu Bridget!«

»Na komm, April!«, wiederhole ich.

Sie macht einen Schritt und grapscht wieder nach Charlies Händen.

»Lass es mich mal versuchen.« Ich nehme sie hoch und drehe sie zu Charlie um. »Lauf zu Daddy!«

Ein Schritt, zwei Schritte ... Charlie und ich sehen einander entzückt an. April plumpst auf ihren Po.

»April, das war toll!« Aufgeregt hebt er sie hoch und küsst sie immer wieder auf die Wange. »Du bist zwei Schritte gelaufen! Möchtest du es noch mal versuchen?«

Sie schüttelt den Kopf.

»Ach, komm«, drängt er und gibt sie mir.

»Was für ein schlaues Mädchen du bist!«, sage ich. »Geh zu Daddy.«

Sie gibt einen quengelnden Ton von sich und hält sich an meinen Oberarmen fest.

Ich möchte sie auf gar keinen Fall zum Weinen bringen.

»Los, mein Schatz, du schaffst es«, spornt Charlie sie an und wedelt mit den Händen.

Ein Schritt, zwei Schritte ...

»Super gemacht!«, sagt Charlie. »Geh weiter!«

Drei Schritte ... Dann fällt sie wieder hin.

Wir sind ganz aus dem Häuschen. Nie hätte ich gedacht, dass mich ein kleines Baby so beeindrucken kann.

Das summende Geräusch eines auf stumm geschalteten Handys ertönt. Charlie zieht seines aus der Tasche.

»Kate«, erklärt er mir noch immer lächelnd und nimmt das Gespräch an.

»April hat gerade drei Schritte gemacht!«, ruft er. Obwohl er sich ein paar Schritte von uns entfernt hat, kann ich Kates erfreuten Tonfall hören.

»Lansallos«, sagt er. »Wir hängen einfach ein bisschen ab.«

Ich lasse April an meiner Hand herumtapsen, da ich sie lieber nicht loslassen möchte, während Charlie anderweitig beschäftigt ist. Mir entgeht nicht, dass er mich bis zum Ende des Telefonats mit keinem Wort erwähnt.

Was mich eigentlich nicht weiter verwundern sollte. Schließlich könnte Kate eine gemeinsame Unternehmung dieser Art etwas sonderbar finden. Ich meine, eigentlich sollte ich gerade in Charlies Haus sitzen und am Buch ihrer Schwester schreiben ... Dann erinnere ich mich, dass ich ja gerade auf Recherchetour bin.

»Danke.« Charlie verstaut sein Handy in seiner Gesäßtasche. »Ich kann sie wieder nehmen.«

»Vielleicht klettere ich mal auf die Felsen rauf.« Die würde ich mir gern genauer ansehen.

»Aber nicht ausrutschen!«, warnt er mich.

»Nein, nein, keine Bange.«

Ich hole meine Kamera hervor und hänge sie mir um den Hals, dann krame ich mein Notizbuch und meinen Stift aus dem Rucksack.

Auf den Felsblöcken am Strand komme ich gut voran, sie sind mit Mollusken übersät, und meine Füße rutschen nicht ab. Beim Hochklettern entdecke ich Dutzende von Felstümpeln, große und kleine, voller Pflanzen und kleinen Meerestieren.

Steigt das Wasser bei Flut wirklich bis hier oben an? Ich suche den Strand nach einer Wasserlinie ab und entdecke sie tatsächlich oben bei den Klippen.

Die Farben der Felsen sind unglaublich – ein metallischer Schimmer aus Grün, Malve und Grau, von hell bis dunkel. Es dürfte sich um Schiefergestein handeln, das aus Abermillionen scherbendünner Schichten besteht. Ich steige über einen Spalt auf die andere Seite und fahre mit der Hand darüber. Man kann problemlos ein Stück davon herauslösen. Ich drehe mich um, weil ich nach Charlie und April sehen will, und erwische sie dabei, wie sie mich beobachten. Ich winke.

Mit besorgter Miene formt Charlie mit den Lippen: »Pass auf!«

Achselzuckend wende ich mich wieder der Felswand zu und klettere behutsam weiter. Ich gelange zu einer kleinen, dunklen Höhle, wo ich mich mit Blick auf das wogende Meer hinsetze und Notizblock und Stift hervorhole. Mir kommt eine Idee für eine Kit-und-Morris-Szene, und ich fange zu schreiben an.

Ich weiß nicht, wie viel Zeit vergangen ist, als jemand »Entschuldigung?« sagt.

Ich sehe auf und entdecke eine junge Frau in den Zwanzigern, die ein pinkfarbenes T-Shirt und farblich passende Shorts trägt. Sie steht auf der anderen Seite des Spalts. »Bist du Bridget?«, fragt sie mit schwingendem Pferdeschwanz.

»Ja, wieso?«

»Dein Mann macht sich Sorgen um dich.« Sie blickt zum Strand zurück, winkt und gibt jemandem, vermutlich Charlie, das Daumen-hoch-Zeichen.

»Alles gut.« Ich unterdrücke ein Grinsen darüber, dass sie uns für ein Ehepaar hält. »Aber danke.«

»Na dann.« Sie wendet sich ab und steigt vorsichtig über die Felsen. Ich beobachte sie einen Augenblick, doch an einer weiteren Unterhaltung scheint sie nicht interessiert zu sein. Wer zur Hölle war das?

»Keine Ahnung«, erklärt mir Charlie bei meiner Rückkehr. »Sie kam vorbei und wollte sowieso den Felsen raufklettern, da habe ich sie gebeten, nach dir zu schauen.«

Ich frage mich, wie er mich beschrieben hat, und dann frage ich mich, wieso ich mich das frage.

»Ich konnte April ja nicht allein lassen.« Er sitzt vor der Strandmuschel und umschlingt die Knie mit seinen Armen.

»Wie lang schläft sie denn schon?« Ich setze mich neben ihn.

»Maximal zehn Minuten«, erwidert er. »Und? Fühlst du dich inspiriert?« Er deutet auf meinen Notizblock.

»Klar. Es ist so schön hier, dass ich gar nicht mehr weg möchte.«

»Dann willst du heute gar nicht mehr nach Heligan?«

»Könnten wir das ein andermal machen?«, frage ich. »Wobei du das ja eigentlich gar nicht musst«, bemerke ich hastig, als ich mich daran erinnere, wer ich bin und warum ich hier bin.

»Würde ich aber gern, wenn das okay ist.«

»Natürlich ist das okay.« Um mir meine Freude nicht anmerken zu lassen, drehe ich mich um, greife mir eine Handvoll

Sand und lasse ihn durch meine Finger rieseln. »Oh, schau mal!« Ich halte ein kleines, glattes flaschengrünes Glasstück hoch. »Meerglas.«

»Halt mal die Hand auf«, fordert Charlie mich auf.

Verdutzt tue ich es. Er hält seine Faust darüber und lässt eine kleine Handvoll Glasstücke hineinfallen.

»Wo hast du die her?«, frage ich entzückt. Die Stücke sind grün, braun, blau, rot und gelb, und ihre Größe reicht von der einer Fifty-Pence-Münze bis zu der eines Pennys.

»April und ich haben danach gesucht. Ich habe hier am Strand schon mal Meerglas gefunden.«

»Was hast du damit vor?« Ich streife Sandkörner von den Glasstücken und streife denselben Sand dann von meinen Beinen. Heute trage ich meine Jeansshorts.

Er zuckt die Achseln. »Keine Ahnung. Mal sehen.«

Die drei größten Stücke sind grün, braun und gelb, genau in dieser Reihenfolge. Aus irgendeinem seltsamen Grund stelle ich mir vor, wie sie zu einem Stück polierten Glases verschmolzen werden. Und aus einem sogar noch seltsameren Grund kommen mir spontan Charlies Augen in den Sinn.

Ich bin vielleicht komisch drauf. Warum habe ich das auch nur gedacht?

»Sieh mal, was ich hier habe«, sage ich nun meinerseits und leere die Steinscherben aus meinem Notizblock auf seine Handflächen. »Sensationelle Farben, oder?«

»Ja«, sagt er staunend, hält sich ein Stück nah an die Augen und dreht es hin und her.

»Bist du da noch nie raufgeklettert?«

Er schüttelt den Kopf. »Ich hatte immer April mit dabei.«

»Du bist nie mit Nicki hier gewesen?«

»Nein, sie hat den Strand allein entdeckt und mir davon erzählt. Ich war erst vor ein paar Monaten das erste Mal hier.«

»Wo soll ich die Glasstücke hintun?« Ich strecke meine Faust aus.

»Wir tauschen.«

Ich stecke meine Scherben in mein Notizbuch zurück, damit sie nicht brechen.

»Kommt deine Freundin dieses Wochenende her?«, fragt Charlie mich.

»Marty? Nein.«

»Oh.« Er runzelt die Stirn. »Wolltest du sie nicht einladen?«

»Hab ich ja«, murmele ich und lasse eine weitere Handvoll Sand durch meine Finger gleiten. »Aber sie ist erst letzten Freitag aus dem Urlaub zurückgekommen. Dieses Wochenende will sie mit ihrem Freund abchillen, bevor sie wieder wegfährt.«

Als Marty mir das verkündete, war ich ziemlich enttäuscht.

»Hast du schon irgendwelche anderen Pläne?«, fragt er, und ich spüre, dass ich ihm leidtue, was mir ein bisschen peinlich ist.

»Noch nicht.« Ich zucke die Achseln. »Aber ich muss eine Menge Arbeit nachholen.«

»Warum fahren wir dann nicht am Samstag nach Heligan?«, schlägt er vor.

Ich sehe ihn aus dem Augenwinkel an. »Ich dachte, da müsstest du arbeiten. Heute ist schließlich Donnerstag.«

»Ach, der Auftrag hat noch Zeit«, erwidert er. »Aber wenn du nicht willst, dass ich mitkomme, sag's einfach.«

»Das ist es nicht.«

»Was denn dann?«

»Nein, es ist nur ein bisschen ... Ich schätze, das gibt mir das Gefühl ... ich weiß nicht. Du versuchst nur, nett zu sein, das weiß ich, aber es ist ja nicht so, dass wir Freunde sind, oder?«

Er schaut verblüfft. »Sind wir das nicht?«

»Sind wir das?« Ich runzele die Stirn.

Er wirkt gekränkt. »Sorry, irgendwie hatte ich das schon gedacht, ja.«

Nun fühle ich mich wirklich mies. »Ich weiß nicht, warum ich das gerade gesagt habe. Irgendwie habe ich auch gedacht, wir seien Freunde, aber letztens hast du etwas gesagt, was mich daran erinnert hat, dass ich nur beruflich hier bin.«

»Oje, was habe ich denn gesagt?«, fragt er entsetzt.

Es ist mir echt unangenehm, aber er wirkt total verletzt, weshalb ich mich zwinge weiterzureden. Ich erinnere ihn daran, was er mir in Nickis Arbeitszimmer sagte, von wegen, ich sei nicht da, um ihm zuzuhören.

»Aber so war das doch nicht gemeint! Ich meinte nur ... Es muss sich niemand meine Geschichte anhören.«

»Na ja, das stimmt aber nicht. Dafür sind Freunde und Familie doch da. Genau das ist ihr Job!«

»Ich rede wirklich nicht gern darüber, was mit Nicki passiert ist.«

»Das heißt aber nicht, dass du es nicht eigentlich tun solltest. Manchmal kriegt man das Zeug dadurch aus dem Kopf und kann besser damit umgehen.«

»Moment mal, das ist aber nicht der Grund, warum du in den letzten Tagen so in dich gekehrt warst, oder?«

Ich zucke die Achseln.

»Hat dich das wirklich so getroffen?« Er starrt mich mit wachsendem Entsetzen an. Meine Wangen glühen.

»Nein«, winke ich ab, doch dann seufze ich und sehe zum Himmel empor. »Na ja, ein bisschen vielleicht schon.«

»Das tut mir so leid.« Er schlingt die Arme um meine Schulter und drückt mich kurz. Dann lässt er mich wieder los. »An dem Tag war ich nicht ganz bei mir.«

»Es war meine Schuld, weil ich das Herz in Aprils Zimmer gelegt habe. Ich hab mich wie eine Vollidiotin gefühlt.«

Er wird ganz still. Nach einer Weile sagt er: »Eigentlich hasse ich es, wenn ich mich so hängen lasse, aber irgendwie bin ich froh, dass du das Herz in Aprils Zimmer gelegt hast.«

Kapitel 23

»Heute ist Pizzaabend!«, sage ich, als Charlie den steilen Hügel hinauffährt, der zum Campingplatz führt, und der grüne Pferdeanhänger in Sicht kommt. »Das hab ich ja total vergessen!«

»Oh, Mann ...« Sehnsüchtig starrt er auf die Leute, die sich anstellen, um Pizza zu holen.

»Wieso bleibst du nicht und isst eine mit mir?«

»Meinst du?« Er beobachtet einen Mann, der mit vier Pizzaschachteln von dannen zieht. Dann sieht er mich an und grinst. »Überredet!«

Da ich momentan keinen Nachbarn habe, parkt Charlie neben Hermie.

»Glaubst du, April verträgt das Salz?« Er befreit sie aus ihrem Autositz.

»Keine Ahnung.«

»Sie ist fast ein Jahr alt«, sinniert er.

»Eine Margherita müsste doch gehen.«

»Schon, oder?«

Noch immer verblüfft es mich, dass ihn meine Meinung überhaupt interessiert.

»Ich geh mal bestellen«, sagt er. »Weißt du schon, welche du magst?«

»Vielleicht teste ich heute mal die Veggie-Pizza. Ich decke schon mal den Tisch.«

Als er mit April zu meinem Stellplatz kommt, hat er ein paar

Flaschen dabei. Am Pizzaabend wird am Campingplatz nämlich auch Ale und Cider verkauft. Er hat sich für Letzteres entschieden.

Es ist so ein milder, lauer Abend, dass ich den zweiten Campingstuhl aus dem Kofferraum freischaufele, damit wir beide im Sonnenschein draußen sitzen können, während wir auf unser Essen warten.

»Ein Campingtisch wäre auch nicht so verkehrt«, sagt Charlie. »Irgendwo habe ich einen. Im Schuppen, glaube ich.«

»Wirklich?«

»Ja. Den bring ich am Wochenende mit.«

»Das wäre cool!«

»Ganz praktisch, wenn du Gesellschaft hast.«

Kurzes, betretenes Schweigen.

»Es tut mir leid, dass deine Freundin am Wochenende nicht kommt«, sagt er dann.

Ich werde rot. »Ich habe schon auch noch andere Freundinnen und Freunde.«

Er schmunzelt. »Bestimmt hast du welche, Bridget! Viele sogar, könnte ich mir vorstellen.«

»Blöd nur, dass meine besten Freundinnen verheiratet sind und Kinder haben oder im Ausland leben.« Bronte wohnt in Sydney und Laura in Key West.

»Ich wette, deine Freundinnen im Ausland vermissen dich.«

»Vermutlich nicht so sehr wie ich sie.«

»Warum sollte das so sein?«

Ich zucke die Achseln. »Die haben sich fast alle schon häuslich niedergelassen.«

»Ach, ich wette, sie vermissen dich genauso wie du sie.«

Süß, wie fürsorglich er klingt.

»Mag sein.«

»Definitiv.«

Ich grinse ihn an und bin glücklich, dass wir nun offiziell Freunde sind.

Er lächelt in seine Ciderflasche und nimmt dann einen Zug daraus.

»Meinst du, ihr gefällt's da drinnen?«, frage ich. April stöbert gerade in meinem Garderobenzelt herum.

»Solange es dir nichts ausmacht, dass auf deinen Klamotten herumgetrampelt wird?«

»Nö«, erwidere ich. »Wann sind denn die Pizzen fertig?«

»Um halb sieben. Ein Wunder, dass April noch gar nicht rumquengelt. Liegt wohl an den ganzen Reiswaffeln.«

Auf dem Weg hierher hat sie eine halbe Packung verputzt.

»Möchtest du noch einen Cider?«, frage ich mit Blick auf seine fast leere Flasche.

»Schon, aber ich muss noch heimfahren.«

»Könntest du sie denn nicht mit dem Kinderwagen nach Hause bringen und den Pick-up hier stehen lassen?«

Er überlegt. »Ich schätze, das ginge. Umlegen lässt sie sich immer problemlos, falls sie einschläft … Ja, okay, dann her damit!«

Bald darauf komme ich mit zwei frischen Flaschen zurück.

»Das ist so eine gute Idee«, schwärme ich und deute zum Pferdeanhänger. »Tatsächlich erinnert es mich an den Cream-Tea-Lieferservice von Morris.«

In *Unser geheimes Leben* gründet Morris eine neue Firma, die mit dem Fahrrad Cream Tea, sprich: mit Erdbeermarmelade und Sahne servierte Scones, an Camping- und Golfplätze ausliefert.

Charlie lacht. »Das war meine Idee!«

»Was?«

»Nicki hat sie mir geklaut. Adam und ich hatten das mal vor.«

»Nee, oder? Aber die Idee ist so gut! Warum macht ihr das nicht noch?«

»Das geht doch nicht mehr, ich stünde wie der letzte Trottel da.«

»Quatsch. Das solltet ihr wirklich angehen!«

»Nö. Und überhaupt, die Zeit hab ich gar nicht. Adam könnte, wenn er wollte.« Er zuckt die Achseln und nimmt einen weiteren Schluck.

»Es ist fast halb sieben.« Ich schnappe mir mein Portemonnaie. »Ich geh Pizza holen!«

Ich stelle mich an und rechne mir aus, wie viel es kosten wird, nur um herauszufinden, dass Charlie bereits alles bezahlt hat. Als ich versuche, ihm das Geld zu geben, will er es nicht annehmen.

»Das ist unfair«, sage ich. »Ich hätte dir für heute auch schon Benzingeld geben müssen.«

Er grinst mich an. »Jetzt sei mal nicht albern.«

»Im Ernst jetzt, wenn du mit mir am Samstag nach Heligan fährst, geht das Benzin auf mich!«

»Bridget, ich *möchte* nach Heligan fahren. Und jetzt chill mal bitte, ja?«

»Dann übernehme ich den Eintritt für uns!«

»Was auch immer. Wenn du wirklich willst, meinetwegen.«

»Ich will es wirklich.«

Wir ziehen ins Wohnmobil um, und Charlie balanciert April auf seinen Knien, während er ihr die Pizza klein schneidet. Auch wenn es knifflig sein muss, mit ihr auf dem Schoß zu essen, schafft er es, ohne sein T-Shirt mit Käse vollzukleckern. Bei ihr läuft es weniger gut. Nach kürzester Zeit ist ihr ganzes Gesicht mit Tomatensoße verschmiert. Vor ein paar Wochen hätte ich mich noch um die Sitzbank gesorgt, aber inzwischen sehe ich das lockerer.

Schließlich weiß ich inzwischen, wozu Feuchttücher gut sind.

»Hat sie nicht bald Geburtstag?«, frage ich vom Beifahrersitz aus, wo ich Platz genommen habe. Den Fahrersitz habe ich nach meiner Fahrt vom Flughafen in Bristol hierher noch nicht wieder nach hinten gedreht.

»Ja, am Sonntag in zwei Wochen.«

»Planst du etwas?«

»Ja«, erwidert er mit belegter Stimme. »Meine Eltern haben mich dazu verdonnert, eine Party zu schmeißen. Dabei ist mir gar nicht sonderlich nach Feiern zumute.«

»Es ist ein großer Meilenstein.«

»Schon klar.« Sein Blick schnellt zu mir hoch. »Kommst du denn?«

»Sehr gern!« Dass er mich das fragt, freut mich total.

»Nickis Mum und ihre Schwester samt Familie kommen auch.«

»Übernachten sie bei dir?«

»Nur Valerie, Nickis Mutter. Für Kates Familie ist das Haus nicht groß genug. Valerie wird allerdings nur ein paar Tage hier sein. Länger würde ich es nicht aushalten.«

»Kommst du gut mit ihr aus? Kate magst du ja, oder?«

»Kate ist okay. Valerie dagegen ist ein harter Knochen.«

»Kommt Nickis Dad denn auch?«

»Dem bin ich genau zweimal begegnet«, erwidert er tonlos. »Das erste Mal bei unserer Hochzeit, das zweite Mal bei Nickis Beerdigung.«

»Echt?«

Er fängt meinen Blick auf. »Nicki und ich hatten eine Reise nach Thailand geplant, damit Alain April kennenlernen kann. Es war ihr wichtig, dass die beiden eine Beziehung zueinander bekommen.«

»Bist du denn je dort gewesen?«

Er schüttelt den Kopf. »Nie. Nicki ist allerdings mindestens einmal im Jahr hingeflogen.« Er wirft mir einen Blick zu. »Aber das weißt du ja, richtig?« In seinem Ton schwingt ein Hauch Gereiztheit mit.

Ich seufze. »Wäre es dir lieber, ich würde ihre Tagebücher nicht lesen?«

»Natürlich nicht«, beteuert er. »Es ist nur ... Es ist irgendwie eigenartig. Das verstehst du, oder?«

Ich nicke.

»Du weißt so viel über mich«, fährt er fort. »Und über uns.«

»So viel auch wieder nicht. Seit ihr wieder zusammengekommen seid, hat Nicki sich in ihren Tagebüchern kaum noch über Persönliches ausgelassen.«

»Wie meinst du das?« Er schaut verwirrt.

»Als ihr euch in euren Zwanzigern wiederbegegnet seid, hatten ihre Tagebücher eher Notizbuchcharakter«, erkläre ich.

Ich kann förmlich sehen, wie ihm ein Stein vom Herzen fällt – so erleichtert wirkt er.

»Sorry, ich dachte, das wüsstest du«, sage ich erstaunt. »Sonst hätte ich schon früher etwas gesagt. Ihre innersten Gedanken kenne ich nur aus ihrer Teenagerzeit.«

»Dann weißt du also alles über Isak.«

»Ja«, erwidere ich aufrichtig und betrachte April. Er folgt meinem Blick und mustert seine Tochter, die gerade eindöst.

»Armes Baby.« Er verkneift sich ein Lachen. »Sie ist fix und alle. Ich wickle sie besser noch mal und lege sie in den Kinderwagen.«

»Warte, ich klappe noch schnell den Tisch weg«, sage ich, als er von der Sitzbank gleitet.

Während er Aprils Sachen aus dem Pick-up holt, kommt mir ein Gedanke.

»Warum lässt du sie nicht im Bett schlafen?«, schlage ich vor und mache mich daran, es auszuklappen. »Das ist bequemer, und wenn das mit dem Verfrachten kein Problem ist, kannst du sie immer noch im Kinderwagen heimschieben.«

Er zögert. »Bist du sicher?«

»Natürlich. Und wärmer ist es auch.«

»Weiß nicht, eigentlich ist es immer noch ganz angenehm hier draußen.«

»Gut. Denn du und ich werden draußen sitzen.«

Er lächelt mich an und wartet, bis das Bett fertig ist.

»Ich hole uns noch was zu trinken«, erkläre ich und mache mich auf den Weg, damit er sie in Ruhe hinlegen kann.

Kapitel 24

Bei meiner Rückkehr hat es sich Charlie auf einem der Campingstühle bequem gemacht.

»Cheers!« Ich reiche ihm eine Flasche und stoße mit ihm an.

»Cheers!«

»Schläft sie?«

»Wenn sie's noch nicht tut, dann bald. Abends läuft das Einschlafen problemlos.«

»Da hast du Glück, glaube ich.« Ein paar von meinen Freundinnen können sich stundenlang über die Einschlafzeiten ihrer Babys auslassen. Einzelheiten kenne ich allerdings nicht, da ich für gewöhnlich auf Durchzug schalte, sobald sie zu stöhnen beginnen.

»Meinst du, ihr kriegt auch mal Kinder, du und Elliot?«, will er wissen.

»Äh …« Ich hasse es, danach gefragt zu werden – vor allem von Leuten, die schon Kinder haben. »Wer weiß?«, weiche ich der Frage aus. »Überhaupt, ich müsste ihn mal wieder anrufen. Hab seit Irland nicht mehr mit ihm gesprochen.«

»Echt nicht?«

»Es ist ätzend, dass man hier unten keinen Empfang hat. Ich hab nicht immer Bock, noch spätabends oder in aller Herrgottsfrühe den Hügel raufzustapfen.«

»Du kannst ihn jederzeit von mir aus anrufen.«

»O nein, das käme mir nicht richtig vor.«

»Warum nicht?« Er zieht die Brauen zusammen.

»Weil ich bei dir bin, um an Nickis Buch zu arbeiten, und nicht, um mit meinem Freund zu plaudern.«

»Ach, du arbeitest doch so hart. Natürlich kannst du da mal eine Pause einlegen und ihn anrufen.«

»Na gut, vielleicht komme ich darauf zurück. Danke.«

»Wie kommt er ohne dich zurecht?« Charlie streift sich eine Mücke vom Bein.

»Es geht ihm gut.« Über Elliot möchte ich mich eigentlich nicht unterhalten.

»Ich wette, er vermisst dich.«

»Schon, ja.« Ich knibbele das Etikett von meiner Flasche.

»Wollte er gar nicht wissen, wie es mit Dillon gelaufen ist?«

»Er hat versucht anzurufen.« Ich will nicht so klingen, als würde ich mich verteidigen. »Ich habe seinen Anruf aber verpasst, und in den letzten Tagen war mir abends nicht danach, mit ihm zu reden. Stattdessen habe ich ihm gemailt.«

»Oh, okay.« Charlie streckt die Beine aus. »So, und jetzt erzähl mir von Seth, diesem Idioten. Du hast es versprochen.«

»Nur, wenn du's wirklich wissen willst.«

»Unbedingt!«

»Ich muss schon würgen, wenn ich an ihn denke.«

Wir verfallen in Schweigen.

»Na gut, dann erzähl mir von deiner Mum«, meint er schließlich. »Warum geht sie dir tierisch auf den Sack?«

Unwillkürlich muss ich lachen.

»Was denn?« Er grinst über meine Reaktion, auch wenn er sie nicht versteht.

»Na, in gewisser Weise hängt beides miteinander zusammen«, erwidere ich trocken.

Seine Neugier scheint geweckt. Scheiß drauf, wenn er es wissen will, dann erzähle ich es ihm eben. Es ist ja nicht so, dass ich jetzt noch große Probleme damit habe.

»Seth war ein kanadischer Offizier auf dem Kreuzfahrtschiff, wo Mum und ich arbeiteten«, beginne ich. »Als ich dazustieß, hatten er und meine Mum schon ein bisschen miteinander rumgeflirtet. Altersmäßig lag Seth ja genau in der Mitte zwischen uns. Ich war siebenundzwanzig, er achtunddreißig. Als er sich für mich zu interessieren begann, spielte Mum die Beleidigte. Ich fand ihr Verhalten echt peinlich. Seth war sehr, sehr charmant, und ich verliebte mich unsterblich in ihn. Ich *wollte* mich in ihn verlieben. Mum hatte eigentlich immer was am Laufen, aber zu diesem Zeitpunkt war sie Single. In der Vergangenheit hatte sie ihren Freunden oft mehr Zeit gewidmet als mir, das wollte ich ihr wohl auch ein bisschen heimzahlen. Unsere Beziehung ist kompliziert.«

Ich sehe verstohlen zu Charlie, der lauschend seine Ciderflasche betrachtet.

»Na, egal«, fahre ich fort. »Auf jeden Fall entpuppte sich Seth als echter Schürzenjäger. Mum hatte mich schon vor ihm gewarnt, aber das hatte ich nicht hören wollen – oder nicht glauben. Er betrog mich mit einer Entertainment-Koordinatorin an Bord. Als ich es herausfand, war ich am Boden zerstört, aber was mich noch fertiger machte war die Tatsache, dass Mum weiter freundlich zu ihm blieb, nachdem zwischen ihm und mir Schluss war. Sie sollte gefälligst sauer auf ihn sein, doch als ich sie deswegen zur Rede stellte, erwiderte sie, es wäre unprofessionell von ihr, wenn sie sich in die Liebeskonflikte des Personals einmischen würde. Natürlich war ich ziemlich angepisst, aber sie meinte einfach nur in gönnerhaftem Ton: ›Ich habe dich vor ihm gewarnt, Bridget!‹ Ich war so wütend auf sie – und ihn –, dass ich im nächsten Hafen von Bord ging. Immerhin schaffte es Mum, den Big Boss davon zu überzeugen, mich nicht wegen Vertragsbruchs zu verklagen.«

»Wie anständig von ihr!«, sagt Charlie in beißendem Ton.

»Bis ich ihr das verziehen hatte, dauerte es ein Weilchen. Man muss ihr zugutehalten, dass sie sich entschuldigte. Und entschuldigte. Und entschuldigte. Trotzdem habe ich mich seitdem auf keinem Kreuzfahrtschiff mehr blicken lassen«, erkläre ich und trinke den restlichen Inhalt meiner Flasche.

»Möchtest du noch eine?«, fragt er.

»Warum nicht? Aber beeil dich, die packen bald zusammen, glaube ich.«

Er kehrt mit vier Flaschen zurück.

»Versuchst du etwa, mich abzufüllen?«, frage ich amüsiert.

Er grinst. »Du musst sie ja nicht heute Abend trinken.«

»Ich möchte morgen auf keinen Fall einen Kater haben.« Ich nehme ihm eine Flasche ab.

Er sieht den Hang hinauf zur Wiese. Die untergehende Sonne taucht das Gras darauf in ein orangefarbenes Licht.

»Ich erinnere mich noch, wie schön die Sonnenuntergänge von dort oben aus sind«, sagt er. Von unserem jetzigen Platz aus kann man ihn nicht sehen.

»Geh doch und schau ihn dir an, wenn du Lust hast.«

»Magst du denn nicht mitkommen?«

»Was, und April allein lassen?«

»Wir sind ja nicht lange weg. Wenn die erst mal pennt, dann schläft sie wie ein Stein.«

»Man kann Hermie von da oben sogar sehen.«

»Na, dann komm!«

Er steht auf und streckt die Arme über den Kopf. Ich wende den Blick von seinem entblößten Nabel ab. Eigentlich sollte ich ihm dankbar sein, dass er sich das T-Shirt nicht auszieht, wenn er arbeitet – wie sollte ich mich dann noch konzentrieren?

Ich gehe ihm voraus zum oberen Teil des Campingplatzes. Inzwischen bin ich schon fitter und komme kaum noch aus der

Puste. Wir setzen uns so nebeneinander ins Gras, dass wir den Sonnenuntergang hinter den Bäumen im Blick haben.

»Stell deine Flasche bloß nicht ins Gras, die rollt sonst den ganzen Hügel runter«, warne ich Charlie.

»Du sprichst wohl aus Erfahrung!«

»Stimmt. Ich sitze oft hier oben und pichele allein vor mich hin.«

Er gibt ein missbilligendes Geräusch von sich und stützt sich auf seine Ellbogen. »Warum gehen wir dieses Wochenende nicht wieder mit Adam aus?«

»Und was ist mit deinen anderen Freunden?« Ich drehe mich zu ihm.

»Was soll mit ihnen sein?«

»Hast du viele?«

Er zuckt die Achseln. »Ein paar Kumpel hab ich schon, ja.«

»Triffst du dich oft mit ihnen?« Seitdem ich hier bin, habe ich noch von keinem seiner Freunde etwas gehört, geschweige denn einen gesehen.

»In letzter Zeit eher nicht.«

»Und warum nicht? Sammeln sie wirklich Treibgut für dich? Wenn sie das tun, müssen es doch echt gute Freunde sein.«

»Nur weil sie gelegentlich ein Stück Holz aufheben?« Er zieht eine Augenbraue hoch. »Da ist doch nichts dabei.« Seufzend richtet er seinen Blick wieder auf die Aussicht. »Es ist das Thema Trauerbewältigung, was ihnen Probleme macht. Sie sind tolle Ausgehfreunde, aber dafür war ich in letzter Zeit nicht zu haben. Ich wollte mit ihnen nicht über Nicki sprechen, denn sie wären bestimmt verunsichert, was sie sagen oder tun sollten.«

Mit mir hat er sich über sie unterhalten …

»Du bist da anders«, sagt er, als könnte er meine Gedanken lesen. »Du hast sie nicht gekannt. Ich glaube, für andere ist es schlimmer, weil sie sie auch verloren haben.«

Das leuchtet mir ein, und ich nicke. »Du kannst mit mir reden, wann immer du willst«, sage ich leise und strecke meine Beine aus.

»Danke.«

Eine Weile schweigen wir, doch es ist ein angenehmes Schweigen. Unangenehm ist nur, dass mich das Gras an den Unterseiten meiner nackten Beine kitzelt.

»Und mit April ist auch alles in Ordnung?«, frage ich schließlich und nicke in Richtung Hermie.

»Ich seh mal kurz nach ihr.« Er rappelt sich auf.

Ich beobachte, wie er den Hang hinuntermarschiert.

»Ich hab mir schon Sorgen gemacht, du könntest dich nach Hause verdrückt haben«, scherze ich bei seiner Rückkehr.

»Da ich sowieso schon unten war, habe ich einen Umweg zum Toilettenhäuschen gemacht.«

Kaum außer Atem, lässt er sich neben mir ins Gras fallen. Er ist körperlich echt fit. Das ist fast schon nicht mehr witzig.

»Mit April alles okay?«

»Sie schläft wie ein Murmeltier«, erwidert er zärtlich und stützt sich wieder auf seine Ellbogen.

»Ich fass es nicht, dass die Idee zu Morris' mobilem Cream-Tea-Lieferservice von dir stammt.«

»Mmm.«

»Bist du Morris?«

Er grinst mich an. »Im Ernst jetzt?«

»Ja.«

Scheinbar belustigt, schüttelt er den Kopf. »Es ist nur eine Geschichte, Bridget.«

»Es gibt allerdings ein paar Ähnlichkeiten ...« Ich rolle mich auf den Bauch und sehe ihn an.

»Du meinst Isak und Timo.«

»Ganz genau. Timo klingt exakt wie Isak. Weißt du, ob

Nicki ihn noch mal getroffen hat, als sie zu ihrem Dad nach Thailand gereist ist?«

Seine Belustigung verschwindet.

»Sorry, das geht mich eigentlich gar nichts an«, sage ich hastig.

»Schon gut.« Aber es ist eindeutig nicht gut. »Sie sind sich gelegentlich über den Weg gelaufen«, erzählt er. »Sie hat behauptet, es sei ihr unangenehm gewesen, aber ich hatte trotzdem daran zu knabbern.«

Mitfühlend nicke ich. »Warum bist du denn nie mit ihr mitgeflogen?«

»Das konnten wir uns nicht leisten. Doch es war schon ein Thema. Nicki war wild entschlossen, das Geld von ihrem Buch für eine gemeinsame Thailand-Reise zu verwenden. Ich wollte immer schon mal hin, und auch wenn ich Nickis Vater manchmal für unglaublich egoistisch halte, war ich auch daran interessiert, dass er eine Beziehung zu seiner Enkelin aufbaut.«

»Ich werde wohl demnächst mal hinreisen müssen.«

»Ernsthaft?« Er sieht mich interessiert an.

»Ja. Ich war zwar schon mal kurz dort, aber das ist zwanzig Jahre her. Es bringt so viel, hier zu sein und über die Orte zu schreiben, die ich besucht habe. Tintagel und Lansallos haben mir eine Menge Ideen gegeben.«

»Wann willst du hin?«

»Im Oktober oder November vermutlich.«

»Im Oktober besser nicht – da regnet es dort wie aus Eimern.«

»Na, dann im November. Arbeitet Nickis Vater immer noch in derselben Ferienanlage?«

»Ja.«

»Ob ich es wohl schaffe, ihn dort zu treffen?«

»Möchtest du dich denn genau dort einquartieren?«

»Eigentlich schon. Ich möchte dieselbe Kulisse um mich haben, die Nicki inspiriert hat.« Ich knuffe ihn in die Seite. »Ihr beide solltet mich begleiten.«

Er hebt die Augenbrauen. »Es wird wohl noch ein ganzes Weilchen dauern, bis wir uns das leisten können.«

»Als Reiseschriftstellerin bekomme ich spitzenmäßige Preisnachlässe. Vielleicht würde ich es sogar schaffen, eine freie Unterkunft rauszuschlagen.«

Er lächelt mich an. »Derzeit würde es nicht mal für die Flüge reichen.«

»Na gut.«

»Der erste Stern!« Er deutet zum Himmel.

»Hübsch!« Ich beobachte, wie er funkelt. »Ich muss dringend aufs Klo, bin aber zu faul, um runterzugehen.«

»Ich muss sowieso gleich los«, erwidert er.

Aber wir gehen nicht. Wir bleiben und unterhalten uns eine weitere halbe Stunde, bis meine Blase den Druck nicht länger erträgt. Charlie steht als Erster auf und streckt mir die Hand hin.

»Geht schon.« Ich rappele mich ohne Unterstützung auf und verspüre eigenartigerweise einen kleinen Stich des Bedauerns, als er seine Hand zurückzieht.

Wir taumeln den Hügel hinunter und trennen uns unten.

Als ich vom Klo zurückkomme, entdecke ich Charlie am Fuß meines Betts. Er betrachtet seine schlafende Tochter.

»Ich bringe es einfach nicht über mich, sie da jetzt rauszunehmen«, flüstert er.

»Dann tu's halt einfach nicht«, flüstere ich zurück. »Sie kann heute Nacht gern bei mir bleiben.«

»Nein ...« Er runzelt die Stirn und schüttelt den Kopf.

»Würdest du sie vermissen?«

»Das ist es nicht. Ich ... könnte es einfach nicht.«

»Vertraust du mir nicht?«

»Natürlich tue ich das.«

»Sie würde doch damit klarkommen, oder? Du könntest morgen früh wiederkommen, wenn du willst. Oder auch ausschlafen, wenn du magst. Ich bringe sie dir gleich am Morgen.« Wir flüstern noch immer.

Er denkt darüber nach und schüttelt dann entschieden den Kopf.

»Dann bleib und schlaf im Zelt«, schlage ich schnell vor. »Oder du schläfst bei ihr und ich penne im Zelt?«

Er sieht mich an und grinst. »Ich schlafe im Zelt«, beschließt er. »Wenn du dir sicher bist?«

»Das bin ich. Wow, eine Übernachtungsparty!« Ich bin ein bisschen angesäuselt.

Leise lachend schlingt er den Arm um meine Schulter, wie er das schon am Strand getan hatte, und drückt mich kurz.

»Das nennst du eine Umarmung?«, sage ich zu meiner eigenen Überraschung.

Er grinst mich von der Seite an. »Bist du auf die vollen sieben Sekunden aus?«

»Ja! Äh ... ich meine, nein. Das wäre nicht richtig. Nicht jetzt, wo du hier übernachtest.«

Er zieht eine Augenbraue hoch. »Du hältst es für keine gute Idee, wenn ich dich in meine großen, starken Arme nehme?«

Ich kichere leise. »Ich fahre nicht auf dich ab, falls du darauf hinauswillst. Wobei, es ist nicht so, dass du nicht attraktiv bist, denn das bist du definitiv. Aber *ich* stehe eben nicht auf dich.«

»Das ist gut, denn umgekehrt gilt dasselbe.«

»Was?« Ich gebe mich entrüstet. »Warum stehst du nicht auf mich? Ich bin vergeben – aber was ist deine Entschuldigung?«

»Äh, weil du die Ghostwriterin meiner verstorbenen Frau bist? Das wäre einfach zu gruselig.«

Ich lache. »Stimmt. Gut, dass du nicht auf mich stehst.«

»Das tue ich definitiv nicht.«

»Okay, jetzt reit mal nicht länger darauf herum! Sonst kriege ich noch Komplexe!«

Wir sehen einander an und brechen dann beide in lautloses Gelächter aus. Wir lachen so, dass wir uns die Bäuche halten müssen. Lachtränen steigen mir in die Augen und nehmen mir die Sicht, als wir aus dem Wohnmobil stolpern. Irgendwie schafft Charlie es, die Tür hinter uns zu schließen, bevor wir laut loswiehern.

»Wie machst du das?«, fragt er schließlich und wischt sich die Augen. »So gelacht habe ich schon lange nicht mehr.«

»Letzten Freitag hast du doch auch so gelacht, oder nicht?« Die Erinnerung daran habe ich noch lebhaft vor Augen.

»Stimmt, das lag auch an dir, weil du Eminem nachgemacht hast.«

Inzwischen sitzen wir mit ausgestreckten Beinen und an Hermie gelehnt im Gras.

»Wie soll ich damit klarkommen, wenn du uns wieder verlässt?«

Seine Frage – die wohl eher rhetorischer Art ist – ernüchtert uns beide.

»Ich hol dir mal eine Decke«, sage ich. »Schieb meine Klamotten beiseite, oder schlaf drauf, mir egal. Das bring ich dann morgen in Ordnung.«

Als ich aufstehen will, hält er mich fest, und ich plumpse auf den Boden zurück.

»Was ist denn?«, frage ich, als er nicht spricht. Seine Finger an meinem Handgelenk fühlen sich an wie glühend heiße Handschellen.

»Wir bleiben doch in Kontakt, oder?«, fragt er.

»Na klar«, erwidere ich. »Wir sind Freunde, schon vergessen?«

»Genau. Freunde.«

Ich glaube, er hat mehr getrunken als ich.

»Möchtest du eine Umarmung?«, frage ich, nachdem wir einander einen Augenblick angesehen haben. Mir wird allmählich schwindelig.

Er grinst. »Möchtest du eine?«

Ich lasse es mir durch den Kopf gehen, während er mich noch immer im Klammergriff hält.

»Vielleicht?«

»Na, dann komm.« Er rappelt sich auf und zieht mich hoch, und schon hat er seine Arme ohne zu zögern um mich gelegt. Er ist so warm und kräftig. Wow! Das gefällt mir.

»Zwei«, sagt er. »Drei, vier ...«

Ich kichere los.

»Fünf, sechs ...«

»Wenn du zählst, macht das alles kaputt«, beschwere ich mich.

»Sorry«, flüstert er mir ins Haar. Ein paar Sekunden darauf löst er sich von mir. »Das müssen mindestens elf Sekunden gewesen sein«, meint er. »Aber wenn du eine weitere brauchst, frag einfach.«

»Das Gleiche gilt für Sie, Mr. Laurence.«

Kapitel 25

Letzte Nacht habe ich kaum geschlafen. Als ich ins Bett schlüpfte, bewegte sich April, weshalb ich ihr beruhigend die Hand auf die Brust legte, bis ihre Atemzüge wieder gleichmäßig wurden. Doch auch danach konnte ich mich nicht entspannen, weil ich befürchtete, ich könnte auf sie rollen und sie erdrücken. Nach einiger Zeit fing sie an, sich hin und her zu drehen, drückte mir dabei die Beine in die Seite und trat mich mit ihren kleinen Füßchen. Ich versuchte, mich um sie herum zu kringeln, aber dazu reichte der Platz nicht ganz. Erinnerungen an unseren Kater Murphy aus meiner Kindheit wurden in mir wach. Wenn er sich *mein* Bett als Schlafplatz aussuchte und nicht das meines Vaters, fühlte ich mich immer so geehrt, dass ich alles tat, damit er auch dablieb. Notfalls legte ich mich sogar wie ein abgeknicktes Jelly Bean um ihn herum.

April rührt sich. Ich liege mit dem Gesicht zu ihr auf der Seite und beobachte, wie sich ihre Augenlider flatternd öffnen und schließen. Ich frage mich, wie viel Uhr es ist – es kommt mir früh vor.

Immerhin habe ich keinen Kater – nach drei Cidern habe ich gestern Abend Schluss gemacht, und der Alkoholgehalt ist relativ gering. Wie es Charlie wohl geht?

Ich schaue zum Zelt hinaus, aber der Reißverschluss ist noch immer zu.

Ob es Elliot wohl etwas ausmachen würde, wenn er wüsste, dass ich Charlie gestern Abend umarmt habe? Er und ich gehen mit unseren Freunden immer sehr vertraut um – er würde zum Beispiel meine Freundin Bronte völlig ungeniert in die Arme schließen, und für mich und ihren Freund gilt dasselbe.

Unvermittelt verspüre ich Sehnsucht nach meinen Freunden auf der anderen Seite der Erdkugel. Das muss ich Elliot bei unserem nächsten Gespräch unbedingt sagen. Am besten rufe ich ihn gleich heute Vormittag an. Verrückt, dass wir seit fast einer Woche nicht mehr miteinander telefoniert haben. Die längste Zeit, seit wir ein Paar sind.

April ist nun wach und starrt an Hermies Decke, blinzelt langsam. Mit angehaltenem Atem beobachte ich sie.

Das Geräusch eines Reißverschlusses von draußen lässt mich zusammenfahren. Erneut spähe ich durch das dunkel getönte Fenster hinaus und sehe, wie Charlie aus dem Zelt steigt, doch ehe ich klopfen kann, macht er sich in Richtung Toiletten auf.

April murmelt irgendwas.

»Guten Morgen«, säusele ich, als sie den Kopf zu mir dreht.

Sie scheint sich nicht im Geringsten daran zu stören, dass sie in meinem Bett liegt anstatt in ihrem eigenen.

»Möchtest du kuscheln?«

»Da!«, erwidert sie.

»Daddy geht nur schnell aufs Klo. Er ist gleich wieder da.«

Keine Ahnung, ob sie mich versteht.

Sie wirkt beunruhigt.

»Komm her.« Ich bemühe mich, nicht in Panik zu geraten, während ich meine Hand hinter ihre Schultern schiebe und ihren kleinen Körper an mich ziehe. Sie legt einen Arm über meine Brust, drückt den Kopf in meine Armbeuge und macht es sich gemütlich.

»Du bist so klug, April«, lobe ich sie. »Du hast gestern drei Schritte gemacht! Ganz toll!«

Sie lauscht mir schweigend.

»Und du bist so warm und knuddelig. Möchtest du, dass ich dir etwas vorsinge?«

Ihr Kopf bewegt sich. Ich glaube, sie nickt.

Also singe ich »Somewhere Over the Rainbow«, und zwar in der Version von Israel Kamakawiwo'ole.

Nach einer Weile klopft es leise an der Tür.

»Wir sind wach!«, rufe ich.

Die Tür geht rumpelnd auf, und Charlie lugt herein.

»Alles okay?«, fragt er mit einem Lächeln. Er verhält sich völlig ungezwungen, und ich entspanne mich. Ich hatte befürchtet, im Nachhinein könnte ihm unsere Umarmung unangenehm sein.

»Alles gut. Komm rein.«

Er steigt mit zwei Kaffeebechern und einer Papiertüte ins Wohnmobil.

»Oh, war der Kaffeeverkäufer schon da?« Freudig setze ich mich auf, während er die Becher auf die Ablage stellt und die Tür wieder schließt.

»Ja.« Er nimmt am Ende des Bettes Platz. April quengelt, und ich ziehe die Bettdecke von ihr herunter, damit sie zu ihm krabbeln kann.

»Hallo, meine Kleine«, sagt er liebevoll und drückt sie an sich.

»Wie hast du geschlafen?«, frage ich.

»Ehrlich gesagt, erstaunlich gut. Ich bin nur so weggepennt. Und du?«

Lächelnd schüttele ich den Kopf. »Ich hatte Angst, ich könnte aus Versehen auf sie draufrollen.«

»Oh, das tut mir leid.«

»Ach was, das war gar nicht schlimm!«, protestiere ich. »Es hat mir gefallen. Ich glaube, ihre Umarmungen sind sogar noch besser als deine«, bemerke ich grinsend.

Er lacht. »Stimmt, die sind schon ein bisschen eigen«, meint er und betrachtet ihren blonden Lockenschopf.

»Sie erinnert mich an einen Teddybären.«

»Sollten wir dir vielleicht einen Teddybären kaufen?«, schlägt er vor.

»Nein, du bist schon in Ordnung, Charlie.«

»Willst du einen?« Er reicht mir einen Becher.

»Ja, bitte.« Ich strecke die Hände danach aus. »Was ist da drin?«

»Ein Latte macchiato. Das ist okay, hoffe ich?«

»Perfekt. Ich werde ja richtig verwöhnt!«

Dann wirft er mir die Papiertüte zu. »Pain au Chocolat.«

»Wow, kannst du ab jetzt immer hier übernachten?«

Wieder lacht er und küsst April auf den Kopf. »Ich habe mir überlegt …« Er nippt an seinem eigenen Kaffee.

Ich warte darauf, dass er fortfährt.

»Wie wär's, wenn wir heute nach Heligan fahren? Morgen ist da nämlich ein Mordstrubel, da Samstag ist.«

»Eigentlich sollte ich mir Notizen über den gestrigen Tag machen«, erwidere ich unsicher.

»Kannst du das nicht morgen machen? Du kannst ja trotzdem bei mir arbeiten, wenn du magst.«

»Würdest du mich denn am Wochenende im Haus haben wollen?«, gebe ich zu bedenken. »Brauchst du nicht mal deine Ruhe?«

Er runzelt die Stirn. »Nein. Du weißt doch, dass ich dich gern bei uns habe. Du bringst uns zum Lachen.« Er zieht für April eine Grimasse, und mir wird ganz warm ums Herz.

»Okay«, sage ich lächelnd. »Dann machen wir's so.«

»Cool. Ich düse dann noch mal zu mir, dusche und packe Aprils Kram zusammen. Sollen wir gegen neun wiederkommen?«

»Klingt gut.«

Sobald sie fort sind, mache ich mich möglichst schnell fertig, damit mir noch Zeit für einen Anruf bei Elliot bleibt. Die fünf Minuten fürs Frisieren spare ich mir, indem ich meine Haare einfach an der Luft trocknen lasse, schnappe mir mein Handy und steige um halb neun den Hang hinauf. Auf die Art kann ich mich vor Charlies Rückkehr eine halbe Stunde mit Elliot unterhalten.

»Hab gerade den Feierabend eingeläutet«, erzählt mir Elliot lächelnd, sobald er das Gespräch angenommen hat. Er marschiert gerade durch die City, und ich kann am unteren Rand des Displays ein kleines Stück von seinem dunkelgrauen Anzug und seiner silberblau karierten Krawatte erkennen. Wenn er zur Arbeit geht, stylt er sich immer ziemlich. Er ist Hochbauingenieur in einer großen Beratungsfirma, und zwar in leitender Stellung. »Ich schau mal schnell nach einem Ort, wo ich besser mit dir reden kann.« Er sieht sich um.

Wir versuchen, längere Telefonate am Wochenende zu führen, weil die Zeitumstellung dann nicht so zum Tragen kommt. Wenn wir jedoch während der Woche telefonieren wollen, müssen wir uns auf bestimmte Zeiten beschränken, die für beide passen.

Er kommt am Eingang eines leerstehenden Hauses vorbei. »So, hier kann ich mich hinsetzen.«

»Hey«, sage ich, als ich seine volle Aufmerksamkeit genieße. »Lange nicht mit dir gesprochen.«

»Allerdings. Du hattest eine arbeitsreiche Woche, stimmt's?« Er zieht eine seiner dunklen Augenbrauen nach oben.

»Im Prinzip schon, ja. Und du?«

»Immer noch ziemlich hektisch alles.« Seufzend kratzt er sich am nicht mehr stoppligen, sondern fast schon bärtigen Kinn. »Ich glaube, ich muss morgen noch mal ins Büro. Dabei habe ich heute schon so rangeklotzt, musste dann aber Schluss machen.«

»Gehst du noch weg?«

»Ja, ich treff mich mit ein paar der Jungs in einer Bar am Hafen.«

»Schön. Trink ein Glas für mich mit.«

»Es werden wohl mehr. Hab heute nämlich erfahren, dass wir diesen Auftrag bis Anfang November fertigkriegen müssen. Es heißt sogar, manche von uns würden vor dem Beginn des nächsten Projekts eine Woche freibekommen.«

»Warum kommst du dann nicht mit mir nach Thailand?« Ich setze mich aufrechter hin.

»Hast du dein Ticket schon gebucht?«

»Noch nicht, aber ich setze Marty demnächst darauf an.«

Als Reisekauffrau kümmert sich Marty schon seit Jahren um meine Flüge. Es mag ein aussterbender Beruf sein, doch sie hat eine Menge treuer Kunden.

»Welche Zeit hast du im Auge?«, erkundigt sich Elliot.

»Da könnte ich mich nach dir richten.«

Er schüttelt den Kopf. »Ich erfahre leider erst kurzfristig, ob ich wegkann.«

»Das ist okay. Ich buche einfach für mich, und wenn's bei dir geht, besorgen wir dir einen Last-Minute-Flug.«

»So machen wir das.« Er lächelt, und mich überkommt das ungeheure Verlangen, auf seinen Schoß zu klettern und ihn zu drücken, bis ihm die Luft wegbleibt.

»Ich vermisse dich«, sage ich sehnsüchtig.

»Ich vermisse dich auch.« Er schaut mich mit seinen blauen Augen innig an. »Wie läuft's mit dem Buch?«

Ich erzähle ihm von meinen Recherchen.

»Das war nett von ihm«, bemerkt er, als er hört, dass Charlie gestern mit mir nach Lansallos gefahren ist.

»Er ist ein netter Kerl. Du würdest ihn mögen.« Unvermittelt werde ich nervös, zwinge mich aber weiterzureden. »Es war echt lustig gestern Abend ... Wir haben uns darüber unterhalten, dass es uns so fehlt, in den Arm genommen zu werden. Er vermisst seine Frau, und ich vermisse dich. Schließlich haben wir's getan.«

»Oha!«, ruft er scherzhaft.

»Also, wir haben uns umarmt, meine ich!«

Er lächelt. »Möchte doch schwer hoffen, dass das alles war.«

Ich werde rot, und er schüttelt gutmütig den Kopf.

»Du weißt, dass es mir nichts ausmacht, wenn du menschliche Wärme brauchst, falls du dir deswegen einen Kopf machst.« Er kennt mich so gut. »Solange nicht mehr dran ist«, fügt er hinzu. »Ich bezweifle, dass er sich so schnell nach einem Ersatz umschaut.«

Ich zucke zusammen. »Nein, Nickis Tod ist noch nicht mal ein Jahr her. Und überhaupt, es wäre doch gruselig, wenn er an ihrer Ghostwriterin Gefallen fände, oder?«

»Stimmt, das wäre total gruselig.«

So ähnlich hat es Charlie gestern auch ausgedrückt.

»Wie kommst du mit dem kleinen Hosenscheißerchen zurecht?«, erkundigt sich Elliot.

Ich zucke die Achseln. »April ist echt niedlich.«

»Nicht, dass du in der Hinsicht plötzlich Gelüste bekommst, Bridget ...« Er sagt es wie eine Warnung, doch ich weiß, dass er mich nur neckt.

Ich lache. »Niemals!«

»Puh!«

Dies ist einer der Gründe, warum Elliot und ich so gut zusammenpassen. Er möchte Kinder genauso sehr wie ich.

Nämlich gar nicht.

Ein Tabuthema, ich weiß, und deshalb hasse ich es, danach gefragt zu werden. Es ist eins der polarisierendsten Themen überhaupt. Die meisten Eltern zeigen keinerlei Verständnis dafür und finden, dass jemand, der sich gegen Kinder entscheidet, einfach nur egoistisch ist, was mich ziemlich wütend macht. Dieses Thema geht niemanden was an außer mich. Dass Elliot und ich in dieser Hinsicht gleich ticken, halte ich keineswegs für selbstverständlich. Viele Paare trennen sich, weil sie sich in der Kinderfrage uneins sind. Das weiß ich aus eigener Erfahrung, und nicht immer war es ein klarer Fall von dafür oder dagegen.

Es fing mit Freddie an, ging in meiner Beziehung mit Vince weiter und erreichte mit Liam einen bitteren Höhepunkt. Noch immer kann ich kaum an Liam denken, ohne dass sich mein Magen verknotet.

Ich bin so dankbar, dass Elliot und ich beide den Keine-Kinder-Grundsatz verfolgen. Ihn gebe ich nicht mehr her, das steht fest.

»Ich habe deinen Dillon-Bericht gelesen«, erzählt er mir.

»Und, wie findest du ihn?«

»Toll. Vor allem, wo es um das langsamste Pferd der Welt und den geschwätzigsten Kutscher geht.«

Diese Bemerkung wurmt mich. Warum rückt er ausgerechnet diese Anekdote so in den Blickpunkt? »Und den Teil über Dillon, findest du den okay?«

»Ja.« Er nickt. »Wirklich nett geschrieben. Daraus wird ein gutes Kapitel.«

Ich sehe ihn stirnrunzelnd an. »Alles okay bei dir?« Er wirkt etwas zurückhaltend, was seine Komplimente angeht.

»Alles gut«, beharrt er.

»Es ist doch immer noch in Ordnung für dich, dass ich diesen Blog schreibe, oder?«

»Na, klar! Mir gefällt die Idee bloß nicht, dass er versucht hat, dich ins Bett zu kriegen, und es wäre mir natürlich lieber, wenn er nicht mehr in dich verliebt wäre ...«

»Er ist nicht mehr in mich verliebt!«

»Klang aber so. Doch, das Projekt ist total cool, und ich mach mir keine Sorgen.«

»Gut, das brauchst du nämlich auch nicht.«

Er grinst mich an, und es frustriert mich wahnsinnig, dass wir keinen Augenkontakt herstellen können.

»Kannst du mal bitte einen Augenblick direkt in die Kameralinse gucken?« Ich möchte unbedingt, dass sich unsere Blicke einmal begegnen.

Er tut wie geheißen, aber es klappt nicht wirklich, denn er starrt einen kleinen schwarzen Punkt an und keine Person, deshalb zeigt seine Miene dementsprechend wenig Gefühl.

»Danke«, murmele ich. Nun schaut er wieder mein Gesicht auf dem Display an.

Als ich von oben zurückkomme, wartet Charlie schon auf mich.

»Komm ich zu spät?«

»Nein, ich bin zu früh«, erwidert er und deutet auf mein Handy. »Elliot?«

»Ja, wir hatten endlich die Möglichkeit, uns auf den aktuellen Stand zu bringen.«

»Alles in Ordnung?«

»Ja, super.« Ich lächele. »Er war gerade unterwegs zum Circular Quay, um sich mit ein paar Kumpeln zu treffen.«

»Was ist dieser Circular Quay?«

»Das ist der Hafen, wo alle Fähren einlaufen«, erkläre ich.

»Gleich beim Opernhaus und der Sydney Harbour Bridge. Da gibt es haufenweise Bars. Und genau dort sind wir uns auch wieder über den Weg gelaufen.«

Darüber möchte er mehr erfahren, und so erzähle ich ihm auf der Fahrt nach Heligan davon.

»Wie seid Nicki und du euch denn wieder begegnet?«, frage ich nach einer Weile.

»Ich habe sie in Padstow entdeckt«, sagt er. »Sie hat sich in einer Kunstgalerie umgesehen, und ich bin gerade daran vorbeigegangen. Als ich sie zufällig durchs Fenster sah – zum ersten Mal seit Jahren –, blieb ich stehen. Mir tat es leid, dass ich so kalt zu ihr gewesen war, nachdem wir miteinander Schluss gemacht hatten. Insofern war das meine Chance, es wiedergutzumachen. Sie schien sich über unser Wiedersehen zu freuen, also habe ich sie gefragt, ob sie einen Kaffee mit mir trinken gehen wolle.«

»Sie hatte immer ein schlechtes Gewissen wegen der Art, wie es zwischen euch geendet hatte.«

Er verfällt in Schweigen. »Es ist irgendwie verrückt, wenn du mit solchen Sachen rausrückst«, sagt er schließlich.

»Oh, sorry!«, rufe ich aus, während er lachend den Kopf schüttelt.

»Das ist schon okay, es ist nur surreal. Es ist, als hättest du sie tatsächlich gekannt.«

»Warum liest du ihre Tagebücher denn nicht?«

»Sie sind nicht für mich gedacht«, sagt er schlicht. »Ich werde sie nie lesen.«

»Aber du wolltest sie aufheben. Nur für mich? Wegen des Buches?«

»Nein. Ich würde es nie über mich bringen, sie wegzuwerfen. Vielleicht möchte April sie ja eines Tages lesen. Das ist ein bisschen seltsam, denn sie würde nichts über ihre Mutter lesen, sondern über die Person, die später ihre Mutter *wurde*. Ich kann nur schwer ermessen, wie ähnlich sich diese beiden Versionen von Nicki waren.«

»Das kann ich auch nicht«, erwidere ich. »Aber ich mag die jüngere Nicki sehr. Sie trifft ein paar schlechte Entscheidungen, aber sie hat ein gutes Herz und hat Humor. Wenn ich sie gekannt hätte, wäre ich gern ihre Freundin gewesen.«

»Ich glaube, du wärst auch gern ihre Freundin gewesen, wenn du sie in späteren Jahren kennengelernt hättest«, erklärt er. »Dich hätte sie ganz sicher gemocht.«

Seine Bemerkung bedeutet mir viel. Sein Geständnis, sie hätte es furchtbar gefunden, dass jemand anderes ihr Buch fertigschreibt, hatte mir zu schaffen gemacht. Nun fühle ich mich in dem Wissen, dass wir Freundinnen hätten sein können, versöhnter mit dem, was ich tue.

»Danke, dass du mir das gesagt hast«, sage ich leise.

»Endlich da!«, rufe ich, als Charlie auf den Parkplatz einbiegt. »Jetzt muss sich der Ausflug aber auch lohnen!«

Gleich beim Eingang befindet sich eine Reihe von Postern mit Fotos und der Geschichte von Heligan. Dank Wikipedia weiß ich darüber zwar schon eine ganze Menge, aber die Bilder machen mich neugierig.

Die Gartenanlage geht bis in die Mitte des 18. Jahrhunderts zurück und ist typisch für den *gardenesque style*, einen Stil, der sich durch völlig unterschiedlich gestaltete Bereiche auszeichnet. Man trifft hier auf uralte Rhododendren und Kamelien, mehrere Teiche, die von einer über einhundert Jahre alten Widderpumpe gespeist werden, Nutzgärten, Ziergärten, einen italienischen Garten und ein ursprünglicheres Areal, das sich in einer Reihe tief eingeschnittener Täler bis zum alten Fischerdorf Magavissey hinabsenkt. Dieses Gebiet ist üppig bewuchert von subtropischen Baumfarnen und enthält Gebiete mit Namen wie »Der Dschungel« und »Das Verlorene Tal«.

Viele Gärtner Heligans kamen im Ersten Weltkrieg ums Leben, und in den 1920ern wurde das Anwesen vom Besitzer vermietet. Die Gärten verwilderten und wurden überwuchert, bis sie in den 1990ern in einem riesigen Kraftakt restauriert wurden.

Eines der Fotos zeigt eine Holztür in einer roten Backsteinwand. Von der anderen Seite fällt Licht hindurch, und darunter befindet sich ein Zitat von Tim Smit, dem Archäologen und Erschaffer von Eden Project: »Wildpferde hätten uns nicht davon abhalten können, diese Tür aufzustoßen.«

Jetzt kann ich es nicht mehr erwarten, endlich loszuziehen.

Charlie holt Aprils Kinderwagen, und auch wenn man damit steilere Wege vergessen kann, kann sie darin zumindest in Ruhe dösen. Immer wieder ermuntert er mich, die Gärten auf eigene Faust zu erkunden – und schließlich tue ich das auch, weil ich die Seilhängebrücke im Dschungel überqueren möchte. Zum Lunch treffe ich mich mit den beiden im Restaurant. Wir besorgen uns Burger und setzen uns an einen der vielen Picknicktische im Schatten der Bäume.

»Warst du hier schon mal?«, frage ich Charlie.

»Nur einmal. Vor Jahren. Es ist schön, mal wieder herzukommen.«

»Es ist unglaublich. Ich schätze, ich könnte mich hier eine ganze Woche aufhalten.«

»Bis du alles gesehen hast, bräuchtest du wohl tatsächlich so lang.«

Ich streiche mir die Haare hinter die Ohren, damit sie mich beim Essen nicht stören.

»Was stellst du eigentlich mit deinen Haaren an, dass sie so wellig werden?« Charlie mustert mich von der anderen Tischseite aus.

»Wenn ich sie an der Luft trocknen lasse, wird das immer so. Durchs Föhnen verschwinden die Wellen automatisch. Ich versuche nicht mal, die Haare zu glätten, das funktioniert sogar ohne Bürste.«

»Es steht dir.« Er wippt April sanft auf seinem Knie.

»Ähm, danke«, erwidere ich verlegen.

»Anders sieht es aber auch hübsch aus.« Offenbar sieht er sich gezwungen, das hinzuzufügen, und nun ist er es, der ein verlegenes Gesicht macht. Er fährt sich mit der Hand durchs Haar, und ich grinse ihn an.

»Mein Haar bräuchte mal wieder einen Schnitt.« Er versucht, es sich aus dem Gesicht zu halten.

»Ich mag es so lang.«

Äh, hallo? Jetzt gebe ich also ungefragt meine Meinung über sein Äußeres ab?

»Ernsthaft?«

Ich zucke die Achseln. »Ja.«

»Ich nehme immer Nickis alte Stirnbänder her, um sie mir aus den Augen zu halten.«

»Ich weiß.«

Er sieht mich fragend an.

»Das kleine Foto von ihr, du weißt schon, das über ihrem Computer-Log-in«, erkläre ich. »Darauf trägt sie das gelbe.«

»Ach, ja stimmt«, erinnert er sich.

»Erinnert mich an Harry Styles, wie er 2013 rumgelaufen ist.«

Angeekelt wirft er seinen Burger auf den Teller.

»Oder war es vielleicht 2014?«, fahre ich fort. »Vielleicht bringe ich da was durcheinander.«

»Na schön, damit ist es aber klar, die Haare müssen ab!«

»Nein, bitte nicht!«, bettele ich und frage mich dann unvermittelt, warum mich das überhaupt interessiert. »Soll ich sie dir mal ein Weilchen abnehmen?« Ich deute auf April. Diese Burger sind köstlich, aber sie mit einer Hand zu essen ist fast nicht möglich.

»Hast du denn schon aufgegessen?«

»So ziemlich.« Ich beiße noch einmal ab und gehe um den Tisch herum zu ihm.

»Bist du sicher?«, fragt er zögerlich, als er sieht, dass noch ein Drittel meines Burgers übrig ist.

Ich kann nicht sprechen und gebe mit vollem Mund zustimmende Laute von mir, bis er mir seine Tochter lächelnd überreicht.

Dann kehre ich an meinen Platz zurück und setze mich rittlings auf die Bank, so dass April in dem Bereich zwischen meinen Beinen aufstehen kann.

»Kein Babyfan«, murmelt Charlie nach einer Weile und schüttelt den Kopf.

»Was?«

»Du hast behauptet, du hättest es nicht so mit Babys. So ein Quatsch!«

»April ist was anderes.« Die Kleine hält sich an meinen Händen fest, geht in die Knie und wippt auf und nieder, dazu gibt sie gurgelnde Geräusche von sich, als ob sie ernsthaft mit mir kommunizieren möchte.

»Möchte Elliot denn Kinder haben?«

Ich versteife mich. Bei seiner gestrigen Frage zu diesem Thema hatte er sich auf Elliot und mich als Paar bezogen, so dass ich mich um eine Antwort drücken konnte. Das ist nun nicht mehr drin, und ich weiß nicht, was ich sagen soll.

Ehrlich währt am längsten, denke ich mir.

»Nein«, erwidere ich also. »Er hat's auch nicht so mit Kindern.«

»Du willst also keine Kinder?«, fragt er mich verblüfft.

»Ist das denn so schlimm?« Ich werfe ihm einen flehenden Blick zu. Bitte richte nicht über mich …

»Nein, es erstaunt mich bloß, das ist alles.«

»Ich rede nicht gern darüber.«

»Na gut«, erwidert er, doch ich weiß, der gute Eindruck, den er hatte, ist vermutlich dahin.

Vielleicht bilde ich es mir ja nur ein, aber danach herrscht eine gewisse Spannung zwischen uns. Ich könnte heulen. Hätte er sich seine Fragen doch nur gespart!

Kapitel 26

Falls mich Charlie nach meiner Keine-Kinder-Enthüllung weniger mag, so scheint er tags darauf schon wieder darüber hinweg zu sein.

»Adam ist im Anmarsch. Wir gehen zum Mittagessen in den Pub, gleich hier in Padstow. Magst du mitkommen?«, fragt er mich bei meiner Ankunft am Samstagmorgen.

»Gern. Bist du sicher?«

»Na klar.«

Ich atme erleichtert auf. In der letzten Nacht konnte ich nicht schlafen, da mir unsere Unterhaltung in Heligan nicht aus dem Kopf ging. Keine Ahnung, wieso mir das so zusetzt – warum sollte es mir etwas ausmachen, was er von mir hält? Und überhaupt: Warum sollte es ihm etwas ausmachen, was ich mir von meinem Leben wünsche? Doch ich hatte das entsetzliche Gefühl, ihn verletzt zu haben, und egal, ob es mir nun was ausmachen sollte oder nicht – es war einfach so. Nun wird mir klar, dass ich überreagiert habe.

Ich gehe nach oben, mache mit meinen Notizen weiter und höre erst auf, als es klingelt. Adams Anblick muntert mich unheimlich auf. Er ist immer so gut drauf. Und anscheinend freut auch er sich über das Wiedersehen.

Eine halbe Stunde später schlendern wir in die Ortsmitte und entscheiden uns für einen anderen Pub als den vom letzten Freitagabend. Dieser hier liegt ein Stück weiter vom Hafen entfernt, hat aber dennoch einen schönen Meerblick. Immer wieder wehen von dem Donut-Transporter gleich gegenüber zuckrige Zimtdüfte hierher. Wir sind früh genug da, um draußen noch einen Tisch zu ergattern – was für das letzte Bank-Holiday-Wochenende fast schon eine Meisterleistung ist.

»Ich hab mir mal deinen Blog durchgelesen«, sagt Adam, der mir gegenüber Platz genommen hat.

»Ach, wirklich?« Sein Interesse freut und überrascht mich.

»Mannomann, manche der Leserkommentare sind aber krass, oder?« Er macht ein entsetztes Gesicht, und ich spanne mich sofort an.

Ich versuche immer, die Trolle auszublenden, und werde gar nicht gern an sie erinnert.

»Wie meinst du das?«, fragt Charlie und sieht seinen Bruder an.

»Bin mir nicht sicher, ob ich sie wiederholen will.« Mit hochgezogenen Augenbrauen blickt Adam zu mir.

»Muss nicht sein.« Hastig schüttele ich den Kopf, während Charlie zwischen uns hin und her sieht. Ich möchte nicht, dass Adam diese Worte laut ausspricht. Nicht hier, nicht jetzt, eigentlich überhaupt nie.

Schlampe ...

Peinlich, dass diese Männer dich auch nur anschauen ...

Innerlich erschaudere ich. »Ist mir egal«, schwindele ich. »So was perlt an mir ab. Die schlimmen Sachen lese ich nicht mal.«

Die jedoch, die mir ins Auge fallen, kriege ich nicht mehr aus dem Kopf.

Du bringst die Frauen in Verruf ...

Für wen hältst du dich eigentlich?

»Freut mich zu hören«, sagt Adam. »Mich hat das echt umgehauen. Ich hatte mit lauter Herzchen, Blümchen und anderem rührseligen Zeug gerechnet, aber nicht mit so was. Die

Menschen können fies sein. Und es sind nicht mal nur die Frauen, oder? Kerle können genauso gehässig sein.«

Blöde Bitch ...

Dreckige Nutte ...

Ich besorg's dir, dass dir Hören und Sehen vergeht ...

Ich wünschte, er würde das Thema wechseln. Unbehaglich rutsche ich auf meiner Bank herum. »Manche Leute haben halt nichts Besseres zu tun«, sage ich mit erzwungener Nonchalance und sehe zu den vorbeiziehenden Segelbooten auf dem Meer.

Die mitleidigen Bemerkungen sind die schlimmsten.

Du tust mir leid ...

Du bist eindeutig gestört ...

Du solltest dir Hilfe suchen ...

Ich richte meinen Blick wieder auf Adam und versuche, selbstsicherer zu klingen. »Hauptsache, der Blog bekommt Aufmerksamkeit und die Leute reden darüber. Alles besser, als dass niemand ihn liest und drüber spricht ...«

»Puh, ich weiß ja nicht ...« Adam schüttelt den Kopf.

Charlie sieht ihn noch immer an.

»Was ist?«, fragt Adam ihn. »Sie will nicht, dass ich es wiederhole!«

»Das will ich auch nicht«, sagt Charlie leise. »Vermutlich solltest du einfach aufhören, darüber zu reden.«

»Sie sagt doch, das perlt an ihr ab!«, verteidigt sich Adam, und mein Gesicht erglüht. »Außerdem gibt es auch haufenweise nette Kommentare. Haufenweise!«

Das ist ja immerhin schon mal was. Ich mag eine Menge Hater haben, aber die meisten sind von meinem Blog auch begeistert.

Dein Blog baut einen so auf ...

Komisch, dass man sich die gehässigen Bemerkungen leichter merkt.

Charlie wendet seine Aufmerksamkeit wieder seiner Tochter zu. April macht sich gerade über die Sandwich-Schnittchen her, die er für sie mitgenommen hat.

»Und überhaupt«, fährt Adam fort. »Ich hab mir deine Website angeschaut, weil ich vor meinem Treffen mit Michelle mehr über Beau erfahren wollte, aber über ihn hast du noch nichts geschrieben, oder?«

»Nein, ich habe noch nichts gepostet.« Vor ein paar Wochen habe ich angefangen, über ihn zu schreiben, den Text aber noch nicht online gestellt. »Und, hat das Treffen inzwischen stattgefunden?«

»Ja, vor ein paar Tagen. Sie hat mich definitiv für denselben Typen in den Wind geschossen, Beau Riley.«

Ich spitze die Ohren. »Ernsthaft? Und stehen sie immer noch in Kontakt?«

»Nein, sie haben sich aus den Augen verloren. Aber sie ist mit jemandem befreundet, der wiederum mit jemandem befreundet ist, der immer mit ihm rumhing, und deshalb will sie versuchen herauszubekommen, wo er jetzt steckt. Wenn er allerdings noch in Bude wohnen würde, wüsste sie davon, meint sie. Er muss also inzwischen umgezogen sein.«

Zu schade. »Verdammt. Ich hatte so gehofft, ich könnte mich mit ihm treffen, während ich hier bin.«

»Wie lang wart ihr zusammen?«, will Adam wissen.

»Ungefähr ein halbes Jahr.«

»Nach Seth?«, meldet sich Charlie zu Wort.

»Genau.« Es überrascht mich, dass er sich erinnert. Ich dachte, er sei von April zu abgelenkt, um viel von unserem Gespräch mitzubekommen.

»Das perfekte Gegengift«, wiederholt er meine Worte vom letzten Freitagabend.

»Beau war ein Schatz«, sage ich voller Wehmut.

Nachdem ich das Japan-Kreuzfahrtschiff mitsamt meiner Mutter verlassen hatte, arbeitete ich wieder freiberuflich als Reiseschriftstellerin. Ich hatte den Auftrag erhalten, einen Artikel über die besten Surfstrände Cornwalls zu schreiben, und Beau war einer der Surfer, mit denen ich mich im Zuge meiner Recherchen unterhielt. Eigentlich sollte ich nur eine Woche in Cornwall bleiben, aber Beau und ich verstanden uns auf Anhieb. Er hatte wildes rotes Haar und ein Gesicht voller Sommersprossen, dazu hellbraune Augen. Beau war ebenso flirty wie ich. Deshalb sagte ich auch spontan ja, als er mich auf eine Party einlud. Das Ganze endete damit, dass wir anschließend in seine WG gingen und betrunken in sein Bett fielen. Eigentlich rechnete ich damit, ich würde für ihn nichts weiter als ein One-Night-Stand sein, doch er weckte mich am nächsten Morgen mit Küssen und bat mich, den Tag mit ihm zu verbringen. Aus dem Haus schafften wir es nur, weil wir Hunger bekamen und er und seine WG-Genossen außer schimmeligem Brot nichts zu essen dahatten.

Mit seinen fünfundzwanzig war er drei Jahre jünger als ich, doch so unorganisiert, wie er war, hätte er auch zwanzig sein können. Er wohnte mit zwei anderen tiefenentspannten Surfern zusammen, die außer der Surferei und Partys nichts im Kopf hatten.

Die nächsten sechs Monate pendelte ich zwischen Bude und London hin und her, sah aber schließlich ein, dass das mit uns beiden niemals funktionieren würde. Beau war total gechillt, was mir in vielerlei Hinsicht gefiel – ich erwartete nicht, dass er sich ändern würde, und das hatte er auch todsicher nicht vor –, aber ich respektierte ihn nicht so wirklich. Mir war er schlicht zu faul, und ich schätze, ich mag Kerle mit mehr Ehrgeiz.

Wir trennten uns in aller Freundschaft. Und wenn ich an ihn

denke, dann immer liebevoll. Er trat in mein Leben, als ich es wirklich brauchte – er war ein riesengroßes Pflaster für meine Seth-und-Mum-Wunde.

Nach dem Lunch geht's zurück zu Charlie, mit Adam im Schlepptau. Als ich am Nachmittag nach unten gehe, um mir etwas zu trinken zu holen, läuft im Wohnzimmer der Fernseher, und ich strecke den Kopf zur Tür hinein.

Die Brüder lümmeln auf den beiden Sofas und verfolgen das Formel-1-Qualifying. Charlie reckt den Kopf und schaut zu mir.

»Heute Abend holen wir uns was zu essen und gucken uns einen Film an«, sagt er. »Bist du dabei?«

»Aber sicher!« Prima Idee.

»Worauf hast du Lust? Indisch? Thailändisch? Chinesisch?«

»Mir egal. Was vom Thailänder vielleicht?« Das kommt mir passend vor.

Er wirft einen Blick zu seinem Bruder. »Ist das okay?«

Adam zuckt die Achseln. »Mir ist alles recht.«

Später fährt Adam los, um das Essen zu holen, und Charlie bringt April ins Bett. Ich weiß nichts Rechtes mit mir anzufangen und stelle mich in die Badezimmertür, während April gebadet wird.

»Kann ich dir irgendwie helfen?«, frage ich Charlie. Er kniet auf dem Boden neben der Wanne.

»Du kannst mir das Handtuch geben. Das weiße da, das hinter der Tür hängt.«

Er hebt seine Tochter aus der Wanne, und ich hülle sie in das Handtuch ein. Er drückt sie an sich, während wir in ihr Zimmer gehen.

»Einen Strampler?« Ich greife nach der obersten Schublade.

»Erst mal eine Windel«, erwidert er mit einem warmherzigen Lächeln. Ich glaube, er mag es, wenn ich ihm helfe, und aus irgendeinem ungewohnten Drang heraus tue ich genau das.

Ich hole eine Windel heraus, öffne sie und lege sie auf die Wickelunterlage.

»Darf ich das machen?«, frage ich, als Charlie April auf die Windel legt. Er wirft mir einen überraschten Blick zu, macht mir aber Platz.

Ich habe ihm schon oft beim Wickeln zugeschaut, doch es erweist sich als schwieriger, als es aussieht. Charlie schmunzelt und kommt mir nach zwei fehlgeschlagenen Versuchen zu Hilfe.

»Sie muss genau in der Mitte liegen, sonst läuft was aus«, erklärt er. Er sieht sich um. »Wo ist ihr Strampler?«

»Hier.«

Wieder überkommt mich ein unerklärlicher Drang zu helfen. April sieht mich lächelnd an und brabbelt glücklich vor sich hin, während ich erst einen und dann den anderen ihrer Füße in den Strampler stecke. Charlie verschränkt die Arme und beobachtet belustigt meine Versuche, ihn zuzuknöpfen.

Nein, so stimmt es noch nicht ...

Mit gefurchter Stirn überlege ich, was ich falsch gemacht habe. Irgendwie scheinen keine Druckknöpfe mehr übrig zu sein, dabei hängt immer noch ein loses Stück Stoff herum.

»Das machst besser du«, gestehe ich meine Niederlage ein.

»Die Druckknöpfe um ihre Windel verwirren mich auch manchmal noch«, räumt er ein, obwohl er genau zu wissen scheint, was zu tun ist.

»Ich fände ja ein Mobile über ihrem Bettchen ganz nett.« Ich schlage ihre Bettdecke auf. Vielleicht könnte ich ihr ja eins zum Geburtstag schenken? Und dann habe ich einen Geistesblitz. »Sag mal, könnte man nicht aus dem Strandglas selber eins machen?«

Mit hochgezogenen Brauen denkt er nach. »Das ist eine wirklich nette Idee. Ich frage mich, ob ich das hinbringen würde ...«

»Mist, war wohl nichts mit meiner Geschenkidee.« Ich sehe mich im Zimmer nach weiteren Inspirationen um. Was könnte April denn noch brauchen? Mal scharf nachdenken ...

»Gute Nacht!«, sage ich und will gehen, als Charlie April in ihr Bett legt.

Ein Schrei lässt mich innehalten. Ich drehe mich um, und sehe, wie April die Arme nach mir ausstreckt. Verdattert schaut Charlie von ihr zu mir.

»Darf ich dir einen Gute-Nacht-Kuss geben?«, frage ich April. Mein Herz klopft ungewöhnlich stark.

Ich gehe wieder zu ihrem Bett, und als ich mich hinunterbeuge, um sie auf die Wange zu küssen, schlingt sie mir die Arme um den Hals.

»Oh, was bist du nur für ein kleiner Schatz.« Ich kann nicht widerstehen, ich muss sie einfach hochnehmen und richtig knuddeln. »Sorry«, sage ich lautlos zu Charlie. Ich weiß ja, er versucht, sie zum Schlafen zu bringen.

Verwirrt schüttelt er den Kopf, als ich sie an mich drücke. »Darf ich ihr ein Lied vorsingen?«, frage ich ihn leise.

»Da!«, bemerkt April.

»Möchtest du, dass Daddy dir was vorsingt?«

Sie starrt mit ihren so blauen Augen zu mir hoch.

»Ich glaube, sie will, dass du es tust«, sagt Charlie. »›Da‹ heißt ja, glaube ich.«

»Soll ich wieder ›Somewhere Over the Rainbow‹ singen?«, frage ich, ohne meinen Blick von ihr zu lösen. Diesmal nickt sie und sieht dabei so süß aus, dass mir das Herz zu platzen droht.

»Leg sie einfach ins Bett, wenn du fertig bist. Eigentlich

sollte sie dann wegdösen. Falls was ist, ruf mich einfach«, flüstert er. Ich warte, bis er das Zimmer verlassen hat, ehe ich zu singen beginne.

Mit einem eigenartigen Gefühl der Rührung ziehe ich mich aus Aprils Zimmer zurück. Als ich bei dem Teil mit den *lemon drops* angekommen war, hatte ich sie ins Bett gelegt und den Rest des Liedes mit meiner Hand auf ihrem Brustkorb gesungen. Ohne einen Mucks hatte sie zugelassen, dass ich das Zimmer verließ. Was ihre abendliche Einschlafroutine angeht, ist sie unglaublich gut zu haben.

»Das ist Kates Verdienst«, erwidert Charlie, als ich von seiner süßen Tochter schwärme. Er sitzt am Küchentisch.

»Das glaube ich gar nicht mal«, erkläre ich entschieden. »Sie ist einfach ein wirklich braves Baby, oder?«

»Sie ist ziemlich unglaublich, ja«, stimmt er mir zu, abgelenkt von seiner Beschäftigung.

»Was machst du da?« Ich schleiche zu ihm.

Sein Werkzeugkoffer steht auf dem Tisch.

»Ich suche gerade nach einem passenden Bohraufsatz«, murmelt er und kramt in dem Koffer herum.

»Für das Strandglas?«

Er nickt, und dann sehe ich ihn – den kleinen Haufen bunter Glasstückchen auf dem Tisch.

»Könnten an dem Mobile nicht auch noch ein paar angemalte Treibholzstücke baumeln?«

Er lächelt zu mir auf. »Die Idee ist mir auch schon gekommen.«

Grinsend setze ich mich zu ihm. »Kann ich dir helfen?« Sobald ich die Frage gestellt habe, rudere ich zurück. »Oh, schon okay, bestimmt willst du das selber für sie machen.«

»Wenn du willst, kannst du gern helfen.« Einen langen Moment sieht er mich an.

Seine Augen! Die sind wirklich ungewöhnlich. So eine Augenfarbe ist mir noch nie untergekommen.

In der Vergangenheit hatte ich Freunde, die anderen Freunden ähnelten. Jorge hatte dieselbe karamellbraune Augenfarbe wie Felix, und Gabes Augen hatten denselben dunklen Ton wie Dillons. Wenn Liam die Stirn furchte, glaubte ich manchmal, David vor mir zu haben, so ähnlich war ihr Gesichtsausdruck dann, und selbst wenn Beau und Freddie sich ansonsten überhaupt nicht ähnelten, musste ich unwillkürlich an Freddie denken, wenn sich um Beaus Augen beim Lachen Fältchen bildeten.

Als ich mir *Star Wars: Das Erwachen der Macht* ansah, identifizierte ich mich total mit dieser kleinen uralten Lady mit der großen, runden Brille, die sagte, wenn man lange genug lebe, sehe man dieselben Augen bei verschiedenen Personen.

Mir ist völlig klar, was sie meint. Ich sehe auch dieselben Augen bei verschiedenen Freunden.

Doch Charlie scheint in jeder Hinsicht einmalig zu sein.

Kapitel 27

»Ich trink noch ein Bierchen«, verkündet Adam um neun.
»Vergiss es, du hast gesagt, du fährst Bridget nach Hause«, erwidert Charlie resolut. Er selbst hat auch schon zu viel getrunken, um sich noch hinters Steuer zu setzen.

»Dann gehe ich eben zu Fuß«, behaupte ich spöttisch.

»Ich würde mich ja nicht mal selber heimfahren«, meint Adam. »Können wir nicht einfach hier pennen?«

»*Du* schon. Bridget wird allerdings nicht auf dem Sofa übernachten wollen.« Charlie wirft mir einen Seitenblick zu.

»Soll das ein Witz sein? Das hier ist das gemütlichste Sofa auf der ganzen Welt!«, erwidere ich. »Am liebsten würde ich es nie verlassen.« Ich stecke gemütlich unter einer flauschigen Decke, die Charlie mir von oben aus irgendeinem Schrank heruntergebracht hat. Wir teilen uns das größere der beiden Sofas. Er hat gemeint, ich könne mich gern darauf ausstrecken, während er am anderen Ende sitzt. Meine Proteste waren erfolglos.

»Wenn du willst, kannst du natürlich bleiben«, sagt er nun.

»Und du bist nicht beunruhigt, wenn Bridget und ich im selben Zimmer übernachten?«, bemerkt Adam frech.

Charlie lacht. »Nein, inzwischen ist mir klar, dass Bridget durchaus imstande ist, dich abzuwehren.«

»Danke, dass du an mich glaubst«, sage ich mit gespielter Aufrichtigkeit zu Charlie.

»Na toll.« Adam erhebt sich. »Will noch jemand eins?«

Ich schätze, er meint ein Bier, und bejahe.

»Wahrscheinlich mach ich mich trotzdem noch auf den Heimweg«, erkläre ich Charlie, als Adam den Raum verlassen und uns noch zugerufen hat, wir sollen die DVD bis zu seiner Rückkehr anhalten. Wir schauen uns gerade *Rogue One: A Star Wars Story* an. Die Filmpremiere im letzten Dezember hatte Charlie verpasst.

Zu der Zeit hatte er ein bisschen viel um die Ohren.

»Du solltest bleiben.« Charlie legt die Hand über meine Fußknöchel. Weiß der Himmel, warum, aber das macht mich ganz wuschig, bis er mir so freundlich in die Zehen kneipt, dass ich ihn einfach nur noch anlächeln möchte.

»Vielleicht.« Ich schaue auf den Bildschirm im Pausezustand.

»Warum braucht Adam eigentlich so lang?«, murmelt Charlie, nachdem wir eine Ewigkeit gewartet haben. »Adam?«, ruft er. Er legt den Kopf schräg und lauscht. »Telefoniert er etwa?«

Ich hebe den Kopf vom Sofakissen und lausche auch. Es klingt eindeutig so, als würde er telefonieren.

»Idiot!« Charlie lässt den Film weiterlaufen.

Kurz darauf kehrt Adam zurück.

»Wir hatten keine Lust mehr zu warten«, sagt Charlie und sieht zu ihm auf. »Was ist denn?«, fragt Charlie seinen Bruder unbehaglich, als dieser sich vor mich hinkniet.

»Das war Michelle«, erklärt mir Adam ernst.

Ich stemme mich hoch und frage mich, was zum Teufel eigentlich los ist. Alles Schelmische ist aus seinem Gesicht verschwunden.

»Bridget, Beau ist vor zwei Jahren gestorben.«

»Was?«, frage ich, als hätte ich ihn nicht richtig verstanden.

»An einer Überdosis Drogen«, erklärt er.

»Nein«, sage ich. »Beau doch nicht!«

Ich setze mich richtig hin. Wie durch einen Schleier bekomme ich mit, dass Charlie den Film wieder angehalten hat. Er sitzt da und start ins Leere.

Würde ich jetzt auf Beaus Sofa liegen, dann würde er es irgendwie fertigbringen, sich in den Spalt hinter mir zu quetschen. Er würde die Arme um mich schlingen und mich fest an sich drücken, so dass wir beide draufpassen. In dieser Position konnten wir stundenlang verharren und dabei fernschauen. Er war so herzlich und liebevoll. Ich habe ihn angebetet. Ihn geliebt. Und nun ist er tot.

Ich kann nicht fassen, dass er tot ist.

Trotz aller Einwände von Adam und Charlie möchte ich nun doch zum Campingplatz zurück. Ich bestehe darauf, zu Fuß zu gehen – ich brauche die frische Luft –, aber ich möchte auch einfach allein sein. Mir ist klar, dass meine Trauer bei Charlie schmerzhafte Erinnerungen wecken könnte.

Ich weiß, dass das, was ich gerade empfinde, sich nicht mit dem vergleichen lässt, was er durchgemacht hat – und noch immer durchmacht. Trotzdem nimmt mich die Nachricht von Beaus Tod unheimlich mit, obwohl er nicht meine große Jugendliebe, mein langjähriger Ehemann oder der Vater meines geliebten Kindes war.

In meinem Kopf rattert es, als ich mich auf den Weg mache. Michelle hat Adam erzählt, dass Beau vor ein paar Jahren in schlechte Gesellschaft geriet, doch selbst wenn er sich auf Partys gelegentlich an Freizeitdrogen versuchte, hätte ich nie gedacht, dass er so weit gehen würde, Heroin zu nehmen.

Was zur Hölle ist mit meinem Beau passiert?

Es tut so weh, darüber nachzudenken.

Hinter mir höre ich Laufschritte und blicke über meine

Schulter, mache mich bereit, auszuweichen, doch stattdessen bleibe ich wie angewurzelt stehen. Charlie!

»Keine Widerrede!«, sagt er entschieden, als er mich eingeholt hat. Schon im nächsten Moment liege ich in seinen Armen, und er hält mich so fest, dass ich kaum noch Luft bekomme.

»Du musst nicht hier sein«, sage ich mit erstickter Stimme.

»Schon klar«, erwidert er. »Ich will aber hier sein.«

Da heule ich los, mitten auf dem Camel-Trail.

In dieser Nacht suchen mich Albträume heim. Beau kommt darin vor, und Charlie, doch als ich aufwache, kann ich mich nicht mehr recht erinnern, worum es ging.

Ich habe das Gefühl, das ist auch besser so.

Beaus Grab befindet sich in Yealmouth, nahe Plymouth, ungefähr anderthalb Stunden von hier entfernt. Charlie hat mir angeboten, mich hinzufahren. Auf der Fahrt bin ich schweigsam. April ist eingedöst, und wir lauschen dem Radio.

Ich habe meine Kamera und mein Notizbuch dabei, aber mir ist nicht danach, etwas zu Papier zu bringen. Die meiste Zeit sitze ich nur da und starre aus dem Fenster.

Beaus Eltern haben sich entschieden, ihren Sohn auf einer Anhöhe mit Blick auf Dartmoor und die Yealm-Mündung zu bestatten. Es handelt sich um einen Naturfriedhof, und sein Sarg besteht aus Weidengeflecht, das naturgemäß wieder zu Erde wird und dem Wachstum der Setzlinge nicht im Wege stehen wird, die zum Andenken an die hier Begrabenen gepflanzt werden. Eines Tages wird der gesamte Hügel mit Bäumen bedeckt sein.

Grabsteine sind nicht gestattet, doch ein Angestellter der Woodland Burial Association zeigt uns die Stelle, an der Beaus Leichnam beerdigt wurde.

Charlie macht mit April einen Spaziergang, damit ich mich in Ruhe von Beau verabschieden kann.

»Ich wünschte, du könntest das Meer sehen, Beau«, flüstere ich, während ich im Gras sitze, umgeben von Wildblumen. Ich lausche dem Lerchengesang und erinnere mich an den Jungen, der sich einst ein Stück meines Herzens nahm.

Nun werde ich ihn nie darum bitten können, es mir zurückzugeben.

»Darüber kann ich nicht schreiben«, erkläre ich Charlie später auf der Heimfahrt. Mein Notizbuch liegt aufgeklappt auf meinem Schoß, die leeren Seiten rascheln im Wind des offenen Fensters.

»Nein«, sagt er. »Natürlich nicht.«

Als ob es wirklich so einfach wäre.

Kapitel 28

»Bridget, du musst unbedingt darüber schreiben«, sagt mir Sara, als wir am nächsten Tag telefonieren. Ich sitze in Nickis Arbeitszimmer, und sie hat angerufen, um zu erfahren, wie es vorangeht. Gerade habe ich ihr erklärt, warum ich nicht über Beau schreiben kann. »Das ist genau die Art von Kapitel, die deinem Buch eine gewisse Substanz verleiht«, fährt sie fort. »Es kann doch nicht nur aus Lockerflockigem bestehen.«

Äh, bitte wie? »Das tut es doch auch gar nicht«, versetze ich gereizt.

»Du weißt schon, was ich meine«, beschwichtigt sie mich. »Momentan fehlt deinen Kapiteln ein wenig die Tiefe. Sie sind witzig, ja, aber wenn du den Leser wirklich für dich gewinnen willst, dann musst du ihm auch deine emotionale Seite zeigen. Dann muss der Text aufrichtiger und intensiver sein. Beau kannst du auf gar keinen Fall auslassen. Ich dachte, über deine Zeit mit ihm hättest du ohnehin schon berichtet.«

Erst letzte Woche hatte ich ihr ein Update darüber geschickt, wie weit ich mit meinem Blog bin.

»Schon, aber ...«

»Dann dürfte es dir ja nicht so schwerfallen, über den gestrigen Tag zu berichten.«

»Also ...«

»Schwerfallen ist der falsche Ausdruck«, unterbricht sie mich. »Aber denk dran, die besten Schriftsteller schreiben schonungslos offen. Sie entblößen sich! Der Grund für den Erfolg von Nickis Buch ist der, dass sie dem Leser Einblick in ihr Herz gewährt hat. Wir empfinden alles mit, was Kit empfindet, jede schmerzliche Entscheidung, die sie fällt, jeden Schmetterling, der sich in ihrer Brust tummelt.«

Flattert, denke ich im Stillen, ein Schmetterling flattert.

»Ich bin keine Schriftstellerin«, fährt sie fort, »aber dir ist doch klar, worauf ich hinauswill.«

Leider schon.

Noch immer verstehe ich nicht, wie Nicki so authentisch beschreiben konnte, dass ihre Heldin Kit nicht nur einen, sondern zwei Männer liebt. Die Liebe, die sie schildert, ist so tief, so leidenschaftlich, dass ich mir nicht sicher bin, ob ich so etwas je empfunden habe oder zumindest in dieser Intensität.

Na ja, außer bei Elliot, als wir sechzehn waren. Aber das war die erste Liebe. Und die erste Liebe, so leidenschaftlich sie auch sein mag, hat nicht zwangsläufig lange Bestand.

Ich kann es immer noch nicht fassen, dass wir uns wiedergefunden haben. Seitdem sind wir reifer geworden, erfahrener. Diesmal könnte unsere Beziehung wirklich von Dauer sein.

Keine Ahnung, warum ich in diesem Augenblick an Charlie denken muss, aber es ist so.

Entschieden schiebe ich ihn aus meinen Gedanken und knalle die Tür hinter ihm zu.

Irgendwie kriegt mich Sara schließlich doch dazu, etwas über Beau zu schreiben, doch vor Charlie erwähne ich das lieber nicht. Ich habe nämlich den entsetzlichen Verdacht, dass er von mir enttäuscht sein würde.

Am Montagnachmittag knöpfe ich mir wieder die zweite Buchreihe auf Nickis oberstem Regal vor. Die Bücher sind total verstaubt, und ich muss husten, als ich ein paar davon herunterzunehmen versuche, ohne von Nickis Drehstuhl zu fallen. Leider sind die meisten davon einfach nur alte Schulbücher.

Ich blättere kurz in ihrem Prüfungstrainer für den A-Level in Englisch – und wenn auch nur aus nostalgischen Gründen. Dasselbe Buch hatte ich nämlich auch. Ein einzelnes Blatt Papier flattert heraus und landet auf dem Teppich.

Ich bücke mich und hebe es auf. Es sieht wie ein Gedicht in Nickis Handschrift aus.

> *Ich bestehe nicht aus einem großen Ganzen*
> *Sondern aus vielen kleinen Stücken*
> *Getrennt und doch vereint*
> *Eines davon gab ich dir*
> *Nun ist ein Teil davon gestorben*
> *Jedes Mal, wenn du mich verletzt*
> *Jedes Mal, wenn du mich zum Weinen bringst*
> *Verkümmert in mir*
> *Das kleine Stück, das du von mir besitzt*
> *Noch ist es am Leben*
> *Noch hast du mich nicht verloren*
> *Andere hingegen schon*
> *Andere haben mich verloren*
> *Und das solltest du nicht*
> *Vergessen.*

Ich setze mich auf den Stuhl, und mir läuft ein Schauder nach dem anderen den Rücken hinunter. Mein Puls rast. Das kann doch kein Zufall sein! Wann hat Nicki das geschrieben?

Ich drehe das Blatt um, doch es steht kein Datum darauf.

> *Ich bestehe nicht aus einem großen Ganzen*
> *Sondern aus vielen kleinen Stücken*

Sie hat genauso empfunden wie ich.

*Eines davon gab ich dir
Nun ist ein Teil davon gestorben*

Von wem spricht sie da? Wem hat sie ihr Herz geschenkt?

Hat sie dieses Gedicht geschrieben, als sie noch zur Schule ging? Geht es um Isak?

Oder um Charlie?

Ich frage mich, ob ich es ihm zeigen sollte – was, wenn es ihn genauso hart trifft wie neulich die Sache mit dem Herz aus Treibholz? Das war ein furchtbarer Tag, andererseits schien Charlie sich danach irgendwie besser zu fühlen.

Dieses Gedicht ist wichtig für meine Arbeit. Nicki schreibt darin von ihren Gefühlen, von ihrem Herzen. Es wäre wirklich interessant zu erfahren, wann sie es verfasst hat. Charlie hat ja gesagt, ich könne ihn alles fragen. Seine Mutter werde ich deswegen wohl kaum anrufen.

Als ich das Arbeitszimmer verlasse, hält April noch brav ihr Schläfchen, und ich frage mich, ob ich Charlie wirklich bei der Arbeit stören sollte. Schließlich gehe ich nach unten, um mir einen Tee zu machen, und nehme das Gedicht mit, falls er zufällig gerade hereinkommen sollte. Und genau das tut er.

»Hey!« Er tritt durch die Terrassentüren in die Küche und wischt sich den Schweiß von der Stirn. Mir fällt auf, dass er heute gar nicht Nickis Stirnband trägt. »Gott, ist das heiß!«

»Magst du einen Tee?« Ich stelle das Radio an und fülle den Wasserkocher.

»Danke, aber ich brauche eher was Kühles.« Er holt sich ein Glas aus dem Schrank und öffnet den Kühlschrank. Dabei fällt sein Blick auf das Blatt Papier, das auf der Arbeitsfläche liegt. »Was ist das?«, fragt er, und ich spanne mich an.

»Das ist aus einem von Nickis Büchern rausgefallen. Kennst du es?«

Beklommen beobachte ich, wie seine Augen beim Lesen der Verszeilen vor- und zurückschnellen.

»Nein«, murmelt er schließlich und dreht das Blatt um.

»Es steht kein Datum darauf«, erkläre ich ihm. Zum Glück bleibt er ganz ruhig.

»Sieht nach ihrer Handschrift zu Schulzeiten aus«, bemerkt er. »Es ist ziemlich melodramatisch, und das passt auch zur Nicki von damals.«

»Meinst du, es geht um dich?«

Seine Mundwinkel wandern nach unten. »Glaub ich nicht. Das Gedicht schreit doch förmlich danach, dass es von Isak handelt.«

Er klingt gereizt. Ich gehe zu ihm und lehne mich an die Arbeitsfläche, während er sich das Gedicht nochmals durchliest.

»Ich schätze mal, ich bin einer von den ›anderen‹, die sie darin erwähnt«, meint er trocken. »Zusammen mit Samuel.«

»Ach, dieser Samuel!«, stöhne ich. »Der scheint ja ein echtes kleines Arschloch gewesen zu sein.«

Charlie grinst mich an und entspannt sich ein wenig. »War er auch. Blödmann.«

Ich deute auf das Gedicht. »Wie fühlst du dich, wenn du das liest?«

»Nicht so toll«, gesteht er. »Es ist zwar lange her, doch es kommt alles wieder hoch dadurch, wenn ich ehrlich bin.«

Er stößt sich von der Arbeitsfläche ab, legt das Blatt mit dem Text nach unten auf die Theke und gießt sich Apfelsaft ins Glas.

»Sara möchte, dass ich meinen Text über Beau veröffentliche«, gestehe ich und zucke dann erstaunt zusammen, weil ich diese Info doch eigentlich für mich behalten wollte. Solange es geht zumindest.

»Und, tust du's?«

»Denk schon. Ihre Argumente hatten was für sich.«

Weder sagt er etwas, noch sieht er mich an.

»Ich mach dann mal weiter«, sagt er nach einer Weile. Er klingt ein wenig genervt, und mir ist unwohl.

»Klar«, erwidere ich.

Als ich an diesem Abend an Hermies gelbem Tisch über Beau schreibe, geht mir Charlies Enttäuschung nicht aus dem Kopf. Ich versuche, die Gedanken an ihn zu verdrängen und mich auf den Text zu konzentrieren, doch das ist leichter gesagt als getan.

Kapitel 29

»Ich komme nach Cornwall!«, ruft Marty am Dienstagabend ins Telefon und lacht.

»Wirklich?«, frage ich aufgeregt. »Wann denn?«

»Diesen Freitag, Baby! Ted geht zu einem Junggesellenabschied, und ich fahr zu dir. Aber so was von!«

Ich habe das Gefühl, sie hat sich in letzter Zeit ein bisschen zu viel amerikanisches Fernsehen reingezogen. Als wir mit Anfang zwanzig zusammenwohnten, war sie besessen von US-Highschool-Schnulzen.

»Ich kann's gar nicht *erwarten*, dich zu sehen!«, ruft sie.

An dieser Stelle würde ich mich gern bei Teds Freund für sein Entgegenkommen bedanken. Ein Hoch auf die Ehe!

»Kommst du mit dem Auto?«

»Jo, gleich nach der Arbeit geht's los.«

»Im Berufsverkehr? Da brauchst du eine Ewigkeit!«, sage ich alarmiert. »Kannst du nicht früher kommen?«

»Nein, wir wollen Anfang September über ein verlängertes Wochenende wegfahren, da kann ich es mir nicht leisten, noch mehr freizunehmen.«

»Aha, schade. Dann lassen wir es am Samstag dafür so richtig krachen.«

»Aber hallo!«

Am Mittwochmorgen begegne ich auf dem Weg zu Charlie zufällig Jocelyn. Sie verlässt gerade ihr Haus.

»Na, habt ihr was Nettes vor?«, frage ich lächelnd mit Blick auf Thomas, der offenbar gerade dabei ist, seine Schuhe wegzukicken.

»Ja, wir gehen zur Musikgruppe.« Sie strahlt. »Thomas liebt sie. Ich hab schon versucht, Charlie zu überreden, dass er und April mitkommen.«

»April ist verrückt nach Musik!« Ich frage mich, warum Charlie nicht auf ihren Vorschlag eingeht. »Bist du gerade auf dem Weg dorthin?«

»Ja!« Ihre Augen leuchten auf. »Meinst du, du könntest ihn rumkriegen?«

»Das bezweifle ich. Wo findet die denn statt?«, frage ich trotzdem.

Als ich ins Haus komme, räumt Charlie gerade den Frühstückstisch ab. Ich erzähle ihm vom Gespräch mit Jocelyn.

»April wäre hin und weg«, sage ich mit Überzeugung.

Er zuckt die Achseln. »Vermutlich, ja.«

»Warum gehst du dann nicht hin? Zeitlich würde es sich doch gut mit ihrem Mittagsschlaf vereinbaren lassen, oder?«

»Mmm. Schätze schon.«

»Du gehst nie zu irgendwelchen Spielgruppen mit ihr. Jocelyn dagegen ist ständig unterwegs.«

»Du musst mir jetzt kein schlechtes Gewissen machen«, murmelt er.

»Aber wieso magst du denn nicht?«, hake ich nach.

»Ich will einfach nicht der verwitwete Dad sein, okay?«

Sein scharfer Ton bringt mich zum Schweigen.

»Sorry«, meint er zerknirscht. »Ich kann mir nur nicht vorstellen, inmitten all dieser Mütter zu sitzen. Dass das scheiße ist, weiß ich. Aber zu so was kann ich mich einfach noch nicht aufraffen. Es ist ja nicht so, dass ich nichts mit April unternehme.«

»Na ja, wäre halt gut für sie, mal unter Kinder zu kommen, meinst du nicht?« Ich sage das sehr behutsam.

»Wenn dir so sehr daran liegt, warum gehst du dann nicht mit ihr hin?«, fragt er. Ganz schön kindisch!

Ich stutze kurz. »Gut, dann mach ich das eben.«

»Was?«

»Ich gehe mit ihr hin«, sage ich entschlossen. »Ist das okay?«

»Was, jetzt?« Er schaut total verwirrt drein.

»Warum nicht? Ich könnte noch rechtzeitig dort sein und nachher entsprechend länger arbeiten.«

»Das musst du doch nicht tun ...«

»Ich möchte aber.« Zu meiner Verwunderung geht mir auf, dass das stimmt. »Darf ich?«

»Ist das wirklich dein Ernst?«

»Wenn ich mich beeile, könnte ich sogar noch Jocelyn einholen.«

Einen langen Augenblick sehen wir uns an. Er versucht zu ergründen, was in mich gefahren ist. Ich versuche das lieber gar nicht erst.

»Okay«, meint er schließlich, noch immer erstaunt.

Er hilft mir, alles für April fertig zu machen, schaut zu, wie ich sie in ihren Kinderwagen schnalle, und sieht uns hinterher, als wir uns auf den Weg machen.

Es war die richtige Entscheidung! April ist ganz in ihrem Element!

Kichernd halte ich ihre Hände und bringe sie zum Klatschen, während irgendein Irrer mit seiner Gitarre vor uns herumtanzt.

Selbst ich habe Spaß. Der Typ spielt Songs von den Beatles, den Stones, den Monkeys ... und wir rocken voll ab.

Alle Mamis singen mit, und die Babys werden völlig gaga. Als der Gitarrist die Seifenblasen heraushohlt, drehen die Kids durch, rempeln sich gegenseitig an in ihrem Eifer, die kleinen zerplatzenden Schönheiten einzufangen. Selbst als zwei von ihnen mit den Köpfen zusammenknallen, gibt es kein großes Geheul.

Auf dem Heimweg bin ich noch immer bester Laune.

»Das war so cool!«, schwärme ich.

»Ich weiß!«, erwidert Jocelyn. »Was meinst du, kommst du nächste Woche wieder mit?«

»Wenn Charlie nicht hingehen will, vielleicht schon.«

»Das wäre toll!«

Sie schenkt mir ein warmherziges Lächeln, und es rührt mich, dass sie sich darüber freuen würde. »Wie geht's eigentlich mit dem Buch voran?«, fragt sie.

»Ganz okay. Ich bin noch immer bei der Recherche. Das Schreiben kommt erst noch.«

»Ich könnte so was nicht«, meint sie. »Das muss doch total überwältigend sein.«

»Ja, ist schon nicht ohne«, stimme ich ihr zu. »Wenn ich an die Leser denke, wird mir schon mulmig. Daher versuche ich, mich auf die Story zu fokussieren und die Erwartungen der Leser möglichst auszublenden.«

Sie sieht mich mitfühlend an. »Nun, wenn du Feedback brauchst, oder auch nur eine Pause, dann weißt du ja, wo du mich findest.«

Wir erreichen Charlies Haus und bleiben stehen. »Danke«, sage ich lächelnd. »Das ist wirklich sehr nett von dir.«

»Du könntest auch immer April mitbringen«, schlägt sie vor.

»Wäre doch schön, wenn sie und Thomas Freunde würden.«

»Stimmt«, sage ich, auch wenn eine kleine Nörgelstimme in mir darauf hinweist, dass es nicht meine Aufgabe ist, mit ihr zu einem Spieldate zu gehen.

Als ich die Haustür aufsperre, ist Charlie hinten im Garten und arbeitet, doch er kommt sofort herein.

»Na, wie war's?« Noch immer scheint ihn diese Wendung der Ereignisse zu verwundern.

»Unglaublich. Dieser Typ war irre!«

»Wer?«

»Der Typ, der die Musik macht. Der war überall gleichzeitig! Ist mal hierhin gesprungen, mal dahin. Einmal hat er sich sogar an den Dachsparren gehängt und so getan, als wäre er ein Affe. Nächste Woche musst du einfach hingehen.«

Charlie macht ein zweifelndes Gesicht.

»Wenn du's nicht tust, mach ich es. Und überhaupt, wenn du mit ihr hingehst, komme ich vermutlich mit. Die Stunde in der Musikgruppe war das Beste, was ich die ganze Woche getan habe.«

Er fängt zu lachen an.

»Das ist mein Ernst! Und April war hin und weg. Sie war völlig aus dem Häuschen. Jetzt weiß ich auch, was ich für ihren Geburtstag besorge.«

»Was denn?«

»Ein Tamburin oder so. Weißt du, wo man hier in der Gegend Musikinstrumente für Kinder kaufen kann?«

»In Padstow gibt es einen Spielzeugladen.«

»Den seh ich mir mal an. Ansonsten muss ich Marty am Samstag zwingen, etwas weiter weg zu fahren.«

»Sie kommt her?«

»Ja.« Ich lächele ihn an. »Am Freitag spätabends. Ich glaube, unseren großen Ausgehabend sparen wir uns für Samstag auf. Hast du da schon was vor?«

»Außer mit einem Essen vom Bringdienst auf dem Sofa zu sitzen und einen Film zu schauen? Nö.«

»Könntest du dir einen Babysitter organisieren? Samstags kann deine Mum ja nicht, oder?«

»Äh, nein, und ich bin mir nicht wirklich sicher, was ich jetzt schon von Babysittern halten soll. Aber wie auch immer, du wirst mich doch wohl nicht mitschleppen wollen, wo du mich ohnehin schon die ganze Woche siehst.«

»Ich fänd's schön, wenn Marty und du euch kennenlernen würdet«, gestehe ich. »Vielleicht könnten wir uns ja zusammen auf einen Cream Tea oder so was treffen?«

»Okay.« Er schenkt mir ein Lächeln, das in meinen Bauch denselben Effekt hat wie ein Heizkörper, und plötzlich höre ich im Geiste die Eröffnungszeile von Elton John's »Your Song«. Ich fühle mich in der Tat *a little bit funny*. Mit dieser Melodie auf den Lippen, gehe ich nach oben.

»Pizzaabend«, meint Charlie am Nachmittag darauf.

»Kommst du rüber?«, frage ich erwartungsvoll.

»Darf ich denn?«

»Ich fänd's toll! Diesmal nimmst du aber einen Schlafsack mit, hm?«

»Ich dürfte also wieder in deiner Garderobe pennen?«

»Stell dich mal darauf ein.«

»Hat April dich nicht wachgehalten?«

»Das hat mir nichts ausgemacht«, beteuere ich. »Was ist denn?«, frage ich angesichts seines Gesichtsausdrucks.

»Nichts, nichts«, erwidert er, aber er scheint sich mit Mühe ein Lächeln zu verkneifen.

An diesem Nachmittag spazieren wir gemeinsam den Camel-Trail entlang. Ich schiebe Nickis Fahrrad, damit wir uns unterhalten können. April deutet auf die Boote und die Vögel und die Hunde und die Fahrräder und alles andere, woran sie Gefallen findet, weshalb wir nicht viel miteinander reden.

Inzwischen habe ich das Ende von Nickis Notizbüchern und Tagebüchern erreicht und mich auch schon durch die meisten Stellen aus den Büchern gearbeitet, die mit gelben Klebezetteln markiert waren. Oben auf dem Bücherregal habe ich noch zwei weitere Romane über Personen entdeckt, die zwei Ehen gleichzeitig führen, und bin inzwischen davon überzeugt, dass in Nickis Buch Kit sowohl Morris als auch Timo heiraten sollte. Allerdings ist mir immer noch nicht ganz klar, wie sich das Ganze schließlich klärt.

Denn es *wird* sich klären.

Ich mag Kit wirklich, trotz allem, was sie getan hat und tut, aber für so riesige Fehler wird sie büßen müssen.

Ich bin mir nicht sicher, ob es das ist, was Nicki gewollt hätte, aber nun stehe ich hinterm Steuer, und Kit muss die Konsequenzen tragen.

Denn angenommen, Kit würde schwanger. Dann wüsste sie ja nicht mal, wer der Vater ist. Was für eine Art von Mensch bringt sich in so eine Situation? Was würde sie tun? Würde sie den beiden reinen Wein einschenken und hoffen, dass der Vater neun Monate später noch da ist, wenn der Vaterschaftstest durchgeführt wird?

Glaube ich eigentlich nicht.

Ob sie es drauf ankommen lassen und die Schwangerschaft vor einem von ihnen verbergen würde, bis sie das Kind zur Welt gebracht hat? Wäre das überhaupt machbar?

Und wie könnte sie es gegebenenfalls großziehen? Wo würde sie es großziehen? Wenn sie Morris als den Vater wählen würde – wie könnte sie es dann ertragen, von ihrem Sohn oder ihrer Tochter getrennt zu sein, während sie auf Reisen ist?

So ein Doppelleben hätte es schon extrem in sich. Kinderlos mit Timo und zugleich ein Leben als Mutter von Morris' Kind.

Darauf würde sie sich garantiert nicht einlassen. Das wäre auf Dauer wohl auch nicht machbar, selbst wenn sie es wollte.

Vielleicht stellt sich ja heraus, dass sie keine Kinder bekommen kann ... Oder vielleicht beschließt sie, dass sie es nicht will.

Oder vielleicht möchte sie Kinder, doch ihre Kinderlosigkeit ist die Strafe dafür, dass sie zwei Männer gleichzeitig liebt ...

Unvermittelt bleibe ich stehen.

»Was ist?«, fragt Charlie.

»Mir ist gerade eine Idee gekommen. Ich komm gleich nach, ich möchte sie mir nur schnell aufschreiben.«

Das ist es, denke ich aufgekratzt, während ich mein Notizbuch hervorhole und Charlie mit April im Kinderwagen schon mal weitermarschiert. Kit hat sich immer eine Familie gewünscht, doch nachdem sie beschlossen hat, Morris und Timo zu heiraten, weiß sie, dass sie dieses Opfer bringen muss.

Doch Morris wünscht sich Kinder so sehr, dass ihre Beziehung daran zugrunde geht, als sie sich weigert, darauf einzugehen.

Das ist es! Ich hab's!

Morris macht Schluss!

Allerdings kann Kit nun ohne Probleme Kinder mit Timo bekommen ...

Würde sie das? Vielleicht möchte Timo ja keine ...

Klingt abgefahren, aber zumindest habe ich jetzt schon mal eine grobe Richtung.

Schließlich sitzen Charlie und ich wieder oben auf der Wiese, wo wir den Sonnenuntergang beobachten, während April tief und fest in meinem Bett schläft. Diesmal hat er das Babyphon mitgenommen, daher sind wir nur so weit hinaufgestiegen, wie das Gerät Empfang hat. Eine Picknickdecke habe ich auch dabei. Wenn ich Shorts trage, pikst das Gras einfach zu sehr.

»Justin und Julia sind richtig nett, oder?«, sage ich.

»Ja, die beiden sind klasse.«

Justin und Julia hatten sich zuvor auf eine Pizza zu uns gesellt. Mir gefällt es, wie entspannt Charlie in ihrer Gesellschaft ist.

»Kennst du eigentlich Jocelyns Mann?«, frage ich.

»Edward? Ja.«

»Und wie ist er so?«

»Der ist in Ordnung. Ein bisschen bieder vielleicht. Warum fragst du?«

»Weil du nicht viele Freunde mit Kindern hast. Ich frage mich nämlich, ob es nicht gut wäre, wenn du jemanden hättest, mit dem du dich über Kinderkram unterhalten kannst.«

»Vielleicht?« Er zuckt die Achseln. »Aber möchtest du mir nicht mal von deiner Idee erzählen?«

Eigentlich wollte er mich ja beim Schreiben des Romans betreuen, doch er stellt mir kaum je Fragen darüber.

»Möchtest du sie wirklich hören?« Ich lehne mich zurück.

»Ja.«

Nervös erkläre ich ihm meine Idee. Sein Gesicht zeigt wenig Emotionen, aber er hört mir genau zu, den Blick stur auf die Sonne gerichtet, die hinter den Baumsilhouetten langsam untergeht. Sein Schweigen verunsichert mich total.

»Was hältst du davon?«, frage ich schließlich.

»Klingt gut, finde ich.« Er trinkt einen Schluck Bier.

»Wirklich?«

Er sieht mich an. »Ja. Den Lesern wird es bestimmt gefallen.« Er wendet den Blick wieder ab. »Das mit dem Fremdgehen finde ich persönlich ja nicht so toll, aber, hey, das scheint sich zu verkaufen.«

»Ja, sieht so aus.«

Schweigend schauen wir zu, wie die Sonne ganz untergeht und einen orangenen Schein hinterlässt, der das schwarze Geäst zu entflammen scheint und von dort in den Himmel lodert.

»Da ist er«, sage ich, als der erste Stern funkelnd am Himmel erscheint.

»Na, Lust auf ein weiteres?« Charlie deutet auf meine Flasche.

»Warum nicht?«

»Bin gleich zurück. Ich seh nur mal kurz nach April.«

»Kannst du mir eine Decke mitbringen? Bin zu faul, um runterzugehen und mir eine Jeans anzuziehen.«

Sein Blick schweift über meine Beine. »Na, klar.« Er dreht sich um und marschiert nach unten. Ich sehe ihm nach.

Der Abend schreitet fort, und noch immer machen wir keine Anstalten, unseren Aussichtsplatz zu verlassen. Wir verbringen die Zeit damit, über alberne Dinge zu plaudern – James Bond, alte Fernsehserien – nichts Tiefschürfendes, aber es ist nett. Ich habe keinen Schimmer, wie spät es ist. Weiß nur, dass es unter der Decke sehr gemütlich ist. Charlie behauptet, ihm sei auch ohne Decke warm genug.

»Ich fass es immer noch nicht, dass du mit April in diese Musikgruppe gegangen bist«, sagt Charlie. »Würdest du wirklich wieder hingehen, wenn ich es nicht täte?«

»Na klar.«

»Du bist so lustig.« Er schüttelt den Kopf.

»Was hab ich denn gesagt?«

»Du bist ein Mysterium.«

Es gefällt mir, wie er mich beschreibt, so cool und mysteriös – bis er weiterredet.

»Dass du keine Kinder willst, nehm ich dir einfach nicht ab. Diese ganze Suche nach echter Liebe – das ist doch Quatsch. Bevor man selber Kinder hat, weiß man ja gar nicht, was wahre Liebe überhaupt ist!«

Mein Lächeln erlischt.

»Liegt es daran, dass deine Mum nicht sonderlich mütterlich war?«, fährt er fort. »Hat sie dir das Muttersein verleidet?«

»Nein, daran liegt es nicht.«

»Und woran dann? An Elliot?«

»Wieso bist du plötzlich so ernst?« Ich frage mich, wie ich damit umgehen soll, wenn er weiter so hartnäckig bleibt.

»Und du ordnest dich seinen Wünschen einfach unter?«

»Nein, ich möchte dasselbe wie er.« Ich sage das voller Überzeugung, doch wenn Charlie noch weiter darauf herumreitet, knicke ich ein, das weiß ich.

Einen langen, unbehaglichen Augenblick starrt er mich an. »Das kauf ich dir nicht ab.« Zwischen seinen Brauen hat sich eine kleine, ungläubige Furche gebildet. »Keine Ahnung, was du dir da einredest, aber es ist Bullshit. Du wärst eine großartige Mutter.«

Er hat ja keine Ahnung, welche Turbulenzen er gerade in mir auslöst.

»Ich kann keine Kinder bekommen«, gestehe ich leise.

»Was?«

»Tja, das zieht die Stimmung gleich runter, was?« Ich werfe die Decke beiseite und rappele mich auf. »Meinst du, die Bar hat noch offen?«

»Die haben schon vor Ewigkeiten dichtgemacht. Bleib!« Er packt mich an der Hand und zieht mich neben sich.

Mit den Ellbogen auf den Knien sitze ich da und starre niedergeschlagen vor mich hin.

»Wie meinst du das, du kannst keine Kinder bekommen?«, fragt er mich sanft.

Ich zucke die Achseln. »Ich kann's einfach nicht.«

»Hast du es versucht?«

Ich lache bitter auf. »Das ist eine lange Geschichte.«

»Wir haben die ganze Nacht Zeit.«

Ich drehe mich zu ihm. Er erwidert meinen Blick, seine Augen schimmern in der Dunkelheit. Ich sehe schnell weg. Und dann fange ich an, ihm die Geschichte zu erzählen.

Kapitel 30

Sie fing an, als ich mit Freddie zusammen war. Oder, besser gesagt: Sie hörte auf. Meine Periode nämlich.

Gleich beim ersten Mal, als meine Tage ausblieben, glaubte ich, schwanger zu sein. Freddie und ich hatten einen furchtbaren Streit. Er war wütend auf mich wegen dieses einen Mals, als wir keine Kondome mehr hatten und ich ihn dazu überredete, einfach rechtzeitig aufzuhören. Das sei allein meine Schuld, meinte er, und er würde auf keinen Fall ein Kind großziehen wollen.

»Ich will kein Kind«, sagte er. »Also treibst du es ab oder ziehst die Sache allein durch.«

Der Schwangerschaftstest war negativ, doch die Erleichterung hielt sich in Grenzen. Freddie und ich steckten in einer Krise. Ich liebte ihn – er war so wild und freiheitsliebend, hatte mir so viel beigebracht –, doch diese Geschichte hatte ihre Spuren hinterlassen. Bald danach verließ er mich.

Ganz ähnlich lief es mit Vince ab – meine Periode kam nur unregelmäßig, doch wenn sie überfällig war, machte ich mir Sorgen. Unsere Beziehung war ziemlich stürmisch. Einmal ging er meine E-Mails durch und entdeckte eine Nachricht von Freddie, in der er sich einfach nur erkundigte, wie es mir gehe. Doch Vince reagierte, als hätte ich ihn betrogen. Vor Eifersucht geriet er in Rage, schlug mit der Faust gegen die Wand und stieß die Möbel um. Als ich dachte, ich könnte mit seinem Kind schwanger sein, war ich entsetzt. Es war eindeutig an der Zeit, das Ende unserer Beziehung einzuläuten.

Bald darauf blieb meine Periode ganz aus. Ich wollte es wohl einfach nicht wahrhaben, denn ich wartete viel zu lang, ehe ich mich endlich untersuchen ließ.

Ich war vierundzwanzig, als ein Doktor mir verkündete, dass ich unter Ovarialinsuffizienz litt. Mit gerade mal vierundzwanzig hatte ich die Menopause hinter mir.

Und würde niemals Kinder bekommen.

Ich war am Boden zerstört.

Zu diesem Zeitpunkt hatte ich bereits Olli kennengelernt. Meine Entscheidung, den Job beim Reisemagazin an den Nagel zu hängen und auf einem Kreuzfahrtschiff zu arbeiten, hing nicht nur damit zusammen, dass meine Chefin aus der Elternzeit zurückkehrte und ich das Gefühl hatte, beruflich herabgestuft zu werden. Der Grund war auch nicht, dass ich von Zeit zu Zeit Olli in Island besuchen wollte.

In Wahrheit musste ich weg. Ich rannte davon.

Zunächst erzählte ich niemandem von meiner Diagnose. Das hätte es realer gemacht, und ich glaube, zu der Zeit wollte ich es einfach nicht wahrhaben. Als die Sache mit Olli und mir allmählich ausplätscherte, stürzte ich mich zum Trost gleich in die nächste Beziehung. An Bord des Kreuzfahrtschiffs ging ich tagsüber meinem Job im Koordinationsteam nach und schrieb an meinem Blog, nachts ließ ich es krachen. Doch manchmal raubten mir die Gedanken an meine wahre Situation auch den Schlaf. Dann lag ich heulend im Bett und stellte mir eine Zukunft ohne Kinder vor. Ich versuchte mich damit zu trösten, dass ich ja eines adoptieren konnte, doch die Erkenntnis, dass ich nie ein eigenes Baby haben würde, machte mich unfassbar traurig.

Bis zu einem gewissen Grad hatte Charlie recht – Mum war als Mutter eine Katastrophe –, und in der Zeit, als ich befürchtete, von Freddie schwanger zu sein, hatte ich mich gefragt, ob ich tatsächlich eine bessere Mutter sein würde. Im Laufe der Zeit versuchte ich mir einzureden, dass ich gar keine Kinder bräuchte, ja, dass ich nicht mal welche wollte. Ich tat alles, um meine Trauer in Schach zu halten. Sie war unerträglich.

Eines Tages trat Dillon in mein Leben. Ich hüpfte vom Schiff, tourte mit ihm und seiner Band durch Irland und stürzte mich in seinen verrückten Lebensstil. Doch als wir seine Eltern besuchten, lernte ich eine andere Seite von ihm kennen. Auf einmal konnte ich mir eine Zukunft mit Dillon vorstellen. Ich hatte mich über beide Ohren in ihn verliebt, aber ich vertraute ihm nicht und hielt diese Unsicherheit einfach nicht aus. Also verließ ich ihn, ehe er mir weh tun konnte. Es tat dennoch weh.

Und dann kam Liam.

Nach fast zwei Jahren auf Achse kehrte ich nach London zurück und nahm einen weiteren Job bei einem Reisemagazin an. Zwischen Liam und mir knisterte es sofort.

Bei einem zweitägigen Arbeitstrip nach San Sebastian in Spanien wurde es dann ernst. Wir waren zu zweit unterwegs, und die Nächte dort reichten, um aus Kollegen ein Liebespaar zu machen.

Ein paar Monate später erzählte ich ihm, dass ich keine Kinder bekommen könne. Ich bemühte mich, dabei meine Gefühle außen vor zu lassen – das Ganze machte mir nämlich immer noch schwer zu schaffen –, und Liam versuchte, stark zu sein und mich zu beruhigen. Natürlich war es noch viel zu früh, um sagen zu können, wohin uns unsere Beziehung führen würde.

Wir waren dann fast zwei Jahre zusammen, doch Liam entstammte einer großen Familie und hatte immer selbst Kinder haben wollen. Als ihm bewusstwurde, dass ich ihm nie Kinder schenken würde, traf ihn das schwer. In meinem Fall war eine IVF-Behandlung nicht möglich, was ihm lange Zeit nicht klar gewesen war. Unsere Beziehung verkraftete das nicht, und er beendete sie.

Inzwischen ist Liam verheiratet und hat zwei Kinder. Ich weiß genau, wo er wohnt, habe mich aber noch nicht überwinden können, ein Treffen mit ihm auszumachen.

Beau habe ich nie von meiner Diagnose erzählt. Er war drei Jahre jünger als ich, und über solche Themen unterhielten wir uns einfach nicht. Tief in meinem Innersten wusste ich wohl auch, dass das mit uns nicht von Dauer sein würde.

Felix und ich führten eine On-Off-Beziehung, doch ich war offen und ehrlich zu ihm. Inzwischen war ich fast dreißig und hatte ein paar Jahre Zeit gehabt, mich mit meiner Situation zu arrangieren. Felix reagierte gut und meinte, wenn es mal so weit wäre, könnten wir ja ein Kind adoptieren. Doch so weit kam es nie. Nach Felix vermied ich es lange, wieder eine Beziehung einzugehen.

Und dann lief mir Elliot wieder über den Weg. Ich brach in Tränen aus, als er mir bald schon erklärte, er wolle nie Vater werden. Mit seinen letzten beiden Freundinnen hatte er Schluss gemacht, weil sie unbedingt ein Kind wollten. Angesichts meiner tränenreichen Reaktion befürchtete er schon, sein Geständnis wäre der Anfang vom Ende unserer Beziehung. Doch dann erzählte ich ihm von meiner Situation und dem Grund, warum Liam und ich uns getrennt hatten. Ich ließ ihn in dem Glauben, ich würde aus Erleichterung weinen, doch innerlich war ich fix und fertig. Seine Weigerung, eine Familie zu gründen, besiegelte mein Schicksal. Wenn wir zusammenblieben, und davon ging ich aus, würde mich nie jemand Mami nennen.

»Insofern tut es weh, wenn du mir solche Sachen sagst wie, dass ich eine gute Mum wäre«, erkläre ich Charlie und wische meine Tränen weg. »Ich habe mir inzwischen erfolgreich eingeredet, dass ich nicht mal Kinder haben *will*. Da brauche ich nicht zu hören, dass ich eine großartige Mutter abgäbe, das reißt nur alte Wunden auf.«

»Es tut mir so leid«, murmelt er mitfühlend.

»Könnte sein, dass es jetzt Zeit für eine Sieben-Sekunden-Umarmung ist«, schniefe ich.

Charlie lächelt mich in der Dunkelheit an. »Gern.«

Er legt sich zurück und streckt die Arme aus. Ohne langes Überlegen lege ich mich zu ihm. Er schlingt die Arme um mich und zieht mich fest an seine Brust.

»Sorry, dass ich so ein Stimmungskiller bin.«

»Sag das nicht. Ich bin ja froh, dass du mir das erzählt hast und ich nicht mehr in ein Fettnäpfchen nach dem anderen treten kann. Tut mir leid, dass ich dich so bedrängt habe.«

»Schon okay, denk dir nichts«, erwidere ich unter Tränen. »Mann, jetzt muss aber mal Schluss sein mit der Heulerei!«

»Hilft es dir, wenn ich dich warne, mir auf mein T-Shirt zu rotzen? Das kenne ich von April schon gut genug.«

Ich lache, und er drückt mich noch ein bisschen fester an sich. Der Schmerz in meiner Brust lässt nach und wird von einer völlig anderen Art des Schmerzes ersetzt.

»Schau nach oben«, flüstert Charlie.

Ich schiebe die Gedanken über meinen konfusen Zustand beiseite und drehe das Gesicht zu einem atemberaubend schönen Sternenhimmel. Es ist eine völlig klare Nacht, und um uns herum ist es dunkel und still – alle anderen schlafen längst. Noch immer habe ich keine Ahnung, wie viel Uhr es ist.

»Danke, dass du so ein guter Zuhörer bist«, sage ich.

»Immer gerne.« Er küsst mich aufs Haar, genau so, wie er es auch immer bei April tut. Meine Kopfhaut prickelt. »Na komm«, meint er dann. »Du klingst müde. Wir sollten besser schlafen gehen, bevor wir hier noch eindösen und jemand das

Jugendamt anruft. Der Akku von Aprils Babyphon gibt demnächst seinen Geist auf.«

Am liebsten würde ich in seinen warmen, festen Armen liegen bleiben, zwinge mich jedoch, mich aufzurichten.

Unsere Blicke begegnen sich in der Dunkelheit. Seine Miene ist ernst. Sekunden, Minuten, Stunden vergehen. Monate, Jahre, eine Ewigkeit ... Und dann fällt mein Blick auf seine Lippen, und ich bekomme am ganzen Körper Gänsehaut.

Überrascht sieht er zu mir auf. Ebenso überrascht sehe ich an mir herunter. Wann bin ich denn aufgestanden?

»Ups.« Mein gesamtes Blut ist mir in den Kopf gestiegen. Ich bin verwirrt, wackelig.

»Alles okay?« Besorgt springt er auf und greift nach meinem Arm. Es fühlt sich an wie ein Elektroschock, und ich trete schnell zur Seite.

»Kein Problem.« Ich heuchle Unbekümmertheit. »Ich versuche nur gerade mein Bestes, nicht hinzufallen und runterzurollen.« Ich lache verlegen. »Das wäre peinlich.«

»Oder witzig!«

»Fordere mich nicht heraus!«

Er lacht, und wir sammeln unser Zeug zusammen und gehen nach unten.

Kapitel 31

Als wir am folgenden Morgen durch die Haustür treten, klingelt Charlies Handy. Es ist Kate.

»Ich hab's auf dem Festnetz probiert«, höre ich sie sagen. »Bei deinem Handy wurde man direkt zur Mailbox weitergeleitet.« Sie klingt vorwurfsvoll, das kriege ich selbst aus der Ferne mit.

»Ich war weg«, erklärt er. »April und ich sind gerade erst zurückgekommen.«

Ich frage mich, was Nickis Schwester sagen würde, wenn sie wüsste, dass Charlie die Nacht bei mir auf dem Campingplatz verbracht hat. Das käme gar nicht gut, fürchte ich.

Fay will ein ausführliches Exposé von mir, bevor ich anfange zu schreiben, daher verbringe ich den Großteil des Tages damit, meine Gedanken vom Vortag zusammenzufassen. Bis es fünf Uhr ist, bin ich erledigt, körperlich wie seelisch.

»Keine Ahnung, wie ich es schaffen soll, wach zu bleiben, bis Marty kommt«, erkläre ich bei meinem Aufbruch.

»Wo schläft sie denn?«, fragt Charlie. »Im Zelt?«

»Oh nein, Marty ist genauso wenig fürs Zeltleben geschaffen wie ich. Marty schläft auf dem Bett im Dachbereich. Sie ist ohnehin nur eine halbe Portion.«

Meine Beschreibung scheint ihn zu amüsieren.

»Sorry, heute stand ich irgendwie neben mir«, sage ich. Tatsächlich aber waren wir *beide* ausgesprochen still. »Am Montag bin ich wieder ganz die Alte, versprochen.«

»Sehen wir uns morgen denn nicht?«

»Ach ja, stimmt! Das hätte ich beinahe vergessen. Bist du immer noch dafür zu haben?«

»Wenn es für dich okay ist?«

»Wo könnten wir denn für einen netten Cream-Tea hingehen?« Ich schultere meinen Rucksack.

»Ich kenne ein gutes Lokal, zu dem ihr am Strand entlang hinwandern könnt. Das Wetter soll ja gut werden. Ihr könntet auch baden gehen, wenn euch danach ist.«

»Oh, ja, das klingt prima!«

»Hast du noch eine Sekunde, dass ich es dir auf der Karte zeigen kann?«

»Na klar.«

Einen Augenblick später kehrt er mit einer Karte zurück und faltet sie auf.

»Das hier ist Harbour Cove.« Er hält die Karte an die Dielenwand. »Ihr parkt hier oben und geht dann diesen Weg zum Strand runter.« Er fährt mit dem Zeigefinger den Weg nach. »Da um diese Zeit gerade Ebbe herrscht, könnt ihr über den Sand zu den Stufen hier in der Hawker's Cove laufen, wo sich die alte Rettungsstation befindet, und diesen Weg hier zur Tee-Einkehr nehmen. Oder aber ihr geht hier runter.« Ich folge der Richtung seines Fingers über den grünen Küstenweg. Charlie steht so dicht neben mir, dass ich seine Körperwärme spüren kann. In einem Flashback erlebe ich noch mal, wie ich am Abend zuvor in seinen Armen lag, und verspüre ein Kribbeln von etwas, das sich verdammt nach schlechtem Gewissen anfühlt.

»Wie heißt das Lokal denn?« Ich rücke lieber ein wenig von ihm ab.

»*Rest a While* oder so ähnlich. Man kann da nett zu Mittag essen oder Tee trinken, und der Ausblick aufs Meer ist phantastisch!«

»Klingt perfekt.«

»Sollen wir uns gegen drei dort treffen?«

»Oder am Strand, wenn du schon früher kommen kannst?«

»Eher unwahrscheinlich. Am Vormittag treffe ich mich mit ein paar Freunden.«

»Alles gut mit dir?«, frage ich ihn unvermittelt. Heute war er wirklich außerordentlich still.

»Ja.« Er faltet die Karte zusammen und reicht sie mir. »Nimm sie mit.«

Besorgt sehe ich ihn an. Nach einem Augenblick erwidert er meinen Blick.

»Mir geht's gut«, sagt er leise. »Ich habe heute nur viel an Nicki denken müssen.«

»Das tut mir leid. Gute Tage und schlechte Tage?«

»Genau. Dann bis morgen, okay?«

Ich verstehe die Andeutung und gehe. Er ist nicht in der Stimmung zu reden. Der ganze Scheiß von mir gestern Abend hat ihn vermutlich plattgemacht. Ich spüre einen weiteren Stich von schlechtem Gewissen und beschließe, mich bis zum nächsten Tag ein wenig aufzumuntern.

An diesem Abend bin ich völlig geschafft. Ich bereite für Marty das Dachbett vor, allerdings trifft sie dann erst um ein Uhr ein. Ich habe ihr genauestens erklärt, wie sie zu mir kommt, doch dafür, dass sie Reiseberaterin ist, hat sie in puncto Geographie und Wegbeschreibungen erstaunlich wenig Durchblick. Als sie schließlich ankommt, schlafe ich bereits und wache erst durch ihr lautes Klopfen ans Fenster wieder auf. Zum Glück ist sie genauso fertig wie ich. Nur zu gern schlüpft sie in ihren Pyjama und geht sofort in die Falle.

Am nächsten Tag schlafen wir beide lange aus, doch als ich

aufwache, gerate ich in Hochstimmung. Sie ist da! Meine Freundin ist da!

Ich krabbele über das Bett und bewege mich unter der nunmehr ziemlich flachen Decke in gebeugter Haltung in den Stehbereich zwischen den beiden Vordersitzen. Dann richte ich mich auf und drehe mich um, bereit, das freundliche Gesicht meiner Freundin zu sehen.

Ziemlich verrenkt liegt sie da, Arme und Beine völlig im Laken und in den Decken verheddert. Ihr Mund steht weit offen, und ihr dunkles Haar wirkt verfilzt. Ihre neue Hornbrille in Schildpattoptik liegt auf der Ablage über dem Fahrersitz – unbebrillt sieht sie immer etwas ungewohnt aus. Kichernd betrachte ich sie ein Weilchen, erinnere mich dann, dass sie sich wie ein Bär mit Schädelweh verhält, wenn man sie zu früh weckt, und mache mich daher an die Kaffeezubereitung. Als sie schließlich die Augen aufschlägt, liege ich im Bett und lese.

»Was zum ... Bridget?«, fragt sie mit dumpfer Stimme.

»Ich bin hier«, erwidere ich kichernd und krabbele wieder über mein Bett. Ihr Kopf erscheint umgedreht über der Kante des Dachbereichs, wobei ihr das Haar bizarr ums Gesicht hängt und mich an den Film *Der Exorzist* erinnert.

»Hey, siehst du unheimlich aus!« Ich weiche schaudernd zurück.

Sie grinst. »Rieche ich da etwa Kaffee?«

»Ja, deiner ist allerdings inzwischen ein bisschen kalt.«

»Her damit!« Sie wedelt mit den Händen.

»Komm erst mal runter.«

»Und wie stell ich das an?« Sie schaut sich den Bereich zwischen den beiden Vordersitzen genau an.

»Erst mal steigst du auf die Kopfstütze des Fahrersitzes, dann auf die Armlehne. Aber vorsichtig.«

Ich unterdrücke ein Lachen, als sie sich mit eingezogenem Kopf zu mir herunterhangelt.

Ich rutsche auf meinem Bett zurück und schiebe die Decken beiseite, so dass sie sich ans Ende setzen und sich dann wieder einkuscheln kann.

»Wie gemütlich!«, meint sie mit einer Spur Sarkasmus und nippt an ihrem Kaffee. »Bäh!« Sie verzieht das Gesicht.

»Warte kurz, ich mach dir einen frischen«, sage ich lächelnd. Ich bin so glücklich, dass sie hier ist!

Eine Ewigkeit sitzen wir da und tauschen uns darüber aus, was in der letzten Zeit bei uns los war. Es überrascht Marty zu hören, dass Charlie und April heute zu uns stoßen werden, doch sie akzeptiert es achselzuckend.

»Schließlich will ich diesen ›flachlegenswerten‹ Typen unbedingt kennenlernen.« Mit hochgezogener Augenbraue sieht sie mich an.

»Hör auf. Er ist wirklich total nett«, sage ich aufrichtig. »Ich hab ein ganz schlechtes Gewissen, dass ich über ihn geredet habe wie über ein Stück Frischfleisch.«

Sie wirkt aufgekratzt. »Trotzdem kann ich es gar nicht erwarten, ihn abzuchecken.«

Als wir zum Strand aufbrechen, fährt Marty, und ich lotse sie zu unserem Ziel und muss mich nicht auf ihren miserablen Orientierungssinn verlassen. Vom Parkplatz aus läuft man noch ein ganz schönes Stück, daher ist es kein Wunder, dass der lange, sandige Strandabschnitt am Ende nur schwach bevölkert ist.

Durch die oberhalb gelegenen Sanddünen ist der Strand windgeschützt, und während des Spaziergangs blicken wir auf die Camel-Mündung. Bei unserer Ankunft ist noch immer Ebbe, und im flachen Gewässer spielen Kinder und Hunde.

Bevor ich einen Ort besuche, der für eine Szene in den

Bekenntnissen in Frage kommt, stelle ich Recherchen an. Daher weiß ich, dass sich der Sand bei Niedrigwasser über anderthalb Meilen erstreckt und Doom Bar genannt wird – Seefahrern wird er schon von jeher zum Verhängnis. Seit Beginn der Aufzeichnungen im frühen 16. Jahrhundert sind über sechshundert Schiffe auf der Sandbank gestrandet.

Es ist ein heißer, sonniger Tag – einer der heißesten, seit ich hier bin – und ideal für den Strand. Marty und ich breiten unsere Handtücher aus und entkleiden uns bis auf unsere Badeanzüge, schmieren uns mit Sonnencreme ein und sonnen uns, wie wir es vor Jahren in den Ferien taten. Für den kleinen Hunger haben wir einen Imbiss dabei, aber gegen zwei ertappe ich mich dabei, wie ich mich aufsetze und den Strandbesuchern mehr Aufmerksamkeit schenke. Immerhin besteht ja die Möglichkeit, dass es sich Charlie anders überlegt hat.

Um fünfunddreißig Minuten nach zwei werde ich hibbelig und stupse Marty an. »Zeit zu gehen!« Ich stehe auf und schlüpfe in meinen Rock.

Wir schlendern an der niedrigen Klippenkante entlang und weichen Kindern aus, die über die Felstümpel klettern, bis wir einen kleinen Sandstrand erreichen. Dann steigen wir an der alten Rettungsstation hoch und folgen einem gewundenen Pfad, der uns zu ein paar Reihenhäusern führt. Als die Teestube in Sicht kommt, vermischt sich das sanfte Klirren von Besteck und Geschirr mit dem Knirschen unserer Schritte auf dem Kiesweg. Genau genommen handelt es sich um ein Gartencafé, das vor einem dieser Häuser liegt. Bei den wenigen Tischen, die es gibt, habe ich binnen Sekunden einen Überblick.

»Charlie ist noch nicht da«, bemerke ich enttäuscht. Eine junge Frau an einem Tisch in unserer Nähe sagt, dass sie und ihr Freund gleich gehen wollen, und wir stellen uns zum Warten etwas abseits. Geistesabwesend suche ich den Weg ab.

Wir sind früh dran.

Und Charlie und April verspäten sich. Bis sie eintrudeln, ist der Tisch frei geworden, und wir haben unsere Getränke beinahe ausgetrunken.

»Sorry, dass wir so spät sind«, sagt Charlie, als er mit April in der Kindertrage durch das Tor kommt. Ich springe von meinem Platz auf.

»Hallo!« Zur Begrüßung drücke ich seinen Arm.

»Hey!«, erwidert er mit einem warmherzigen Lächeln und macht sich daran, die Kindertrage herunterzunehmen. Ich packe mit an, als er sie auf den Boden senkt. Er öffnet Aprils Gurte, dann hebe ich sie heraus und nehme sie mit an den Tisch.

»Marty, das ist April«, stelle ich sie meiner Freundin lächelnd vor. »Und das ist Charlie.« Ich sehe zu ihm und bin auf seltsame Art stolz.

Er beugt sich vor und schüttelt Marty die Hand. »Hallo!«

Oh ja, sie scheint ihn auch ziemlich heiß zu finden.

»Habt ihr schon was bestellt?«, will Charlie wissen.

»Nein, damit haben wir noch gewartet. Ich gehe mit dir rüber zum Bestellen.«

»Was nehmt ihr denn?«, fragt er und überfliegt die Speisekarte an der Theke.

»Cream Tea.«

»Ich auch.« Er bestellt für uns alle, doch ich bestehe darauf zu bezahlen.

»Danke«, sagt er, als wir zurückgehen, und berührt mich dabei am Rücken.

Marty beobachtet uns und macht ein immer verdutzteres Gesicht.

»Wie war deine Fahrt gestern Abend?«, erkundigt sich Charlie höflich bei ihr und setzt sich neben mich.

Ich habe April auf den Knien sitzen und unterhalte sie, während Charlie und Marty höflich Smalltalk machen.

Der Blick von hier ist phantastisch. Das Wasser hat sich so weit aus der Bucht zurückgezogen, dass die Sandbank darunter zum Vorschein kommt. Es sieht aus, als könnte man fast zum Daymer Bay Beach auf der anderen Seite des Camel River hinüberwandern, doch bestimmt ist das Wasser tiefer, als es aussieht. Drüben befindet sich ein großes, weißes Haus, das von Bäumen umgeben ist. Wer dort wohl wohnen mag?

»Na, was habt ihr heute noch so vor?«, wendet sich Charlie an mich.

»Ich glaube, heute Abend sollten wir uns was von Rick Stein zu essen holen. Wärst du dabei?«, frage ich Marty.

»Immer doch!« Sie nickt.

»Vielleicht könnten wir es uns damit irgendwo am Camel-Trail gemütlich machen und auf das Einsetzen der Flut warten.«

»Warst du schon mal am Padstow Beach?«, fragt mich Charlie.

»Ehrlich gesagt noch nicht. Lohnt sich das denn?«

»Ich finde ihn großartig. Ihr könntet euch was zu trinken mitnehmen und den Sonnenuntergang beobachten. Eure Fish and Chips könnten allerdings schon ein bisschen kalt sein, bis ihr dort ankommt. Man braucht rund eine Viertelstunde bis dorthin.«

»Und wie kommt man hin?«

»Hinterm Hafen den Hügel hinauf.«

»Das klingt doch gut. Wollt ihr zwei euch nicht zu uns gesellen?«, frage ich ihn hoffnungsvoll, drücke auf Aprils Nase und gebe einen Piepston von mir. Sie kichert.

»Äh, nein, uns könnte ein ruhiger Abend mal nicht schaden.«

Ich versuche, nicht allzu enttäuscht zu gucken.

April zieht ihren Sonnenhut runter, doch ich setze ihn ihr mit einem entschiedenen »Nix da!« wieder auf. Die Sonne brennt heute ungewöhnlich stark.

»Meinst du nicht, wir sollten den Schirm da drüben herziehen und öffnen?«, frage ich Charlie und deute auf einen Sonnenschirm nicht weit von uns mit einem Ständer, der sehr schwer aussieht.

»April hat haufenweise Sonnencreme drauf«, erwidert er. »Aber wenn wir hier noch länger bleiben, mach ich's.«

Durch die Sonnenstrahlen wirkt sein dunkelblondes Haar goldener als sonst. Seit Sommerbeginn ist es heller geworden.

Die Bedienung erscheint mit unseren Scones, und wir machen uns darüber her.

»Sag mal, was war das denn?«, will Marty wissen, sobald wir wieder im Auto sitzen.

»Was war was?«, frage ich unschuldig.

»Du. Er. Das Baby.«

»Ich weiß nicht, wovon du sprichst.«

»Ihr wirkt ja wie eine richtige kleine Familie!«

»Jetzt sei nicht albern.« Ich deute auf die Zündung. Komm schon. Los geht's.

»Mal im Ernst jetzt«, sagt sie. »Er ist zum Niederknien. Und April ist auch so süß!«

»Moment mal«, winke ich genervt ab, als sie den Motor startet. »Interpretier da jetzt nichts Falsches rein. Ich mag ihn. Sehr!«

»Das ist auch nicht zu übersehen.«

»Er ist ein guter Freund.«

»Und er mag dich auch«, meint sie bedeutungsvoll.

»Als gute Freundin«, beharre ich und blicke nach hinten. »Vorsicht beim Rückwärtsfahren. Da geht's steil runter.«

»Du hättest es auch schlechter treffen können«, bemerkt sie mit einem dreckigen Grinsen, ohne auf meine Anweisungen zu achten, während die Reifen übers Gras rutschen.

»Ach ja, und was ist mit Elliot?«, kontere ich.

Sie zuckt die Achseln, grinst weiter anzüglich und setzt den Blinker nach rechts.

»Wir müssen nach links!«, bemerke ich. Kann sie sich etwa nicht mehr daran erinnern, wie wir hergefahren sind?

»Schon klar«, erwidert sie lässig und blinkt nach links.

Ich verdrehe die Augen. »Dein Orientierungssinn ist echt ein Albtraum!«

Kichernd biegt sie auf die Straße.

Marty hat keine Lust auf eine weitere Wanderung an einen Strand, also kaufen wir uns Fish and Chips und bleiben beim ursprünglichen Plan. Die Sonne scheint noch immer warm, als wir auf einer Bank mit Blick auf die Camel-Mündung sitzen und die einsetzende Flut beobachten. Es riecht ein bisschen modrig, aber der Ausblick macht alles wett.

»Mensch, wir haben uns ja noch gar nicht über deinen Beau-Bericht unterhalten!«, entfährt es Marty. »Die Kommentare waren unglaublich – und gleich so viele!«

Ich gieße gerade Prosecco in unsere mitgebrachten Gläser und bin sofort unentspannt. »Stimmt.«

»Jede Wette, du warst total aus dem Häuschen«, meint sie, als ich ihr das eine Glas reiche.

Den Beitrag über Beau habe ich schon früher in der Woche gepostet, und Sara hat mir per SMS zur Reaktion der Leser gratuliert. Ich habe es noch nicht über mich gebracht, mir die Kommentare durchzulesen. Noch immer fällt es mir schwer, mit seinem Tod klarzukommen.

»Was ist denn?«, fragt Marty, als sie meinen Gesichtsausdruck sieht.

»Ich wollte eigentlich nicht über ihn schreiben.«

»Oh. Tut mir leid, weiß gar nicht, wo ich meinen Kopf hatte. Es liest sich so gut, dass ich fast vergessen habe, dass es wirklich geschehen ist.«

Ich schweige.

»Es tut mir leid«, sagt sie wieder. »Ich hätte dich anrufen sollen.« Sofort hat sie ein schlechtes Gewissen. »Keine Ahnung, warum ich es nicht getan habe. Bin wohl gerade so mit meinem eigenen Leben beschäftigt.«

»Schon gut, mach dir keinen Kopf. Es ist nur ... Beaus Tod war für mich so unerwartet, das ist alles. Sara hat mich überredet, in meinem Blog darüber zu berichten, dabei wollte ich mich in aller Stille von ihm verabschieden.«

Ich erzähle Marty vom Gespräch mit Sara.

»Wo sie recht hat, hat sie recht«, meint Marty.

»Ich weiß. Dadurch wurde es aber auch nicht gerade einfacher.«

Wir essen und blicken schweigend aufs Wasser hinaus.

»Ich habe Beau nie kennengelernt«, sagt sie nach einer Weile.

»Ich bin mir nicht sicher, ob ich ihn je so wirklich gekannt habe«, erwidere ich traurig.

Sie beugt sich zu mir herüber und drückt meine Hand.

»Hey, wie ist das denn passiert?«, rufe ich im nächsten Moment. Gerade noch schien es, als würden wir auf Sandbänke blicken. Nun steht das ganze Mündungsgebiet voller Wasser.

Marty geht auf meinen Themenwechsel ein. »Die Flut kommt schnell, nicht?«

»Schätze schon. Hab aber nicht aufgepasst.«

»Ich frage mich, wie es Ted gerade geht«, sagt sie.

»Vermisst du ihn?«

»Ja.« Sie lächelt sehnsuchtsvoll.

»Darf ich deine Brautjungfer sein?« Das bringt sie zum Lachen. Dabei ist das garantiert nur noch eine Frage der Zeit.

»Du darfst meine Trauzeugin sein«, erwidert sie vergnügt.

»Muss man als Trauzeugin nicht verheiratet sein?« Ich sammle unseren Müll zusammen und stopfe ihn in einen Abfallkorb.

»Besteht denn keine Chance, dass ihr uns noch zuvorkommt?«

»Nicht, wenn Elliot sich auf der anderen Seite des Erdballs befindet und wir bis über beide Ohren in Arbeit stecken.«

Sie steht auf und tätschelt mir mitfühlend den Rücken, bevor sie grinsend erklärt: »Dann eben Erste Brautjungfer. Und überhaupt, wir reden hier über ungelegte Eier. Noch hat Ted mir keinen Antrag gemacht.«

»Aber du denkst, er wird …?«

»Schon, ja.« Sie lächelt verschämt.

»Wie läuft's denn jetzt wirklich mit Elliot?«, fragt Marty auf dem Rückweg zum Campingplatz, und in ihrer Stimme liegt ein vertrauter Unterton, der immer ins Spiel kommt, wenn sie von meinem Freund redet.

»Gut läuft's. Ich vermisse ihn natürlich.« Allerdings nicht so sehr, wie ich ihn zuvor vermisst habe, geht mir auf. »Es ist nur ein bisschen doof, dass wir hier nicht mal ungestört über FaceTime telefonieren können.«

»Verstehe …«

Ich grinse sie an.

»Ist ja auch blöd, so eine Fernbeziehung«, fährt sie fort. »Was meinst du, wie lange du das noch aushältst?«

»So lange es nötig ist, nehme ich an. Es ist nicht dran zu denken, dass ich noch dieses Jahr nach Australien zurückkehren kann, und er hat zu viel zu tun, als dass er herkommen könnte. Allerdings hätte ich ja auch gar keine Zeit für ihn. Deshalb setze ich meine ganze Hoffnung auf Thailand.«

»Thailand?«

»Ich muss da im November hin. Apropos, könntest du mal nach Flügen gucken?«

»Klar. Musst mir nur deine Daten mailen, sobald du sie hast.«

»Mach ich. Wie auch immer, Elliot hofft jedenfalls, dass er dazustoßen kann.«

»Das wäre doch cool. Ich drück euch die Daumen.«

»Danke. Es wäre zwar nur für eine Woche oder so, aber hey, besser als gar nichts!«

Sie zieht die Brauen zusammen. »Kannst du ihn nicht überreden, seinen Job hinzuschmeißen und herzuziehen?«

»Fragt sich, ob ich das je schaffe, aber ich geb nicht auf. Wenn einer einknickt, dann wohl eher ich.«

»Nein, bloß nicht! Wehe!«

Lächelnd lege ich ihr einen Arm um die Schulter und drücke sie kurz.

Egal, wie sehr Marty gerade von Ted vereinnahmt wird und wie wenig Zeit sie deshalb für mich hat, sie findet den Gedanken, ich könnte ins Ausland ziehen, trotzdem unerträglich. Auf meine Partner war sie schon immer eifersüchtig – sogar auf die, die im selben Land oder gar in derselben Stadt wohnten. Dass Elliot in Australien lebt, ist ein großes Problem.

Dabei hat sie ihn noch nicht mal kennengelernt, doch ich weiß, sie würde ihn in ihr Herz schließen.

Sie ist keineswegs die Einzige, die sich sorgt, ich könnte auswandern. Auch Dad hat schreckliche Angst davor.

Wenn ich ehrlich bin, möchte ich es ja gar nicht. Ich fand Australien wunderbar, aber England ist meine Heimat, und es ist viel einfacher, von hier aus zu reisen und die Welt zu entdecken.

Elliot ist zwar in diesem Land aufgewachsen, hat jedoch nicht vor, wieder ganz hierher zurückzuziehen. Er liebt sein Leben in Sydney, die Bars am Hafen, die Strände.

Ja, eine vertrackte Situation, so viel steht fest.

Kapitel 32

Schweren Herzens verabschiede ich mich am Tag darauf von Marty – viel früher als gehofft.

»Ich möchte wirklich nicht im Verkehr steckenbleiben«, meint sie bedauernd.

»Das versteh ich schon. Grüß Ted von mir.«

Er hat sie gestern Abend angerufen, als wir oben auf dem Hügel waren und unsere Proseccoflasche leerten. Zwar war er gerade auf der Junggesellenabschiedsparty, vermisste sie jedoch eindeutig wie verrückt.

Heute Morgen ist sie wieder auf den Hügel gestapft. Sie hielt es keine Minute länger aus, ohne ihn zu hören. Sie kam strahlend zurück. Die beiden sind nach wie vor tierisch verliebt, und ich freue mich so für sie.

Den Rest des Sonntags verbringe ich damit, Wäsche zu waschen und alles ein bisschen besser zu organisieren, ehe ich ebenfalls nach oben klettere, um mich arbeitstechnisch auf den aktuellen Stand zu bringen. Seit Freitag habe ich keinerlei E-Mails mehr gecheckt, und nun sehe ich zu meiner Überraschung, dass mir die Mitarbeiterin einer Fernsehproduktionsfirma geschrieben hat – eine ehemalige Kollegin hat meine Daten an sie weitergegeben. Sie möchte wissen, ob ich Interesse hätte, im Lauf der Woche über meinen Blog zu sprechen. Demnächst ist der Kinostart einer romantischen Komödie, in der das Bloggen eine Rolle spielt, daher wird sich die Show mit dem Thema Beziehungsblogs befassen.

Ich habe wirklich überhaupt kein Interesse daran, doch Sara hat mich von Anfang an zu Fernsehauftritten gedrängt, deshalb sage ich zu in dem Wissen, dass ich viel dankbarer und aufgeregter sein sollte, als ich es bin.

»Guten Morgen!«, schmettere ich Charlie entgegen, als ich das Haus betrete.

»Hallo, Bridget!«, ruft er zurück.

Ich gehe in die Küche, wo er gerade ein wenig aufräumt.

»Na, was habt ihr das restliche Wochenende noch getrieben?«, möchte er wissen.

Ich erzähle ihm, was Marty und ich noch unternommen haben. »Den Padstow Beach muss ich mir ein andermal ansehen«, ende ich.

»Vielleicht könnten wir uns das ja mal für die Mittagspause vornehmen.«

»Das wäre schön.« Ich lächele. »Diese Woche könnte es allerdings schwierig werden. Ich muss nämlich am Donnerstag in London sein. Also werde ich vermutlich am Mittwochnachmittag aufbrechen und am Freitagmorgen zurückkommen. Macht dir das was aus? Die verlorene Zeit könnte ich dann am Wochenende wieder reinholen.«

»Was, du bist zum Pizzaabend nicht da?« Er klingt tödlich beleidigt.

»Shit!« Auch wenn er vielleicht nur scherzt, ärgere ich mich trotzdem ein wenig.

Er lächelt. »Klar ist das okay. Denk aber dran, dass am Sonntag Aprils Geburtstagsparty steigt.«

»Als ob ich das vergessen könnte … Ach! Da übernachtet ja Nickis Familie bei dir, oder? Na, ich kann genauso gut in Hermie arbeiten.«

»Musst du aber nicht. Kate und Valerie wollen dich sowieso kennenlernen.«

»Ach, wirklich?« Die Vorstellung macht mich nervös.

»Keine Bange, sie beißen nicht.«

»Bist du sicher?«

Er lächelt. »Na, und warum musst du jetzt nach London?«

Beim Erzählen spüre ich einen leichten Stimmungsumschwung.

»Wenn ich ehrlich bin, will ich das gar nicht«, räume ich ein, als ich bemerke, dass er eher zurückhaltend wirkt. »Aber wenn ich es nicht täte, würde mir Sara einen Arschtritt geben.«

»Du musst doch nicht alles tun, was Sara dir sagt.«

»Tja, zu spät. Ich habe schon zugesagt«, erwidere ich leicht schnippisch.

Wir verfallen in betretenes Schweigen. Auf dem Küchentisch entdecke ich seinen Werkzeugkoffer.

»Hast du einen Bohrer gefunden, der funktioniert?« Ein neues Gesprächsthema!

»Ja, hab ich.« Er wirkt noch immer leicht brummig.

Ich gehe zum Küchentisch hinüber, und nach einer Weile gesellt er sich zu mir.

»Ein paar von den Glasstücken sind zerbrochen«, verrät er und nimmt ein gelbes Glas mit einem perfekten kleinen Loch darin in die Hand. »Vielleicht muss ich noch mal an den Strand. Bis Sonntag behelfe ich mir erst mal so. Man kann ja immer noch ein paar Glasstückchen dazuhängen.«

»Denk an mein Angebot, dir beim Bemalen des Treibholzes zu helfen. Außer, du willst alles allein machen …«

»Gar nicht. Ich dachte, ich fange heute Abend damit an.«

»Brauchst du Gesellschaft?«

»Ja?«

»Ja!« Ich nicke.

Eine ganze Weile lächeln wir uns an.

»Gut, dann lege ich mal besser los«, sage ich schließlich und gehe zur Tür.

»Bis später«, erwidert er leise.

Als ich Charlie am Mittwoch an die Musikgruppe erinnere, wirkt er gehetzt, und ich biete an, wieder für ihn einzuspringen. Er hat ein schlechtes Gewissen deswegen, doch ich versichere ihm, dass ich es gerne mache, und sporne ihn an weiterzuarbeiten.

Bei unserer Rückkehr begrüßt er uns liebevoll.

»Danke«, sagt er so ehrlich, dass mir das Herz aufgeht.

»Gerne!«

Und dann zieht er mich zu meiner Überraschung in seine Arme und drückt mich so fest an sich, dass ich nach Luft japse.

»Hui«, sage ich nach einem Moment und löse mich von ihm, da mein Puls keinerlei Anzeichen macht, sich zu stabilisieren. »Wirst du mich morgen vermissen?«

»Das werde ich tatsächlich.« Er sieht mich ziemlich ernst an, auch wenn seine Mundwinkel nach oben wandern.

»Inzwischen bist du es gewöhnt, mich um dich zu haben. Was machst du nur, wenn ich wieder weg bin?« Ich klatsche die Hände an meine Wangen und reiße entsetzt die Augen auf.

»Ich fürchte mich schon davor, ehrlich gesagt.« Er lacht auf und nimmt April aus dem Kinderwagen.

Innerlich schmelze ich nur so dahin.

»Fahr vorsichtig heute Nachmittag!« Er setzt seine Tochter auf den Boden. Die macht sich krabbelnd Richtung Wohnzimmer auf. Plötzlich sieht mich Charlie mit gerunzelter Stirn an.

»Solltest du dich nicht bald auf den Weg machen? Du steckst sonst noch im Verkehr fest!«

»Ach, auf einmal kannst du mich gar nicht schnell genug loswerden!«, gebe ich gespielt beleidigt zurück.

»Warum fährst du überhaupt mit dem Auto? Wäre es mit dem Zug nicht bequemer?«

»Wahrscheinlich. Ich hatte bloß keinen Bock aufs Busfahren und das Theater, nach Bodmin zu gelangen. Da dachte ich mir, ich fahre einfach durch.«

Sein Stirnrunzeln vertieft sich. »Ich hätte dich zum Bahnhof gebracht.«

»Aber nein ...«

»Ernsthaft, und ich kann es auch immer noch. Willst du mal nach Fahrkarten schauen?«

»Echt?« Wenn ich ehrlich bin, graut es mir nämlich vor der Rückfahrt. Dad fand es verrückt, nicht gleich das ganze Wochenende in London zu bleiben, aber ich will Aprils Feier nicht verpassen.

»Los, mach schon«, drängt Charlie.

Ich bin durchaus imstande, selbst nach meinen Bahnzeiten zu sehen, glaube aber, er genießt meine Gesellschaft genauso wie ich seine.

Von der Wembley Station gehe ich geradewegs zum Pub. Dad arbeitet heute Abend.

»Meine Kleine!«, ruft er, als ich zur Tür hereinkomme. Etliche Pubbesucher drehen sich zu mir um.

»Hallo, Dad!«

Mein Vater kommt und schließt mich in die Arme.

»Ich hab dich vermisst«, brummelt er in mein Haar.

»Ich dich auch.«

»Wie geht's Hermie?« Er löst sich von mir und sieht mich erwartungsvoll an.

»Bestens.«

»Wirklich?« Seine Augen strahlen.

»Ja, wirklich. Inzwischen habe ich mich an ihn gewöhnt und mag mein Miniheim auf Rädern irgendwie. Fehlt nur noch eine Toilette.«

»Ich hab's doch gewusst!« Er klatscht in die Hände. »Möchtest du sie jetzt mitnehmen?«

Ich muss lachen, mit welchem Eifer er sie mir anbietet. Sein tragbares Klo liebt er einfach. »Danke, Dad. Aber jetzt bin ich ja sowieso nicht mehr lange in Cornwall.«

Charlie und April kommen mir in den Sinn, und mir wird bewusst, wie ungemein traurig ich sein werde, wenn ich sie am Ende des Sommers verlasse.

Bald nach meiner Ankunft macht Dad Feierabend, und wir fahren zu dem Haus, in dem ich aufgewachsen bin. Eingezogen sind wir, als ich acht war und er noch mit Mum verheiratet war. Obwohl sie in den Jahren bis zu ihrer Scheidung ab und zu herkam, hatte ich nie das Gefühl, als wäre es ihres.

Auf meinem Fenstersims steht eine gerahmte Fotografie von ihr. Darauf stehen sie und ich Wange an Wange mit nichts als dem kalten, blauen Ozean hinter uns. Sie trägt ihre Uniform als Stellvertretende Kreuzfahrtdirektorin und ich meine Koordinatorinnenkluft. Ihr honigblond gefärbtes Haar ist ordentlich hochgesteckt, ich hingegen trage mein dunkles Haar offen. In puncto blauen Augen und Wangenknochen ähneln wir uns, doch wenn ich lächele, sehen die Leute vor allem Ähnlichkeiten mit Dad.

Noch immer erinnere ich mich an die Zeit, als Mum gerade wieder angefangen hatte, auf Kreuzfahrtschiffen zu arbeiten. Zunächst weinte ich ihretwegen viel. Ich war erst sechs, und sie war weg. Immer wenn ich krank war, in der Schule getriezt wurde oder mit meinem Fahrrad stürzte, wollte ich, dass meine

Mum mich tröstete. Meinem Dad muss es das Herz gebrochen haben.

Schließlich kapierte ich, dass nur er mir Medizin verabreichte, mit meinen Lehrern redete oder mich in den Armen hielt, bis ich zu weinen aufhörte.

Er war für mich da, während Mummy irgendwo auf dem Adriatischen Meer reichen Rentnerinnen und Rentnern Maniküren und Pediküren verpasste. Noch dazu hatte sie sich entschieden, dort zu sein.

Insofern wusste ich bald, welcher Elternteil für mich am wichtigsten war.

Trotz ihres Mangels an mütterlichen Instinkten glaube ich, dass es Mum zu schaffen machte, wenn wir sie in den Schulferien besuchten. Ich erinnere mich, wie ich mir einmal – ich muss etwa sieben gewesen sein – das Knie aufschürfte, als ich in der Nähe des Pools ausrutschte. Sie kam angelaufen, aber ich wollte sie nicht bei mir haben. Ich wollte Dad.

Als sie versuchte, mich hochzuheben, rief ich jammernd seinen Namen. Sobald ich ihn kommen sah, streckte ich die Arme nach ihm aus, und ihr blieb nichts anderes übrig, als beiseitezutreten, damit er mich trösten konnte.

Als ich über Daddys Schulter hinweg zu ihr hinüberschaute – ich weiß es noch so genau, als wäre es gestern gewesen –, wirkte sie todunglücklich. Ich hatte sie verletzt.

Und freute mich darüber.

Mum und ich hatten immer eine komplizierte Beziehung. Allerdings ist sie auch eine komplizierte Person.

Manchmal frage ich mich, ob ich mich anders entwickelt hätte, wenn ich mit glücklich verheirateten Eltern und unter stabilen Verhältnissen aufgewachsen wäre. Wäre ich dann womöglich schon unter der Haube?

Die Parallelen zwischen Nicki und mir sind verblüffend. Ihre

Eltern waren ebenfalls geschieden, und ihr Vater zog ins Ausland, als sie klein war. Ihre Beziehung zu ihm war ähnlich schwierig wie meine Beziehung zu meiner Mutter.

Und es gibt noch andere Ähnlichkeiten. In ihrem Gedicht erzählt sie, dass sie ihren Freunden bereitwillig Stücke ihres Herzens geschenkt hat. Dennoch hatte sie offenbar keinerlei Probleme gehabt, sich zu binden, als es darum ging, Charlie zu heiraten.

Wenn es zwischen zwei Menschen stimmt, dann ist es doch egal, was davor war, hatte Charlie erklärt, als wir uns über meinen Blog unterhielten und über meinen Wunsch, von ganzem Herzen zu lieben.

Zwischen ihm und seiner Frau stimmte es offensichtlich.

Doch zwischen Elliot und mir stimmt auch so vieles, erinnere ich mich. Er ist so toll und so clever, und wir haben so viele Gemeinsamkeiten. Das Schicksal hat uns garantiert nicht grundlos wieder zusammengeführt. Mir fehlt auch unser Leben in Sydney und unsere gemeinsamen Freunde. Gut, in letzter Zeit hat meine Sehnsucht nach ihm etwas nachgelassen, doch das liegt vermutlich daran, dass ich mich an das Getrenntsein gewöhne.

Doch darüber nachzugrübeln bringt ja nichts – es gibt keine einfachen Antworten. Sobald dieses Buch fertiggestellt ist, sind ein paar grundlegende Entscheidungen fällig. Das ist mal sicher.

Dad und ich genehmigen uns noch einen Absacker im Wohnzimmer, bevor ich ihm sage, dass ich mich jetzt besser aufs Ohr lege. Für meinen Fernsehauftritt morgen brauche ich eine ordentliche Mütze Schlaf.

Auf dem Weg nach oben entdecke ich auf meinem Handy eine SMS von Elliot. *Heute Facetime, oder nicht? Muss in die Arbeit!*

Shit. Er weiß, dass ich bei Dad bin und wir uns also mal wieder so richtig austauschen könnten, aber ich bin total erledigt. Mir könnte nicht weniger danach sein.

Zu müde, schreibe ich zurück. *Morgen Abend?*

Schade, lautet seine Antwort, und mir rutscht das Herz in die Hose.

Bin doch morgen im TV. Will echt keine Augenringe haben. Bitte nicht sauer sein, antworte ich.

Mit seiner Reaktion lässt er sich Zeit. *Schön. Dann eben morgen.*

Danach wälze ich mich Ewigkeiten schlaflos im Bett herum. Ich hätte ihn einfach anrufen und es hinter mich bringen sollen.

Als ich am nächsten Morgen das Fernsehstudio am Londoner Stadtrand betrete, fühle ich mich immer noch zerschlagen und ein bisschen neben der Spur. Ich bin mir sicher, die Maskenbildnerin braucht länger als bei meinem letzten Fernsehauftritt, der allerdings ein paar Jahre zurückliegen muss und auch in einem anderen Fernsehstudio stattfand. Seit meinem Australienaufenthalt ist in der Hinsicht gar nichts mehr gelaufen. Ein weiterer Grund, warum ich für diesen Auftritt hier dankbar sein sollte. Keine Ahnung, warum ich solche Probleme damit habe.

Zumindest bin ich nicht allzu nervös – es ist eine Livesendung, und ich stolpere über keine der Fragen. Als ich von Beau erzähle, werde ich ein bisschen emotional, weshalb ich das Gespräch von ihm auf meine anderen Exlover lenke. Danach lockert sich meine Stimmung deutlich auf.

Sara ruft mich hinterher an.

»Du machst so was wirklich toll«, meint sie. »Sehr amüsant.

Und du bist auch echt gut rübergekommen, als das Thema auf Beau kam. Die Moderatorin war hin und weg.«

Nach dieser Bemerkung ist mir ein bisschen unwohl.

»Ich werde Augen und Ohren offenhalten. Vielleicht gibt es weitere Gelegenheiten, aber erst mal: Super gemacht!«

»Danke.« Ich freue mich über ihr Lob, aber diese Erfahrung muss ich nicht unbedingt noch mal machen.

»Wer kommt auf deiner Liste als Nächstes dran?«, fragt sie.

»Seth könnte interessant werden.«

»Ja, dafür müsste ich aber nach Kanada, das muss warten. Mit Nickis Buch habe ich gerade zu viel um die Ohren.«

»Wohnt denn einer davon hier in London?«

»Ja, Vince und Liam«, erwiderte ich widerstrebend.

»Und, triffst du dich mit einem von ihnen, während du hier bist?«

»Keine Zeit.«

»Oh!« Sie klingt verärgert. »Nach Beau ist jetzt wirklich Schwung drin. Warte mal nicht zu lang, bis du wieder was postest.«

»Mmm«, antworte ich unverbindlich. Vince oder Liam? Keiner von beiden, vielen Dank.

Nach Elliots Vorschlag, Sara auf meine Buchidee anzusprechen, habe ich im Internet Recherchen über Vince angestellt. Er ist noch immer Landschaftsgärtner im Norden Londons, hat inzwischen aber seine eigene Firma. Über sein Privatleben habe ich nichts herausfinden können, hoffe aber, dass er glücklich verheiratet ist und die Gelegenheit begrüßen wird, mit der Vergangenheit ein für alle Mal abzuschließen.

Möglicherweise tickt er aber auch völlig aus, wenn ich ihm eröffne, dass ich über meine Exfreunde ein Buch schreibe und er darin eine Hauptrolle einnimmt.

Na, damit befasse ich mich erst, wenn es so weit ist.

Auch bei der Vorstellung, Liam wiederzutreffen, hält sich meine Begeisterung in Grenzen. Wie gesagt, er ist verheiratet und hat zwei Kinder, und bei dem Gedanken an seine mitleidige Miene läuft mir ein Schauer über den Rücken. *Ich habe dich verlassen, weil du keine Kinder haben kannst – ich aber schon! Tut mir leid für dich ...*

Ich versuche, den Gedanken an beide zu verdrängen.

»Ich habe weitere gute Nachrichten für dich«, fährt Sara fort. »Ich habe vorhin mit Fay gesprochen, und sie findet dein Exposé großartig. Das Babythema ist genial!«

»Wirklich?« Das hebt meine Laune beträchtlich.

»Ernsthaft, Bridget, ich bin superstolz auf dich«, meint Sara, während ich von einem Ohr zum anderen strahle. »Nun musst du es nur noch schreiben.«

Ich bekomme Nervenflattern. Ende Januar ist Abgabetermin, es bleiben mir also nur noch fünf Monate. Zum Glück hatte Nicki schon ein Viertel des Buches geschrieben.

Am liebsten würde ich sofort wieder nach Cornwall fahren, damit ich weitermachen kann, doch leider fährt erst am nächsten Morgen wieder ein Zug.

An diesem Nachmittag hänge ich im Pub ab, und zum Dinner gesellt sich mein Dad an meinen Tisch.

Um neun Uhr meldet sich Elliot per FaceTime bei mir.

»Bin noch im Pub«, erkläre ich und schwenke mein Handy durch den Raum, um ihm die Glücksspielautomaten zu zeigen. »Und schau, das hinter dem Tresen ist mein Dad.«

Elliot sagt etwas, das ich erst mal nicht verstehe, weil es hier so laut ist. Ich bitte ihn, es zu wiederholen. Er möchte wissen, wann ich nach Hause gehe.

»Weiß noch nicht«, erwidere ich. »Kommst du gerade aus der Dusche?« Im unteren Bereich des Bildschirms ist sein nackter Brustkorb zu sehen.

»Ja. Du weißt, dass ich bald ins Büro aufbrechen muss, oder?«

Mir dämmert, dass er irgendwie unglücklich wirkt. Ich stehe seufzend auf und gehe durch den Gang zu den Toiletten. Hier sollte es leiser sein.

»Ich warte darauf, dass ich mit Dad heimfahren kann«, entschuldige ich mich bei Elliot.

»Hättest du nicht zu Fuß gehen können?«

»Was? Um diese Uhrzeit, allein?«

Mein spitzer Ton verblüfft ihn. Zuvor habe ich mich noch nie beschwert.

»Alles okay mit uns beiden?«, fragt er nach längerem angespanntem Schweigen.

»Ja. Sorry, das war heute ein bisschen viel, das ist alles.«

»Warum willst du denn so schnell wieder nach Cornwall zurück?«

»Ich hab so viel zu tun …«

»Wieso sollte Charlie ein Problem damit haben, wenn du dir ein paar Tage freinimmst? Das wäre ja noch schöner, wenn man bedenkt, was du ihm zuliebe alles auf dich nimmst.«

»Hat er ja gar nicht«, erkläre ich ihm. »*Ich* möchte zurück. Seine Tochter feiert am Sonntag Geburtstag. Das will ich nicht verpassen.«

Als ich sein Gesicht sehe, wird mir klar, was für eine schreckliche Freundin ich bin. »Um wie viel Uhr musst du los?«

»In einer halben Stunde.«

»Wenn ich schnell gehe, kann ich mich in einer Viertelstunde wieder melden«, sage ich entschlossen.

»Vergiss es!«, fährt er mich an.

»El …«

»Im Ernst, vergiss es. Ich muss mich fertig machen. Wir sprechen uns am Wochenende. Vielleicht.«

»Okay. Es tut mir leid.«

»Ja.«

Eigentlich sind seine blauen Augen heller als die von Vince, aber in diesem Moment sehen sie genauso aus.

Das ist mein letzter Gedanke, bevor er auflegt.

Kapitel 33

Je näher Cornwall rückt, desto glücklicher fühle ich mich. Charlie hatte angeboten, mich in Bodmin abzuholen, doch ich weiß, heute trifft Nickis Familie ein und er hat schon genug um die Ohren.

Ich steige in Padstow aus dem Bus und atme lächelnd die salzhaltige Luft ein, die mit dem Duft von frittierten Fish and Chips und einem Hauch Essig einhergeht.

Schnurstracks mache ich mich auf den Weg zu Charlie.

Als ich vor der Haustür stehe, bin ich auf einmal nervös. Ob die anderen schon da sind? Spontan klingele ich.

Ich höre Schritte, und dann schwingt die Tür auf und Charlie steht vor mir.

»Hallo!«

Er wirkt so erfreut, mich zu sehen, und ich weiß, dass sich seine Gefühle in meinem Gesicht spiegeln.

»Warum hast du nicht deinen Schlüssel genommen?« Er tritt zur Seite.

Huch, wo bleibt meine Umarmung?

»Ich war mir nicht sicher, ob Nickis Familie nicht schon da ist.«

Genau in diesem Moment tritt eine kleine, untersetzte Frau mittleren Alters aus dem Wohnzimmer. »Hallo!«, sagt sie. Ihre schrille Stimme ist mir unangenehm.

»Hallo, ich bin Bridget.«

»Und das ist Valerie.« Charlie rückt näher an die Treppe,

um seiner Schwiegermutter Platz zu machen. Ist sie überhaupt noch seine Schwiegermutter?

Sie hat kleine, runde Augen und ein komplett faltenloses Gesicht, das von glanzlosem, dunkelbraunem Haar mittlerer Länge umrahmt wird. Mit kühlen Fingern schüttelt sie mir die Hand.

Ihr Gesichtsausdruck ist noch kühler.

»Wann sind Sie angekommen?«, frage ich möglichst freundlich.

»Vor ungefähr anderthalb Stunden.«

Ich frage mich, ob ihr die Fähigkeit zu lächeln abhandengekommen ist, doch dann fällt mir ein, dass ihre jüngere Tochter letztes Jahr gestorben ist, und ich bekomme sofort ein schlechtes Gewissen.

»Sind Kate und ihre Familie noch nicht hier?« Mir kommt es im Haus so still vor.

»Ian und die Jungs checken gerade in ihrem Hotel ein«, erwidert Valerie. Ian ist Kates Mann. Wenn ich mich recht erinnere, haben sie zwei Jungs im Alter von fünf und sieben. »Und Kate ist mit April Milch kaufen gegangen«, setzt Valerie hinzu.

»Oh, hatten wir denn …« Ich werfe Charlie einen Blick zu und korrigiere mich: »Hattest du keine mehr?«

»Nein. Kommst du direkt von der Bushaltestelle?«

»Ja.« Ich lächele ihn unsicher an und spüre, wie mich Valerie aufmerksam mustert.

»Eine Tasse Tee?«, fragt er.

»Wir haben keine Milch, vergessen?«, bemerkt Valerie mit scharfer Zunge. »Außer sie trinkt ihn ohne.«

»Danke, alles gut.« Unbehaglich sehe ich zwischen den beiden hin und her, bis mein Blick schließlich auf Charlie verweilt. Ich nicke nach oben. »Ich mache mich dann mal an die Arbeit.«

»Okay.« Er nickt lächelnd.

»Habe ich richtig gehört? Sie besitzt einen Schlüssel?«, höre ich Valerie fragen, als ich die Tür zu meinem Arbeitszimmer öffne. Unverschämtheit!

April habe ich wirklich vermisst, doch vor der Begegnung mit Kate graut mir, deshalb gehe ich auch nicht gleich nach unten, als die beiden zurückkommen. Musik höre ich heute lieber keine, dafür wäre ich auch gar nicht entspannt genug, aber alles in mir sehnt sich nach Aprils fröhlichem Geplapper. Ich halte es kaum noch aus, und ehe ich mich versehe, springe ich auf und gehe zur Arbeitszimmertür. Mit einem seltsam sehnsuchtsvollen Ziehen in meinem Bauch lausche ich, wie Kate mit April den Gang entlang zur Küche geht. Ihr Mann und ihre Söhne scheinen noch immer im Hotel zu sein.

Ich zwinge mich dazu, mich wieder hinzusetzen. Hoffentlich ist Kate mir gegenüber etwas aufgeschlossener als ihre Mutter. Charlie hatte erzählt, dass sie sich für eine Fortsetzung ausgesprochen hat, da wird sie doch freundlich zu mir sein, oder? Zu Charlie ist sie immer nett – ich habe schon so viele ihrer Telefonate mitbekommen.

Zur Beruhigung meiner Nerven atme ich tief ein und aus. Sollen sie sich doch erst mal ein bisschen akklimatisieren. Vermutlich trinken sie jetzt verspätet ihren Tee. Ob Charlie mir wohl einen bringt? Als es an der Tür klopft, ist das mein erster Gedanke.

»Ja?« Ich wirble auf dem Drehstuhl herum.

Die Tür geht auf, und eine Frau tritt ein. Ihre Haare sind dunkelbraun wie bei den anderen weiblichen Mitgliedern der Familie Dupré, doch ihre sind von rötlichen Strähnchen durchzogen. Dazu trägt sie einen blassrosa Lippenstift, den sie dick aufgetragen hat.

»Hallo!«, grüße ich sie fröhlich.

»Hallo«, erwidert sie.

Das ist nicht das Gesicht einer Freundin. Sondern das einer Gegnerin.

»Ich bin Bridget.« Ich versuche, mich nicht unterkriegen zu lassen.

»Das ist mir schon klar«, erwidert sie mit steinerner Miene. »Ich bin Kate, Nicoles Schwester.«

Dabei legt sie die Betonung auf die letzten beiden Wörter. Sie sieht verhärmt aus, als wäre sie häufig zu spät ins Bett gekommen und hätte morgens zu früh rausgemusst. Die beiden Schwestern trennten nur drei Jahre, aber von Kates Aussehen zu urteilen, hätten es auch zehn sein können. Vielleicht hat die Trauer sie vorzeitig altern lassen, wobei das für die Mutter nicht zu gelten scheint.

»Ich dachte mir, ich komme mal besser und sage Hallo«, meint sie säuerlich.

»Es freut mich sehr, Sie kennenzulernen«, sage ich steif.

Sie sieht sich im Raum um, blickt auf meinen Schreibtisch, hinauf zum Bücherregal, zurück zu meinem Computer. Ein schmerzlicher Ausdruck zieht über ihr Gesicht, und trotz ihres frostigen Empfangs erweicht sich mein Herz ein wenig für sie.

»Ich habe daran gedacht, auf eine Tasse Tee runterzukommen«, bemerke ich behutsam und speichere meine Arbeit. Im Zug habe ich mir den Anfang der *Bekenntnisse* durchgelesen und habe daher noch alles frisch im Kopf. Gerade habe ich mit einer Kit-Morris-Szene begonnen, die in Tintagel spielt.

»Eigentlich würde ich mich mit Ihnen ganz gern über das Buch meiner Schwester unterhalten.« Sie klingt angespannt. »Charlie scheint ja nichts darüber zu wissen.«

»Er stellt nicht viele Fragen dazu, das stimmt«, räume ich ein. »Aber ich stehe regelmäßig mit Fay und Sara in Kontakt, der Lektorin und der Agentin von Nicki.«

»Nicole.«

Ernsthaft, sie verbessert mich?

»Charlie fällt es vermutlich schwer, darüber zu reden«, fährt sie fort. »Aber er muss den Überblick behalten und Ihre Arbeit beaufsichtigen. Das ist extrem wichtig. Ich konnte es gar nicht fassen, dass er keine Ahnung hat, was Sie hier oben eigentlich tun!«

»Das stimmt ja g...«, setze ich an, doch sie schneidet mir das Wort ab.

»Von nun an kümmere ich mich darum. Das hätte meine Schwester gewollt.«

Mir bleibt die Spucke weg.

»Ist es diese Datei?« Sie deutet auf die Word-Datei, die auf meinem Computer geöffnet ist.

»Ja.« Ich habe keine Ahnung, wie ich mit der Situation umgehen soll. Offensichtlich macht Kate der Tod der Schwester immer noch sehr zu schaffen, und ich möchte sie wirklich nicht brüskieren oder beleidigen, aber dass sie hier einfach so hereinschneit und Forderungen stellt, geht gar nicht. Ich werde von Nickis Verlag bezahlt, der mit dem Exposé einverstanden ist, das ich ihm geschickt habe, und ich gebe Charlie jederzeit gerne Auskunft. Doch Kate bin ich keine Rechenschaft schuldig.

Allerdings gilt es, behutsam vorzugehen. Eigentlich könnten sich Sara und Fay dieser Sache annehmen.

Oder Charlie.

»Ich habe gerade erst angefangen zu schreiben und würde mich nicht wohlfühlen, es jetzt schon jemandem zu le...«

»Wie kann es sein, dass Sie jetzt erst mit dem Schreiben beginnen?«, unterbricht sie mich erstaunt. »Sie sind doch schon seit Wochen hier!«

»Bislang habe ich recherchiert«, erkläre ich mit ruhiger

Stimme und stehe auf. »Ich mach mir jetzt einen Tee. Vielleicht können wir das ja unten besprechen.«

Wo Charlie in Hörweite ist, denke ich mir im Stillen.

Widerwillig tritt sie zur Seite und folgt mir nach unten. Mein Herz schlägt mir bis zum Hals.

»Da ist sie ja!«, ruft Charlie, als ich so entspannt wie möglich in die Küche komme. »Valerie, jetzt schau mal her!« Er stellt April vor sich auf die Füße.

»Ja, hallo!«, sage ich zu April, und meine Laune hebt sich bei ihrem Anblick schlagartig. Als Kate neben mir stehen bleibt und die Arme verschränkt, spanne ich mich an.

»Lauf zu Bridget!«, sagt Charlie und gibt April einen sanften Stups.

April strahlt mich an und tapst mit ausgestreckten Armen auf mich zu.

Eins, zwei, drei, vier, fünf, *sechs* Schritte!

»Toll gemacht!«, rufe ich entzückt, fange sie auf und hebe sie hoch. »So viele Schritte hat sie noch nie geschafft, oder?«, frage ich Charlie.

»Nein, noch nie!« Er kommt zu uns und wirft dabei einen Blick auf Valerie, die auf dem Küchensofa sitzt und alles mit einer undurchschaubaren Miene verfolgt, die zumindest keinerlei Freude ausdrückt.

Zu Kate sehe ich lieber gar nicht erst hin.

Charlie richtet seinen Blick wieder auf mich, und ich verspüre einen Stich, als ich merke, dass ihm etwas von seiner Begeisterung abhandengekommen ist.

Mein Magen verknotet sich. Es ist unfair, dass sie mir – oder ihm – dieses Gefühl vermitteln. Ihr Verlust tut mir unglaublich leid. Aber ich mache einfach nur meinen Job. Nichts liegt mir ferner, als ihre Tochter ersetzen zu wollen.

Der Gedanke ist fast schon lächerlich.

»Ich habe Bridget gerade erklärt, dass ich gern lesen würde, was sie geschrieben hat«, erklärt Kate beiläufig und kommt, um mir April abzunehmen. Als ich sie nicht länger in den Armen halte, fühle ich mich irgendwie beraubt.

»Sicher«, erwidert Charlie verblüfft.

Ich sehe ihn scharf an.

»Wenn es dir nichts ausmacht natürlich«, fügt er hastig hinzu, da er mein verändertes Verhalten registriert.

Kate, die neben ihm steht, schaut selbstzufrieden.

»Ich würde es auch gern lesen«, wirft Valerie wichtigtuerisch von ihrem Platz auf dem Sofa ein.

»Das können Sie *gerne* tun, sobald es fertig ist«, erkläre ich mit erzwungener Fröhlichkeit und bemühe mich, nicht so verletzt auszusehen, wie ich es bin. »Allerdings muss ich davor noch einiges redigieren.«

Ich schnappe mir ein Glas Saft aus dem Kühlschrank, da es viel zu lang dauern würde, bis das Wasser für meinen Tee kocht, und verkrümele mich.

Kurz darauf trudeln Kates Mann und ihre Söhne ein, und der Radau, der nach oben dringt, ist unglaublich. Ich hasse es, Kopfhörer zu tragen, trotzdem setze ich sie mir auf und zähle die Minuten bis fünf Uhr, denn dann werde ich gehen.

Charlie bringt mich an die Tür. Er wirkt zerknirscht.

»Tut mir leid. Habe ich was Falsches gesagt?«, flüstert er, sobald ich draußen stehe und er die Tür hinter sich zugezogen hat, damit uns keiner sehen kann.

Ich zucke die Achseln. »Bisschen unpassend«, flüstere ich zurück. Noch immer fühle ich mich getroffen.

»Ich kläre das«, verspricht er.

»Mach dir keinen Kopf. Wir sehen uns am Sonntag?«

»Kommst du denn morgen nicht her?« Er runzelt die Stirn.

»Ich arbeite in Hermie.«

Ich werde den Teufel tun und morgen zurückkommen!

»Lass mich nicht mit ihnen allein«, fleht er kleinlaut.

Seine Miene bringt mich zum Lächeln. »Ciao!«, rufe ich ihm auf dem Weg zum Gartentor zu. Einige Sekunden später fällt die Tür krachend ins Schloss.

Sosehr mir am Sonntag vor einer weiteren Begegnung mit Kate und Valerie auch graut, möchte ich Aprils Geburtstag doch auf keinen Fall verpassen. Als mir Julia erzählt, sie und Justin hätten eine Vertretung organisiert und könnten auch kommen, fällt mir ein Stein vom Herzen. Die Feier beginnt schon mittags, wir gehen gemeinsam hin – zu mehreren fühlt man sich sicherer! –, und ihr fröhliches Geplauder hilft mir, auf andere Gedanken zu kommen.

Adam öffnet uns die Tür, und meine Laune hebt sich weiter.

»Hallo!« Nachdem er mich umarmt hat, schüttelt er Justin die Hand und gibt Julia einen Kuss. Nach der herzlichen Begrüßung zu urteilen, kennen sich die beiden gut.

»Oh, hallo!« Charlies Mutter Pat kommt freudestrahlend in die Diele. Auch sie setzt zu einer Runde Umarmungen an.

Wenn doch Nickis Familie auch so herzlich wäre!

»Was kann ich euch zu trinken bringen?«, fragt Pat. »Vielleicht könnte ich euch ja mit etwas Prickelndem in Versuchung führen?«

»O ja, sehr gern!«, antworte ich gleich als Erste. Im Wohnzimmer wimmelt es schon von Gästen. Als ich Jocelyn entdecke, winke ich ihr zu. Ich werde mich geradewegs zu ihr begeben, sobald ich das Geburtstagskind und Charlie begrüßt habe. Ich finde die beiden im Gespräch mit einem Paar mittleren Alters. Die beiden gehen weiter, als wir zu ihnen treten.

»Hallo!« Charlie begrüßt mich mit einem Lächeln. April dreht den Kopf zu mir herum und sieht mich ausdruckslos an.

»Hallo, du!« Ich streiche ihr über die Wange. Auf ihrem Gesicht breitet sich mit leichter Verzögerung ein Backenhörnchen-Grinsen aus, und sie streckt die Hand aus, um meinen Mund zu berühren. Ich komme näher, damit sie mich erreicht.

»Alles Gute zum Geburtstag!«, sage ich zärtlich, während sie sich mit dem Gesicht zuckersüß an Charlies Hals drückt und mich dabei anlächelt. Ich reiche Charlie ihr Geschenk. »Was es ist, weißt du ja schon.«

Er sieht das Päckchen neugierig an, hält es sich ans Ohr und schüttelt es. Die Schellen des Tamburins klingeln fröhlich.

»Sie wird begeistert sein, danke«, sagt er aufrichtig.

»Es sind noch ein paar weitere Kleinigkeiten dabei. Wie gefällt ihr denn das Mobile?«

»Schwer zu sagen.« Er zuckt die Achseln.

»Hast du es schon aufgehängt?«

»Ja, du kannst es dir ja mal anschauen gehen, wenn du magst.«

»Mach ich morgen.« Im Augenwinkel sehe ich, dass Valerie im Anmarsch ist, und bin sofort unentspannt.

»Bitte schön, Bridget.« Pat reicht mir ein Glas Sekt. »Prost!« Wir stoßen an. »Und jetzt möchte ich Ihnen meinen Mann Barry vorstellen.«

Gerade als Valerie vor uns steht, zieht Pat mich zur Seite – Glück gehabt!

Charlies Dad ist ungemein sympathisch. Seine Lachfalten haben sich so tief in sein Gesicht gegraben, dass selbst die Tragödie des letzten Jahres sie nicht löschen konnte. Selbst Botox würde das nicht schaffen, schätze ich. Als es klingelt und Pat zur Haustür geht, nimmt Adam ihren Platz ein, und wir drei plaudern nett und ungezwungen miteinander. Kate rauscht an uns vorbei, ohne auch nur Hallo zu sagen, doch ich versuche, mich davon nicht brüskiert zu fühlen. Es sind so viele Leute hier, und ich möchte einfach nur möglichst wenig Aufsehen erregen.

Schließlich gehe ich zu Jocelyn, die mit Thomas und ihrem Mann Edward gekommen ist, und stelle mich vor. Edward arbeitet in einem Museum in Bodmin, und er macht einen netten Eindruck, wirkt aber ein wenig steif. Ob er nach ein paar Bierchen wohl etwas lockerer wird?

»Wie lange wohnt ihr eigentlich schon drüben?«, frage ich, als sich Thomas mit einem von Aprils Spielzeugen beschäftigt, einem Ball mit blinkenden Lichtern und Knöpfen.

»Wir sind erst ein paar Wochen vor Thomas' Geburt dort eingezogen«, erwidert Jocelyn. »Das war dann also …«

»Letztes Jahr um diese Zeit«, ergänzt Edward.

»Ja, stimmt! Kurz bevor April auf die Welt kam. Sie war schon eine Woche überfällig. Nicki hat es allmählich gereicht mit der Schwangerschaft«, erinnert sich Jocelyn.

»Habt ihr Charlie und Nicki denn schon davor gekannt?«

»Nein, wir haben Nicki erst an dem Tag kennengelernt, an dem wir hergezogen sind«, verrät Jocelyn. »Sie hat uns ein paar Cookies rübergebracht. Ich war ja selbst hochschwanger, und wir haben dann oft bei einer Tasse Tee zusammengesessen, vor allem nach Aprils Geburt.«

In ihrem Lächeln liegt ein Anflug von Traurigkeit. Es klingt, als hätten sie sich ziemlich schnell angefreundet.

»Als es passierte, konnte ich es gar nicht fassen«, vertraut sie mir leise an. »Thomas war damals noch so winzig.«

»Ich kann mir das nicht mal ansatzweise vorstellen«, murmele ich. Ihre braunen Augen füllen sich mit Tränen. Da sie zu dem Zeitpunkt selbst gerade erst Mutter geworden war, muss es ihr besonders nahegegangen sein.

Edward drückt seiner Frau mitfühlend den Arm, selbst wenn er dabei hilflos wirkt.

»Herrje, tut mir leid, das ist wirklich nicht der passende Moment«, sagt Jocelyn und gibt sich einen Ruck. »Heute wollen wir doch feiern! Charlie ...« Ehrfürchtig schüttelt sie den Kopf, und wir beide sehen zu ihm hinüber auf die andere Seite des Raums. »Er war unglaublich!«

In diesem Augenblick flitzen Kates Söhne an uns vorbei und stoßen dabei Thomas um. Edward nimmt seinen weinenden Sohn auf den Arm, während Kates Mann Ian, ein kleiner, untersetzter Mann mit einem seltsam hageren Gesicht, seine Söhne ermahnt, sich ein wenig zusammenzunehmen. Seinem Tonfall fehlt die natürliche Autorität.

Jocelyn sieht mit hochgezogener Augenbraue zu mir. »Ich finde, wir sollten in den Garten gehen. Da ist es ein bisschen ruhiger.«

»Dann sehen wir uns dort gleich.« Ich zwinkere ihr zu.

Kein Wunder, dass April bei meiner Ankunft neben der Spur zu sein schien: Die Lautstärke hier ist ohrenbetäubend.

Wo steckt April überhaupt? Wieder werfe ich einen Blick zu Charlie. Er plaudert mit Justin und einem weiteren Mann in ungefähr demselben Alter, aber April ist nirgends zu sehen. Ich lasse den Blick weiter im Raum herumwandern, kann sie aber nirgends entdecken. Charlie fängt meinen Blick auf und lächelt.

»Wo ist April?«, frage ich lautlos.

»Bei Kate«, gibt er lautlos zurück und winkt mich mit dem Kopf zu sich. Er ist heute schicker als sonst und trägt zur Feier des Tages ein Hemd. Gut sieht er aus! Wobei er das eigentlich immer tut.

»Bridget, darf ich dir Gavin vorstellen?«

»Hallo, echt nett, dich kennenzulernen!« Gavin schüttelt mir herzlich die Hand.

»Wir sind zusammen zur Schule gegangen«, erklärt Charlie.

»Ja, wir kennen uns schon Ewigkeiten«, fährt Gavin dazwischen. »Charlie hat uns gerade erzählt, dass du letzte Woche im Fernsehen warst.«

»Hast du es dir angeschaut?«, frage ich Charlie überrascht. Seit meiner Rückkehr haben wir noch gar nicht darüber gesprochen. Ich hatte ja das Gefühl, er würde diesen Auftritt missbilligen.

»Natürlich«, sagt er, und sein Ton ist gar nicht abfällig.

»Wir hatten uns gefragt, warum ihr nicht zum Pizzaabend erschienen seid«, erklärt Justin.

Aha, so sind sie also auf das Thema gekommen!

Pat kommt eilig zu uns, bevor ich erfahre, wie Charlie den Fernsehauftritt fand. »Charlie, wo ist April? Ich finde, es wird Zeit für den Kuchen, meinst du nicht auch?«

»Kate ist mit ihr unterwegs«, erwidert Charlie.

»Vielleicht sind sie in der Küche?«, meint Pat besorgt.

»Lass sie, Mum, vermutlich möchte sie nur mal etwas Zeit mit ihrer Nichte verbringen«, entgegnet Charlie ruhig.

»Okay.« Pat lächelt uns entschuldigend an. Die vielen Leute hier machen sie fix und fertig, glaube ich.

Nicht weit von uns steht Valerie, sie wirkt irgendwie verloren. »Noch einen, Valerie?«, ruft Barry ihr liebenswürdig zu und hält die Flasche hoch.

»Nein, danke«, erwidert sie kurz angebunden, gesellt sich aber zu unserem immer größer werdenden Kreis.

»Erinnerst du dich an Gavin, Valerie?«, erkundigt sich Pat freundlich. »Er ist mit Nicki und Charlie in die Schule gegangen.«

»Oh, hallo!« Sie mustert ihn und versucht, ihn einzuordnen. Gavin scheint sich leicht unwohl zu fühlen.

»Eure letzte Begegnung dürfte Jahre her sein«, meint Pat

verlegen. »Trefft ihr Jungs euch denn noch häufig?«, wendet sie sich an Gavin und Charlie.

»Inzwischen schon länger nicht mehr«, meint Charlie.

Gavins Unbehagen scheint sekündlich zu wachsen. Schätzungsweise ist er einer jener Freunde, die mit Charlies Verlust nicht recht umzugehen wussten.

»Du bräuchtest wirklich mal einen anständigen Babysitter, damit du öfter ausgehen kannst, mein Junge, oder?«, sagt Barry herzlich. »Jemanden, der auch samstags kommen kann und das Babyphon nicht vergisst«, setzt er hinzu, stupst mich verschwörerisch an und bedenkt Pat mit einem vielsagenden Blick.

Oh nein, jetzt steckt seine Frau aber ganz schön in der Patsche.

»Äh, was meinst du mit ›jemandem, der das Babyphon nicht vergisst‹?« Charlie, dem kein Wort entgangen ist, sieht seine Eltern fragend an.

Pat errötet. »Mich meint er damit. Als du in der Schule warst, um die Spielgeräte aufzubauen, da habe ich vergessen, das Babyphon mit runterzunehmen. Oh, ich hab mich so schrecklich gefühlt, nicht wahr, Bridget? Arme April, die kleine Maus war völlig außer sich.« Sie schaut betreten drein. »Keine von uns beiden hat sie gehört.«

Nun bin ich es, die betreten dreinschaut. Ich habe noch immer ein schlechtes Gewissen deswegen.

Charlie berührt mich am Rücken und lehnt sich zu mir. »Drehst du deswegen jetzt immer deine Musik leiser?«, fragt er mich. Er hat erraten, dass ich seine Mutter gedeckt habe.

Ich zucke die Achseln.

»Süß«, sagt er lieb und drückt meine Taille.

Unvermittelt bemerke ich Kate, die mit April auf dem Arm in der Tür steht. Sie schaut grimmig, und ihre Augen schnellen zwischen Charlie und mir hin und her. Ich schaue verstohlen zu Valerie, um festzustellen, ob sie uns ebenfalls im Visier hat.

»Zeit für den Geburtstagskuchen!«, ruft Pat und klatscht in die Hände.

Ich komme zu dem Schluss, dass es das Beste sein dürfte, wenn ich zu Jocelyn in den Garten gehe.

Kapitel 34

Am Montagmorgen entscheide ich mich für einen Fußmarsch zu Charlie anstatt für eine Fahrt auf Nickis Fahrrad und lasse mir auf dem Weg viel Zeit. Valerie ist garantiert noch da, und am liebsten würde ich erst später kommen oder gar nicht, andererseits hat sie ohnehin schon etwas gegen mich. Da möchte ich ihr nicht noch einen Grund dafür liefern.

Ich beschließe, die Tür mit meinem Hausschlüssel zu öffnen – Valerie und Kate wissen ja ohnehin schon, dass ich einen habe –, doch gerade als ich ihn ins Schloss stecken möchte, höre ich drinnen ein Geräusch und halte alarmiert inne. Weint da jemand? April ist es nicht.

Die Tür schwingt auf, und Charlie kommt heraus, blass und gestresst.

»Ich hab versucht, dich zu erreichen, aber du bist nicht rangegangen.« Hastig führt er mich die Stufen hinunter. Noch bevor er die Tür hinter sich schließen kann, höre ich Kates hysterisches Kreischen.

»Sie ist ein Flittchen und eine Medienhure! Das lass ich nicht zu!«

Benommen taumele ich zurück.

Charlie wirkt erschüttert. »Ich wollte dich nämlich warnen, heute lieber nicht zu kommen.«

»Ist mit April alles okay?« Mir wird schlecht.

Er umklammert seinen Kopf und sieht fast so aus, als würde er gleich in Tränen ausbrechen.

»Komm, geh zu ihr«, dränge ich ihn und trete den Rückweg an. »Ich komme schon klar.«

»Bridget!«, ruft er mir hinterher.

»Ich komme klar!«, rufe ich zurück und laufe mit gesenktem Kopf davon.

Bis er auf der Suche nach mir mit April auf dem Campingplatz erscheint, liegt das Stadium der Schockstarre schon hinter mir. Ich bin nur noch ein Häufchen Elend, und wenn ich etwas hasse, dann genau das.

»Ich möchte nicht, dass April mich so sieht«, rufe ich durch Hermies geschlossene Tür. Dass ich ihn hereinlasse, ist völlig ausgeschlossen. April sitzt in ihrem Kinderwagen, aber sie ist wach. Ich kann von hier ihre pummeligen Beinchen strampeln sehen.

»Dann komm ich wieder, wenn sie schläft«, verspricht Charlie und zieht sich zurück.

Ich beobachte, wie er die Campingplatzstraße auf und ab geht, immer und immer wieder, bis er schließlich wieder auf Hermie zukommt.

»Sie schläft!« Er klopft leise an. »Bridget, bitte, mach auf!«

Ich luge aus dem dunkel getönten Fenster, und ja, eindeutig, Aprils Beine bewegen sich nicht mehr.

Ich öffne Hermies Seitentür, setze mich zurück auf die Sitzbank und schiebe mir das Haar hinter die Ohren. Ich fühle mich so gedemütigt, dass ich ihm nicht in die Augen sehen kann.

»Bridget«, sagt er leise und hockt sich vor meine Füße.

Ich schüttele den Kopf.

Er hebt die Hand und streicht mit einer Daumenkuppe über meine Wange. Sobald ich ihm in die Augen sehe und seine Betroffenheit erkenne, kommen mir erneut die Tränen.

»Es tut mir leid«, flüstert er, schlingt die Hände um meine Taille und zieht mich zu sich. Er legt die Wange an meinen Brustkorb, und ich umfasse automatisch sanft seinen Kopf. Was wir da machen ist so intim, so unwirklich, und doch fühlt es sich eigenartig normal an.

»Es tut mir leid«, flüstert er wieder.

Ich wische mir mit einer Hand die Tränen weg und streichele ihm mit der anderen übers Haar.

»Es ist okay«, murmele ich. »Ist ja nicht deine Schuld.«

Ich streiche ihm weiter durchs Haar. Es ist viel weicher, als ich dachte. Normalerweise ist es so zerzaust. Nachdem meine Gedanken eine Weile in diese Richtung gewandert sind, merke ich, dass meine Tränen versiegt sind. »Hey!«, sage ich.

Er hebt den Kopf und sieht zu mir auf, desorientiert, verwirrt, konfus, als wäre er ein Schiffbrüchiger und triebe hilflos im Meer. Ich rutsche ein Stück zur Seite und klopfe auf den Platz neben mir.

Schwerfällig hievt er sich hoch und setzt sich, fährt sich mit den Händen übers Gesicht und lässt sich nach hinten fallen, so dass sein Kopf an die Rückenlehne knallt.

»Ging nicht so gut los, der Tag, hm?«

»Kann man so sagen«, erwidert er erschöpft.

»Was ist passiert?«

Benommen starrt er zur Decke.

»Viel schlimmer als das, was ich mitbekommen habe, kann's ja nicht sein«, sage ich. »Oder?«

»Äh, nein. War ja schlimm genug.«

»Kate hält mich also für ein Flittchen und eine Medienhure. Da hat sie nicht ganz unrecht«, sage ich und lache auf.

»Lass das.« Er wirft mir einen warnenden Blick zu.

»Wie schlimm ist es? Möchten sie, dass jemand anders das Buch schreibt?«

»Das ist ausgeschlossen!« Er schüttelt energisch den Kopf. »Mir tut es nur so leid, dass du es dir anhören musstest.«

»Hab schon Schlimmeres gehört«, bemerke ich philosophisch.

Das hebt seine Laune auch nicht.

»Was hat sie denn eigentlich für ein Problem?« Ich möchte dem Ganzen auf den Grund gehen. Will es verstehen. »Ich dachte, es sei Kate gewesen, die dich dazu überredet hat, das Buch weiterschreiben zu lassen?«

»Hat sie ja auch. Sie ist einfach sehr verwirrt.«

»Liegt es nur daran, dass sie mich nicht mag?«

»Das ist es nicht allein.«

»Meinen Blog lehnen sie auf jeden Fall ab.«

»Stimmt«, räumt er ein. »Auf den sind sie erst vor Kurzem aufmerksam geworden. Und dann hat sich Kate gestern Abend deinen Fernsehauftritt angeschaut. Auf der Party hatte jemand ihn erwähnt.«

»Mir war gar nicht klar, dass er so anstößig ist.«

»Ist er ja auch nicht. Ich glaube, es spielt keine Rolle, wer du bist und was du gemacht hast. Valerie möchte auf gar keinen Fall, dass jemand Nickis Arbeit weiterführt. Sie war der Meinung, man solle die *Bekenntnisse* einfach ruhen lassen. Nun hat Kate Gewissensbisse, weil sie mich ermutigt hat, das Buch weiterschreiben zu lassen.«

»Hast du sie an Nickis Leser erinnert? An all die Leute, die verzweifelt auf eine Fortsetzung warten? Glauben sie denn nicht, dass Nicki gewollt hätte, dass jemand es fertigschreibt?«

»Keine Ahnung.« Er seufzt.

»Vielleicht, wenn die Ghostwriterin nicht gar so eine Medienhu...«

»Hör auf«, unterbricht er mich. »Sie haben nicht nur dich auf dem Kieker. Mich auch. Sie denken, ich bin über Nicki hinweg, trauere ihr nicht genügend hinterher. Sie glauben, ich hätte ... Sie denken, da ist ...«

»Ja, was denn nun?«

Wieder schüttelt er den Kopf, anscheinend fehlen ihm die Worte, aber ich kann mir denken, was ihm da so schwer über die Lippen kommen will.

»Sie glauben, da läuft was zwischen uns«, stelle ich in den Raum.

Er schüttelt den Kopf, bestreitet es aber nicht. »Es ist verrückt. Ich hab ihnen gesagt, dass du einen Freund hast, dass wir nur befreundet sind, dass ich mich unmöglich in die Ghostwriterin meiner verstorbenen Frau verlieben könnte, aber Kate ist so verdammt argwöhnisch!« Er rauft sich die Haare, und ich zucke zusammen.

»Es ist egal, was sie denken«, fährt er fort. »Die haben keine Ahnung.«

»Sie vermissen Nicki einfach«, betone ich in dem Versuch, vernünftig zu sein. »Und das lassen sie unfairerweise an dir aus. Dabei bist du der Letzte, an dem sie es auslassen sollten.«

»Von wegen. Du bist die Letzte, an der sie es auslassen sollten«, sagt er entschieden. »Du bist hier, um deinen Job zu machen. Da musst du dich konzentrieren können. So einen Scheiß brauchst du todsicher nicht. Noch dazu, wo du deinen ganzen Sommer investiert hast, um herzukommen!«, ruft er fassungslos. »Es tut mir leid. Es tut mir wirklich leid!«

»Okay, jetzt hör auf, dich zu entschuldigen. Es reicht.«

Er seufzt. »Ja, okay.« Nach längerem Schweigen meint er: »Heute kannst du nicht arbeiten. Und ich genauso wenig. Lass uns doch an den Strand gehen.«

»An den Padstow Beach?«

»Warum nicht?«

»Gut.«

Wir verbringen den Nachmittag damit, Sandburgen zu bauen und sie wieder einzureißen, doch trotz des sonnigen Wetters gibt es kein Entrinnen vor der metaphorischen dunklen Wolke über uns.

Kapitel 35

Was Nicki wohl zum Benehmen ihrer Schwester und ihrer Mutter sagen würde?, frage ich mich, als ich am nächsten Morgen zu Charlies Haus zurückkehre. Ich habe das Gefühl, sie würde im Erdboden versinken vor Scham, allerdings würde ich das Kate und Valerie niemals unter die Nase reiben – vermutlich würden sie mich für so eine Spekulation erschießen.

Aus den Tagebüchern aus Teenagerzeiten weiß ich, dass Nicki sich häufig mit ihrer Schwester und ihrer Mutter in die Haare gekriegt hat. Was hatte Charlie gleich wieder gesagt, als ich bemerkte, Essex liege so weit entfernt? Etwas in der Art: *Witzigerweise fand Nicki es nicht weit genug, als wir herzogen ...*

Nicki mochte es schrecklich gefunden haben, dass ihr Dad im Ausland lebte und bei ihren Besuchen so beschäftigt war, aber sie liebte ihn und wollte immer wieder zu ihm.

Mindestens einmal im Jahr, hatte Charlie gemeint, wenn sie auch nie zusammen hingeflogen waren. Warum hatte Charlie Nicki nie nach Thailand begleitet? Er sagte, sie hätten sich zwei Flüge nicht leisten können. Sie hatten besprochen, das Honorar von Nickis Roman für einen Besuch bei Alain zu verwenden, damit er April kennenlernen könne, doch Nicki starb, bevor dieser Plan in die Tat umgesetzt werden konnte. Hatte Nicki diesen Vorschlag gemacht, oder war es Charlie gewesen?

Gab es womöglich einen weiteren Grund, warum sie Charlie

nicht mit nach Thailand nehmen wollte? Hatte es irgendetwas mit Isak zu tun?

Laut Charlie war Nicki ihm in ihren Zwanzigern gelegentlich über den Weg gelaufen, und es sei ihr unangenehm gewesen. Da sie sich in ihren Tagebüchern über Derartiges nicht mehr ausließ, kann ich nicht nachprüfen, ob das auch stimmt. Ich greife zu dem Blatt Papier auf meinem Schreibtisch und lese mir Nickis Gedicht noch einmal durch.

> *Ich bestehe nicht aus einem großen Ganzen*
> *Sondern aus vielen kleinen Stücken*
> *Getrennt und doch vereint*
> *Eines davon gab ich dir*
> *Nun ist ein Teil davon gestorben*
> *Jedes Mal, wenn du mich verletzt*
> *Jedes Mal, wenn du mich zum Weinen bringst*
> *Verkümmert in mir*
> *Das kleine Stück, das du von mir besitzt*
> *Noch ist es am Leben*
> *Noch hast du mich nicht verloren*
> *Andere hingegen schon*
> *Andere haben mich verloren*
> *Und das solltest du nicht*
> *Vergessen.*

Falls Nicki Isak ein Stück von sich gab, wie ihr Gedicht nahelegt, war es dann schon längst verkümmert, so wie sie es ihm prophezeit hatte? Oder lebte dieses Stück bei ihrem Tod noch?

Nicki schreibt so gut, dass sie sogar mich Zynikerin dazu gebracht hat zu glauben, es sei möglich, sich gleichzeitig in zwei Personen zu verlieben. Was aber, wenn ihre Story gar keine reine Fiktion ist? Was, wenn sie auf Tatsachen basiert?

Ich weiß ja schon, dass sie von wahren Begebenheiten inspiriert wurde, wie etwa Charlies Cream-Tea-Geschäftsidee, und dass die Ähnlichkeiten zwischen Morris und Charlie damit noch nicht enden.

Was ist mit Isak und Timo?

War Nicki zum Zeitpunkt ihres Todes immer noch in Isak verliebt? Nein, mehr noch: Waren sie immer noch zusammen?

Mir läuft es eiskalt über den Rücken.

Wirkt Nickis Buch deshalb so authentisch? Schrieb sie aus Erfahrung?

Das muss ich herausfinden.

Ich frage mich, ob Isak immer noch im selben Resort arbeitet wie Nickis Dad. Wie hieß es gleich wieder? Ich bin mir sicher, es lag irgendwo in der Nähe von Krabi ...

In die Maske der Suchmaschine gebe ich Alain Dupré, französischer Koch und Krabi ein. In Nickis Tagebüchern finde ich die Antwort auch, doch so sollte es schneller gehen ... und genauso ist es.

Sofort erkenne ich den Namen der Ferienanlage und gehe auf deren Website. Dort überfliege ich das Top-Menü nach einem relevanten Link. »Aktivitäten & Exkursionen«, das passt doch. Ein Klick, und schon erscheint das Foto eines muskulösen Mannes, der sich mit bloßen Händen an eine Klippenwand klammert. Aufgeregt klicke ich zu dem nächsten Bild, doch darauf ist eine kajakfahrende Frau abgebildet. Ich kehre zu dem Felskletterer zurück. Ist das Isak? Sein Gesicht ist nicht zu sehen, wobei ich ohnehin nicht weiß, wie er aussieht. Ich bin hier noch nie auf irgendwelche Fotos von Isak gestoßen.

Ich stöbere weiter auf der Website herum, doch es werden keine Namen erwähnt, und der von Isak schon gleich gar nicht. Ich notiere mir die Kontaktdaten, um dem Resort notfalls mailen zu können. Die Anlage macht einen traumhaften Eindruck.

Ich muss dort unbedingt eine günstige Unterkunft klarmachen. Vielleicht gelingt es mir sogar, einen Gratisaufenthalt rauszuschlagen. Es sieht ganz danach aus, als würden an dem Hotel gerade ein paar Renovierungen vorgenommen, da könnte ihnen ein bisschen Promotion über den neuen Look in der Presse doch ganz gelegen kommen ... Ich suche nach dem Ansprechpartner für PR und notiere mir die E-Mail-Adresse.

Da man das Eisen schmieden soll, solange es heiß ist, rufe ich eine Freundin an, die für ein Hochzeitsmagazin arbeitet, und frage, ob sie Interesse an einem Flitterwochen-Feature über diese Hotelanlage hätte. Sie meint, sie würde das mit dem Herausgeber besprechen und zurückrufen.

Während ich darauf warte, maile ich Marty in die Arbeit. Elliot hat mir den groben Zeitraum genannt, wann er zu mir stoßen könnte, daher bin ich nicht sonderlich flexibel. Der frühe November liegt gerade noch außerhalb der Hochsaison, insofern sollte in dem Resort etwas verfügbar sein. Ich bitte Marty, sich nach Flügen für Elliot und mich umzusehen, obwohl ihn eine Direktbuchung von Australien aus wahrscheinlich günstiger käme.

Als Elliot und ich am Samstag miteinander telefonierten, war die Unterhaltung zunächst ein wenig angespannt. Zum Glück ist er aber nicht nachtragend, und so war gegen Ende des Gesprächs zwischen uns eigentlich alles wieder weitgehend im Lot.

Ich kann kaum glauben, dass ich ihn in sechs Wochen sehen könnte. Der Gedanke bringt mich leicht aus dem Gleichgewicht. Lieber denke ich nicht zu viel darüber nach, denn vielleicht wird ja gar nichts daraus. Morgen rufe ich ihn an. Aus Gründen, die ich mir nicht ganz erklären kann, habe ich wenig Lust, ihm von Valerie und Kate zu erzählen.

In diesem Moment ruft meine Freundin vom Hochzeitsmagazin zurück und gibt mir – tadaa! – grünes Licht. Ich liebe es, wenn bei einem Plan alles so glattläuft! Nun muss ich nur noch eine E-Mail an das Resort schicken und ihnen meine Idee unterbreiten.

Meine Vermutungen, was Nicki angeht, behalte ich vorerst für mich. Sollte sie Charlie untreu gewesen sein, muss er das ja nicht unbedingt erfahren.

»Was hält dein Dad eigentlich von deinem Blog?«, fragt mich Charlie einige Tage später.

Es ist Freitagabend, und wir sitzen im Wohnzimmer, wollen uns *Deadpool* angucken, warten aber noch auf das indische Essen vom Bringdienst.

Gerade habe ich gestanden, dass Sara mich ermutigt hat, Vince aufzusuchen, sobald ich wieder in London bin. Immer wieder liegt sie mir damit in den Ohren, dass mein Blog an Schwung verliert, wenn ich nicht bald wieder etwas poste. Unfassbar, dass meine Zeit in Cornwall dem Ende zugeht.

Auf mein Geständnis hin hat Charlie den Kopf geschüttelt und stur geradeaus geschaut.

»Dad liest meinen Blog nicht«, erwidere ich nun. »Das habe ich ihm strikt verboten. Er weiß, dass ich keine Nonne bin, und mehr braucht er auch gar nicht zu wissen. Und überhaupt, er hat mich immer als die akzeptiert, die ich bin. Was auch immer das heißt«, murmele ich.

Eine Schlampe, eine Nutte, ein Luder, ein Flittchen, wenn es nach meinen »Hatern« geht. Diesen Ausdruck hasse ich wirklich.

Auf die anderen bin ich, ehrlich gesagt, auch nicht sonderlich scharf.

»Was ist mit Elliot?«, fragt Charlie. »Wie kann er nach

allem, was passiert ist, so cool bleiben, wenn du dich mit Vince triffst? Weiß er, was zwischen euch gelaufen ist?«

Ich zucke die Achseln. »Ein bisschen was, ja.« In Wahrheit nicht so viel wie Charlie, was ja an sich verrückt ist.

»Ich hätte niemals zugelassen, dass sich Nicki in so eine Situation begibt. Und ich verstehe nicht, warum du dir das antust. Wie hältst du es aus, dass jeder über dich richtet? Nicht, dass du denkst, ich würde über dich richten – du kannst dein Leben leben, wie immer du magst.«

»Na, vielen Dank auch«, entfährt es mir unwillkürlich.

Über meine sarkastische Bemerkung geht er hinweg. »Aber wenn du das Ganze vor aller Welt ausbreitest, dann forderst du die Kritik ja förmlich heraus.«

»Schon klar. Eigentlich hatte ich auch nie vor, einen Beziehungsblog zu schreiben. So was fand ich früher grauenhaft – Leute, die in aller Öffentlichkeit ihre schmutzige Wäsche waschen. Ich weiß eigentlich gar nicht so recht, wie ich in diesen Schlamassel hineingeraten bin. Oder doch, stimmt ja, der Vorschlag kam von meinem Freund.«

Ich grinse Charlie an, der das gar nicht lustig zu finden scheint.

»Weißt du, ich glaube, du würdest Elliot mögen«, meine ich plötzlich sagen zu müssen. »Vermutlich hältst du ihn für einen … hm … keine Ahnung, für einen Idioten, dass er mich zu so einem Blog animiert, aber er ist ein guter Kerl, wirklich.«

Charlie wirkt nicht überzeugt.

»Ehrlich, du würdest ihn mögen«, beharre ich. »Jeder mag ihn.«

»Hm.« Er greift zur Fernbedienung. »Schauen wir uns nun diesen Film an oder nicht?«

»Na, drück schon drauf.« Wir brauchen etwas, das unsere Laune hebt.

Diese Woche war im Grunde ganz okay.

Mal abgesehen davon, dass seine Schwägerin und Schwiegermutter mich für eine ...

Charlie und ich haben unser Bestes getan, so zu tun, als wäre uns das alles zum einen Ohr rein- und zum anderen wieder rausgegangen. Ich bin nur noch eine Woche hier, dann ziehen meine Mieter aus meiner Wohnung aus, und ich kann wieder nach Hause. Für die Cornwall-Szenen habe ich genug Recherchen angestellt – nun steht Thailand auf dem Plan.

Meine Flüge sind gebucht, meine Unterkunft gesichert (kostenlos – yes!), und ich habe sogar herausbekommen, dass Isak für die Hotelanlage noch immer Kletterkurse anbietet. Ich war ganz aus dem Häuschen, als ich das per E-Mail bestätigt bekam.

Irgendwie werde ich die Wahrheit aus ihm herauskitzeln. Noch immer versuche ich, Nicki zu verstehen und mir darüber klarzuwerden, wo ihr Kopf war, als sie dieses Buch schrieb.

Es fällt mir schwer, Isak in meinen Unterhaltungen mit Charlie nicht zu erwähnen, doch will ich ihm nicht unnötig Kummer bereiten. Vor ein paar Tagen hat er sich mir zuliebe mit Nickis Dad in Kontakt gesetzt, und Alain meinte, er würde sich gern irgendwann auf einen Kaffee mit mir treffen. Wenn ich es recht verstanden habe, kann er sich darüber hinaus wohl keine Zeit freischaufeln, aber immerhin wird mir diese Erfahrung dabei helfen, Nickis Tagebücher zum Leben zu erwecken, und allein das wird schon faszinierend sein.

Ich weiß nicht, wie das passieren konnte, denn *Deadpool* ist einfach saukomisch, doch irgendwie bringe ich es fertig, auf dem Sofa einzunicken. Als ich wieder aufwache, ist es dunkel im Zimmer, und es liegt ein Kissen unter meinem Kopf. Noch immer bin ich in die gemütliche Decke eingehüllt, die mir Charlie vorhin gegeben hat. Ich schiele auf die Digitaluhr des DVD-Players. *Zwei Uhr fünfunddreißig!* Zum Campingplatz gehe ich jetzt sicher nicht mehr. Ich schließe die Augen und versuche, wieder einzuschlafen.

Am Morgen weckt mich der Duft von Bacon und Zimt. Es ist kurz nach acht.

»Guten Morgen!«, ruft Charlie, als ich in der Küche erscheine. In einer Pfanne brät er Pancakes, in einer weiteren Bacon. »Hast du gut geschlafen?«

»Hab ich. Danke, dass ich bleiben durfte.«

»Ich hatte gar keine andere Wahl: Du bist einfach eingepennt!«

Lächelnd gehe ich zu April, die vor dem Sofa steht und zur Radiomusik herumwackelt. »Guten Morgen, April!« Sie strahlt zu mir hoch.

»MMMBop« von Hanson erklingt, als ich sie auf den Arm nehme. Sie lehnt sich mit dem ganzen Körper nach links und dann ganz nach rechts, wie ein Hampelmann in Zeitlupe.

Lachend tanze ich mit ihr in der Küche herum, singe den Text mit. Als der Refrain einsetzt, gleite ich in meinen Socken mit ihr über den Boden zum Radio, doch Charlie ist schneller und stellt das Radio auf volle Lautstärke. Wir singen lauthals mit, bevor wir in Gelächter ausbrechen.

Mir kommt es vor, als befände sich ein Ballon in mir, den jemand mit Lachgas befüllt. Es ist der bestmögliche Start ins Wochenende.

Nächstes Wochenende werde ich wieder in London sein. Bei dem Gedanken platzt der Ballon.

Kapitel 36

Am Donnerstag, meinem letzten Tag in Cornwall, lassen wir die Arbeit Arbeit sein, und Charlie fährt mit April und mir zum Meerglassuchen nach Lansallos. Er hatte angeboten, mir eine andere Bucht zu zeigen, doch ich wollte noch einmal an diesen Strand. Während er auf die Felsen klettert und sich die schimmernden Farben des Gesteins genauer anschaut, wie ich es bei unserem ersten Besuch hier getan habe, wandern April und ich barfuß am Ufer entlang, bekommen nasse Zehen in dem kalten, klaren, hellblauen Wasser. Obwohl sie von Tag zu Tag sicherer geht, halte ich sie ganz fest an den Händen. In Wahrheit möchte ich sie nämlich einfach nicht loslassen.

An diesem Abend gesellen sich Pat und Adam für eine letzte Pizzarunde zu uns.

»Viel Glück für Ihre restliche Schreibarbeit«, wünscht mir Pat freundlich beim Abschied. Auf ihrem Heimweg setzt sie Adam in Bude ab.

»Danke schön.«

»Ich kann's gar nicht erwarten, es zu lesen.« Sie lächelt und umarmt mich. Als sie sich von mir löst, wende ich mich Adam zu.

»Bridget«, sagt er liebevoll und breitet weit die Arme aus. Grinsend mache ich einen Schritt auf ihn zu, und er drückt mich so fest an sich, dass mir die Luft wegbleibt.

»Uff!«, keuche ich, doch er drückt mich noch fester und

wiegt mich eine ganze Weile hin und her, ehe er mich wieder loslässt.

»Na, wie war das?«, fragt er bedeutungsvoll, während ich übertrieben heftig nach Luft schnappe.

»Bin mir nicht sicher, was du als Antwort hören möchtest.« Ich betrachte ihn misstrauisch.

Er beugt sich vor und flüstert mir ins Ohr: »War es besser als Sex?«

Ich breche in Gelächter aus und versetze ihm einen kleinen Knuff. Er spielt auf den Abend in Padstow an, als ich sagte, ich würde Umarmungen mehr vermissen als Sex.

»Was hast du ihr zugeflüstert?«, fragt Pat ihren jüngeren Sohn frech.

»Mum, ich bin mir nicht sicher, ob du das wissen willst«, wirft Charlie ein, während Adam weiter vor sich hingrinst.

Pat verdreht die Augen. »Du hast recht, vermutlich nicht.«

Nachdem wir ihnen zum Abschied gewinkt haben, drehe ich mich zu Charlie. »Bleibst du noch ein bisschen?«

»Ich kann ziemlich lang bleiben, muss aber noch nach Hause.«

»Könnten wir April im Bus schlafen legen, damit du nicht davonstürmen musst?« Ich sehe ihn voller Hoffnung an.

»Okay«, stimmt er mir mit einem Nicken zu.

Ich darf sie ins Bett bringen. Ich lege mich mit dem Gesicht zu ihr auf die Seite, und singe sie in den Schlaf, streichele dabei sanft ihre hellblonden Locken, bis ihr die Augenlider schwer werden und schließlich zufallen. Bei ihrem Anblick bekomme ich einen Kloß im Hals.

Später sitzen wir oben auf unserem Aussichtsplatz, um meinen letzten kornischen Sonnenuntergang zu betrachten. Inzwischen haben wir Ende September, und das Laub auf den Bäumen beginnt sich bereits zu färben.

Unglaublich, dass ich zwei ganze Monate hier gewesen bin! Charlie und ich waren diese Woche beide niedergeschlagen. Ich glaube, er möchte genauso sehr, dass ich verschwinde, wie ich von hier weg möchte – nämlich überhaupt nicht.

Ich freue mich darauf, wieder in meinem eigenen Bett zu schlafen, in einer richtigen Küche zu kochen und eine Toilette zu haben, die nur ein paar Meter entfernt liegt, aber nach meinem Geschmack hätte das alles noch Zeit.

Wenn ich könnte, würde ich noch einen Monat bleiben, vielleicht auch länger. Doch gibt es in London so einiges zu erledigen. Zum Beispiel muss ich mich dazu aufraffen, Vince einen Besuch abzustatten, damit ich meinen nächsten Blogeintrag verfassen kann.

»Du solltest mal mit Jocelyns Mann ausgehen, wenn ich weg bin«, rate ich Charlie. »Ich habe Edward auf Aprils Feier kennengelernt und fand ihn richtig nett.«

»Er ist ziemlich schweigsam.«

»Ich weiß«, entgegne ich lächelnd. »Aber vielleicht ist er einfach nur schüchtern und könnte den Kontakt zu einem anderen frischgebackenen Papa brauchen.«

Er lacht leise auf. »Findest du wirklich, dass es mir an Gesellschaft fehlt?«

»Sobald ich weg bin, schon«, entgegne ich mit einem Grinsen, doch so unrecht habe ich nicht.

Eine Weile schweigen wir, aber es ist völlig in Ordnung.

»Ich wünschte, du könntest nach Thailand kommen«, murmele ich. »Es ist so traurig, dass du und April noch nie dort wart, wo Nicki es doch so geliebt hat. Gibt es wirklich gar keine Möglichkeit? Könnte euch Alain nicht bei den Flügen unterstützen?«

»Er hat es nicht angeboten«, erwidert er leise. »Momentan sind wir einfach nicht in der Lage, so viel Geld für die Flugtickets hinzulegen, so verführerisch der Gedanke auch ist. Ich hab keine Ahnung, wie es auftragsmäßig bei mir weitergeht. Es stehen zwar eine ganze Reihe von Projekten an, aber die könnten alle im Sande verlaufen. Es gibt keine Garantien. Das kann ich nicht riskieren.«

»Das verstehe ich.«

»Allerdings hab ich mir was überlegt ...«

Etwas in seinem Ton bringt mich dazu, ihn anzusehen.

»Ich möchte nicht, dass du dich ganz allein mit Vince triffst.«

Vince ist das Letzte, worüber ich mich jetzt unterhalten möchte.

»Ich könnte nächstes Wochenende nach London kommen und dich begleiten«, fährt er fort.

Als ich nichts sage, dreht er den Kopf zu mir und sieht mich an. Ich schaue in seine grün-braun-goldenen Augen und bekomme tief in meinem Bauch ein schwummeriges Gefühl. Fast ist es unangenehm, aber ich möchte nicht wegsehen.

Elliot kommt mir in den Sinn, und ich zucke zusammen und mahne mich zur Vernunft.

»Ich kann nicht glauben, dass du das für mich tun würdest.«

Ich wende mich ab und zupfe eine Handvoll Gras heraus, da ich spüre, wie ich erröte.

»Natürlich würde ich das – wir sind doch Freunde. Ist das ein Ja?«

»Ja«, sage ich leise. »Ich bin froh, dass der heutige Abend noch kein Abschied ist.«

»Das wäre er sowieso nicht. Wir kommen ja morgen früh noch, um dich zu verabschieden.«

»Ach, echt?« Inzwischen traue ich mich, ihn wieder anzusehen.

»Klar. Ich möchte ja mein Zelt und meinen Campingtisch wiederhaben.«

Lächelnd knuffe ich ihn in die Seite. Uns beiden ist klar, dass er sie sich jederzeit bei Justin und Julia abholen könnte.

»Aber auch morgen wäre es kein endgültiger Abschied«, meint er ernst. »Wir bleiben in Verbindung, stimmt's?«

»Definitiv!«

Aber es wird nicht dasselbe sein. Nie wieder. Ein paar Tage hier, eine Woche dort ... Ich werde nie mehr eine Ausrede haben, im Sommer acht Wochen herzukommen. Und, wer weiß, vielleicht lebe ich ja nächstes Jahr schon in Australien?

Der Gedanke tut weh.

Das verheißt nichts Gutes für die Zukunft. Momentan schiebe ich den Gedanken beiseite, aber ich weiß sehr wohl, dass das etwas ist, womit ich mich noch mal befassen muss.

»Musst du April denn mit nach Hause nehmen?«, frage ich, während wir wieder den Hügel hinuntergehen. »Kann sie nicht bei mir bleiben? Kannst du nicht einfach auch hier pennen?« Ich stelle die drei Fragen in schneller Folge, ohne ihm die Chance zu geben, sie zu beantworten.

»Ich muss noch etwas erledigen«, beantwortet er meine dritte Frage zuerst.

»Klingt kryptisch.« Er will nicht genauer darauf eingehen, also bohre ich auch nicht nach. Auf unserem Heimweg hatte er in Polperro auch schon aus geheimnisvollen Gründen noch mal rausspringen und schnell irgendetwas besorgen müssen – April und ich waren unterdessen im Wagen geblieben.

»April kann bei dir bleiben, wenn du magst.«

»Echt?«

»Ich kann morgen schon früh herkommen und dir beim Zusammenpacken helfen.«

»Sorgst du dich, ich könnte dein Zelt falsch abbauen?«, necke ich ihn.

»Nein, ich sorge mich um dich«, entgegnet er, schlingt einen

Arm um meine Schulter und drückt mich. Ich wünschte mir, dass er mich nicht wieder losließe.

Am nächsten Morgen wache ich vor April auf. Dad hat mich ermahnt, früh aufzubrechen, wenn ich nicht im freitäglichen Berufsverkehr feststecken möchte – er hatte sogar vorgeschlagen, lieber nachts zu fahren –, doch ich bringe es nicht über mich, schon aufzustehen und mit dem Packen anzufangen.

Lange liege ich da und betrachte Aprils im Schlaf so friedvolles kleines Gesicht. Ich beobachte das sanfte Heben und Senken ihres Brustkorbs und möchte die Hand auf ihr Herz legen, habe aber zu große Angst, sie dadurch zu wecken. Es wird mir schwerfallen, sie heute zu verlassen.

Es wird mir auch schwerfallen, Charlie zu verlassen.

Als ich schließlich alles gepackt habe und abfahrbereit bin, stehe ich vor Charlie, der April in den Armen hält. Dort, wo ungefähr sechs Wochen lang sein Zelt stand, befindet sich nun ein hässlicher, gelber Fleck. Wenn ich wegfahre, hinterlasse ich außerdem einen Fleck in Hermieform. Ich erkläre Charlie, dass er ja herkommen und den Fleck betrachten könne, falls er mich je vermissen sollte, was er lediglich mit dem Hauch eines Lächelns quittiert.

»Danke«, flüstert er, schlingt einen Arm um mich und zieht mich für eine Dreier-Umarmung mit ihm und seiner Tochter an sich. »Du hast mehr für uns getan, als dir klar ist.«

»Stop«, erwidere ich, denn ich möchte nicht weinen. »Wir sehen uns nächstes Wochenende, stimmt's?«

»Wir kommen«, verspricht er.

Nachdem ich beide noch mal umarmt habe, steige ich ins Wohnmobil. Charlie bedeutet mir, das Fenster herunterzulassen.

»Das ist nur eine Kleinigkeit. Mach's auf, wenn du zu Hause bist.«

Er reicht mir ein winziges Päckchen, das in dasselbe Geschenkpapier eingepackt ist, dass er für Aprils Geburtstagsgeschenke benutzt hat.

»Darf ich's nicht jetzt schon aufmachen?«, frage ich lächelnd.

»Nein.« Entschieden schüttelt er den Kopf, und seine Wangen erröten.

Was das wohl sein mag …?

»Ciao, Charlie«, sage ich traurig. »Ciao, kleines Backenhörnchen.« Ich winke April zu. »Ich werde euch vermissen.«

Sie streckt die Hände nach mir aus, doch Charlie tritt vom Wagen zurück, und sie zieht einen Flunsch. Ich schlucke den Kloß in meinem Hals herunter und versuche, Hermies Motor anzulassen, bevor ich losheule.

Weit komme ich nicht. Vor einem großen Supermarkt entlang der Straße halte ich an, atme tief durch und versuche, mich am Riemen zu reißen. Ich betrachte das Geschenk von Charlie. Als ob ich mit dem Auspacken warten könnte, bis ich zu Hause bin …

Sobald ich es öffne, sehe ich, was er noch dringend erledigen musste. In drei der Meerglasstücke – grün, braun und gelb –, die wir gestern gefunden haben, hat er winzige Löcher gebohrt und sie auf eine lange Silberkette gefädelt, die er vermutlich in einem Laden in Polperro gekauft hat. Er hat mir eine Meerglaskette geschenkt. Ich breche in Tränen aus.

Kapitel 37

Noch nie hat mich die Aussicht, Vince zu treffen, so glücklich gemacht. Denn Vince zu sehen bedeutet, Charlie und April zu sehen.

Die letzte Woche ist im Zeitlupentempo vergangen. Die ganze Zeit verspürte ich einen Schmerz in der Brust, der einfach nicht verschwinden wollte. Ich kann kaum glauben, dass sie das Wochenende bei mir in der Wohnung verbringen werden. Von einer meiner Freundinnen habe ich mir ein Baby-Reisebett ausgeliehen und das Bett im Gästezimmer hergerichtet.

Charlie kommt am Freitagabend – erst spät, um den Verkehr zu vermeiden –, weshalb April bei ihrer Ankunft schon fest schläft. Ich habe mich danach gesehnt, sie wieder in den Armen zu halten, aber Charlie möchte sie schnell und ohne Trara ins Reisebett verfrachten. Kurz schlägt sie die Augen auf und sieht mich direkt an, während ich neben Charlie stehe. Ich gehe aus dem Zimmer, damit er sie wieder zum Einschlafen bringen kann. Vielleicht wird sie denken, ich wäre ihr im Traum erschienen.

Charlie taucht aus dem Schlafzimmer auf und zieht lächelnd die Tür hinter sich zu.

»So, jetzt können wir uns anständig begrüßen«, sagt er. Ich gehe zu ihm, und er wiegt mich vor und zurück, drückt mich eine sehr lange Zeit an seine breite Brust. Es gibt kein schöneres Gefühl, als in seinen Armen zu liegen. Gott allein weiß, wie viel Serotonin dabei freigesetzt wird.

»Wir haben dich vermisst«, flüstert mir Charlie ins Haar.

»Ich euch beide auch.« Widerstrebend löse ich mich von ihm. »Du siehst fertig aus.« Ich betrachte sein müdes Gesicht. »Hast du noch Lust auf einen Schlummertrunk, oder magst du dich lieber gleich hinlegen?«

»Noch einen auf die Schnelle, hm?« Er folgt mir in die Küche. »Nette Wohnung.« Er sieht sich ausgiebig um.

Die Wohnung liegt im ersten Stockwerk eines Reihenhauses, zehn Minuten zu Fuß von der U-Bahn-Station Chalk Farm entfernt. Sie hat zwei Schlafzimmer mittlerer Größe, ein Bad und ein helles, luftiges Wohnzimmer mit integriertem Küchenbereich. Was ich an meiner Wohnung am liebsten mag sind die großen Schiebefenster, durch die man direkt auf ein paar alte Bäume blickt. Die beste Zeit im Jahr ist der Frühling, wenn die Knospen sprießen. Leider hängen kaum noch Blätter an den Zweigen, dafür hat der Herbst andere Vorzüge.

Wir nehmen unsere Drinks mit zum Sofa und setzen uns einander gegenüber, damit wir einander ansehen können.

»Hast du mit Vince gesprochen?«, fragt Charlie.

»Ich habe ihm gemailt«, erwidere ich. »Und er hat geantwortet, ich könne ihn am Sonntagvormittag um elf Uhr besuchen kommen. Er hat mir seine neue Adresse genannt.«

»Ist es klug, ihn in seinem eigenen Haus zu treffen?« Charlie wirkt besorgt. »Hättet ihr nicht in ein Café oder einen anderen öffentlichen Ort gehen können?«

Ich zucke die Achseln. »Ehrlich gesagt hatte ich es mir schwierig vorgestellt, ihn überhaupt zu einem Treffen zu überreden, und hätte daher zu allem Ja gesagt. Er wird schon nicht austicken«, versichere ich ihm, obwohl ich das eigentlich gar nicht beurteilen kann. »Mag sein, dass er nicht glücklich ist, in meinem Blog vorzukommen, aber es ist Jahre her – inzwischen sollte er darüber hinweg sein. Und überhaupt, wenn alle Stricke reißen, wartest du ja draußen in deinem Pick-up. Meinem Fluchtwagen.«

»Ich hab nur Angst um April, falls er dir doch blöd kommt. Ich könnte sie ja nicht allein lassen.«

»Um als mein Ritter in der glänzenden Rüstung reinzukommen?«, necke ich ihn.

Er sieht mich mit ausdruckslosem Gesicht an.

»Der tickt schon nicht aus«, versuche ich ihn zu beruhigen. »Aber ich bin trotzdem sehr froh, dass ihr hier seid.«

Er deutet auf die Kette, die mir um den Hals baumelt.

»Gefällt sie dir?«

»Ich finde sie wunderschön!« Mit leuchtenden Augen lächele ich ihn an.

Er erwidert mein Lächeln und rutscht dann auf dem Sofa herum. »Tja, ich hab da ein paar Neuigkeiten ...« Seine Stimme verliert sich, und er wendet den Blick ab.

»Welche denn?«

»Ich habe gerade Nickis Honorarabrechnung von *Unser geheimes Leben* zugeschickt bekommen. Der Vorschuss ist schon abgegolten.«

Das heißt, es wurden schon so viele Bücher verkauft, dass der Vorschuss bereits reingespielt ist und die weiteren Tantiemen ab sofort ausbezahlt werden.

»Das ist ja phantastisch!«

»Die Tantiemen sind der Wahnsinn«, sagt er leise.

»Oh, Charlie, ich freue mich so für euch beide.« Ich weiß, dass diese Neuigkeit für ihn und April alles einfacher macht.

»Ich überlege, ob wir nicht in Thailand zu dir stoßen.«

Mir klappt der Mund auf. »Im Ernst?«

Er nickt.

»Nein! Du nimmst mich auf den Arm!« Vor Freude droht mir das Herz zu platzen. »Wie toll ist das denn?!«

Er lächelt über meine Reaktion. »Ich bin froh, dass du dich freust.«

»Natürlich tue ich das! Ich kann gar nicht aufhören, mit Ausrufezeichen zu reden! Sieh mich an!«

Er lacht.

»Wahnsinn.« Ich schlage mir die Hände an die Wangen und lasse – benommen und ein wenig aufgelöst – das Ganze erst mal sacken.

»Falls Elliot kommt, lerne ich ihn also doch kennen«, merkt Charlie an.

Warum nur wird mir bei diesem Gedanken plötzlich so kalt?

Charlie war schon seit Ewigkeiten nicht mehr in London, daher machen wir uns am Tag darauf zu einer Sightseeing-Tour auf. April gefallen besonders die Löwen am Trafalgar Square und die rot uniformierten Wachen vor dem Buckingham Palace, danach steuern wir in der Regent Street den Spielzeugladen Hamleys an. Ich kaufe April für zu Hause eine Seifenblasenmaschine, weil ich mich daran erinnere, wie sehr ihr die Seifenblasen in der Musikgruppe gefallen haben.

Charlie möchte kurz in ein Bekleidungsgeschäft schauen, und wir machen einen Treffpunkt in einer halben Stunde aus. In der Zwischenzeit gehe ich April ein Eis kaufen, denn ich möchte sie unbedingt verwöhnen. Dann besuchen wir The White Company, weil ich nach Badeanzügen für April gucken möchte – ich würde ihr gern einen für Thailand besorgen. Ob es dort zu dieser Jahreszeit überhaupt noch welche gibt, fragt sich zwar, aber wenn nicht, dann kaufe ich ihr stattdessen einen Pyjama.

Wir stoßen bis in den rückwärtigen Teil des Ladens vor, ehe eine Verkäuferin uns begrüßt.

»Guten Tag«, begrüßt sie mich fröhlich und blickt von mir zu April. Unvermittelt klappt ihr die Kinnlade runter, und sie wird blass.

»Oh, nein!«, ruft sie entsetzt. »Nein, nein, nein, hier drinnen ist essen verboten!«

Eine weitere Verkäuferin erspäht uns und eilt her, gerade als ich den Hals über den Kinderwagen recke und feststelle, dass Aprils Gesicht und Hände mit Schokoladeneis beschmiert sind. Ups!

»Kein Essen im Laden!«, ruft die andere Verkäuferin und winkt hektisch einer dritten Person zu.

Gemeinsam führen uns die drei aus dem Geschäft, riegeln uns mit wildem Blick mit den Armen ab, damit April null Chancen hat, mit ihren vom Schokoladeneis klebrigen Fingern die makellosen und perfekten weißen Kleidungsstücke anzufassen.

Draußen auf dem Bürgersteig komme ich aus dem Lachen gar nicht mehr heraus.

Am nächsten Tag ist mir dann aber doch etwas mulmig zumute. Nervös dirigiere ich Charlie zu Vince' Haus. Das Timing ist gut, um diese Zeit hält April gewöhnlich ihren Vormittagsschlaf, und tatsächlich, als wir in New Barnet ankommen, schläft sie tief und fest. Vince wohnt in einer Doppelhaushälfte mit hellbrauner Waschbetonfassade, direkt neben einem braunen Ziegelwohnblock. Ein weißer Transporter steht davor, auf dem der Name seiner Firma prangt: GÄRTEN VON VINCE.

Sonderlich einfallsreich war er noch nie.

Charlie parkt vor dem Haus und mustert es, dann dreht er sich zu mir und starrt mich direkt an, ohne ein Wort zu sagen.

Noch immer mache ich keine Anstalten, aus dem Pick-up zu steigen.

»Du musst das nicht machen«, sagt er schließlich.

Ich schüttele den Kopf, gebe mir einen Ruck und steige aus. Als ich Vince' Einfahrt hochgehe, spüre ich Charlies Blick im Rücken. Ich klopfe an die weiße Kunststofftür.

Durch die beiden im Siebziger-Jahre-Stil gemusterten Milchglasscheiben sehe ich, wie sich Vince' massige Gestalt im Flur nähert. Er hat es nicht eilig.

Dann öffnet er die Tür und betrachtet mich kühl. Er ist breiter – fetter – als früher und hat einen kleinen Schmerbauch. Sein dunkles Haar ist noch schwärzer als einst, das verräterische Zeichen eines Kriegs gegen Grau.

»Hallo!« Ich zwinge mich zu einem Lächeln, das nicht erwidert wird.

»Bridget«, sagt er mit leiser, unangenehmer Stimme und tritt beiseite, um mich einzulassen. Über die Schulter werfe ich Charlie einen letzten Blick zu. Wie er durch sein Seitenfenster hinausschaut, erinnert er mich an einen Löwen kurz vor dem Angriff.

»Wer ist das?« Vince hält beim Schließen der Haustür kurz inne.

»Ein Freund.«

»Einer deiner vielen Kerle?«, fragt er gehässig, ohne eine Antwort zu erwarten.

Die Tür fällt nicht mit einem lauten Krachen zu, doch das leise Klickgeräusch fühlt sich nicht weniger bedrohlich an.

In meinem Kopf schwirrt es leicht, als er mir bedeutet, ins Wohnzimmer zu gehen. Immerhin kann ich von hier aus Charlie sehen, fällt mir auf, wenn auch nur verschwommen wegen der Musselinvorhänge. Ich löse meinen Blick vom Fenster, und er landet auf Spielzeugkisten. Erleichtert sehe ich zu Vince auf.

»Du hast Kinder?«

»Zwei«, erwidert er knapp.

»Dann bist du verheiratet?«

»Seit vier Jahren.«

»Gratulation!« Mein Lächeln ist aufrichtig, doch er will mir dieses Treffen offenbar schwermachen. »Wo ist deine Frau?«, frage ich.

»Sie bringt die Kids zu ihrer Mutter. Möchtest du was trinken, oder machen wir's kurz?« Sein Ton ist frostig.

»Ich brauche nichts, danke.« Das mulmige Gefühl von zuvor kehrt mit voller Wucht zurück, als ich mich auf die Kante seines abgewetzten, fleckigen Sofas hocke. Ich versuche, mich an das zu erinnern, was ich sagen will, aber es fällt mir schwer, mich zu konzentrieren. »Vince«, sage ich in ruhigem Ton. »Weißt du, warum ich gekommen bin?«

»Ich hätte da schon so eine Idee«, höhnt er. »Meine bessere Hälfte hat dich vor ein paar Wochen in der Glotze gesehen und das Ganze für mich aufgenommen.« Das bedeutet, dass er in der Vergangenheit über mich hergezogen haben muss. »Unglaublich, dass du die Traute hast, hierherzukommen.«

»Ich muss dich darum bitten, mir dein Stück meines Herzens zurückzugeben.«

Noch nie haben diese Worte so dämlich geklungen. Ich möchte es einfach nur hinter mich bringen, damit ich zu Charlie und April zurückkann.

Er lacht mir ins Gesicht. »Weißt du eigentlich, wie lächerlich du klingst?« Seine Bitterkeit sitzt tief.

»Kriege ich es nun oder nicht?«, fauche ich.

Kichernd lehnt er sich auf dem Sofa zurück und verschränkt die Arme. Da sehe ich rot.

»Weißt du was?«, sage ich. »Du hast recht. Das Ganze ist lächerlich. Eigentlich hast du ja nie einen Teil davon besessen.

Ich hatte damals einfach noch so Liebeskummer wegen Freddie, und du warst ... Na ja, du warst einfach da.« Ich stehe auf, aber er ist schneller. Er wirkt benommen, als hätte ich ihn geschlagen. Als ich gehen will, hält er mich am Arm fest.

»Finger weg, oder ich zeig dich wegen Körperverletzung an«, warne ich und halte seinem zornigen Blick stand.

»Wenn du es wagst, darüber zu schreiben, verklage ich dich«, droht er mir im Gegenzug und lässt meinen Arm los.

Ich trete den Rückzug zur Tür an und öffne sie eilig. Er hätte nicht die leiseste Chance, das weiß ich – schließlich ändere ich sämtliche Details der Männer, über die ich schreibe –, aber wozu soll ich ihn darauf hinweisen? Wie gesagt, ihm hat ohnehin nie ein Stück meines Herzens gehört. Bleiben elf.

»Schlampe!«, ruft er mir auf dem Weg zum Auto nach.

Charlie steigt aus.

»Lass gut sein«, sage ich und schüttele den Kopf. »Denk an April«, erinnere ich ihn. »So, und jetzt komm. Ich möchte einfach nur weg.«

Kapitel 38

Es tut mir wirklich leid, Charlie in so düsterer Stimmung zu sehen, aber ich kann mich einfach nicht dazu aufschwingen, mich großartig über Vince zu entrüsten. Dafür bin ich viel zu aufgeregt bei der Aussicht auf Thailand.

Da Charlie noch keine Tickets gebucht hat, bringe ich ihn mit Marty in Kontakt. Es wäre cool, wenn wir denselben Flieger nehmen könnten, wenn schon nicht von Heathrow – das wäre für ihn dann doch ein bisschen umständlich –, dann zumindest von Bangkok aus.

Als die beiden fahren müssen, versuche ich, ihn aufzumuntern.

»Kommst du denn klar?«, fragt er. Der Abschied scheint ihm schwerzufallen.

»Aber ja!«, erwidere ich. »Wir sehen uns in Thailand, schon vergessen?«

»Und du möchtest uns auch bestimmt alle zur selben Zeit dahaben? Sind wir dir und Elliot bei eurem romantischen Urlaub denn kein Klotz am Bein?« Er schaut besorgt drein.

»Ach was. Außerdem wird er sich wahrscheinlich sowieso nicht loseisen können.«

Ich gehe mit nach draußen, um ihnen hinterherzuwinken, und es zerreißt mir das Herz, als sie um die Ecke biegen. Zurück in meiner Wohnung, höre ich »Super Rat« von Honeyblood gerade so laut, dass meine Nachbarn nicht an die Decke gehen. Als der Refrain einsetzt, singe ich aus vollem

Hals »I will hate you forever« mit. Es ist eine Ode an Vince, doch anstatt dabei ein grimmiges Gesicht zu machen, kann ich nicht aufhören zu lächeln.

Am nächsten Tag ruft mich Sara an. Als ich ihr erzähle, dass ich nicht über Vince berichten werde, wird sie still.

»Sorry, aber er hat überhaupt nie ein Stück meines Herzens besessen«, erkläre ich.

»Na, dann schreib doch darüber«, erwidert sie mit Nachdruck. »Das gäbe ein phantastisches Kapitel ab.«

»Ich will aber nicht!«, entgegne ich störrisch.

»Wie kann man sich diese Chance nur durch die Lappen gehen lassen! Hat Elliot was mit diesem Gesinnungswechsel zu tun?«

»Nein, dem habe ich davon noch gar nichts erzählt. Wahrscheinlich wäre er derselben Meinung wie du.«

»Na, dann red doch mal mit ihm darüber, hm?«

Tatsache ist, dass Elliot und ich uns noch gar nicht so richtig ausgetauscht haben, seit ich Vince besucht habe. Der richtige Zeitpunkt hat sich bislang einfach nicht ergeben. Bei unserem letzten Gespräch war er sehr überrascht, dass Charlie und April mich besuchen kommen wollten. Als ich ihm erzählte, Charlie wolle nicht, dass ich Vince auf eigene Faust besuche, brachte ihn das sogar ein bisschen aus der Fassung. Selbst nach meinem Hinweis, Charlie passe einfach nur wie ein guter Freund auf mich auf, blieb er misstrauisch.

»Gibt es etwas, das ich wissen sollte?« In Elliots Stimme schwang ein argwöhnischer Ton mit.

»Nein.«

»Ich habe dir nämlich immer vertraut.«

»Und das zu Recht«, sagte ich.

Dabei beließ er es.

Wie sage ich ihm bloß, dass Charlie und April nach Thailand kommen? In Wirklichkeit würde es ihm nämlich sehr wohl etwas ausmachen, mit Charlie und April einen »Klotz am Bein« zu haben, wie Charlie es ausdrückte.

Zunächst möchte ich mir deswegen aber möglichst keinen Kopf machen. Bis zu unserem Abflug sind es nur noch drei Wochen, und wenn Elliot nicht bald in die Puschen kommt, wird das wohl sowieso nichts.

Ich irre mich. Am nächsten Morgen meldet er sich per FaceTime bei mir und möchte wissen, wie es mit Vince gelaufen ist. Ich erzähle es ihm. Wie nicht anders zu erwarten, gibt er Sara recht.

»Sie hat recht, Bridgie«, sagt er mit entwaffnender Nonchalance. »Euer Treffen würde ein super Kapitel abgeben.«

Leichte Wut steigt in mir auf. »Du warst nicht dabei und hast keine Ahnung, wie er drauf ist. Ich könnte es nicht ertragen, dem Mistkerl so viel Aufmerksamkeit zu schenken!«

Charlie war dabei, und er ist ganz meiner Meinung ... Laut sage ich das natürlich nicht.

»Schon gut, krieg dich ein«, erwidert er mit einem Grinsen. »Ich habe eine Nachricht, die dich aufheitern wird.«

»Welche denn?«, frage ich, noch immer leicht angefressen.

»Rate mal, wer nach Thailand kommt ...«

Ich starre in sein fröhliches Gesicht und merke, dass ich keinen Funken Begeisterung verspüre.

Sein Lächeln wird unsicher.

Was ich tatsächlich empfinde, geht mir auf, ist Bestürzung.

Das ist nicht richtig. Das ist ganz und gar nicht richtig.

Und das ist keine Reaktion, die ich einfach ignorieren kann. Nein, damit muss ich mich auf der Stelle befassen.

Elliot runzelt die Stirn. »Du scheinst dich ja gar nicht darüber zu freuen.«

Ich schüttele den Kopf. Ich kann es nicht leugnen.

»Was ist eigentlich los?«, will er wissen.

»Elliot, es tut mir leid.« Ich bringe nicht viel mehr als ein Flüstern heraus.

»Warum?«, fragt er vorsichtig, während ich mich dazu zwinge, der Wahrheit ins Gesicht zu sehen – etwas, das ich schon eine Weile vermeide.

»Ich möchte nicht, dass du kommst«, gestehe ich.

»Was?«, fragt er alarmiert.

Ich hole tief Luft und ringe mich durch, es zu sagen. »Ich glaube, wir sollten Schluss machen.«

»*Was?*« Er setzt sich abrupt auf. Davor hat er auf seinem braunen Ledersofa geflätzt, wo ich so oft mit ihm herumgekuschelt habe. »Hat das etwa irgendwas mit Charlie zu tun?«

»Nein.« Meine Kopfhaut kribbelt, während ich den Kopf schüttele. »Ja.« Ich schüttele ihn fester. »Ich weiß es nicht.« Ich richte meinen Blick wieder auf Elliot.

»Hast du mich betrogen?« Er wirkt völlig fassungslos.

»Nein!«, rufe ich. »Niemals!«

»Aber du wolltest ...«

»Das stimmt nicht. Zumindest glaube ich das. Ich bin total durcheinander!«

Ich hatte immer schon sehr strikte Ansichten über das Fremdgehen. In meinen Augen kann man nicht nur im körperlichen Sinn fremdgehen. Selbst Phantasien darüber, einen anderen als deinen Partner zu küssen oder Sex mit ihm zu haben, halte ich schon für ein No-Go.

Nie habe ich solche Gedanken gehabt, was Charlie betrifft, offenbar habe ich aber die Augen davor verschlossen, dass ich mich auf eine weit tiefere Art zu ihm hingezogen fühle. Und das ist es nicht allein. Ich kann nicht länger leugnen, was mein Herz mir schon seit Wochen zu sagen versucht.

Ich bin in Charlie verliebt.

Was Charlie für mich empfindet spielt im Gespräch mit Elliot keine Rolle. Meine Erkenntnis reicht, um meine Beziehung zu Elliot in die Knie zu zwingen.

»Meinst du nicht, es liegt nur daran, dass wir schon so lang voneinander getrennt sind?«, fragt mich Elliot mit bebender Stimme, und mir wird schlecht bei dem Gedanken, wie viel Schmerz ich ihm verursache.

Würden wir uns trennen, wenn ich Australien nie verlassen hätte? Das bezweifle ich stark. Wir passen gut zusammen – das war schon immer so. Nach wie vor kann ich nicht fassen, dass wir einander nach all den Jahren wiedergefunden haben. Aller Wahrscheinlichkeit nach mache ich einen schrecklichen Fehler, wenn ich ihn gehen lasse.

»Ich könnte trotzdem nach Thailand kommen«, schlägt er vorsichtig vor. »Und dann sehen wir einfach.«

»Nein.« Mir schnürt es die Brust zu, als mir allmählich klar wird, was ich gerade tue: Ich mache wirklich Schluss mit Elliot.

Es ist nicht so, dass es nicht schon Anzeichen gegeben hätte: Seit Wochen habe ich es vermieden, mich mit ihm auf FaceTime auszutauschen, und wenn wir in letzter Zeit miteinander gesprochen haben, dann liefen unsere Unterhaltungen oft eher zäh. Seit Charlie und ich Freunde sind, ist das Stück von mir, das Elliot gehörte, ständig geschrumpft. Elliot kann nichts dafür. Es ist ganz von selbst passiert. Mein Herz hält die Zügel in der Hand, nicht mein Kopf. Und es hat bereits ein Stückchen von sich selbst für Charlie abgetrennt.

»Es ist Charlie, richtig?« Elliot schaut fassungslos.

»Ich weiß nicht, was ich sagen soll.« Es nervt mich, dass wir dieses Gespräch am Telefon führen müssen, anstatt von Angesicht zu Angesicht. »Es tut mir so leid. Ich weiß ja nicht mal, was er für mich empfindet.«

»Du bist die Ghostwriterin seiner verstorbenen Frau, Herrgott noch mal!«

»Das weiß ich!« Mir ist so schlecht, als müsse ich mich jeden Augenblick übergeben. »Und natürlich ist das total scheiße! Vielleicht ergibt sich nie etwas draus. Ich weiß nur, dass ich mich nicht gefreut habe, als du sagtest, du würdest nach Thailand kommen. Daran gibt es nichts zu deuteln.«

»Das war's dann also?«, meint er ungläubig. »Wir sind fertig miteinander?«

Gequält sehe ich sein Gesicht auf dem Display an. Der Handykamera ist es schnuppe, dass dieser Moment schmerzlich ist – noch immer weigert sie sich, Augenkontakt zwischen uns herzustellen. Ich zwinge mich, es laut auszusprechen. »Ja, El. Tut mir leid.«

Ihm kommt ein Gedanke. »Werde ich eines Tages in deinem Blog vorgestellt?«

»Nein.« Ich schüttele heftig den Kopf. »Nein.«

»Besser nicht, Bridget«, warnt er, und der kleine Teufel auf meiner Schulter ruft: *Wie gefällt es dir, wenn der Spieß umgedreht wird?*

»Das wirst du nicht«, schwöre ich. »Ganz sicher nicht.«

»Das wäre wirklich die Ironie schlechthin.«

Ich schüttele weiterhin den Kopf.

Seufzend fährt er sich über den Bart, wirkt am Boden zerstört. Mir kommen die Tränen. »Mann, was werden unsere Freunde sagen?«

Ich muss an Brontes enttäuschtes Gesicht denken und zucke zusammen. Sie betet Elliot an. Irgendwann wird sie mich anrufen und wissen wollen, was in aller Welt ich mir dabei eigentlich denke. Dabei bin ich mir ja selbst nicht sicher. Es hat immer geheißen, wir seien das perfekte Paar. Aber gibt es so etwas überhaupt?

Da keiner von uns beiden das Gespräch noch in die Länge ziehen will, beenden wir es, was aber nicht heißt, dass wir nicht wieder miteinander sprechen.

Ich gehe zu meinem Bett zurück und schnappe mir im Vorbeigehen eine Box mit Tempotaschentüchern. Keine Ahnung, wie sich meine Beziehung zu Charlie weiterentwickelt. Ich weiß, ihm liegt an mir, doch ich weiß nicht, ob er tiefere Gefühle für mich hegt – oder ob er jemals zulassen wird, dass sie tiefer werden.

Die Zukunft ist ungewiss, aber für den Moment möchte ich einfach meinen Erinnerungen nachhängen. Ich brauche Zeit, um den Tod einer weiteren Beziehung zu betrauern.

Kapitel 39

Letzten Endes nehmen Charlie und April einen früheren Flieger nach Thailand, und unsere Flugrouten überschneiden sich nicht. Daher haben die beiden vor meiner Ankunft noch genug Zeit, sich in aller Ruhe mit Grandpa Dupré auszutauschen. Ich hingegen werde mich nach ihrem Abflug einen Tag länger im Resort aufhalten. Mit Alains Kontakten und meinem Presseausweis war es kein Problem, unsere Reservierungen in ein Strandhaus mit zwei Zimmern für uns drei abzuändern. Charlie fragte nur: »Kein Elliot?«, als ich mich in einer E-Mail erkundigte, ob er mit dieser Regelung einverstanden sei. Ich erwiderte »Nein«, bekam allerdings keine weitere Antwort von ihm.

Ich habe ihm noch nicht erzählt, dass Elliot und ich uns getrennt haben – seine Reaktion möchte ich persönlich mitbekommen, glaube ich. Der Gedanke an diese Unterhaltung macht mich nervös.

Die Trennung von Elliot hat meinem bevorstehenden Trip etwas von seinem Glanz genommen, aber ich knie mich einfach voll in die Arbeit an den *Bekenntnissen* rein, da ich den Morris-und-Kit-Plot weitgehend in trockenen Tüchern haben möchte, bevor ich Timo ins Spiel bringe. Ich liebe es, mir Szenen mit Schauplätzen auszudenken, die Charlie und ich besucht haben. Die Recherchen haben wirklich dazu beigetragen, dass die Story und die Figuren vor meinen Augen zum Leben erwacht sind, und es hat Spaß gemacht, mich ganz von meiner

Phantasie leiten zu lassen. Durch meinen früheren Roman verfüge ich über eine gewisse Erfahrung, doch habe ich jetzt mehr Selbstvertrauen als noch vor ein paar Jahren, und solange ich mich nicht durch die Erwartungen anderer unter Druck setzen lasse, strömen die Worte nur so dahin.

Ich hoffe nur, Thailand wird mich genauso inspirieren wie Cornwall.

Inzwischen hat Sara aufgegeben, mich wegen meines Blogs zu beknien. Sie hat vermutlich Wichtigeres zu tun.

Und das gilt auch für mich.

Über Bangkok fliege ich nach Krabi und werde am Flughafen vom Transferteam des Hotels erwartet, das mich mit dem Taxi zum Hafenkai bringt. Die Ferienanlage liegt eine kurze Bootsfahrt entfernt, die an etlichen überirdisch schönen Inseln vorbeiführt, für die Thailand so berühmt ist. Es ist feuchtwarm, eine dunstige Hitze liegt über der Landschaft. Was für ein Kontrast zu dem kühlen herbstlichen London, das ich hinter mir gelassen habe!

Während wir uns dem immergrünen Ufer nähern, das auf beiden Seiten von hochaufragenden zerklüfteten Felsen flankiert wird, entdecke ich sie: Charlie mit April auf den Schultern, der im Schatten eines Baums auf dem unberührten Strand steht. Bei ihrem Anblick geht mir das Herz über.

April trägt ein leuchtendblaues Kleid, das beinahe dieselbe Farbe wie das Wasser hat. Durch die hohe Luftfeuchtigkeit lockt sich ihr blondes Haar sogar noch stärker. Ich kann es gar nicht erwarten, sie wieder in den Armen zu halten.

Mein Blick fällt auf Charlie. Er trägt khakigrüne Shorts und ein lässiges kurzärmeliges Hemd, dessen obere Knöpfe er offen gelassen hat. Sein Anblick raubt mir den Atem.

Er lächelt mich an, behält die Arme aber auf Aprils Beinchen, als ich winke.

Während ich aus dem Boot ans sandige Ufer steige, bemerke ich eine Klettergruppe auf den nahe gelegenen Klippen, doch dann kommt Charlie auf mich zu, und meine Aufmerksamkeit gilt nur noch ihm. Er hebt April von seinen Schultern.

»Es ist so schön, dich wiederzusehen«, meint er nach einer kurzen Umarmung. In meinem Bauch flattert ein ganzer Schwarm von Schmetterlingen, und es fällt mir schwer, ihm in die Augen zu sehen. Drei Wochen kommen einem wie ein ganzes Leben vor, wenn man begreift, dass man in jemanden verliebt ist.

Als ich mich April zuwende, verfliegt meine Verlegenheit. »Hallo, meine Süße!« Ich strecke die Arme nach ihr aus, da ich mich nach einer richtigen Babyumarmung sehne.

Zu meiner Überraschung und Enttäuschung gibt sie einen ablehnenden Laut von sich, wendet sich von mir ab und vergräbt das Gesicht an Charlies Hals.

»Sie ist müde«, meint er entschuldigend.

»Jetlag?« Ich versuche, nicht allzu enttäuscht zu sein.

Das Hotelpersonal nimmt mich und die anderen Neuankömmlinge zu einer Einführungsveranstaltung mit, auf der uns die Regeln und Einrichtungen erläutert werden. Charlie wartet auf mich, er marschiert mit April in dem Freiluft-Pavillon herum und deutet auf verschiedene glänzende Statuen und Zierelemente, während ich an meinem Fruchtcocktail nippe und mich zu konzentrieren versuche. Doch meine Augen schweifen immer wieder zu ihnen.

Es ist nicht nötig, dass mich jemand vom Personal zu meinem Zimmer führt, denn Charlie kennt sich ja schon aus. Mein Gepäck wird mir nachgebracht.

Wir gehen Seite an Seite einen gewundenen ziegelgepflasterten Weg entlang, der von Farnen und tropischen Pflanzen gesäumt ist. Von dem Blätterdach über uns baumeln Schlingpflanzen herab, und wohin man auch sieht, stehen Blumen in voller Blüte.

In einem Baum entdecke ich ein kleines graues Tier. »Schaut mal! Ein Affe!«

»Davon gibt es hier Dutzende«, erwidert Charlie.

»Ach, Affen sind nie langweilig«, erkläre ich, und unsere Blicke begegnen sich kurz. Eigentlich kann das gar nicht sein, aber seine Augen sind sogar noch schöner und ungewöhnlicher, als ich sie in Erinnerung hatte.

Ich lächele April an. »Kommst du denn jetzt zu mir?«, frage ich sie lieb.

Sie schüttelt den Kopf und wendet den Blick ab.

»Oh.« Ich mache ein niedergeschlagenes Gesicht.

»Nach unserem letzten Treffen war sie ein bisschen durcheinander«, versucht Charlie, ihr Verhalten zu erklären.

»Es liegt also nicht nur am Jetlag?« Das trifft mich sehr.

»Das ist schon okay. Sie muss sich nur erst wieder an dich gewöhnen. So, da wären wir.«

Ich begutachte das, was für die nächste Zeit unser Heim sein wird: Zwei runde Hütten, die in der Mitte verbunden und von einem hohen Weidenzaun umgeben sind. Eine der Hütten verfügt über zwei Stockwerke. Beide haben ein kegelförmiges Schilfdach. Als mich Charlie um den Weidenzaun herum zum Eingang führt, sehe ich durch eine Lücke zwischen den anderen Hütten, dass der Strand buchstäblich direkt vor uns liegt.

»Können wir erst mal an den Strand gehen?«, frage ich.

»Na, klar.«

Der lange weiße Strandabschnitt beschreibt zu unserer Rechten einen Bogen und verschwindet dann aus dem Blickfeld. Linker Hand endet er bei einem riesigen, hochaufragenden orangegrauen Kalksteinfelsen. Dieser ist so hoch wie ein Wolkenkratzer und ist gekrönt von dichtem Dschungel – er erinnert an einen Kopf mit einem prächtigen Haarschopf. Rechts von uns werden auf vertäuten Booten mit bunten Hinweisschildern verschiedene Gerichte und Getränke angeboten. Auf den Barbecues an Bord brutzelt und schmurgelt so allerlei, von Chicken Satay über Burger bis zu Garnelenspießen. Auf anderen Booten werden Früchte, Eis und Getränke angeboten. In der Ferne sind schemenhaft weitere paradiesisch anmutende Inseln zu erkennen. Das ruhige, klare, aquamarinblaue Wasser sieht unglaublich einladend aus.

»Hast du Lust, baden zu gehen?«, fragt Charlie.

»Total gern!«, erwidere ich mit einem Grinsen. Ich hoffe, inzwischen ist mein Gepäck mit den Badesachen angekommen.

Wir gehen zurück zur Hotelanlage. Im Privatbereich, der zu unseren Hütten gehört, gibt es einen kleinen Pool mit einem Wasserfall, der über eine glatte Schieferplatte in den Pool plätschert. Daneben stehen vier Liegestühle. Ein kurzer Weg schlängelt sich unter einem himmlisch duftenden Frangipanibaum hindurch zur Eingangstür aus Holz. Charlie schließt sie auf.

Angenehmer Räucherkerzenduft begrüßt uns, als wir den runden Wohnbereich betreten, in dem sich ein Sofa, ein Sessel, ein Couchtisch, ein Flachbildschirm und eine Minibar befinden.

»Dein Zimmer ist oben.« Charlie deutet auf die Wendeltreppe an der Außenwand des Wohnzimmers. »April und ich schlafen da drüben.« Er zeigt auf die zweite Hütte, die sich an diese hier anschließt. »Nett, hm?« Er sieht mich erwartungsvoll an.

»Absolut irre!«

»Allerdings könnte ich wetten, dass du auf deinen Reisen sowieso schon unglaubliche Orte gesehen hast.«

»Das hier toppt alles«, erwidere ich.

Meine Antwort scheint ihn zu freuen.

»Mein Gepäck ist anscheinend noch nicht da«, stelle ich fest. »Na, ich schau mal schnell hoch.«

Es ist auch eine Ausrede, um mein Schlafzimmer in Augenschein zu nehmen. Das kunstvoll geschnitzte Mobiliar aus dunklem Holz wirkt gediegen, und das riesige Bett ist mit edler, weißer Leinenbettwäsche bezogen. Im dazugehörigen Badezimmer entdecke ich eine ovale Spa-Badewanne und eine große, grün gefliese Dusche.

Die Ausstattung genügt höchsten Ansprüchen, denke ich, als die Reiseschriftstellerin in mir zum Vorschein kommt.

Auf der langen Marmorablage steht eine Reihe von Toilettenartikel bereit. Die nehme ich später genauer unter die Lupe ...

Als ich nach unten zurückkehre, hat sich April in ihr Schlafzimmer getrollt.

»Wegen der Treppe müssen wir sie im Auge behalten«, sagt Charlie. »Noch kein Gepäck?«

Ich schüttele den Kopf. »Noch nicht.«

»Möchtest du etwas trinken, während wir darauf warten, ein Bier oder so?«

»Ich hätte gern eins, ja.«

Er geht zur Minibar und kommt mit zwei Bierflaschen zurück, von denen er eine öffnet und mir reicht.

»Cheers!« Wir stoßen an.

Noch immer fällt es mir schwer, ihn anzusehen.

»Hast du dich schon mit Alain getroffen?«, frage ich betont beiläufig und setze mich auf das Sofa, in dem ich regelrecht versinke.

»Ein paar Male.« Charlie lässt sich auf dem Sessel nieder und streckt seine langen, sonnengebräunten Beine aus. »Er hat uns gestern vom Boot abgeholt, und heute Vormittag haben wir zusammen gebruncht.«

»Und, wie war's?« Ich nippe an meinem Bier.

»Ganz okay.« Mit düsterer Miene mustert er seine Bierflasche. »Dass Nicki nicht dabei ist, trifft ihn offensichtlich hart. Und bei Aprils Anblick war er den Tränen nahe. Sie ähnelt ihrer Mum so sehr.«

»Ich finde, sie sieht aus wie du«, erwidere ich spontan.

Er wirft mir einen interessierten Blick zu. »Wirklich?«

Ich wende den Blick ab. »Bis auf die Augen.« Aprils sind blau.

Jemand klopft an die Tür, und ich springe auf. Der Portier trägt meine Taschen direkt nach oben.

»Alles in Ordnung mit dir?«, erkundigt sich Charlie, nachdem ich den Mann hinausbegleitet habe.

»Ja. Alles gut. Wieso?«

»Du wirkst ein bisschen schreckhaft.«

Sofort erglühen meine Wangen. Ich drücke die Handflächen darauf. »Nö, alles okay«, sage ich. Noch immer stehe ich an der Tür.

»Na komm, was ist los?«, fragt er und lacht kurz auf.

»Ich weiß nicht«, erwidere ich verlegen. »Ich fremdele gerade ein wenig, glaube ich. Ist ja schon ein Weilchen her, dass ich euch das letzte Mal gesehen habe.«

»Aha!« Er scheint sich gründlich zu amüsieren und hat überhaupt kein Problem damit, *meinem* Blick zu begegnen. »Brauchen wir eine siebensekündige Umarmung, um uns wieder miteinander vertraut zu machen?«

»Äh ...« Bin mir nicht sicher, ob das hilfreich ist.

Zu spät. Er ist bereits aufgestanden, kommt auf mich zu und schlingt die Arme um mich, doch dieses Mal fühlt sich alles anders an.

Die Schmetterlinge in meinem Bauch drehen derart durch, dass ich das Gefühl habe, jeden Moment abzuheben. Es ist unerträglich. Abstand muss her!

»Besser?« Zum Glück löst er sich von mir und sieht mich an. Er hat ja keine Ahnung.

Noch schlimmer wird's, als ich in meinem smaragdgrünen Bikini und pinken Sarong hinunterkomme und sehe, dass er seine Badehose trägt.

Und sonst nichts!

Mein Gott, gib mir Kraft!

Das ist es also, was er den ganzen Sommer unter seinen T-Shirts versteckt hat: schmale Hüften, durchtrainierte Bauchmuskeln und einen breiten Brustkorb.

Wieder erwärmt sich mein Gesicht, weshalb ich mich eifrig auf die Suche nach einem Handtuch mache, während er April in eine Schwimmwindel steckt.

»Wonach suchst du?«, fragt Charlie nach einer Weile.

»Nach Handtüchern?«

»Die gibt's in einer Hütte am Strand.«

Das hätte ich mir denken können.

»Oh, ich habe da was für April!«, erinnere ich mich und eile zurück nach oben. »Zieh ihr noch keinen Badeanzug an!«, rufe ich über meine Schulter zurück.

Mit einem Geschenk kehre ich zurück – einem blauweiß gepunkteten Badeanzug mit rotem Besatz und einem Rüschenbesatz um die Mitte.

»Der ist aber hübsch«, meint er, während ich ihm dabei helfe, ihn April anzuziehen.

Hoffentlich verliert April bald wieder ihre Scheu mir gegenüber, denke ich betrübt.

Wie abgesprochen, sieht sie zu mir auf.

Ich ziehe eine lustige Grimasse, und sie lächelt.

»Na, siehst du«, sagt Charlie freundlich. »Jetzt kannst du dich entspannen.«

Tja, wenn er nur den anderen Grund kennen würde, warum ich so angespannt bin.

Hand in Hand, mit April in der Mitte, gehen wir zum Strand hinunter. Das Wasser ist traumhaft warm. Charlie schwingt April in meine Richtung, und ich fange sie auf und knuddle sie, bis sie sich windet, weil sie wieder hin und her geschwungen werden möchte. Ich muss mir meine Umarmungen holen, wo's nur geht.

»Ich kann nicht fassen, dass wir hier sind«, sagt Charlie später, als ich mich auf dem Rücken treiben lasse und zum Himmel emporschaue.

»Ich auch nicht«, erwidere ich mit einem Lächeln. Mit jeder Minute, die ich in Charlies Gesellschaft verbringe, fühle ich mich ein klein wenig entspannter.

»Wohin möchtest du heute Abend essen gehen?«, möchte er wissen.

»Muss Alain denn arbeiten?«

»Ja, er kocht in dem kontinentalen Restaurant, bei dem die Fährboote ankommen, in der Nähe der Kletterfelsen. Frühstücken kann man dort auch.«

Bislang wurde ich von Charlie und April zu sehr abgelenkt, um den Felskletterern größere Beachtung zu schenken. Isak könnte gerade irgendwo da herumturnen, und ich würde es nicht mitbekommen. Vielleicht gehe ich morgen mal hin und sehe mich um, aber heute Abend möchte ich mich einfach nur hier einleben.

»Sollen wir an den Strand gehen, wo der Infinity-Pool ist?«, schlage ich vor. In dem Restaurant dort bieten sie asiatisches Essen an, glaube ich.

»Warum nicht?«

Wir kehren zu unserer Hütte zurück, um zu duschen und uns fertig zu machen. Ich wähle ein luftiges schwarzes Kleid und gebe mir mehr Mühe mit meiner Frisur und meinem Make-up als sonst.

»Du siehst hübsch aus«, sagt Charlie, als ich hinunterkomme. Er sitzt im Sessel und liest eine Zeitschrift.

»Du aber auch.«

»Ich hab genau dasselbe an wie vorhin auch!« Er grinst.

Ich zucke mit den Achseln, und sein Grinsen wird breiter.

»Soll ich April holen?« Ich muss weg hier, ehe er sieht, wie ich erröte. Wieder mal.

»Nur zu.«

Ich entdecke sie im Badezimmer, wo sie eine gelbe Gummiente am Badewannenrand entlangrutschen lässt. Sie sieht zu mir auf.

»Wir gehen jetzt was essen.« Ich knie mich neben sie. »Hast du Hunger?« Sie nickt. »Wer kommt in meine Arme?« Hoffnungsvoll breite ich die Arme aus, und sie kommt tatsächlich auf mich zu.

Als ich sie hochhebe und an mich drücke, ist der Druck in meinem Brustkorb immens.

Das Restaurant verfügt über einen Barbereich mit ein paar gemütlichen Sesseln zum Wasser hin, und wir beschließen, uns dort erst mal einen Cocktail zu genehmigen. Auf die Art kann Charlie die Speisekarte in aller Ruhe nach etwas Essbarem für April durchschauen.

»Während sie isst, könnten wir einfach hier sitzen bleiben«, sinniert er, »und vielleicht könnten wir es sogar schaffen, dass sie danach einschläft und wir ein bisschen Ruhe haben.«

»Wie gut, dass sie noch so klein ist, dass sie in ihrem Buggy einschläft«, sage ich. »Wenn sie erst mal älter ist, wird das garantiert schwieriger.«

»Stimmt«, pflichtet er mir bei. »Aber heute wird sie ziemlich schnell wegknacken, schätze ich. Sie hat sich noch nicht an den Zeitunterschied gewöhnt. Wie geht's dir damit?«

»Ich bin ein bisschen neben der Spur«, gestehe ich. »Aber je länger ich durchhalte, umso besser sollte ich mich morgen fühlen.«

Ich entscheide mich für einen Mojito mit Zitronengras und Thai-Basilikum, und Charlie nimmt eine Margarita. Dazu bestellt er eine Miniportion Fish and Chips für April und für uns als kleine Vorspeise Garnelen in Kokosnussteig.

Vielleicht liegt es an dem diesigen Himmel oder vielleicht an der Gesellschaft, jedenfalls bin ich mir sicher, den schönsten Sonnenuntergang zu erleben, den ich je gesehen habe. Er taucht den Himmel am Horizont in ein intensives Pink und ein strahlendes Orange und ist absolut atemberaubend. Charlie zieht mit April im Buggy los, um sie zum Einschlafen zu bringen. Und ich sitze hier, nippe an meinem zweiten Mojito und nehme einfach alles in mich auf.

»Meinst du, wir könnten auch hier essen?«, frage ich bei seiner Rückkehr, da ich es schade fände, von hier ins Hauptrestaurant zu wechseln.

»Warum eigentlich nicht?« Er bringt ein Mückennetz vor Aprils Kinderwagen an und setzt sich wieder neben mich. Nachdenklich sieht er zum Himmel empor. »Kein Wunder, dass es Nicki hier gefallen hat.«

Es schmerzt, die Sehnsucht in seiner Stimme zu hören.

Seitdem ich mit Elliot Schluss gemacht habe, denke ich unaufhörlich darüber nach, ob Charlie und ich eine gemeinsame Zukunft haben könnten. Wenn sich zwischen uns tatsächlich etwas entwickelt, dann weiß ich, dass es nicht hier geschehen darf. Es ist zu früh, und für ihn steht bei dieser Reise im Vordergrund, ein Band zwischen April und Alain zu schaffen. Es geht um die Frau, die er »bis zur Hölle und zurück« geliebt hat, und um die Tochter, die sie zurückließ. Und mir geht es darum, den bestmöglichen Job zu machen, was Nickis Buch angeht. Das Allerletzte, was diese Reise jemals sein könnte, wäre eine romantische Auszeit für ihn und mich.

Es wäre so schön, wenn er in mir allmählich mehr sehen würde als nur eine gute Freundin, doch in diesem Fall wird eine Strategie der kleinen Schritte nicht reichen. Nein, hier sind winzige, klitzekleine Mäuseschrittchen angesagt. Mit ihm muss ich so behutsam vorgehen, als würde ich barfuß auf zerbrochenem Meerglas laufen. Das wird Zeit brauchen. Und davon werden wir reichlich haben, wenn wir erst mal nach England zurückgekehrt sind und dieses Buch unter Dach und Fach ist. Mir liegt zu viel an ihm, als dass ich riskieren würde, das Ganze durch überstürztes Handeln zu vermasseln.

»Es tut mir leid«, sage ich leise. »Ich wette, du wünschst dir, sie wäre hier.«

Lange Zeit schweigt er. »Ja«, sagt er mit schwerer Stimme, lächelt mich dann aber an. »Ich bin trotzdem froh, dass du hier bist.«

Ich nehme einen Schluck von meinem Drink. »Wie haben es Kate und Valerie aufgenommen, als du ihnen erzählt hast, dass wir den Urlaub hier gemeinsam verbringen?«, frage ich beklommen.

»Nicht gut«, erwidert er betreten. »Ich glaube, sie waren noch nie einfach so mit einem Mann befreundet, deshalb kapieren sie das Ganze nicht. Also habe ich ihnen lieber verschwiegen, dass Elliot nun doch nicht herkommt.« Er wirft mir einen zynischen Blick zu.

»Was würden sie sonst tun?«, frage ich. Irgendwelche Grundlagen muss ich ja schaffen. »Was würden sie tun, wenn du und ich mehr als nur gute Freunde wären?«

Er lacht kurz und bitter auf. »Sie würden kein Wort mehr mit mir reden.«

Meine Augen weiten sich. »Nein, oder?«

»Doch. ›Wenn ich jemals herausbekomme, dass mehr dahintersteckt, spreche ich nie mehr mit dir.‹ So was in der Art.«

»Hat Kate das tatsächlich laut ausgesprochen?« Mir wird übel.

Er zuckt die Achseln. »Das hat sie, ja. Die Verbindung zu April würde sie offenbar aufrechterhalten, aber mir würde sie es nie verzeihen.«

»Bin ich echt so schrecklich?«, frage ich mit einer Mischung aus Bestürzung und Verletztheit.

»Natürlich nicht!«, winkt er ab. »Ignorier sie einfach.« Er greift nach der Speisekarte. »Ich denke, wir sollten bestellen.«

Kein Wunder, dass mir der Appetit vergangen ist. So viel zum Thema, schon mal Grundlagen zu schaffen.

Kapitel 40

Würde Charlie Nicki immer noch lieben, wenn er wüsste, dass sie ihn mit Isak betrogen hat?

Das ist einer der ersten Gedanken, die mir am folgenden Morgen in den Sinn kommen.

Bevor ich darüber nachdenken kann, höre ich Charlie unten mit April reden. Es klingt, als würden sie sich bereitmachen, irgendwohin aufzubrechen. Ich springe aus dem Bett und werfe mir meinen Morgenmantel über.

»Ich wollte dir gerade eine Nachricht schreiben«, meint Charlie lächelnd, als ich hinunterkomme. »April ist schon ein bisschen hungrig. Hast du Lust, mit uns frühstücken zu gehen?«

»Gebt ihr mir noch eine Sekunde?«

»Klar. Wir warten am Pool.«

In wenigen Minuten bin ich wieder bei ihnen.

»Das ging schnell«, bemerkt er.

»Hab mir gedacht, du hast mich schon oft genug als wandelnde Vogelscheuche erlebt«, erwidere ich trocken.

»Als ob du je wie eine wandelnde Vogelscheuche aussehen könntest!«

Na, wenn mich das nicht zum Lächeln bringt!

Im Restaurant am Fähranleger ist ordentlich was los. Wir entscheiden uns für einen Tisch auf der von Bäumen beschatteten Terrasse. Eine Affenmama mit ihrem Baby auf dem Rücken flitzt über das schilfgedeckte Dach des Restaurants und wird von einem Kellner verjagt. Wie kann man ein so nettes Tierchen lästig finden?

»Möchtest du reingehen und erst mal was für April organisieren?«, biete ich Charlie an. »Ich warte hier mit ihr.«

»Das wäre toll, danke.«

Ich befreie April aus ihrem Kinderwagen und hebe sie in das Hochstühlchen, das bereits von dem aufmerksamen Personal hergebracht wurde, ehe wir Platz nahmen.

Aus dem Augenwinkel sehe ich, wie ein hochgewachsener, dünner Mann in einem weißen T-Shirt auf uns zukommt. Als ich mich zu ihm umdrehe, hat er den Blick bereits entschlossen auf mich gerichtet. Ich schätze ihn auf Ende fünfzig. Er ist sonnengebräunt und hat hellbraunes Haar mit grauen Strähnen.

»Bridget?« Ihm scheint klar zu sein, wer ich bin.

»Ja?«

»Alain Dupré.« Er spricht mit starkem französischem Akzent.

»Oh, hallo!« Ich stehe auf und schüttele ihm die Hand.

»Setzen Sie sich doch bitte wieder.« Er zieht sich einen Stuhl heran. »Ich habe drinnen Charlie entdeckt und dachte mir, ich komm mal raus und sage Hallo.«

»Freut mich, Sie kennenzulernen!«

»Sie sind also die ... wie sagt man ... Phantomwriterin meiner Nicki?«

»Ghostwriterin«, korrigiere ich ihn lächelnd.

Er zieht die Augenbrauen nach oben. »Etwas merkwürdig, dass Sie mit ihrem Mann und ihrer Tochter hier sind, nicht?«

»Das hat sich einfach so ergeben«, erwidere ich angespannt. Hoffentlich klinge ich nicht zu defensiv.

Zu meiner Verwunderung lächelt er. »Charlie sagt, Sie hätten ihn und April aufgemuntert.«

»Wirklich?« Die Anspannung weicht der Hoffnung.

»Das ist gut«, sagt er. »Was mit Nicki geschehen ist, war sehr tragisch.« Seine Miene verdüstert sich, und er blickt auf den Tisch. »Sehr, sehr traurig.«

»Ja«, pflichte ich ihm leise bei.

Dann hellt sich sein Gesicht wieder auf, und er streicht April über den Kopf. »Aber es tut gut, dieses kleine Äffchen zu sehen.«

Sie sieht ihn ausdruckslos an, und er zwickt ihr sanft in die Nase. Da lächelt sie, und er lächelt zurück. Wie süß!

»Sogar sehr gut.« Er streichelt ihre Wange. »Ich muss wieder an die Arbeit, aber vielleicht sehen wir uns ja später, oder?«

»Das wäre schön«, erwidere ich und meine es auch so.

Auf seinem Weg zurück ins Restaurant kommt ihm Charlie entgegen, und er klopft seinem Schwiegersohn sanft auf den Rücken. Als Charlie mit einer Schale Rice Krispies und frischem Obst wieder an unseren Tisch kommt, wirkt er fröhlicher.

»Alles okay?«, fragt er und stellt die Schüssel vor April ab.

»Ja«, erwidere ich mit einem Lächeln.

Mehr als okay ...

»Ich schau nur mal schnell hier rein und erkundige mich nach Kletterkursen«, erkläre ich Charlie, als wir nach dem Frühstück an der Infohütte vorbeikommen.

»Nach Kletterkursen?«, fragt er verdutzt. »Ach so, für das Buch!«

»Sehen wir uns dann bei uns?«

»Okay.«

Hinter einem Schreibtisch sitzt eine junge Frau, und drüben am Fenster blättert ein junges Paar in einer Broschüre.

»Kann ich dir helfen?«, fragt mich die Frau am Schreibtisch.

Ich fackele nicht lange und buche bei Isak eine Schnupperstunde für Kletteranfänger.

»Für einen Moment hatte ich ganz vergessen, dass wir hier ja nicht nur Urlaub machen«, meint Charlie bei meiner Rückkehr lächelnd.

Dabei wünschte ich, es wäre tatsächlich so.

»Und du willst wirklich Felsklettern ausprobieren?«

»Na, wenn ich schon hier bin?« Ich zucke die Achseln. »Nickis Protagonistin tut es, insofern hilft es, wenn ich aus eigener Erfahrung darüber schreiben kann.«

»Wann geht's los?«

»Heute Nachmittag.«

»Vielleicht kommen wir und schauen zu«, meint er grinsend.

Ich kann ihn nicht anlügen ...

Und er bemerkt mein Zögern. »Was ist los?«

»Isak arbeitet noch immer hier«, sage ich vorsichtig. »Ich nehme die Stunde bei ihm.«

Er starrt mich an, und ihm klappt der Mund auf. »Ernsthaft?«

»Ja.« Ich setze mich aufs Sofa und bitte ihn mit meinem Blick um Verständnis.

Er ist überhaupt nicht glücklich.

»Warum ausgerechnet bei ihm?«, möchte er wissen.

»Spielt das eine Rolle?«, erwidere ich mit gerunzelter Stirn. Schließlich reden wir hier von mir, nicht von Nicki.

»Nein, ich schätze nicht.«

Doch für den restlichen Vormittag ist er mir gegenüber ein bisschen zugeknöpfter.

Später geht er mit April an den Strand, und ich mache mich wieder zur Infohütte auf. Bei meiner Ankunft werden ein paar Teilnehmer bereits mit Klettergurt und Helm ausgestattet.

Ich verspüre ein nervöses Flattern. Ich tue es wirklich.

Ein gutaussehender Mann in meinem Alter kommt mit einem Klemmbrett zu mir. »Wie heißt du?«

Ich sage es ihm, und er hakt einen weiteren Namen auf seiner Liste ab. »Ich bin Isak«, sagt er, und ich fahre zusammen. Mit festem Griff schüttelt er mir die Hand. »Emily wird dir mit der Ausrüstung helfen. In zehn Minuten geht's los.«

Danach kann ich kaum noch den Blick von ihm lösen – es ist so surreal, Isak endlich persönlich kennenzulernen, nachdem ich in Nickis Tagebüchern so viel über ihn gelesen habe. Fast kommt es mir so vor, als wäre er eine Art Berühmtheit.

Das dunkle Haar trägt er kurz geschnitten, seine gebräunte Haut ist mit Sommersprossen übersät, und er hat interessante graue Augen. Er ist nicht viel größer als ich, aber weitaus drahtiger und muskulöser. Als er mit den anderen Kletterern spricht, höre ich einen leichten schwedischen Akzent heraus. Sein Englisch ist ausgezeichnet.

Unsere Gruppe, die außer mir aus zwei jungen Pärchen besteht, zieht an dem Restaurant vorbei, in dem wir gefrühstückt haben, und hinunter zum Strand. Dort stehen ein paar Gebäude, die nicht zur Ferienanlage gehören: ein Café, eine Bar, ein Shop mit farbenfrohen Kleidungsstücken und Strandspielzeug. An einem Ständer baumeln orangefarbene, grüne und blaue Plüschaffen, und ich muss an April denken, doch da sind wir schon fast am Felsufer. Neben hochaufragenden Klippen suchen wir uns den Weg zu einem kleinen Strand. Als ich hochsehe, entdecke ich ein paar Kletterer, die gerade versuchen, ein ganzes Stück weiter oben eine vorspringende Felsnase zu umrunden.

»Sollen wir da etwa auch rauf?«, frage ich Isak besorgt und fixiere einen muskulösen Mann mit nacktem Oberkörper, der an der Unterseite der Felsnase baumelt. Von seinem Klettergurt verläuft ein Seil durch einen Karabinerhaken in der Felswand und wird unten von einem Freund gehalten, aber trotzdem ...

»Nein, das ist nur was für die erfahreneren Kletterer«, meint er grinsend. »Wir gehen diese kleine Klippenwand hier an.« Ich habe das Gefühl, dass er sich das Lachen kaum verkneifen kann.

Ehe wir angeseilt werden, erklärt uns Isak die wichtigsten Grundlagen. Ich beschließe, das Schlusslicht zu bilden, da ich auf die Art sehen kann, wie es bei den anderen so läuft, bevor ich mich total zum Affen mache.

»Okay, Bridget, und jetzt rauf mit dir«, sagt Isak, der mein Seil hält und mich vom Boden aus sichert. Endlich habe ich seine volle Aufmerksamkeit, aber ich weiß nicht recht, wie ich das Thema Nicki anschneiden soll, während ich mich mit den Fingern an eine Felswand festklammere.

»Gut!«, lobt er mich, als ich eine Hand vor die andere setze und mein gesamtes Körpergewicht nach oben ziehe. Ein Muskelkater ist vorprogrammiert, völlig klar. Da volle Konzentration angesagt ist, beschließe ich, mich später mit Isak zu unterhalten, wenn ich bei ihm erst mal richtig Eindruck geschunden habe.

So ganz überzeugt bin ich offenbar nicht, dass ich ihn beeindrucken kann. Jedenfalls erfüllt es mich mit einem gewissen Stolz, als ich mich gar nicht so schlecht anstelle.

»Gut gemacht«, sagt Isak mit einer gewissen Bewunderung, als ich die Füße wieder auf den felsigen, sandigen Strand setze. »Machst du das wirklich zum ersten Mal?«

Ich nicke. »Ja.«

»Sehr gut. Wie lang bist du hier?«

»Fast eine Woche.«

»Dann solltest du dich zu einem Kurs anmelden. Du hast Talent dafür, glaube ich.«

»Danke.« Ich spüre, wie ich rot anlaufe. Es ist so unheimlich, dass das Nickis Isak ist!

Er wendet sich an die anderen. »Leute, das war ein toller erster Versuch. Wirklich ausgezeichnet. Ich hoffe, ich sehe euch während eures Aufenthalts hier alle noch mal.«

Falls das eine Verkaufsmasche ist, so zeigt sie Wirkung. Jedenfalls scheint sich jeder über sein Lob zu freuen.

Ich habe vor, auf dem Rückweg zur Ferienanlage neben ihm zu gehen, doch zu meiner Enttäuschung beginnt er eine Unterhaltung mit einem der Männer aus unserer Gruppe. Nachdem wir in der Infohütte unsere Ausrüstung abgeliefert haben, verweile ich in der Hoffnung, nun mit ihm reden zu können. Eines der anderen Paare lässt sich wirklich Zeit, und zu meiner Verärgerung ruft er uns einen Abschiedsgruß zu und zieht ab, bevor sie es tun. Ich haste ihm hinterher.

»Isak?«, rufe ich.

Er wirft einen Blick über seine Schulter und bleibt bei meinem Anblick überrascht stehen.

»Alles okay?«, fragt er, als ich ihn eingeholt habe.

»Hast du einen Augenblick Zeit?«

Er schaut verwundert, aber nicht unangenehm berührt. »Sicher.«

Wir treten beiseite, damit ein Golfmobil mit dem Gepäck von Neuankömmlingen an uns vorbeizuckeln kann.

»Ich war nicht ganz offen zu dir«, sage ich. »Eigentlich bin ich nämlich hier, um für ein Buch zu recherchieren.«

Seine dunklen Augenbrauen schnellen in die Höhe. »Echt?«

»Erinnerst du dich an Nicki Dupré?«

Nun befinden sich seine Augenbrauen quasi auf Höhe seines Haaransatzes. »Nicole?«

»Ja.«

»Seid ihr befreundet?«, fragt er mich erstaunt.

Er verwendet die Präsensform. Das heißt, er weiß noch nichts von ihrem Tod.

»Wann habt ihr euch denn das letzte Mal gesehen?«, hake ich für den Fall nach, dass ich mich irre.

»Oh, das ist Jahre her.« Er zieht nachdenklich die Brauen zusammen. »Weißt du, dass wir mal zusammen waren?«

Ich nicke.

»Der Kontakt ist abgebrochen«, fährt er fort, und trotz meiner intensiven Grübeleien darüber, ob Nicki auf persönliche Erfahrungen zurückgriff, als sie darüber schrieb, wie es ist, in zwei Männer gleichzeitig verliebt zu sein, glaube ich ihm. Was das für mich bedeutet, weiß ich noch nicht, aber ich bin mir sicher, er sagt die Wahrheit.

»Geht's ihr gut?«, fragt er liebenswürdig.

Es tut mir leid, dass ich es bin, die ihm die traurige Nachricht überbringen muss. Aber irgendjemand muss es ja tun. Mit Alain spricht er offensichtlich nicht. Oder Nickis Vater waren die Einzelheiten der Beziehung zwischen ihr und Isak gar nicht bekannt. Er arbeitete ja so viel, dass sie sich meistens selbst beschäftigen musste. Zudem ist ihre Beziehung auch schon so lange her – fast zehn Jahre. Vermutlich ist es Alain überhaupt nicht in den Sinn gekommen, Isak über den Tod seiner Tochter zu informieren.

»Es tut mir leid«, sage ich Isak mit bebender Stimme, »aber Nicki ist letztes Jahr gestorben.«

Er wirkt niedergeschmettert, aber nicht vollkommen am Boden zerstört, sprich: nicht so, als würde er sie immer noch unsterblich lieben.

»Oh, nein! Was ist passiert?«, fragt er.

Ich erzähle es ihm.

Isak hat keine Zeit, sich noch länger zu unterhalten, aber er würde gern mehr über Nicki erfahren und sichert mir auch seine Unterstützung bei meinen Recherchen zu. Auf seinen Vorschlag, dass wir uns später treffen, gehe ich gern ein. Er wohnt noch immer in einem Dorf, das ein Stück von der Ferienanlage entfernt liegt, und beschreibt mir den Weg dorthin.

Bei meiner Rückkehr sitzt Charlie auf einer Sonnenliege am Pool und schaut so richtig schön griesgrämig drein. Anscheinend hält April gerade ihr Mittagsschläfchen. Er sieht zu mir auf.

»Na, wie ist es gelaufen?«, fragt er.

»Prima«, erwidere ich. »Gehst du nicht rein?« Ich nicke in Richtung des Pools.

»Doch, bald.«

»Es ist so heiß!«

»Willst du mir denn nicht von deiner Kletterstunde erzählen?«

»Natürlich, wenn du es denn hören willst?«

»Klar.«

Ich gehe zu ihm und ziehe mir das T-Shirt über den Kopf. »Sorry, mir ist zu warm.« Ich knöpfe meine Shorts auf. »Felsklettern ist harte Arbeit.«

Zurückhaltend beobachtet er, wie ich mich bis auf meinen Bikini – heute ein blau-grün gepunkteter – entblättere.

Ich steige in das kühle Wasser und tauche unter. Als ich wieder auftauche, sieht Charlie mich immer noch erwartungsvoll an.

Ich schwimme an den Rand und schaue zu ihm hoch. »Du solltest reinkommen, es ist herrlich!«

»Hast du Isak getroffen?«, fragt er, und man braucht kein Genie zu sein, um zu kapieren, dass er eifersüchtig ist.

Was zwischen Nicki, Charlie und Isak lief, geschah vor vielen Jahren, aber Charlie kann Isak eindeutig immer noch nicht ausstehen.

Weil er seine Frau immer noch so verzweifelt liebt, denke ich und verspüre einen Stich.

Ganz gleich, was mir heute Morgen beim Aufwachen in den Sinn kam, glaube ich nicht, dass ich es Charlie je erzählt hätte, wenn Nicki in den letzten Jahren eine Affäre mit Isak gehabt hätte. Es hätte ihn zu sehr verletzt, und er soll die Mutter seines Kindes doch in bester Erinnerung behalten. Das verdient er.

Charlie trägt eine ausgeblichene, orangene Badehose. Nun steht er auf und zieht sich das hellgraue T-Shirt über den Kopf.

»Wie war er so?«, fragt er und lässt sich neben mir ins Wasser gleiten. Meine Atemzüge beschleunigen sich.

»In Ordnung«, erwidere ich unverbindlich. »Das mit Nicki wusste er noch gar nicht.«

»Nein?« Seine Augen weiten sich.

»Nein. Er war traurig darüber.«

Charlie lehnt sich an den Beckenrand, legt die Ellbogen darauf und starrt trübsinnig auf den Wasserfall. Verdammt, mit seinem breiten Brustkorb und dem schwellenden Bizeps könnte er locker als Model durchgehen!

Und, ja, ich weiß, dass man so etwas nicht denken sollte, wenn er gerade mit Erinnerungen an seine verstorbene Frau kämpft.

»Er möchte mich bei meinen Recherchen unterstützen«, enthülle ich.

Wieder sieht er kurz zu mir. »Ach ja?«

»Ja, ich treffe mich heute Abend mit ihm.«

»Oh.« Er wirkt erst überrascht, dann pikiert. »Dann gehen wir also nicht ins Thai-Restaurant?«

»Morgen?«, frage ich hoffnungsvoll.

Er nickt. »Wie findest *du* ihn so?«, fragt er.

»Ich mag ihn«, erwidere ich aufrichtig. »Seinen Job macht er gut. Auf jeden Fall kann er Leute gut dazu motivieren, sich für Kletterstunden anzumelden«, füge ich schmunzelnd an. »Er meinte, ich solle einen Kurs machen.«

»Findest du, er sieht gut aus?«

Ich lache. Das ist nun wirklich eine direkte Frage. »Schon, ja, auf eine drahtige Felskletterweise. Mit dir kann er aber nicht mithalten«, sage ich grinsend.

Charlie grinst zurück. Die Bemerkung hebt seine Laune.

»Mit Elliot fraglos auch nicht.« Offensichtlich fühlt er sich gezwungen, verspätet meinen Freund mit ins Spiel zu bringen.

Äh, *Ex*freund.

Meine Mundwinkel wandern nach unten. Es wird Zeit, Charlie reinen Wein einzuschenken. »Wir haben uns getrennt«, sage ich leise.

Charlie stutzt. »Wann?«

»Vor ein paar Wochen. Nachdem du und April bei mir zu Besuch wart.«

»Aber warum?« Er wirkt verblüfft.

»Aus mehreren Gründen. Diese Fernbeziehungsgeschichte haben wir doch nicht hingekriegt.«

»Das tut mir leid.«

»Schon okay«, sage ich. »Ich komme damit klar.«

Er streicht mir über den Arm und hinterlässt eine Gänsehautspur. »Bist du dir sicher?«

»Ja, mir geht's wirklich gut.« Ich sehe ihm in die Augen, doch angesichts seiner Besorgnis kommen mir die Tränen. Sofort wische ich sie weg. »Keine Sorge, mir geht's wirklich gut. Hör auf, nett zu mir zu sein!«

»Ach, du ...«, sagt er sanft.

Ich tauche unter und schwimme zur anderen Poolseite. Als ich mich dort zu ihm umdrehe, beobachtet er mich immer noch.

»Warum rückst du erst jetzt damit raus?«, fragt er mit zusammengekniffenen Augen.

Ich zucke die Achseln und stoße mich vom Rand ab, schwimme wieder zu ihm. Leider ist der Pool nicht lang genug, als dass mir eine zufriedenstellende Antwort eingefallen wäre, bis ich wieder bei ihm bin.

»Ich hab mir gedacht, ich erzähl's dir, wenn wir uns wiedersehen.«

Er betrachtet mich forschend.

»Dann bist du jetzt also Single«, meint er schließlich. »Wie wird sich das auf deinen Blog auswirken?«

Ich will wieder abtauchen, doch er hält mich am Arm fest. »Sag mal, weichst du absichtlich meinen Fragen aus?« Er lacht.

Seine Berührung versengt mir die Haut, doch viel schlimmer ist die Kälte, die folgt, als er mich loslässt.

»Wie wird sich das auf deinen Blog auswirken?«, wiederholt er.

»Keine Ahnung.« Ich sehe ihn direkt an. Das auf dem Wasser tanzende Sonnenlicht spiegelt sich in seinen Augen wider und bringt die Scherben aus Grün, Gold und Braun zum Glitzern.

»Ich dachte, er wäre dein letztes Stück.« Sein Gesichtsausdruck ist fast schon herausfordernd.

Mein Puls rast, doch ich halte den Augenkontakt.

»Dann habe ich mich wohl geirrt.« Ehe er noch etwas sagen kann, gehe ich wieder auf Tauchstation.

Kapitel 41

»Möchtest du, dass wir dich hinbegleiten?«, erkundigt sich Charlie am Abend, als ich meine Sachen zusammensuche. Ich bin mir nicht sicher, ob seine an den Tag gelegte Coolness nicht nur Fassade ist.

»Nein, ich komme schon klar.« Ich hänge mir meine Kamera um den Hals. »Bis später!«

»Du findest uns hier.«

Er hatte schon erwähnt, dass er später wahrscheinlich den Zimmerservice in Anspruch nehmen wird, damit April mal ganz normal in ihrem Bettchen einschlafen kann. Ich habe ein schlechtes Gewissen, dass ich ihn den Abend über allein lasse.

Während ich auf dem ziegelgepflasterten Weg durch die Hotelanlage gehe und etliche Fotos knipse, geht mir automatisch der Song »Follow the Yellow Brick Road« aus dem *Zauberer von Oz* im Kopf herum. Dann biege ich nach links ab und gehe den Uferweg entlang. Je weiter ich mich von der Anlage entferne, desto weniger ursprünglich und gepflegt wirkt der Strand. Ich komme an ein paar urigen Cafés, Restaurants und Bars mit klapprigen Überdachungen aus Wellblech vorbei, in denen die Gäste bei gechillter Atmosphäre den Blick auf die Bucht genießen.

Hier draußen fühlt sich alles authentischer an – selbst die Bäume wirken weniger gehegt und gepflegt.

Schließlich gelange ich zu der Bar, die wir als Treffpunkt ausgemacht haben. Ich gehe hinein und bestelle ein Bier, dann setze ich mich und warte. Ein paar Minuten darauf trudelt Isak ein.

»Wohnst du in der Nähe?«, frage ich ihn, nachdem er sich auch ein Bier besorgt hat.

»Gleich um die Ecke.«

»Wohnst du schon lang dort?« Ich möchte herausbekommen, ob es dieselbe Wohnung ist, über die Nicki geschrieben hat.

»Erst seit einem Jahr«, erwidert er.

Also nicht.

»Meinst du, dass du mit mir vor Sonnenuntergang noch eine Runde drehen könntest? Du könntest mir ein paar Orte zeigen, die Nicole inspiriert haben könnten. Ich würde gern ein paar Fotos machen.«

»Gern.«

Nachdem wir unser Bier ausgetrunken haben, machen wir uns auf den Weg. Direkt vor den Toren unseres exklusiven, abgeschiedenen Resorts ist ziemlich viel los. Ich würde gern noch mal mit Charlie und April herkommen – sie sollten auch diese Seite von Thailand zu sehen bekommen.

Ewig lange bummeln wir an trubeligen Bars und Läden vorbei, und ich entdecke so viel Material für mein Buch, dass uns keine Zeit mehr bleibt, um noch essen zu gehen. Als wir uns voneinander verabschieden, sterbe ich vor Hunger. Für den Fall, dass ich noch Fragen habe, gibt mir Isak seine Kontaktdaten.

Auf dem Rückweg zum Hotel kaufe ich mir etwas an einem Imbissstand. Es ist schon spät, und Charlie wird inzwischen gegessen haben. Vermutlich liegt er schon im Bett.

Irrtum! Er sitzt mit einer Zeitschrift im Sessel und wartet auf mich.

»Hallo!«, sage ich erfreut.

»Wie war's?« Ohne Hast klappt er seine Zeitschrift zu.

»Gut.«

»Wo wart ihr denn essen?«

»Nirgends. Ich wollte mich einfach nur umgucken und alles in mich aufsaugen.«

»Triffst du dich wieder mit ihm?«, fragt er, als ich mich aufs Sofa plumpsen lasse.

»Mal schauen.« Ich lege mich zurück und sehe zum Deckenventilator empor, der sich surrend dreht. »Ich habe für alle Fälle seine Kontaktdaten bekommen. Morgen Abend auf gar keinen Fall. Da muss ich unbedingt zu diesem Thai.« Ich drehe mich zu ihm und lächele ihn an. »Und wie geht's euch beiden? Was habt ihr zu Abend gegessen?«

Er seufzt. »Alles gut. Ich hatte einen Burger, April Nudeln.«

»Na, hast du dich einsam gefühlt?«, necke ich ihn. »Und mich vermisst?«

Charlie verdreht die Augen.

Ich bin so froh, dass ich wieder mit ihm herumscherzen kann. Ich gewöhne mich wieder an seine Gesellschaft, selbst wenn sich meine Gefühle für ihn ohne Ende intensiviert haben.

»Ist April gut eingeschlafen?«

»Sie hat tatsächlich ein Weilchen gebraucht. Ich dachte, sie wäre fix und fertig, insofern weiß ich nicht, was sie eigentlich geritten hat.«

»Sie hat mich halt auch vermisst!«, bemerke ich aus Spaß.

»Das ist mir auch durch den Kopf gegangen.« Er lächelt nicht.

»Isak wollte, dass ich dir in seinem Namen sein Beileid ausspreche«, sage ich ihm sanft. »Er bedauert deinen Verlust. Er erinnert sich an dich.«

»Darauf wette ich!«, höhnt Charlie.

»Das letzte Mal hat er Nicki kurz vor eurer Hochzeit noch

mal zufällig getroffen. Er wusste gar nicht, dass ihr eine Tochter bekommen habt.«

»Aha, okay.«

Mit gerunzelter Stirn sehe ich ihn an. Offenbar kein gutes Thema.

»Hast du Lust, morgen irgendwas zu unternehmen?«, frage ich. »Wir könnten ja vielleicht einen Bootstrip zu einer der Inseln machen.«

»Musst du denn nicht weiterrecherchieren?«

»Das *ist* Recherche! Ich kann über die Orte schreiben, die wir besuchen, und die Dinge, die wir tun.«

»Mir kommt es so vor, als müsste Isak dir Thailand zeigen, nicht ich. Schließlich ist Timo ihm nachempfunden«, meint er verdrossen.

»Hey!« Ich setze mich auf und sehe ihm direkt ins Gesicht. »Was ist eigentlich los? Stimmt was nicht?«

»Es stimmt doch, oder? Ich war für Cornwall zuständig, also sollte er es für Thailand sein.«

»Es ist doch nicht real, Charlie, sondern ein Roman, das hast du selbst gesagt.«

»Nicki wurde von diesem Ort offenbar inspiriert, von ihm. Vielleicht solltest du deine Inspiration auch daher beziehen.«

»Nein, danke. Ich komme hier an einen Haufen Infos für mein Buch heran, egal, mit wem ich zusammen bin«, gebe ich zurück. »Und überhaupt, wenn mich einer inspiriert, dann du«, setze ich spontan hinzu.

Einen langen Augenblick sehen wir einander an.

»Und April.«

Er setzt sich vor und fährt sich durchs Haar. »Sorry, keine Ahnung, was heute Abend in mich gefahren ist«, murmelt er. »Ich fühl mich ein bisschen, ich weiß nicht, down.«

»Du hast meine Gesellschaft vermisst!« Ich grinse.

Endlich schenkt er mir ein Lächeln, und ich verspüre den fast unerträglichen Drang, zu ihm zu gehen und mich auf seinen Schoß zu setzen.

»Habe ich, ja«, gesteht er leise mit einem sehnsuchtsvollen Ausdruck im Gesicht. Mir stockt der Atem.

Von den Schlafzimmern ertönt ein Schrei. Charlie lauscht angespannt, ob April aufgewacht ist. Und tatsächlich, sie fängt zu wimmern an.

»Ich sehe mal besser nach ihr«, meint er mit schwerer Stimme. »Und hau mich dann in die Falle.«

»Okay, ich auch. Bis morgen.«

»Gute Nacht.«

Aufgekratzt beobachte ich, wie er zurück in sein Schlafzimmer schlendert.

Kapitel 42

Am nächsten Morgen gesellt sich Alain wieder zu uns an den Frühstückstisch.

»Na, wohin geht's heute Abend zum Essen?«, fragt er.

»Wir hatten an den Thai gedacht«, erwidere ich.

»Oh, ein schönes Restaurant!« Ungläubig schüttelt er den Kopf. »Die Sonnenuntergänge sind von dort aus ein Traum! Was macht ihr solange mit meiner Enkeltochter?«

»Wir nehmen sie mit«, erklärt Charlie.

»Oh, nein!« Alain macht ein bestürztes Gesicht. »Mit einem Baby kann man das Essen und den Ausblick doch gar nicht genießen! Ihr müsst euch einen Babysitter organisieren.«

»Das passt schon, sie wird in ihrem Kinderwagen einschlafen«, erwidert Charlie.

»Aber unsere Babysitter hier sind phantastisch!«, ruft Alain. »Wir haben da ein entzückendes Mädchen für euch. Sie ist sehr freundlich. April wird sie lieben.«

Charlie sieht zu mir. Ich zucke die Achseln. Das muss er entscheiden.

»Ich habe sie noch nie bei einer Babysitterin gelassen«, sinniert er.

»Das Thai-Restaurant liegt gleich bei unserer Hütte«, gebe ich zu bedenken. »Du könntest April also jederzeit ins Bett bringen und dann zurückkommen. Und wenn sie aufwacht, könnte die Babysitterin uns anrufen.«

»Na, was sagst du?«, meint Alain. »Soll ich veranlassen, dass unser Mädchen zu euch kommt?«

»Wir könnten es ja mal versuchen«, meint Charlie.

»Ausgezeichnet!« Alain klatscht in die Hände und erhebt sich. »Und morgen Abend koche *ich* für euch«, erklärt er vielsagend und geht zwei Schritte zurück. »Ja?«

»Okay.« Ich lächele.

»Klingt, als hätten wir einen Plan«, bemerkt Charlie, als Alain wieder hineineilt. Er sieht mich an. »Und wir beide haben ein Date«, meint er schmunzelnd.

Auf einmal wird mir sehr schwummerig.

Ist das too much?, frage ich mich später, als ich mich im Spiegel hinter der Garderobentür mustere. Ich trage mein dunkles Haar offen und gewellt und habe mich in das schönste Teil geworfen, das ich dabeihabe, das für diesen Anlass aber etwas überzogen sein könnte: ein silbern schimmerndes Slipdress, das mir ungefähr bis zur Oberschenkelmitte reicht. Mit High Heels sehen meine Beine wahnsinnig lang aus.

Ich liebe dieses Kleid, das ich mal aus einer Laune heraus gekauft habe. Bislang hatte ich allerdings noch keine Gelegenheit, es zu tragen. Scheiß drauf. Nutze den Tag, oder wie war das?

»Wow!«, ruft Charlie, als ich vorsichtig die Treppe hinuntersteige, damit ich nicht auf dem polierten Holz ausrutsche und mir alle Knochen breche. »Hm, ich komme mir underdressed vor!«

»Du siehst trotzdem heiß aus«, erkläre ich mit einem spitzbübischen Grinsen. Er trägt marineblaue Shorts und ein grünes T-Shirt.

»Nicht so heiß wie du!«

Auch wenn er mich nur neckt, durchfährt mich ein Schauer. Ich weiß, dass er nach wie vor nur eine gute Freundin in mir sieht, aber vielleicht trägt dieses Kleid ja dazu bei, dass sich das ändert. Da, bitte, wieder mal bin ich dabei, Grundlagen zu schaffen.

»Nee, warte, ich zieh mir ein Hemd an.« Mit diesen Worten verlässt er den Raum.

»Nicht dein Ernst, oder?«, rufe ich ihm hinterher.

Da er nicht antwortet, anscheinend doch.

»So geht's«, meint er bei seiner Rückkehr. Seine Shorts hat er angelassen – die sind sowieso ziemlich schick –, doch sein grünes T-Shirt hat er durch ein schwarzes Herrenhemd ersetzt, dessen Ärmel er nun hochkrempelt. »Immer noch Lust auf einen Cocktail in der Höhlenbar?«, fragt er.

»Aber hallo!«

Wir haben vor, April erst zu füttern, dann wieder herzukommen, sie ins Bett zu bringen und uns mit der Babysitterin zu besprechen und dann selbst essen zu gehen.

Wir nippen an unseren Drinks und schauen zu, wie die Imbissboote für den Abend zusammengepackt werden und die Tagestouristen ihre Langheckboote besteigen, um auf die eigenen Inseln zurückzukehren.

»Hast du dich noch mal mit Jocelyn und Edward getroffen, seit ich weg bin?«, frage ich Charlie.

»Ja, April und ich sind tatsächlich am Sonntag vor unserem Aufbruch zum Lunch bei ihnen gewesen.«

»Wirklich?«

»Ja!« Er lächelt, als er merkt, wie ich mich freue. »Ich glaube, du hast recht, was Edward angeht. Er ist tatsächlich schüchtern. Zu Hause war er viel entspannter. Allerdings kann das auch mit der Rotweinflasche zusammenhängen, die wir gekippt haben.«

»Meinst du, ihr könntet Freunde werden?«

»Vielleicht. Wir werden sehen.«

»Ich vermisse Jocelyn«, gestehe ich. »Eigentlich kennen wir uns ja kaum, aber ich mag sie sehr.«

»Sie will mich immer noch dazu bringen, in diese Musikgruppe zu gehen«, verrät er.

Ich wünschte, ich wäre dabei, wenn er es tut, und könnte sein Gesicht sehen.

»Ich hab mich von Mum nun auch breitschlagen lassen, ihr April öfter zu überlassen«, fährt er fort. »Vielleicht könnte ich sie bitten, die Mittwochvormittage zu übernehmen. Dann könnte sie mit ihr hingehen.«

»Da lässt du dir aber was entgehen!«

»Ja, ja, schon klar«, erwidert er grinsend.

Später warte ich am Pool, während Charlie April mit der Babysitterin bekannt macht, die wirklich eine entzückende junge Frau ist. April scheint sie zu mögen, doch Charlie möchte sicher sein, dass sie vor unserem Aufbruch schläft, und weist die Babysitterin an, uns anzurufen, falls sie aufwacht.

Das Thai-Restaurant der Anlage liegt ein Stück weiter den Strand entlang in der Nähe der hochaufragenden Kalksteinfelsen. Wir werden auf den Balkon geführt, zu einem Tisch für zwei Personen mit Meerblick. Bevor wir uns der Speisekarte widmen, bestellen wir uns eine Flasche Wein.

»Ist es doof, dass ich einfach nur Lust auf ein Pad Thai habe?«, frage ich Charlie.

»Nein, warum?« Er lacht.

»Es ist so banal und langweilig!«

»Du solltest essen, worauf du Lust hast, basta«, erklärt er. »Und überhaupt, das Gericht wird hier mit Hummer gereicht. Das ist ja wohl kaum banal.«

»Stimmt.« Meine Wahl steht fest.

Heute ist der Sonnenuntergang sogar noch atemberaubender als am Vorabend. Das blassgrüne Wasser ist so ruhig – es schwappt nur ganz sanft an den weißen Sandstrand. Mit nachlassendem Licht werden unsere Gesichter von der Kerze auf dem Tisch und den Lichterketten in den nahe gelegenen Bäumen erhellt.

»Badet da noch ein Paar?« Ich spähe ein Stück weiter den Strand entlang.

»Glaub schon«, meint Charlie. »Das könnten wir später auch machen.«

»Sollen wir?«, frage ich begierig. Nachtbaden!

Er zuckt die Achseln und sieht lächelnd wieder zu mir. »Warum nicht?«

Der Kellner bringt uns das Essen.

»Wirst du dich noch mal mit Isak treffen?«, erkundigt sich Charlie, nachdem wir jeweils vom Gericht des anderen probiert haben. Noch nie in meinem ganzen Leben habe ich so ein gutes Pad Thai gegessen, ganz im Ernst. Auch Charlies Rindercurry ist verdammt lecker.

»Nö, glaub nicht, dass das noch nötig ist.«

Das war die richtige Antwort! Charlies Erleichterung ist förmlich zu spüren.

»Wie hast du es geschafft, Nickis Roman zu lesen?« Das wundert mich wirklich, denn ganz offensichtlich hat er sich noch immer nicht mit den Ereignissen von damals abgefunden.

»Wieso fragst du?« Er lehnt sich auf seinem Stuhl zurück und sieht mich an.

»Na ja, wenn du weißt, dass Timo Isak nachempfunden ist, wie hast du dich beim Lesen gefühlt?«

»Ganz ehrlich?« Er hebt eine Augenbraue.

Ich nicke.

»Total scheiße.«

Überrascht zucke ich zusammen.

»Nicki hat mir nicht gesagt, dass sie ein Buch zum Thema Untreue schreibt.«

»Das ist nicht dein Ernst!«

»Doch! Sie sagte, es ginge um eine Reiseschriftstellerin und würde in Thailand und Cornwall spielen. Außerdem hat sie mir erzählt, dass es eine romantische Komödie sei, sie ist aber nicht weiter ins Detail gegangen – romantische Komödien sind aber auch nicht gerade mein Ding.«

»Wie hast du es dann herausgefunden?«

»Als sie den Buchvertrag bekam.«

»Nein!«

»Doch!«

»Du hast es gar nicht gelesen, ehe sie es eingereicht hat?«

»Nein. Kate allerdings schon.«

Ich schiebe das Essen auf meinem Teller herum.

»Nicki war gar nicht so scharf darauf, dass ich es lese«, fährt er fort, und seine Miene ist voller Mitgefühl, als er mir in die Augen sieht. Er weiß, wie sehr mich die Sache mit Kate mitgenommen hat. »Du bist allerdings die Einzige, die das weiß.«

»Was weiß?«, frage ich verwirrt.

»Dass Nicki das Buch eingereicht hat, ohne mir zu verraten, wovon es handelt.«

»Wie hast du reagiert, als du es herausgefunden hast?«

»Wir hatten einen Mordsstreit«, entgegnet er. Achselzuckend wendet er den Blick ab. »Ich weiß nicht, ich schätze, ich hab mich ein bisschen betrogen gefühlt. Dabei ist es vermutlich nur gut, dass ich meine Nase nicht reinstecken konnte. Schau, wie gut es sich verkauft. So ein Zeug lesen Frauen anscheinend gern.«

Ich rutsche auf meinem Stuhl herum. Ich habe es auch gern gelesen.

»Ehrlich gesagt überrascht es mich, dass es dir gefallen hat«, sagt er. Hat er ein Teleskop in meinem Hirn? »Untreue ist für dich doch ein Tabu.«

»Das stimmt ja auch. Diese Stellen habe ich auch gar nicht gern gelesen – tatsächlich habe ich Kit ganz oft angeschrien und hätte ihr am liebsten eins auf die Rübe gegeben.«

Er schmunzelt.

»Mich haben die Passagen gepackt, wo sie sich ineinander verlieben. Und da wartet dieses Buch ja gleich mit zwei Liebesgeschichten auf. Die hat Nicki so gut geschrieben.« Ich trinke einen Schluck Wein, halte nachdenklich inne und werfe ihm einen besorgten Blick zu. »Wenn ich ehrlich bin, habe ich keine Ahnung, wie ich diese Fortsetzung zustande bringen soll.«

»Stresst dich das?«

»Ein bisschen«, gestehe ich. »Es ist schon ein ganz schöner Druck. Ich bin mir nicht sicher, was die Leserinnen von dieser Story erwarten, aber ich möchte sie nicht enttäuschen.«

»Du musst einfach das tun, was du für richtig hältst. Ich glaube an dich.«

»Danke.« Und das meine ich aufrichtig. »Das Ding ist, ich glaube wirklich, dass Nicki vorhatte, dass Kit sowohl Morris als auch Timo heiratet, und natürlich möchte ich ihre Wünsche respektieren. Das ist das Buch, das ich schreibe. Erinnerst du dich an das Babythema, das ich letztens erwähnt habe?«

Er nickt. »Ja. Kit geht auf, dass sie auf Kinder verzichten muss.«

»Genau. Und ihre Beziehung zu Morris zerbricht daran, dass er eine Familie gründen möchte und sie nicht.«

Ich muss an Liam denken und weiß, dass ich bei diesem Teil des Romans auf eigene Erfahrungen zurückgreifen werde.

»Ich fand die Idee toll«, sagt Charlie.

»Danke.« Ich lächele ihn an.

»Und Timo?«

»Der will nicht mal Kinder«, erinnere ich ihn.

»Vielleicht findet er ja heraus, dass er keine bekommen kann«, sagt er. »Doch er weigert sich, eins zu adoptieren.«

»Eine gute Idee! Und sobald Kit sich für ihn entschieden hat, begreift sie, dass sie nie glücklich werden wird.«

»Am Ende ist sie also traurig und einsam?«

Ich sehe ihn forschend an. »Würdest du damit klarkommen?«

»Ob ich damit klarkomme, dass du ein Buch über eine Bigamistin schreibst, die am Ende traurig und einsam ist?« Er vergewissert sich, ob ich meine Frage ernst meine.

»Ja. Ich bin mir allerdings nicht sicher, ob Nicki das so gewollt hätte.«

»Sie ist nicht hier, insofern lässt sich das nicht klären, aber ich finde das Ende passend.«

»Wirklich?«

»Ja. Wenn du die Story so enden lässt, dass Kit alles um die Ohren fliegt, dann unterstütze ich das. Nicki hat die Geschichte aufgebaut, und dein Job ist es, sie plattzumachen. Aber, Herrgott noch mal, bitte gründlich, denn das Letzte, was wir wollen, ist, dass sich die Leser eine Trilogie wünschen.«

Ich grinse ihn an.

Er lächelt zurück und schenkt mir nach.

»Ich hab dir ja gesagt, dass du die einzige Inspiration bist, die ich brauche«, sage ich.

Dann stoßen wir miteinander an.

Nach dem Dinner geht Charlie zu unserer Hütte zurück, um nach April zu schauen, und wir machen aus, uns danach am Strand zu treffen. Sobald er weg ist, fällt mir ein, dass ich vergessen habe, ihn zu bitten, unsere Badesachen mitzubringen. Hoffentlich denkt er daran.

Tut er nicht.

»Wir sind ja ganz allein hier«, sagt er mit einem spitzbübischen Glitzern in den Augen. Der Strand liegt einsam und verlassen da.

»Schlagen Sie etwa vor, im Adams- beziehungsweise Evakostüm baden zu gehen, Mr. Laurence?«, frage ich keck. Wir sind beide ein bisschen angesäuselt.

»Ich bin dabei, wenn du dabei bist!«

»Du zuerst«, fordere ich.

Achselzuckend knöpft er sein Hemd auf. Zum Glück ist es hier bei den Klippen dunkel, denn ich bin mir ziemlich sicher, dass ich gerade erröte.

Ich kehre ihm den Rücken zu und erschauere, als ich höre, wie ein Reißverschluss geöffnet wird.

»Wir sehen uns gleich im Wasser«, sagt er.

Als ich höre, wie er über den Sand davonstapft, werfe ich kurz einen Blick über meine Schulter auf seine vom Mondlicht beschienene nackte Gestalt.

Ich habe noch immer Mühe, mich wieder einzukriegen, als er nach mir ruft. Ich drehe mich um und mache mit dem Zeigefinger eine kreisende Bewegung. Er versteht den Wink und sieht in die entgegengesetzte Richtung. Ich schlüpfe aus meinem Slip, ziehe mir das Kleid über den Kopf und wate ins Wasser.

»Hallo!«, sage ich, sobald ich im tiefen Wasser bei ihm angekommen bin.

»Hallo«, erwidert er, dreht sich um und lächelt mich an.

»Verrückt, oder?«

»Unglaublich«, erwidere ich.

Über uns spannt sich ein glitzernder Sternenhimmel.

Charlie schaut ans Ufer, wo die Restaurants der Anlage von schimmerndem Kerzenlicht erhellt werden.

»War alles okay mit April, als du nach ihr gesehen hast?«

»Ja, alles gut. Sag mal, was heißt noch mal Hallo auf Thailändisch? Die Babysitterin hat es zur Begrüßung gesagt, und die Hotelmitarbeiter auch, aber ich kann's mir einfach nicht merken.«

»Es wird *sawatdii* ausgesprochen«, erkläre ich ihm. »Sa- wat- dii.«

Er wiederholt es. »Jetzt hab ich's drauf, glaube ich. Scheint hier der Standardgruß zu sein.«

»Stimmt.« Gerade will ich mich auf dem Rücken treiben lassen, als ich mich erinnere, dass ich nichts anhabe.

»Was hat Sara eigentlich gesagt, als sie von eurer Trennung erfahren hat?«, fragt Charlie neugierig.

»Ich hab's ihr noch gar nicht erzählt.«

»Warum nicht?«

Ich zucke die Achseln, antworte aber nicht.

»Ich kapier ja immer noch nicht, warum du's mir nicht schon früher erzählt hast.« Jetzt klingt er nicht neugierig, sondern eher etwas verletzt. »Ich dachte, wir sind Freunde, da lässt man so was doch nicht einfach unter den Tisch fallen!«

»Sind wir doch auch«, erwidere ich leise. Er sieht zum Ufer, doch ich bin von ihm weg nach links geschwommen.

»Das ist alles?« Er wirft mir einen Seitenblick zu. »Hast du wirklich keine bessere Erklärung? Ich weiß ja nicht mal, ob er sich von dir getrennt hat oder ob du Schluss gemacht hast.«

»Es ging von mir aus«, gestehe ich.

»Ach, und warum?«

Was soll ich ihm darauf antworten? Ich seufze leise. »Darüber kann ich jetzt nicht sprechen.«

Wenn ich verrate, dass ich Schluss gemacht habe, weil ich

mich in einen anderen verliebt habe, liegen meine Karten offen auf dem Tisch.

»Ja, wohl eher nicht«, sagt er brummig und wendet den Blick ab. »Allerdings kann ich dir keine siebensekündige Umarmung geben, falls du sie bräuchtest«, fügt er leicht schelmisch hinzu.

Ich lache. »Wieso nicht?« Ich habe wohl etwas zu viel intus, denn es klingt reichlich flirty.

»Möchtest du denn einen Ständer an deiner Hüfte spüren?«, fragt er grinsend und streift mich mit einem weiteren Seitenblick.

Wieder muss ich lachen. »Ich dachte, auf mich könnte man nicht stehen.«

»Ich hab nie gesagt, dass man das nicht könnte.« Er erinnert sich offenbar auch noch an diese Unterhaltung. »Ich hab nur gesagt, *ich* würde nicht auf dich stehen.«

Mir dreht sich der Magen um, doch bevor ich wegschwimmen kann, hält er mich an der Hand fest.

»Zu meiner Verteidigung sei gesagt«, setzt er hinzu und zieht mich wieder an sich, »dass du zu der Zeit einen Freund hattest.« Er sieht mich vielsagend an. »Außerdem hast du gesagt, du würdest nicht auf mich stehen.«

»Das hat sich geändert«, flüstere ich und erschrecke im nächsten Moment. Was tue ich da?

Kein Wunder, dass es ihm die Sprache verschlägt. Ich versuche, ihm meine Hand zu entwinden, doch er hält mich noch fester.

»Bridget?«, fragt er leise.

»Charlie?« Ich imitiere seinen Tonfall. Doch er lächelt nicht, sondern sieht mich direkt an, todernst, und seine Augen glitzern im Licht der Lichterketten, die in den Bäumen am Strand baumeln.

Ich erschauere.

»Ist dir kalt?«, will er wissen, und ich frage mich, ob das ein Versuch ist, das Thema zu wechseln. Ich sollte erleichtert sein. Doch ich bin es nicht.

»Ein bisschen«, erwidere ich.

»Möchtest du raus aus dem Wasser?«

»Nein.« Ja! Die Antwort lautet Ja! Ich habe zu viel getrunken. Wir haben beide zu viel getrunken und können nicht mehr klar denken.

Er zieht mich näher an seine Seite, so nah, dass ich seine Körperwärme spüre. Meine Brust streift seinen Bizeps, er atmet heftig ein, und sein Griff um meine Hand wird immer fester. Irgendwo in meinem alkoholvernebelten Hirn kommt mir, dass sich das alles nur schwer mit dem Begriff »gute Freunde« vereinbaren lässt, doch der Gedanke verflüchtigt sich schnell wieder.

Ein langer, qualvoller Augenblick verstreicht, in dem ich nicht weiß, was als Nächstes geschehen wird. In meinem Kopf wirbelt alles durcheinander, während er sich zu mir dreht. Er schlingt beide Hände um meine Hüfte, zieht mich langsam näher und dann mit einem Ruck ganz fest an sich. Nackte Haut an nackter Haut. Ich spüre, wie er sich an mich presst.

Ohne nachzudenken fahre ich über seinen durchtrainierten Brustkorb, dann lasse ich meine Finger über seine breiten Schultern in sein Nackenhaar wandern. Er öffnet den Mund, es entfährt ihm ein Stöhnen, und dann finden sich unsere Lippen, und die Sterne über unseren Köpfen explodieren mit unerhörter Leuchtkraft.

Keuchend erwidere ich seinen Kuss, während er mich fest an seinen nackten Körper presst, und als sich unsere Zungen begegnen, werde ich von heißen Wellen der Lust überrollt.

Unvermittelt hält er inne. Sein Brustkorb hebt und senkt

sich, doch ich spüre sein Zögern. In seinem Gesicht macht sich Besorgnis breit.

Nein ... nein ... Jetzt gibt es kein Zurück mehr!

Ich drücke meinen Daumen auf seine Stirn und glätte die Falten, die sich dort gebildet haben.

Es fühlt sich viel zu gut an, um aufzuhören ...

Da sind wir offensichtlich einer Meinung, denn unvermittelt hebt er mich mit seinen kräftigen Armen hoch, und ich schlinge die Beine um seine schlanke Taille, wobei das Salzwasser das Seine tut, um mich oben zu halten.

Beide stöhnen wir auf, als er mich auf sich senkt und in mich eindringt. Wie intensiv sich das anfühlt, wie elementar! Unsere Lippen lösen sich nicht voneinander, und das Wasser schwappt gegen unsere Haut, als er sich zu bewegen beginnt.

Hinterher könnte ich ewig in seinen Armen bleiben. Und so schlinge ich die Beine weiter um ihn und drücke das Gesicht an seinen Hals. Er küsst mein Schlüsselbein.

»Wir sollten zurückgehen«, flüstert er irgendwann.

Sehr, sehr widerstrebend löse ich mich von ihm.

Schweigend waten wir an den Strand zurück. Wir haben keine Handtücher dabei, und ich fühle mich exponiert, aber es wäre verrückt, ihn nach dem, was eben war, zu bitten, dass er sich umdreht. Ich ziehe mir das Kleid wieder über den nassen Körper, und er steigt in seine Shorts. Dann nehmen wir unsere Schuhe und gehen barfuß zu unserer Hütte zurück, ohne dass einer von uns etwas sagt.

Ich möchte ihn fragen, ob er heute bei mir schläft, doch ich spüre, dass er vielleicht seine Gedanken sammeln muss. Für ihn war es das erste Mal seit Nickis Tod. Ich hoffe nur, er bereut es am nächsten Morgen nicht.

Kapitel 43

Als ich aufwache, ist es unten ganz still. Auf meinem Handy checke ich die Uhrzeit: halb zehn. Ich wette, er ist mit April frühstücken gegangen …

Ich bleibe eine Weile liegen und starre an die Decke. Unsere Begegnung gestern Abend war unglaublich, und beim Gedanken daran fühle ich mich glückselig und hibbelig, aber zugleich auch unglaublich nervös. Alles lief so schnell aus dem Ruder. Keiner von uns beiden hatte Zeit, innezuhalten und nachzudenken. Ich weiß, was ich für ihn empfinde, aber wie kommt er heute damit klar? Ich hoffe inständig, dass ich nicht alles vermasselt habe. So viel zu meinem Vorhaben, mit klitzekleinen Mäuseschrittchen vorzugehen. Das waren eher riesige Elefantenschritte, ohne Rücksicht auf Verluste. Gestern Abend bin ich gleich ins Bett gegangen, deshalb spannt meine Haut vom Meerwasser und fühlt sich trocken an.

Als die beiden zurückkommen, bin ich angezogen und fühle mich frischer, meine Nerven liegen aber immer noch blank. Vom Fenster aus beobachte ich, wie Charlie April aus dem Kinderwagen hebt. Ich öffne ihnen die Tür.

»Guten Morgen«, grüßt er mich überrascht.

»Hallo.«

Wir tauschen einen langen Blick aus, ehe er den Augenkontakt abbricht.

»Ich hab dir was fürs Frühstück besorgt«, sagt er, während April ins Wohnzimmer tapst. Als sie an mir vorbeikommt, streiche ich sanft über ihre hellblonden Locken und lächele sie an. Charlie holt unten aus dem Buggy einen Teller mit frischen Früchten und Gebäck hervor. »Oder hättest du lieber etwas Nahrhafteres?«

»Das ist genau richtig, danke.« Ich nehme ihm den Teller ab, doch er weicht meinem Blick aus. Auf dem Weg zum Sofa versuche ich, tief auszuatmen, um den Druck auf meine Brust etwas zu mindern. »Wie fühlst du dich?«, frage ich vorsichtig.

»Okay«, erwidert er und lässt sich matt in den Sessel fallen. Einen langen Augenblick drückt er sich die Handballen auf die Augen.

»Möchtest du reden?«

»Nicht jetzt.« Er sieht zu April, die eine Frucht nach der anderen aus der Obstschale nimmt und sie auf den Couchtisch legt.

Oh, nein … Er bereut es …

April holt eine hellrosa und lindgrüne Drachenfrucht heraus und trollt sich damit ins Schlafzimmer. Ich werfe Charlie einen Blick zu. Können wir jetzt reden?

»Ich weiß nicht, was ich sagen soll«, murmelt er.

»Wünschst du dir, es wäre nicht passiert?«

»Ich weiß nicht«, sagt er. »In meinem Kopf geht es gerade drunter und drüber.« Er verschränkt seine Hände zwischen den Knien. »Das hier …« Er sieht sich im Raum um. »Das ist Nickis Ort.« Er spielt nicht auf unsere Hütte an, er meint die Ferienanlage. »Sie ist gerade mal vor einem Jahr gestorben. April und ich sind mit ihrem Geld hierhergekommen. Es fühlt sich nicht richtig an.« Er sieht mich direkt an. »Es kommt mir verkehrt vor.«

Mir weicht das Blut aus dem Gesicht.

Frustriert schüttelt er den Kopf. »Es hat sich nicht verkehrt angefühlt. Es ist verkehrt.«

»Ich verstehe, was du sagst.« Genau das hatte ich befürchtet und könnte mich dafür treten, dass ich mich nicht besser im Griff hatte. »Aber Charlie …«

»Wie gesagt, in meinem Kopf geht's gerade drunter und drüber«, unterbricht er mich. »Ich brauche Zeit und Raum, um nachzudenken, aber ich habe keine Zeit und definitiv keinen Raum.« Er wirft einen bedeutungsvollen Blick zum Schlafzimmer, wo April immer noch fröhlich vor sich hinplappert.

»Ich kann dir Zeit *und* Raum geben«, sage ich und lehne mich vor. Ich würde alles dafür geben, ihn in die Arme nehmen zu können, aber ich weiß, das würde er gerade nicht wollen. »Warum ziehst du heute nicht mal allein los? Ich kümmere mich um April.«

Er setzt zu einem Kopfschütteln an.

»Ich möchte es«, beharre ich. »Du könntest eine der Höhlen besuchen. Oder die Klippen hochwandern. Dort oben gibt es einen See. Es gibt geführte Touren, falls du so was magst, oder du nimmst dir einfach eine Karte mit und erkundest die Gegend auf eigene Faust.«

Er überlegt. »Und was ist mit dir? Möchtest du dir nicht auch die Höhlen ansehen?«

»Das kann ich auch an einem anderen Tag machen«, erwidere ich. »Für Kinder ist das nicht geeignet, wir könnten ohnehin nicht mit April hingehen. Aber vielleicht könntest du meine Kamera mitnehmen und ein paar Fotos für mich schießen?«

»Bist du dir sicher?«, hakt Charlie nach, doch er lässt sich relativ leicht überreden. Er braucht wirklich ein bisschen Zeit für sich.

»Vollkommen sicher.«

»Okay.« Er steht auf und lächelt mich an, dann verschwindet er im Schlafzimmer.

Er hat mich nicht einmal berührt.

Heute werde ich versuchen, mich zu beschäftigen, damit ich mir nicht zu viele Gedanken mache. Ich weiß genau, was mir im Kopf herumgeht. Mit ein bisschen Zeit und Raum zum Atmen wird Charlie hoffentlich einsehen, dass wir das hinkriegen. Wir dürfen jetzt nicht lockerlassen. Eine Rückkehr zu alten Verhältnissen ist keine Option.

Ich hoffe nur, er sieht das genauso.

»Heute kümmert Bridget sich um dich, okay?«, erklärt Charlie seiner Tochter, als er ein paar Minuten darauf mit ihr auf dem Arm zurückkommt. Er trägt einen Sonnenhut und Turnschuhe und hat einen Rucksack geschultert, in dessen Außentaschen zwei Wasserflaschen stecken.

April streckt die Arme nach mir aus, und Charlie reicht sie mir lächelnd. Als sich unsere Arme streifen, stehen meine Härchen in Habachtstellung. »Danke«, sagt er und streift mich mit einem Blick.

Ich lächele April an. »Wir werden unseren Spaß haben, was?« Sie erwidert mein Lächeln und zieht mich an den Haaren. Ich kitzele sie, und als Charlie zur Tür hinausgeht, lacht sie sich noch immer schlapp.

Zur Mittagszeit gehen April und ich zum Infinity Pool. Ich bestelle etwas zu essen, und wir verbringen eine Stunde planschend im Babybecken. Die älteren Kinder faszinieren sie, und ich denke, sie könnte den ganzen Tag hier verbringen, wenn sie sich nicht an diesen strikten Schlafplan halten müsste. Sofort muss ich an Kate denken.

Kate liebt ihre Nichte abgöttisch, das weiß ich. Da würde sie doch wohl nicht Aprils Glück im Wege stehen wollen, nur wegen Charlies Liebesleben? Denn jede Familienfehde würde Auswirkungen auf April haben – spätestens, wenn sie älter ist.

Ich bin davon überzeugt, dass Charlie seine Schwägerin und seine Schwiegermutter zur Einsicht bringen könnte, dass wir einander guttun. Und dass ich April guttue.

Trotz des inneren Aufruhrs, den ich wegen Charlie verspüre, verbringe ich einen wunderschönen Tag mit seiner Tochter. Mir geht jedes Mal das Herz über, wenn April kichert, wenn sie in einem ihrer kleinen Pappbilderbücher ein Babygesicht küsst, wenn sie etwas Lustiges tut wie sich Wasser ins Gesicht zu spritzen und dann entsetzt zusammenzuzucken. Was immer mit Charlie geschieht: Ich möchte eine Rolle in Aprils Leben spielen. Selbst wenn ich einfach nur die verrückte Tante Bridget wäre.

Bei dem Gedanken steigen mir Tränen in die Augen. Ich möchte nicht Tante Bridget sein, ich möchte mehr sein. Was für eine Kehrtwendung für jemanden, der glaubte, keine Kinder zu wollen.

Charlie kommt zurück, als April schon eine Stunde ihren Mittagsschlaf hält. Beim Anblick seines hübschen, allerdings etwas erschöpften Gesichts setzt mein Herz einen Schlag aus.

»Alles okay?«, frage ich ihn vorsichtig, als er hereinkommt.

»Ja«, meint er. »Danke.«

»Ich wollte April gerade wecken.« An der Schwelle zu seinem Zimmer halte ich inne.

Er bedeutet mir vorzugehen. Ich mache mich daran, die Jalousien zu öffnen, während er zum Bettchen geht.

»Na, meine Süße!«, sagt er und streicht über ihren Arm. »Alles gut gelaufen?«, fragt er mich, als Tageslicht in den Raum dringt.

»Es war ein wunderschöner Tag.« Lächelnd nicke ich zum Bettchen, in dem April inzwischen aufgewacht ist.

»Hallo, mein Schatz!«, gurrt er, doch sie gibt einen verärgerten Laut von sich.

»Ja, hallo!« Ich spähe in ihr Bett.

Sie sieht von ihm zu mir, von mir zu ihm und streckt dann die Arme nach mir aus.

»Oh!« Entzückt beuge ich mich hinunter und hebe sie heraus. Ich drücke sie an mich und drehe mich lächelnd zu Charlie. Doch er erwidert meinen warmherzigen Blick nicht. Ganz im Gegenteil, seine Miene ist düster.

An diesem Abend erwartet uns Alain zu einem frühen Dinner in seinem Restaurant. Anscheinend war er beim Frühstück nicht glücklich, als Charlie sein Angebot ablehnte, wieder eine Babysitterin zu organisieren, um uns den Genuss eines in Ruhe eingenommenen Fünf-Sterne-Menüs zu ermöglichen. Charlie hält nichts von zwei verschiedenen Babysittern an zwei Abenden hintereinander, daher essen wir früh und nehmen April mit.

Ich habe das Gefühl, dass er auf die Art auch eine Wiederholung des vergangenen Abends vermeiden will.

Bisher hatten wir keine Gelegenheit, uns über seinen Ausflug zu unterhalten, deshalb nehme ich meine Kamera mit ins Restaurant. Sobald wir sitzen, bitte ich ihn, mir etwas über die Aufnahmen zu erzählen, die er oben auf den Klippen gemacht hat. Im Laufe des Abends scheint er in meiner Gesellschaft dann wieder etwas aufzutauen.

Ich sehne mich nach Berührungen, doch als ich seine Hand anfasse, zieht er sie weg und steckt sie unter den Tisch. Er schaut sich um, und ich weiß, dass er Angst hat, Alain könnte uns sehen und seine Schlüsse ziehen. Hoffentlich steckt nicht mehr dahinter.

Später, als April im Bett liegt, frage ich Charlie, ob er Lust auf einen Film hat.

»Ich glaube, dafür bin ich zu müde.« Er wirft mir aus seinem Sessel einen bedauernden Blick zu. »Sorry«, setzt er hinzu, als er sieht, dass ich ein langes Gesicht mache.

Ich bemühe mich so sehr, uns wieder in einen glücklicheren, normaleren Zustand zurückzuversetzen. Na ja, normal ist der falsche Ausdruck, aber ich würde alles tun, damit die Anspannung und die jähe Befangenheit zwischen uns wieder nachlässt.

Offenbar bekommt er Mitleid mit mir, denn er sagt: »Wie wär's mit etwas Musik aus deinem iPod?«

Er weiß, was mich aufmuntert. Freudig laufe ich nach oben und kehre mit meinem Lautsprecher zurück. Ich finde den Song, den ich hören möchte, und drücke auf Play. Als ich mich zu ihm umdrehe, erwische ich ihn dabei, wie er mich beobachtet.

Sobald das Klavierintro erklingt, wird ihm bewusst, dass ich »Up Where We Belong« von Joe Cocker und Jennifer Warnes ausgesucht habe. Als ich ihn mit hochgezogener Augenbraue ansehe, zieht er die Mundwinkel nach oben, und dann beginnt Jennifer Warnes zu singen.

»Who knows what tomorrow will bring ...«

Er lacht leise auf, als ich melodramatisch und ernst meine Lippen synchron zum Lied bewege. Ich nicke ihm gezielt zu, dränge ihn, mitzumachen, als es Zeit für Joe Cockers Zeilen wird, doch er schüttelt schmunzelnd den Kopf. Letztlich muss ich seinen Part übernehmen, die Hand auf mein Herz legen und so tun, als würde ich Berge erklimmen. Er wirkt belustigt, doch er macht noch immer nicht mit.

Als ich mich seufzend in den Refrain stürze, legt er den Kopf zurück und lacht. Noch immer versuche ich, ihn dazu zu bewegen, ebenfalls Playback zu singen, doch er widersetzt sich.

Als Joe Cocker die zweite Strophe anstimmt, wiege ich mich hin und her, seufze verträumt, als sei ich schwer verliebt – was ich ja auch bin –, und übernehme dann wiederum Jennifer Warnes' Part, gebe mich feierlich und ernst, während ich mir im Stillen denke: Mannomann, diese Songtexte passen wirklich verdammt gut.

Als der Refrain einsetzt, ermuntere ich ihn wieder. Los, Charlie, komm mir auf halbem Wege entgegen! Und dann tut er es! Er verzieht das Gesicht und macht perfekt mit. Ich muss lachen und spüre, wie viel Liebe ich für ihn empfinde.

Als sich der Refrain wiederholt, gehe ich zu ihm und höre mit meiner Playbackshow auf. Er zieht die Brauen zusammen, als ich mich auf seinen Schoß setze, doch er hält mich nicht auf, und als der Song schließlich verklingt, sehen wir einander immer noch an. Langsam beuge ich mich zu ihm hinunter und streife seine Lippen mit meinen. Er lässt es zu, selbst wenn er sich, das weiß ich, jetzt hin- und hergerissen fühlt. Ich setze mich rittlings auf ihn, und sein Körper unter mir reagiert, als wir uns immer heftiger küssen.

»Bridget«, flüstert er gegen meine Lippen.

Und ich versuche, seine Sorgen fortzuküssen.

Kapitel 44

Mit einem Ruck wache ich auf. Durch einen Spalt in den Jalousien kann ich sehen, dass es draußen noch immer dunkel ist. Meine Augen brennen, und die Erschöpfung sitzt mir in den Gliedern, deshalb weiß ich nicht, was mich geweckt hat. Ich drehe mich zu Charlie um, der tief und fest neben mir in meinem Bett schläft. Bei der Erinnerung an all die intimen Dinge, die wir gestern Abend angestellt haben, spielen die Schmetterlinge in meinem Bauch verrückt.

Da höre ich sie: April!

Hastig steige ich aus dem Bett, werfe mir meinen Morgenmantel über, schließe die Tür hinter mir, damit Charlie nicht wach wird, und eile nach unten.

Als ich mich ihrem Bett nähere, fängt April erst so richtig zu weinen an. Ich murmele etwas Beruhigendes, und sie streckt die Arme nach mir aus. Ich weiß, vermutlich sollte ich sie in ihrem Bett liegen lassen und dort beruhigen, wie Charlie es tut, doch ich kann nicht widerstehen. Ich nehme sie heraus und drücke sie an mich. Ihr Weinen hört sofort auf.

Es ist kalt in ihrem Zimmer – haben wir die Klimaanlage angelassen? Verdammt, tatsächlich. Offenbar hatten wir andere Dinge im Kopf. Ich gehe hin und schalte sie aus, während ich April leise etwas vorsinge. Mit weit aufgerissenen Augen sieht sie in der Dunkelheit zu mir auf. Ich streiche ihre Wange und lächele sie an, und mein Herz droht zu zerspringen.

Ich sollte sie nicht mit ins Bett nehmen, ich weiß, aber ihre Arme und Beine sind kalt, und ich möchte sie wärmen. Ich schlage die Bettdecke zurück und schlüpfe zwischen die kühlen Laken von Charlies Bett, ziehe sie an mich und summe, bis sie in meinen Armen wieder einschläft.

So entdeckt uns Charlie am nächsten Morgen.

»Hallo!«, flüstere ich und lächele ihn verschlafen an. April schläft noch immer wie ein Stein.

»Hallo«, flüstert er zurück, doch anstatt zu lächeln, schaut er zutiefst besorgt.

»Was ist los?«, frage ich alarmiert.

In seinem Blick sehe ich, wie er dichtmacht. »Wir reden später.«

Mein Inneres verwandelt sich in Eis.

»Musst du heute etwas erledigen?«, fragt mich Charlie beim Frühstück. Vorhin hat er wieder die Hand weggezogen, als ich ihn zu berühren versuchte.

»Ja, warum?«

»Alain hat sich ein bisschen Zeit freigeschaufelt. Er möchte unseren letzten Tag mit April und mir verbringen.«

»Oh, okay.« Dass sie nur zu dritt sein wollen, geht mir ein, doch es wäre gelogen zu behaupten, dass ich nicht enttäuscht wäre.

»Ich dachte mir, ich schau mal, ob ich heute Abend noch mal einen Babysitter organisieren kann. Wir könnten ins Höhlenrestaurant gehen.«

Seinem distanzierten Ton nach zu urteilen wird wohl kein weiterer Date-Abend daraus. Wie es aussieht, ist es Zeit für eine Aussprache ...

Ich verbringe den Tag damit, die Gegend zu erkunden, zu

fotografieren und mir Notizen zu machen, doch obgleich mich die Kulisse inspiriert, werde ich die Übelkeit einfach nicht los, die ständig in mir rumort.

Am frühen Abend kehrt Charlie zurück. Bei seinem Anblick rast mein Puls, doch als ich frage, ob ich ihm helfen kann, April ins Bett zu bringen, lehnt er ab.

»Lass mich das heute Abend einfach machen«, sagt er mit einem flehenden Blick, bevor er mit ihr in sein Zimmer geht und die Tür hinter sich schließt.

Später an diesem Abend finden wir uns an einem der romantischsten und malerischsten Orte der Welt wieder. Die Tische stehen im Sand, und über unseren Köpfen hängen von der Höhlendecke Stalaktiten herab, während die Inseln vor uns auf dem stillen, ruhigen Wasser wegzutreiben scheinen.

Doch ich kann nicht eine Sekunde davon genießen.

»Kannst du mir sagen, was dir im Kopf herumgeht?«, frage ich behutsam.

»Das versuche ich immer noch herauszufinden.« Er starrt in sein Weinglas. »Ich möchte einfach nur das Beste für April.«

»Meinst du, ich würde ihr je weh tun?«

»Du tust ihr schon weh.« Bei seinen Worten ziehe ich scharf die Luft ein. »Sie bringt dir schon jetzt eine Zuneigung entgegen, die ihr Schmerzen verursacht.« Er beugt sich vor und durchbohrt mich mit einem beunruhigend harten Blick. »Die Wochen nach deinem Abschied waren hart. Sie hat dich nicht einfach nur vermisst, sie hat sich nach dir gesehnt. Jetzt, wo sie älter wird, versteht sie allmählich. Ich kann sie nicht in dem Glauben belassen, du wärst ihre Mutter, wenn du dich einfach wieder aus dem Staub machst, sobald dir langweilig wird.«

»Charlie!«

»Ist doch wahr, oder? Das hast du ja früher auch schon gemacht!« Seine Augen schimmern im Kerzenlicht. Er ist nicht aufgebracht, sondern entschlossen. »Ich möchte nicht das nächste Stück deines Herzens haben, Bridget.«

»Du kapierst es nicht und denkst, für mich wäre es einfach nur eine weitere Beziehung.« Die Möglichkeit, es zu bestätigen oder zu leugnen, gebe ich ihm nicht. »Du irrst dich. Noch nie habe ich so empfunden wie mit dir.«

»Und dein Blog?«

»Zur Hölle mit meinem Blog! Den werde ich löschen. Ich bin fertig damit. Nie wieder werde ich einen Eintrag posten, das schwöre ich. Er bedeutet mir nichts, Charlie. Jetzt nicht mehr. Du und April – ihr seid das Einzige, was mir wichtig ist.«

Skeptisch wendet er den Blick ab.

»Charlie«, flehe ich. »Was ist mit letzter Nacht?«

Mit gequälter Miene sieht er mich wieder an und flüstert: »Ich bin auch nur ein Mann, Bridget.«

Genauso gut hätte er mich ohrfeigen können.

»Du kannst also Sex mit mir haben, aber in mich verlieben kannst du dich nicht?« Ich gebe mir Mühe, nicht die Stimme zu heben.

»Mensch, Bridget, der Jahrestag von Nickis Tod ist gerade mal zwei Wochen her!«, versetzt er. »Da kapierst du doch wohl, dass es für mich noch zu früh ist, etwas Neues zu beginnen.«

»Das kapiere ich, logisch, aber ...«

Er schneidet mir das Wort ab. »Es ist ja nicht so, dass ich nichts für dich empfinde, denn das tue ich, und ganz offensichtlich fühle ich mich auch zu dir hingezogen, aber ich brauche Abstand, um mit allem klarzukommen. Das Beste für April und mich ist es, nach Cornwall heimzukehren und unser normales Leben wieder aufzunehmen.«

Er hält mein Herz in seiner Hand und zerquetscht es.

Ich wusste, dass es zu früh für ihn war. Hier in Thailand

hätte nichts passieren dürfen. Doch jetzt war's nun mal passiert. Und damit muss ich leben. Fehler kommen vor, doch dieser ist eine Katastrophe.

»Du selbst musst dich ja auch ranhalten«, sagt er leise, als mir Tränen in die Augen steigen. Es tut so weh. »Das Buch muss zu Ende gebracht werden. Wir sind es Nicki schuldig, dass es gut wird – und ihrer Familie auch. Schauen wir doch einfach, wie die Dinge nächstes Jahr stehen.«

»Aber April wird sich in den nächsten Monaten so sehr verändern! Ich möchte nicht so viel Zeit ins Land gehen lassen, ohne sie zu sehen!«

»Es tut mir leid«, sagt er leise. »Aber es würde ihr nicht guttun, wenn sie dich einfach nur von Zeit zu Zeit sehen würde. Momentan braucht sie Stabilität in ihrem Leben.«

Dem Ausdruck seiner Augen entnehme ich, dass an seiner Meinung nicht zu rütteln ist. Nichts, was ich sage, wird ihn umstimmen.

Ich stehe auf und verlasse das Restaurant, bevor ich noch losheule.

Am nächsten Tag reisen Charlie und April ab, während ich noch einen weiteren Tag durchzustehen habe. Nur mit Mühe kann ich die Tränen zurückhalten, als sich das Schiff entfernt und April zu mir zurücksieht. Ich winke ihr zu, und als sie es mir nachmachen will und ihr Händchen hin und her schwenkt, bricht mir das Herz.

Was auch immer aus der Sache mit Charlie wird, weiß ich, dass ich mein Bestes geben werde, mich wieder aufzurappeln und darüber hinwegzukommen. Ich glaube nicht, dass ich je wieder jemanden so lieben werde wie ihn, aber ich werde es überleben.

Wenn ich allerdings April nie wiedersehe, werde ich daran zerbrechen.

Wie's aussieht, ist es gar kein Mann, der das letzte Stück meines Herzens besitzt.

Sondern ein kleines Mädchen.

Kapitel 45

Als ich nach London zurückkehre, bin ich völlig durch den Wind, aber ich muss mich zusammenreißen und auf meine Arbeit konzentrieren. Ich bin wild entschlossen, für dieses Buch den bestmöglichen Job hinzulegen. April zuliebe. Charlie zuliebe. Und auch Valerie, Kate und Alain zuliebe.

Vor allem aber möchte ich es für Nicki tun.

Das bin ich ihr schuldig.

Lange Tage verbringe ich an meinem Schreibtisch, lasse mein Herzblut in jede einzelne Seite fließen. Marty kommt gelegentlich mit einem Fläschchen Wein vorbei und versucht, mich aufzuheitern, doch eigentlich bin ich lieber allein. Sie macht sich Sorgen, da sie mich noch nie so erlebt hat. Der Kummer sitzt tief, und ich weiß nicht, ob ich mich je wieder davon erholen werde.

Auf meine Schilderung unseres Urlaubs in Thailand reagierte Marty nachdenklich und mitfühlend, doch sie versteht, dass meine Arbeit momentan Vorrang hat, und drängt mich nicht, ihr mein Herz auszuschütten.

Es fällt mir schwer, über Thailand zu schreiben, ohne an Charlie zu denken und das, was dort passiert ist, aber Kits Schmerzen fühlen sich ebenso real an wie meine eigenen, und ich halte mich nicht zurück. Ich hoffe nur, dass meine Emotionen bei meinen – nein, Nickis – Leserinnen auch rüberkommen.

Manchmal rufe ich Fay oder Sara an, wenn der Druck zu groß wird und ich Hilfe brauche, um mir den Weg durch das

Textdickicht zu bahnen. Normalerweise schlägt Fay mir vor, einen langen Spaziergang zu machen oder ein Buch zu lesen. Einmal empfahl sie mir sogar, ins Kino zu gehen und einen Film zu sehen – egal welchen, um meinen Kopf freizukriegen und meine Schreibblockade zu lösen. »Schönheit inspiriert Schönheit«, sagte sie. Auch Musik motiviert mich.

Ich habe den Blog vom Netz genommen und Sara gesagt, dass das mit meinem Buch nichts wird. Sie hatte Verständnis. Da als Happy End Elliots Heiratsantrag angedacht war, hatte sie schon bei unserer Trennung ihre Felle davonschwimmen sehen. Weitermachen ist einfach nicht drin, auch wenn ich ein schrecklich schlechtes Gewissen habe, so viel ihrer Zeit beansprucht zu haben.

Eines Tages schreibe ich vielleicht einen anderen Roman, wenn sich der Staub von diesem erst mal gelegt hat. Doch ich schätze mich auch dann glücklich, wenn ich zeitlebens nur Reiseartikel schreibe.

Als ich Fay von meinem geplanten Ende für Kits Geschichte erzählte, hatte sie Bedenken. Es würde einen echt runterziehen, wenn Kit am Ende des Romans traurig und einsam dasitzt, meinte sie, doch letztlich sagte sie, ich solle meinem Herzen folgen.

Allerdings überrascht es mich ein wenig, als mich mein Herz in eine andere Richtung führt ...

Morris lässt sich tatsächlich von Kit scheiden, da er Kinder haben möchte und sie weiterhin vorgibt, keine zu wollen. Sie hatte sich geschworen, angesichts des selbst geschaffenen Chaos keine Kinder in die Welt zu setzen, und daran will sie unbedingt festhalten.

Der Verlust von Morris schmerzt sie sehr, doch der Gedanke, mit Timo nun ein ganz normales Eheleben führen zu können, hilft ihr ein wenig darüber hinweg.

Als sie ganz nach Thailand zieht, entdeckt sie jedoch bald, dass sie Timo gar nicht so gut kennt wie gedacht. Ihre Beziehung war auf Sand gebaut und hat nur funktioniert, solange sie sich lange Phasen nicht sahen. Jedes Mal, wenn sie getrennte Wege gingen, schürte der Kummer über Kits Rückkehr nach England ihre Leidenschaft wieder an. Nun lässt diese Leidenschaft allmählich nach, und Kits Wunsch nach einem Baby wird übermächtig. Doch Timo stellt sich weiterhin stur, woran ihre Ehe schließlich zugrunde geht. Kit kehrt nach Cornwall zurück.

Sie hat Morris schrecklich vermisst, und die Nachricht, dass er inzwischen eine andere Frau geheiratet hat und ein Kind unterwegs ist, trifft sie zutiefst. Er ist am Ziel seiner Wünsche, und sie freut sich für ihn, leidet jedoch insgeheim Höllenqualen. Sie liebt ihn immer noch, möchte aber das Beste für ihn, deshalb schwört sie sich, von ihm und seiner Familie Abstand zu halten.

Dann findet sie heraus, dass sie von Timo ein Baby erwartet. Er ist außer sich, als sie ihn anruft und ihm davon erzählt, und bittet sie, die Schwangerschaft zu beenden, doch sie weigert sich und sagt, sie werde das Kind allein großziehen.

Ihrem kleinen Töchterchen, das sie Aubrey nennt, schenkt sie nun all ihre Liebe.

Die Jahre vergehen, und Aubrey beginnt, Fragen über ihren Vater zu stellen. Schließlich findet auch Timo Gefallen daran, die Beziehung zu seiner Tochter zu pflegen. Kit und Timo werden Freunde, und als Aubrey alt genug ist, besucht sie ihren Dad in Thailand auf eigene Faust.

Kit liebt das Mutterdasein mehr als alles andere auf der Welt.

Allerdings reicht ihr das nicht.

Sie hat immer wieder kurze Romanzen, doch ihre Gefühle

für diese Männer können mit denen, die sie für Morris und Timo empfand, nicht mithalten. Sie hat die intensivste Form der Liebe erlebt, und das gleich zweimal – nur leider zur selben Zeit.

Cornwall ist nicht groß, und manchmal sieht Kit Morris aus der Ferne mit seiner schönen Frau und drei Söhnen und fragt sich, wie sich die Dinge entwickelt hätten, wenn sie Timo auf diesem Arbeitstrip nach Thailand nie begegnet wäre.

Andererseits würde es Aubrey dann nicht geben, und sie wird es nie bereuen, ihre Tochter bekommen zu haben.

Nachdem ich die letzte Seite geschrieben habe, breche ich in Tränen aus. Es dauert eine ganze Weile, bis ich mich wieder gefasst habe, doch dann greife ich mit klopfendem Herzen zum Telefon und rufe Charlie an. Er ist die erste – die einzige – Person, der ich gleich heute davon berichten möchte.

Sein Handy klingelt, doch ich werde gleich an die Mailbox weitergeleitet.

Ich schicke ihm eine Nachricht: *Gerade das Buch fertiggeschrieben. Wollte nur Hallo sagen.*

Er antwortet fast umgehend: *Gut gemacht. Ich bin stolz auf dich!*

Seit Thailand sind zweieinhalb Monate vergangen, und noch immer will er nicht mit mir sprechen. Wann wird er sich da je einverstanden erklären, mich zu *sehen*? April wächst und verändert sich wöchentlich – wie viel von ihrem Leben verpasse ich, bevor er weich wird? Was, wenn nicht? Je mehr Zeit vergeht, desto größer wird meine Angst.

Was, wenn ich sie das nächste Mal erst bei der Buchpräsentation sehe? Dann wird unsere letzte Begegnung fast ein Jahr her sein. April wird sprechen können. Sie wird ein gutes Stück gewachsen sein. Wird sich nicht mal mehr an mich erinnern können. Charlie wird distanziert sein, unverbindlich. Er wird sein Leben fortführen und die Vergangenheit hinter sich lassen. Der Schmerz, den ich bei der Heraufbeschwörung dieses Bildes verspüre, ist immens.

So weit darf ich es nicht kommen lassen.

Mein Handy summt erneut. Eine weitere Nachricht von Charlie: *In ein paar Wochen besuchen April und ich Valerie und Kate – vielleicht könnten wir uns auf dem Weg nach Essex zum Lunch treffen?*

Das fände ich toll, schreibe ich zurück, und meine Laune hebt sich. Heißt das, es besteht immer noch Hoffnung für uns?

Oder möchte er einfach nur, dass wir gute Freunde sind?

Die Wochen bis zu unserem Treffen fühlen sich wie ein ganzes Leben an. Dabei ist es ohnehin schon so lange her, seit wir uns zuletzt gesehen haben.

Irgendwie muss ich ihn davon überzeugen, dass wir ein gutes Paar abgäben. Charlie ist wie kein anderer Mann, den ich je kennengelernt habe. Er ist so zielstrebig und ehrgeizig und immer so erpicht darauf, das Richtige zu tun.

Doch dieses Mal irrt er sich. Wie kann ich ihn dazu bringen, das einzusehen? In so einer Lage war ich noch nie, daher habe ich keine Ahnung, wie ich vorgehen soll, und bin mir auch nicht sicher, wen ich fragen könnte.

Sie können mich immer fragen ...

Richtig, Pat! Charlies Mutter. Was hatte sie gleich wieder gesagt?

Charlie ist nicht besonders gesprächig. Und über Nicki zu reden fällt ihm sehr schwer. Wenn es also irgendetwas gibt, was Sie über sie wissen müssen, egal was, dann können Sie mich immer fragen. Ich gebe Ihnen meine Nummer, dann haben Sie sie im Notfall zur Hand.

Damals fand ich es nicht richtig, mich an seine Mutter zu wenden, falls ich mich nicht traute, Charlie direkt zu fragen.

Und schließlich benötigte ich ihre Hilfe auch gar nicht, da er mir, auch ohne besonders gesprächig zu sein, alles erzählte, was ich wissen musste.

Spontan suche ich bei meinen Kontakten nach ihrer Nummer und rufe sie an.

»Hallo?«, meldet sie sich argwöhnisch.

»Hallo, Pat, ich bin's, Bridget!« Ich hoffe, sie klingt nur deshalb so misstrauisch, weil ihr eine unbekannte Nummer angezeigt wird.

»Bridget!«, ruft sie. »Ja, hallo, wie geht's Ihnen denn?«

Ich atme erleichtert auf. Sie scheint sich aufrichtig zu freuen, mich zu hören.

»Mir geht's ganz gut, danke.« Ich frage mich, ob ihr Charlie irgendetwas über uns erzählt hat. »Ich habe gerade Nickis Buch fertiggeschrieben.«

»Oh, das ist ja phantastisch! Gut gemacht! Sind Sie mit dem Ergebnis zufrieden?«

»Ich denke schon. Ich habe das Buch erst heute Abend fertig bekommen, daher hat es natürlich noch niemand zu lesen bekommen, aber ich hoffe, Fay ist der Meinung, dass ich einen guten Job gemacht habe.«

»Davon bin ich überzeugt.«

Mir flattern die Nerven. »Ähm, erinnern Sie sich noch daran, dass Sie mir Ihre Hilfe angeboten haben, falls ich sie brauchen sollte?«

»Aber ja! Gibt es etwas, das Sie gern wissen würden?«

»Ich muss Ihnen eine Frage stellen.«

»Okay.«

Ich hole tief Luft. »Ich bin in Ihren Sohn verliebt«, platzt es aus mir heraus. »Ich liebe Charlie. Und ich liebe April. Und ich denke, Charlie liebt mich vielleicht auch, doch er hat Angst. Er befürchtet, für mich könnte es einfach eine weitere Beziehung sein – und ich kann ihm diese Schlussfolgerung nicht verdenken. Doch er irrt sich. Er irrt sich wirklich!«

Ich keuche und presse die Hand an die Brust.

»Sind Sie noch da?«, frage ich.

Am anderen Ende der Leitung ist es sehr still geworden.

»Ich bin da, ja«, entgegnet sie schließlich. »Aber eine Frage haben Sie mir eigentlich gar nicht gestellt.« Sie klingt belustigt.

Ich lache. »Sie haben recht. Meinen Sie denn, er liebt mich auch?«

Sie lacht in sich hinein. »Bridget, ich glaube, diese Frage sollten Sie Charlie stellen und nicht mir.«

»Das möchte ich ja auch! Die Sache ist nur die: Würde er es denn auch zugeben, wenn es so wäre? In Thailand war er so beseelt davon, das Beste für April zu tun, aber ich glaube, ich könnte gut für sie sein – und für ihn. Wir könnten es hinkriegen.«

Pat schweigt eine ganze Weile. »Ich gebe Ihnen recht, Liebes. Bevor Sie aufgetaucht sind, war Charlie ein gebrochener Mann. Er war verloren. Sie haben ihn wieder zum Lachen gebracht. Durch Sie ist wieder Freude ins Haus eingekehrt. Als Sie Cornwall verließen, war er todtraurig. Sie haben recht. Er *hat* Angst. Er hat Angst davor, sein Herz zu verschenken und es nie mehr zurückzubekommen.«

Wow, hat sie meinen Blog gelesen?

»Ich möchte sein Herz«, erkläre ich. »Und zwar für immer.«

»Dann kommen Sie am besten her und holen es sich.«

Ich fahre durch die Nacht, da ich in meinem Leben möglichst keine Minute mehr ohne Charlie und April verbringen will. Wenn ich in absehbarer Zukunft zur verrückten Stalkerin mutieren muss, die in seinem Vorgarten kampiert, dann bitte! Ich würde mich sogar hinstellen und ihm meine Musik vorspielen, wie John Cusack das am Ende des Achtziger-Jahre-Klassikers *Say Anything* tut. Vielleicht bräuchte ich dazu einen leistungsstärkeren Lautsprecher, aber ich würde nichts unversucht lassen!

Um halb fünf Uhr morgens biege ich in seine Straße ein. Die Sonne versteckt sich noch hinter dem Horizont, und wie ich so dasitze und auf das stille, dunkle Haus starre, wünsche ich mir, ich hätte mir das Timing ein bisschen besser überlegt.

Dad hat recht: Nachts kommt man schneller voran. Aber was mache ich jetzt?

Hätte ich doch nur ...

Ach, Mensch! Den Schlüssel habe ich ja tatsächlich noch! Charlie hat ihn nie zurückgefordert, und ich habe völlig vergessen, ihn zurückzugeben!

Das stimmt nicht ganz. Ich habe ihn absichtlich behalten, als die verrückte Stalkerin, die ich nun mal bin.

Ich krame in meiner Tasche und ziehe ihn triumphierend heraus. Dann steige ich aus dem Auto, und mein Puls spielt verrückt, als ich zum Haus gehe und den Schlüssel ins Schloss stecke.

Wenn die Alarmanlage angeht, bin ich aufgeschmissen.

Ich halte den Atem an und hoffe, dass Charlie nicht herunterkommt und einen Baseballschläger schwingt.

Aber nichts dergleichen. Puh!

Sehr leise schließe ich die Tür hinter mir und gewöhne meine Augen an die Dunkelheit. Bei dem Gedanken, dass die beiden Menschen, die ich auf dieser Welt am meisten liebe, ein Stockwerk höher gerade tief und fest schlafen, zieht sich mein Herz zusammen. Ich möchte Charlie wirklich keinen Schrecken einjagen, indem ich wie ein Gespenst in seinem Zimmer erscheine, aber ich kann einfach keine Sekunde länger darauf warten, ihn endlich wiederzusehen.

Ich gehe nach oben, halte dort vor Aprils Zimmer inne und entscheide, dass es wirklich zu unheimlich wäre, wenn ich mich über ihr Bett beugen würde.

Ich gehe weiter den Flur entlang und bleibe erneut stehen.

Was mache ich eigentlich gerade? Vermutlich werde ich Charlie zu einem Herzanfall verhelfen. Einen Moment lang spiele ich mit dem Gedanken, wieder hinunterzugehen und in meinem Wagen zu warten, bis die Sonne aufgeht, doch dann beschließe ich, das Ganze durchzuziehen.

Ich hole tief Luft, dann schlüpfe ich in sein Zimmer. Der Klang seiner gleichmäßigen Atemzüge erfüllt die Luft. Ich knie mich neben sein Bett und betrachte sein friedliches Gesicht.

»Charlie«, flüstere ich und streiche mit der Hand über seinen Arm. »Charlie?«

Mit einem Ruck wird er wach, und seine Augen weiten sich, während sich sein verschwommener Blick schärft.

»Bridget?«

»Ich wollte dich nicht erschrecken, aber ich bin die ganze Nacht durchgefahren. Bitte wirf mich nicht raus!«

Einen langen Augenblick starrt er mich an, ganz offensichtlich überrascht, doch dann rutscht er ein Stück zur Seite und schlägt die Bettdecke einladend auf.

Voller Hoffnung schlüpfe ich neben ihn. Kissen an Kissen, sehen wir einander in der Dunkelheit an.

»Was tust du hier?«, flüstert er.

»Ich liebe dich«, sage ich. »Und ich gebe nicht auf, denn ich glaube, du liebst mich auch.«

Er widerspricht mir nicht.

»Ich habe dich so sehr vermisst.« Unvermittelt werde ich von meinen Gefühlen übermannt, und mir steigen Tränen in die Augen. »Bitte lass mich Teil deines Lebens sein, Charlie. Du besitzt mein *ganzes* Herz. Du und April. Noch nie habe ich jemanden mehr geliebt. Wenn du mich nur lässt, gebe ich im Handumdrehen meine Londoner Wohnung auf und ziehe morgen nach Cornwall. Ich möchte für immer mit dir zusammen sein. Ich möchte, dass wir eine Familie sind.«

Ein Herzschlag verstreicht. »Komm her«, sagt er schroff und zieht mich an sich. Er küsst mich sanft, und mir läuft ein Schauer über den Rücken, aber ich habe Angst, dass es hier nur um Sex geht. Vielleicht spürt er meine Zurückhaltung, denn er löst sich von mir. »Ich liebe dich auch«, sagt er und streicht mir eine Locke hinters Ohr. »Und zwar schon lange. Ich weiß nicht mal, wann ich angefangen habe, dich zu lieben, denn es gab so viele Momente, die mich in meinem Gefühl bestärkt haben. Weißt du, ich habe bloß Zeit gebraucht, um mit allem klarzukommen. Ich musste mir sicher sein. Und ich wollte, dass *du* dir sicher bist.«

»Ich bin mir sicher.« Mir entwischt eine Träne.

»Tut mir leid, dass ich dir weh getan habe«, flüstert er und zieht mich in seine Armbeuge. »Soll nicht wieder vorkommen, okay?«

Ich schlinge ihm die Arme um den Hals, da ich ihm so nahe sein möchte wie nur möglich, und er drückt mich noch fester an sich.

»Du gibst wirklich die besten Umarmungen«, sage ich nach einer Weile.

»Eins …«, murmelt er, »zwei … drei …«

Ich lächele und küsse ihn.

»Vier …«, sagt er an meinem Mund.

»Du weißt schon, dass sieben Sekunden nicht reichen werden?«, warne ich ihn.

Er lächelt mich in der Dunkelheit an. »Damit komme ich schon klar.«

Epilog

Wir heiraten in der Kirche von Lansallos und zwingen sämtliche Hochzeitsgäste, den steilen Hügel zum Picknickempfang am Strand hinunterzustapfen. Marty, meine Mum und Wendy sind nur drei der Frauen, die sich offen über den Marsch *und* darüber beschweren, dass sie keine High Heels tragen können, doch ich glaube, selbst sie akzeptieren unsere Entscheidung, als sie den Ausblick bewundern können.

Eine Woche nach Aprils zweitem Geburtstag hat mir Charlie an eben diesem Strand einen Heiratsantrag gemacht. Nun, da wir uns das Jawort geben, wird sie in ein paar Monaten drei und gibt so ein hübsches Blumenmädchen ab!

Adam ist Charlies Trauzeuge und hält die lustigste und herzlichste Rede, die je einem von uns zu Ohren gekommen ist. Das bestätigt sogar meine Freundin Bronte, die Hochzeitsfotografin ist und sich in dieser Hinsicht auskennt. Sie ist extra aus Australien hergekommen, um die Fotos für mich zu machen, und bringt eine Karte von Elliot mit, auf der er mir alles Liebe und alles Glück auf Erden wünscht. Obwohl sie Elliot so mag, versteht sie sich auf Anhieb mit Charlie. Doch alles andere hätte mich sehr gewundert.

Marty ist meine Erste Brautjungfer und nicht meine Trauzeugin. Diesen Titel werde ich innehaben, wenn sie demnächst ihren Ted heiratet. Es wurmt sie, dass ich ihr zuvorgekommen bin, doch sie wollte eine längere Verlobungszeit als ich ...

Unsere Freundin Laura samt ihrem neugeborenen Sohn ist

auch gekommen. Jocelyn, Edward und Thomas – inzwischen gute Freunde von uns – gesellen sich ebenfalls zur Feier dazu, und Charlies übriger Freundeskreis ist gut vertreten. Seine Kumpel scheinen sich aufrichtig zu freuen, dass er sich wieder verliebt hat.

Ich wünschte, ich könnte dasselbe von Kate und Valerie behaupten. Die Beziehung zwischen uns ist noch immer angespannt, doch Charlie und ich werden weiter versuchen, Brücken zu bauen. Ein paar Monate, nachdem ich ganz nach Cornwall gezogen war – kurz nach Fertigstellung des Buches, um genau zu sein –, fuhr ich nach Essex, um mit den beiden zu sprechen und ihnen zu sagen, wie sehr ich April liebe. Ich versprach ihnen, Nickis Andenken immer zu ehren und dafür zu sorgen, dass auch April es tut. Zu der Zeit waren sie immer noch sehr betrübt darüber, dass sich Charlie einer neuen Frau zugewandt hatte, doch sie haben ihren Willen zur Versöhnung gezeigt, indem sie zu Aprils zweitem Geburtstag erschienen. Sie sagten, sie würden auch zu ihrem Dritten kommen, schlugen unsere Hochzeitseinladung jedoch aus. Natürlich hatten wir dafür Verständnis, doch zumindest wussten sie, dass sie willkommen waren. Alain wünschte uns das Allerbeste und redete uns zu, ihn doch bald wieder in Thailand zu besuchen.

Unsere Bekenntnisse schaffte es auf Anhieb auf die Bestsellerliste, doch die Kritiken waren gespalten. Manche Journalisten liebten das Buch, andere fanden, Kit hätte zur Rechenschaft gezogen werden müssen. Was die Leserstimmen anging, so wünschten sich viele, Kit hätte ihr Glück mit Morris gefunden, und eine junge Frau behauptete sogar, sie habe das Buch durch den Raum geschleudert, als er die Scheidung verlangte. Es könnte sein, dass ich in ihn mehr Herzblut gesteckt habe als in Timo. Tja, warum wohl?

Noch immer bin ich mir unsicher, ob mein Ende Nickis Vorstellungen entspricht. Doch wie Charlie sagte, möglicherweise wusste selbst sie nicht, wie es ausgehen würde. Ich kann nur hoffen, dass ich sie damit stolz gemacht habe.

Charlie, April und ich leben immer noch in Cornwall, und unser neues Haus ist erfüllt von Herzlichkeit, Glück, Liebe und Musik. Und natürlich wird hier viel umarmt! Noch immer erschafft Charlie mit seinen Händen schöne Dinge; ich schreibe inzwischen an meinem eigenen Roman, auf dessen Lektüre sich Sara und Fay angeblich schon freuen. Noch immer schreibe ich auch über Orte, die ich besuche – inzwischen meistens mit meiner Familie.

Und was meine Adoptivtochter April angeht, den kleinen Schatz, so besitzt sie noch immer das letzte Stück meines Herzens. Und ich werde es nie von ihr zurückfordern.

Bridgets Playlist

- »Tainted Love« von Marilyn Manson
- »U Can't Touch This« von MC Hammer
- »The Sun Always Shines on TV« von A-ha
- »It's Still Rock and Roll to Me« von Billy Joel
- »Ice Ice Baby« von Vanilla Ice
- »Unbelievable« von EMF
- »Pour Some Sugar on Me« von Def Leppard
- »Frankie Sinatra« von den Avalanches
- »Hold Tight!« von Dave Dee, Dozy, Beaky, Mick & Tich
- »Downtown« von Macklemore & Ryan Lewis
- »A View to a Kill« von Duran Duran
- »One Piece at a Time« von Johnny Cash
- »Lose Yourself« von Eminem
- »Let Me Clear My Throat« von DJ Kool
- »Somewhere Over the Rainbow« von Israel Kamakawiwo'ole
- »MMMBop« von Hanson
- »Super Rat« von Honeyblood
- »Up Where We Belong« von Joe Cocker und Jennifer Warnes

Danksagung

Zuallererst möchte ich mich bei euch bedanken! Ich bin mir sicher, dass ich die reizendsten und leidenschaftlichsten Leser und Leserinnen auf der ganzen Welt habe, und ich danke euch allen, dass ihr meine Bücher mit euren Freunden teilt oder euch die Zeit nehmt, mir eure Meinung zu meinen Büchern über Twitter, Facebook oder Instagram mitzuteilen. (Ihr findet mich unter PaigeToonAuthor.)

Hinter den Kulissen des Verlags Simon & Schuster arbeiten viele großartige Leute. Mein herzlicher Dank gilt hier insbesondere Suzanne Baboneau, die seit nunmehr elf Jahren meine Lektorin ist, sowie ihren tollen Kolleginnen und Kollegen Emma Capron, Jessica Barratt, Dawn Burnett, Sara-Jade Virtue, Jo Dickinson, Dominic Brendon, Joe Roche, Sally Wilks, Laura Hough, Rumana Haider, Richard Vlietstra und Louise Blakemore. Last but not least danke ich Pip Watkins für ein weiteres wunderschönes Cover.

Auch dem Team der Literaturagentur David Higham schulde ich Dank, vor allem meiner Agentin Lizzy Kremer für ihre immer goldrichtigen Ideen und Ratschläge.

Ein weiteres Dankeschön geht an meine Freundin und Autorenkollegin Ali Harris, eine perfekte Sparringpartnerin für meine Bücher. Auf die Ghostwriter-Idee in diesem Buch kam ich, als Ali und ich unterwegs waren und ein anderes Auto beinahe in uns reingekracht wäre. Ich schrieb zu der Zeit an *Wer, wenn nicht du*, näherte mich gerade einer besonders pikanten

Szene und dachte mir, falls mir irgendetwas zustieße und der Verlag eine Ghostwriterin ins Spiel brächte, würde ich zurückkommen und die Ghostwriterin als Geist heimsuchen, bis meine Geschichte absolut stimmig ist! Das vorliegende Buch kommt allerdings ohne Geister aus – übernatürliche Thriller überlasse ich anderen, zumindest vorerst …

Danken möchte ich auch meinen lieben Freundinnen Jane Hampton und Katherine Reid fürs Testlesen und für eure Ratschläge – ich schätze eure Hilfe sehr!

The Last Piece of My Heart spielt hauptsächlich in Cornwall, Thailand und Irland, und viele Szenen wurden von wahren Ereignissen inspiriert.

Ein ganz herzlicher Dank geht an unsere guten Freunde Georgie, Lewis, Betty und Wilf Barnes für unseren gemeinsamen Campingurlaub in Cornwall. Zu eurer Information: Hermie gibt es wirklich – einen Teil dieser Story habe ich darin niedergeschrieben, während er hinten in unserem Garten stand.

Außerdem danke ich natürlich meinen Eltern Jen und Vern Schuppan sowie Kerrin, Miranda und Ripley Schuppan. Ich verbrachte einen der tollsten Urlaube meines Lebens im Rayavadee Resort in Thailand, und ich musste lächeln, als meine Lektorin darauf hinwies, dass alles etwas zu perfekt klingen würde. Ganz ehrlich, genau so perfekt war es! Clodagh Quinn und ihrer Familie danke ich, von denen ich Inspirationen für die Szenen in Irland erhielt. So ein schönes Land!

Eigens erwähnen möchte ich Jeremy, den realen Musiklehrer, der seine Kurse allerdings nicht in Padstow gibt, sondern im Norden Londons. Die Erinnerungen an die Zeit, als ich mit meinen Kindern zu ihm ging, sind unbezahlbar!

Ich danke meinem Mann Greg Ted, der mir nie gestattet, in meinen Danksagungen so von ihm zu schwärmen, wie er es verdient hätte. Er ist nicht nur kreativ, sondern unterstützt mich auf unterschiedlichste Art und Weise.

Und schließlich möchte ich meinen Kindern Indy und Idha danken, die diese Geschichte eines Tages lesen und erkennen werden, wie sehr sie mich inspiriert haben. Ich liebe euch so sehr und wäre ohne euch völlig aufgeschmissen.

(Wenn ihr alt genug seid, um dieses Buch zu lesen, denkt aber bitte daran, dass nicht eure Mum darin flucht, sondern nur ihre Heldin Bridget.)